Le Brasier de Justice

Du même auteur

La Bostonienne, Éditions du Masque, 1991.
Elle qui chante quand la mort vient, Éditions du Masque, 1993.
La Petite Fille au chien jaune, Éditions du Masque, 1993.
Meurtres sur le réseau, Éditions du Masque, 1994.
La Femelle de l'espèce, Éditions du Masque, 1996 ; Le Livre de poche, 1997.
La Parabole du tueur, Éditions du Masque, 1996.
Le Sacrifice du papillon, Éditions du Masque, 1997 ; Le Livre de poche, 1999.
Autopsie d'un petit singe, Éditions du Masque, 1998.
Histoires masquées : Alien Base, Hachette jeunesse, 1998.
Le Septième Cercle, Flammarion, 1998 ; J'ai lu, 1999.
Dans l'œil de l'ange, Éditions du Masque, 1998.
Délires en noir (avec Thierry Hoquet et Romain Mason), Éditions du Masque, 1998.
La Voyageuse, Flammarion, 1999 ; J'ai lu, 2001.
La Raison des femmes, Éditions du Masque, 1999.
Entretiens avec une tueuse, Éditions du Masque, 1999 ; Le Livre de poche, 2001.
Le Silence des survivants, Éditions du Masque, 1999 ; Le Livre de poche, 1999.
Intégrale, Volume I, Éditions du Masque, 2000.
Et le désert…, Flammarion, 2000 ; J'ai lu, 2002.
Petits Meurtres entre femmes, inédit, J'ai lu, 2001.
Le Ventre des lucioles, Flammarion, 2001 ; J'ai lu, 2002.
De l'autre, le chasseur, Éditions du Masque, 2002.
La Dormeuse en rouge et autres nouvelles, J'ai lu, coll. « Librio noir », 2002.
Portrait de femmes de tueur (avec Katou), EP Éditions, 2002.
Le Denier de chair, Flammarion, 2002 ; J'ai lu, 2004.
Contes d'amour et de rage, Éditions du Masque, 2002.
Un violent désir de paix, Éditions du Masque, 2003 ; Le Livre de poche, 2006.
Le Syndrome de Münchhausen (avec Katou), EP Éditions, 2003.
La Saison barbare, Flammarion, 2003 ; J'ai lu, 2005.
Enfin un long voyage paisible, Flammarion, 2005.

Suite en page 415

Andrea H. Japp

Le Brasier de Justice

Les enquêtes de M. de Mortagne, bourreau

Flammarion

ISBN : 978-2-0812-5664-4

« Tout ce qui est au-delà de la mort simple, me semble pure cruauté, et notamment à nous qui devrions avoir respect d'envoyer les âmes en bon état, ce qui ne se peut, les ayant agitées et désespérées par tourments insupportables. »

Montaigne (1533-1592),
au sujet de la torture.

Pour You, preux et doucet petit mi, toujours.
Animula blandula.

Liste des personnages principaux

À Mortagne-au-Perche :
Hardouin cadet-Venelle, dit monsieur Justice de Mortagne : bourreau.
Bernadine : sa servante, veuve de bourreau.
Arnaud de Tisans : sous-bailli de Mortagne.
Adelin d'Estrevers : grand bailli d'épée du Perche.
Évangeline Caquet : simple, employée par Muriette Lafoi.

À Nogent-le-Rotrou ou alentours :
Antoine Méchaud : mire de la ville.
Blanche : sa belle-fille.
Maîtresse Hase : aubergiste de la Hase Guindée.
Constance de Gausbert : mère abbesse des Clairets.
Guy de Trais : bailli de Nogent-le-Rotrou.
Madeleine Fromentin, Éloi Talon, Alphonse Fortin, Adèle Baubette née Sarpin : serviteurs ou anciens serviteurs de Garin et Muriette Lafoi.

Béatrice de Vigonrin : baronne mère.
Mahaut de Vigonrin : sa belle-fille, baronne.

AGNÈS DE MALEGNEUX : fille de Béatrice.
EUSTACHE DE MALEGNEUX : mari d'Agnès.

Personnages historiques :
PHILIPPE LE BEL, CLÉMENT V, GUILLAUME DE NOGARET, CATHERINE DE COURTENAY, ISABELLE DE VALOIS, CHARLES DE VALOIS, JEAN II DE BRETAGNE.

I

Mortagne-au-Perche[1]*, août 1305*

Par dérogation de Mgr Charles de Valois*, frère du roi Philippe le Bel*, transmise au sous-bailli[2] de Mortagne, le duel judiciaire avait été autorisé. Messire Charles ne s'intéressant que de très loin aux comtés d'Alençon et du Perche qu'il avait reçus en apanage de son frère deux ans plus tôt, et surtout pour en dépenser sans compter les revenus, la missive avait mis plus de trois mois à être rédigée et à parvenir au sous-bailli, Arnaud de

1. La ville se nommait à l'époque Mortaigne. L'origine de ce nom pourrait être *Comitis Mauritaniae*, un lieu de stationnement d'une unité maure de l'armée romaine, bien que cette hypothèse fasse débat. En revanche, une présence mérovingienne est attestée dès le Ve siècle. Mortagne fut ensuite un fort afin de freiner les invasions normandes. Puis les comtes de Rotrou, remarquables politiques, louvoyèrent entre le duché de Normandie et le royaume de France, jusqu'à l'alliance de Rotrou III avec Henri Ier Beauclerc, roi d'Angleterre et duc de Normandie. En 1226, lorsque la lignée des Rotrou s'éteignit, Mortagne et le comté du Perche furent rattachés à la couronne de France.

2. Les comtés du Perche et d'Alençon étaient sous le contrôle d'un grand bailli d'épée, aidé d'un bailli (ou lieutenant) de robe courte. Les châtellenies, telle celle de Mortagne, étaient en général des sous-baillages.

Tisans, chargé de veiller au respect « de l'honneur et des us ». Certes, Arnaud de Tisans avait subi les critiques de l'évêque de Séez qui condamnait, au nom de l'Église, cette pratique jugée barbare[1] après qu'elle eut connu de beaux jours un siècle plus tôt. D'un autre côté, il n'allait pas se mettre à dos Mgr de Valois, son suzerain direct, dont les emportements étaient célèbres, ni même le grand bailli d'épée[2], Adelin d'Estrevers.

Estrevers faisait partie de ces hommes que Tisans aurait volontiers vus sous les traits de grand inquisiteur. Existaient à ses yeux Dieu, le roi et la loi, rien avant ni après. Or le roi était le représentant laïc de Dieu sur Terre et le détenteur de la loi. En d'autres termes, la vie de messire d'Estrevers se résumait au service du roi, donc de son frère. Les rares fois où il s'était entretenu avec lui, Tisans s'était toujours senti mal à l'aise. Couvait une sorte de passion glaciale et implacable dans les yeux d'un bleu presque blanc du grand bailli d'épée. Arnaud de Tisans ne pouvant, ne tenant guère à s'y opposer, le duel aurait donc lieu, devant quatre témoins de belle réputation, sans compter lui-même, le bourreau et la plaignante, Marie de Salvin, en la salle d'armes du château de Mortagne, au jour levé. Deux belligérants, Salvin et Faussay, tous deux de petite mais bonne noblesse, l'un accusant l'autre du viol de son épouse, Marie, l'autre

1. Le duel judiciaire faisait partie de l'ordalie ou jugement de Dieu. D'autres épreuves physiques ont été imaginées afin de déterminer la culpabilité ou l'innocence des accusés : fer rouge, immersion dans l'eau glacée, etc. Celui qui s'en sortait indemne était jugé innocent. L'ordalie sortit d'usage au XIe siècle pour être condamnée par le concile de Latran IV en 1215. Toutefois, le dernier duel judiciaire eut lieu en 1386, sous le règne de Charles VI. En revanche, les duels d'honneur persistèrent jusqu'au XXe siècle.

2. Le plus éminent représentant du roi dans les comtés du Perche et d'Alençon.

criant à la calomnie et à la machination. Marie de Salvin, quant à elle, était de haut[1].

✠

Arnaud de Tisans avait écouté les protagonistes. Mme de Salvin, la femme violentée, une magnifique créature d'à peine vingt-cinq ans, avait juré devant Dieu, la main posée sur les quatre Évangiles, que Jacques de Faussay avait réclamé hospitalité pour la nuit, profitant d'une absence de son époux, Charles de Salvin, parti à la chasse. Les deux hommes se connaissaient, aussi avait-elle accédé sans défiance à sa requête. Jacques de Faussay avait fait irruption dans sa chambre, au plein de la nuit, et l'avait violée d'horrible façon[2].

Faussay, la petite trentaine, réputé fine lame, avait également juré : certes, Mme de Salvin lui avait offert l'hospitalité mais jamais, au grand jamais, il n'avait manqué de respect envers elle, même si, au cours du souper[3], il avait eu le sentiment de ne pas lui être déplaisant.

Charles de Salvin accordait, lui, toute foi à la parole de son épouse qu'il adorait.

Par honnêteté, compassion d'homme vieillissant aussi, Arnaud de Tisans avait tenté de dissuader le mari, de le convaincre de s'en remettre à un jugement bien de ce monde et non à ce duel. Charles de Salvin approchait

1. Abréviation de « haut lignage ».

2. Le viol était puni de mort au Moyen Âge, même celui des prostituées. Encore fallait-il qu'il soit prouvé !

3. Le dîner ou le souper constituait le premier repas de la journée. En réalité, on « soupait » à chaque repas, puisqu'on servait de la soupe. « Dîner » devint ensuite notre actuel déjeuner et « souper » notre « dîner ».

de la cinquantaine et n'avait rien d'un pétulant bretteur [1], contrairement à son opposant. Cependant, Salvin s'était obstiné, certain que Dieu reconnaîtrait l'outragé innocent.

✣

Le duel à outrance [2] ne dura que quelques minutes. Le mari se traînait, esquissant avec peine les feintes de son adversaire, léger quoique puissant. Les coups du premier manquaient de force, d'habileté et, soudain, la lame de Jacques de Faussay s'enfonça dans sa gorge. Un flot carmin s'écoula sur son pourpoint. Il tituba, un air d'étonnement sur le visage, puis s'écroula.

Marie de Salvin se leva du banc où elle avait pris place, à côté des témoins, la terreur dans le regard. Elle plaqua une main fine sur ses lèvres, afin d'étouffer le cri qui montait dans sa gorge. Dieu avait jugé son époux coupable. En d'autres termes, elle avait proféré des mensonges à l'égard de Jacques de Faussay, terni d'inacceptable façon sa réputation et tenté de le faire occire.

La peine qui lui échoirait était connue : brûlée vive.

✣

Arnaud de Tisans jeta un long regard au bourreau, M. Justice de Mortagne, Hardouin cadet-Venelle de son véritable nom. Sa réputation d'artiste de la mort s'était propagée bien au-delà des frontières de leur comté et nul

1. Qui se bat souvent à l'épée.
2. Devant se terminer par la mort d'un des deux combattants.

ne savait décoller[1] avec autant d'adresse que cet homme étrange aidé de son épée à feuille[2], baptisée *Enecatrix* – « celle qui donne la mort ». Des condamnés d'importance, auxquels on accordait un dernier privilège – celui de mourir vite – le faisaient mander[3] de tout le royaume, parfois même de plus loin.

Le visage gainé de fin cuir noir se tourna vers le sous-bailli, et M. Justice de Mortagne hocha imperceptiblement la tête.

1. Trancher le col, le cou.

2. Épée à deux mains, avec une lame mince et large, réservée aux décapitations.

3. Des condamnés « privilégiés » firent appel à un bourreau de leur choix, même d'un royaume étranger, pour leur décapitation. Ainsi, Ann Boleyn requit l'office d'un bourreau français.

II

Mortagne-au-Perche, septembre 1305

Durant les semaines qui suivirent, Marie de Salvin fut tenue au cachot, sans excessive dureté, Arnaud de Tisans ayant toujours éprouvé une aimable faiblesse pour les représentantes de la gent faible, quel que fût leur lignage.

Jamais la jeune femme ne revint sur ses déclarations, pas même pour que son supplice soit transformé en décapitation, ainsi que son rang le lui pouvait concéder. Elle maintint sa version avec force : profitant de son sommeil, Jacques de Faussay l'avait violée, exigeant d'elle d'innommables actes bordeleux, lui tirant les cheveux avec violence et la giflant lorsqu'elle tentait d'appeler à l'aide. La fermeté, mais surtout le manque de finesse de cette femme qui aurait dû mentir afin de s'épargner le bûcher, troublèrent le sous-bailli Arnaud de Tisans. Néanmoins, il eût fallu être privé de sens – et surtout bien maladroit – pour mettre en cause le jugement de Dieu, même s'il était passé de mode.

✣

Marie de Salvin se leva de sa paillasse dès qu'elle entendit le raclement de la clef dans la serrure. D'un geste inconscient, elle dépoussiéra le bas de sa cotte[1]. Dans sa générosité, Arnaud de Tisans lui avait concédé un change complet de vêtements, ainsi qu'un seau d'eau au matin afin de procéder à ses ablutions. Cela étant, après plusieurs semaines d'enfermement dans cette geôle au sol de terre battue, ses deux chainses[2] et cottes étaient aussi crasseux les uns que les autres.

Un homme d'une belle minceur musclée, si grand qu'il devait incliner la tête afin de ne pas se cogner à la voûte de pierre, pénétra. Sans un mot, il la salua bas et déposa d'un geste doux sur la paillasse la robe beige, trempée dans le soufre, des condamnés au bûcher[3]. Marie inspira bouche entrouverte et se signa en détaillant le masque de cuir noir[4], le gipon[5] rouge afin que les éclaboussures de sang s'y remarquassent moins. Le bourreau[6]*. Il mit un genou en terre et baissa la tête en joignant les mains, implorant d'une voix très grave :

— Madame, ma sœur en Jésus-Christ, j'ai la charge de vous ôter la vie au demain. Je vous en demande humblement le pardon. Me l'accordez-vous ?

— Oui-da. Sachez, monsieur, que je n'ai point menti.

Le bourreau se releva avec lenteur et déclara d'un ton triste :

---

1. Robe ou longue tunique.

2. Chemise longue que l'on portait à même le corps, sous les vêtements ou la nuit.

3. L'objet de ce traitement était bien sûr que le vêtement s'enflamme plus vite.

4. Les bourreaux portaient un masque leur couvrant le visage. Cette précaution est en contradiction avec l'obligation qu'ils avaient de porter une pièce de tissus à la manche, indiquant leur charge. Caste méprisée, ils ne souhaitaient pas être reconnus. De plus, on évitait ainsi que des proches de condamnés ne les soudoient.

5. Sorte de pourpoint lacé sur le côté.

6. Ou bourrel, de « bourrer » : maltraiter. Nous a également laissé « bourrèlement » : souffrance torturante.

— Dieu en a jugé autrement, madame. Je m'en remets à Sa loi. Je prierai cette nuit pour le repos de votre âme. Je… Enfin, il n'eût fait aucune différence que vous soyez brûlée bien vive ou étranglée au préalable par mes soins. Le juge vous l'avait accordé. Ma rémunération est identique dans les deux cas. Neuf deniers*[1]. Un geste de clémence, puisque la pénitence infligée par l'ancienne ordalie exigeait que le coupable d'un parjure, ayant requis l'arbitrage de notre Père, fût brûlé vif.

Marie de Salvin hocha la tête en signe de dénégation, incapable de prononcer un mot.

Le bourreau la considéra un instant avant de déclarer :

— Priez, Madame. Priez que la mort vienne vite. Le… plus souvent… les fumées asphyxient le condamné, lui épargnant la morsure des flammes. Je vous le souhaite. De tout cœur.

Il sortit, telle une élégante mais sinistre ombre.

✠

Agenouillé dans la chapelle de sa magnifique demeure située à un peu plus d'une lieue* de Mortagne[2], Hardouin cadet-Venelle, dit M. Justice, pria selon sa promesse. Se mêlèrent par instants à ses suppliques pour le repos de l'âme de Mme de Salvin des bribes de souvenirs, des regrets ineptes.

1. Il existait une méticuleuse comptabilité des émoluments des bourreaux en fonction des peines et supplices infligés. Ils étaient fort peu rémunérés, pour une « tâche » dont personne ne voulait, preuve du mépris attaché à leur fonction. Voir annexe.

2. Les bourreaux avaient en général interdiction de demeurer en ville, hormis sur la place du pilori dans les plus grandes.

Quatorze ans. Il n'avait que quatorze ans [1] lorsqu'il avait pour la première fois levée l'épée afin de l'abattre sur un cou. Certes, il avait été le valet du bourreau, son père, pendant des années, mais en ne songeant jamais qu'un jour il devrait le remplacer, jusqu'au soudain décès de son aîné, censé reprendre la charge. La souffrance, la mort des autres était devenue sa compagne, son métier. Leur condamnation à eux, exécuteurs, était autre : ils ne pouvaient exercer que des professions en rapport avec la mort, de père en fils. Bourreaux, équarrisseurs, étrangleurs de chiens errants, fossoyeurs pour les excommuniés, voire chirurgiens [2] ou rebouteux, puisqu'on leur prêtait le pouvoir de guérir les rhumatismes. Les cadavres de suppliciés n'intéressant pas grand monde, hormis quelques alchimistes dont certains sans doute sorciers, ils ne tiraient qu'un maigre bénéfice [3] de leur vente. Certains d'entre eux revendaient toutefois pour quelques deniers l'« onguent du bourreau », de la graisse humaine réputée souveraine contre les douleurs.

Étrange. Hardouin cadet-Venelle ne s'était jamais interrogé auparavant sur cette dérangeante destinée. Leur dynastie de bourreaux était née avec son arrière-grand-père, un fieffé vaurien, brigand de chemin, assassin. Capturé et condamné à la pendaison, on lui avait proposé, ainsi qu'à d'autres, la vie sauve contre cet

1. Charles Sausson hérita en 1726 de la charge de bourreau de son père alors qu'il était âgé de sept ans.

2. La chirurgie, très méprisée à l'époque, était souvent confiée aux barbiers et plus rarement aux bourreaux, qu'on créditait, sans doute à raison, de bonnes connaissances en anatomie. Étrangement, alors même que la médecine balbutiait, la chirurgie fit d'indiscutables progrès. On réduisait les fractures, on trépanait, excisait les tumeurs, etc.

3. Contrairement à ce qui se passa lorsque les médecins s'intéressèrent aux autopsies. Les bourreaux vendirent alors, de façon discrète, les cadavres de condamnés à mort.

office[1]. Il n'avait pas boudé l'occasion. Ma foi, il avait tué pour quelques fretins[2]. Autant continuer, avec la bénédiction de tous, mais pour de beaux sous. Selon leur jargon, ils n'appartenaient plus aux bingres[3], puisque leur « dynastie » datait de plus d'un siècle.

Hardouin avait toujours cru en l'explication de son père, un homme probe et pieux, et de sa mère, la bourrelle[4], fille d'un exécuteur de l'est du royaume, puisque aucune femme issue d'un autre milieu n'aurait accepté si dégradant mariage : des créatures de Dieu se fourvoyaient, avec plus ou moins de complaisance pour leurs actes répréhensibles et contraires aux lois chrétiennes. Après leur jugement, il fallait bien que quelqu'un se chargeât de l'exécution de la sentence, épargnant aux bons croyants de tuer et de souiller leurs mains de sang. Les bourreaux étaient donc le bras vengeur de Dieu et du roi. De plus, ils ne condamnaient pas, ne décidaient pas du supplice ou de la mort d'autrui. Ils devenaient les instruments d'une justice rendue par d'autres[5].

Lorsque le très jeune Hardouin avait rétorqué :

— Mais ne sommes-nous pas bien coupables lorsque nous exécutons ou tourmentons[6] des innocents injustement accusés ?

---

1. On a souvent recruté les bourreaux parmi les assassins condamnés à mort, en échange de leur grâce. En effet, ce métier tant méprisé, bien que craint, subissant l'ostracisme de tous, ne suscitait pas beaucoup de candidatures.

2. Pièce de monnaie de très faible valeur. A donné « menu fretin ».

3. Jargon de bourreau, signifiant selon les régions : bourreau occasionnel ou « dynastie » de bourreaux de moins d'un siècle.

4. Épouse du bourreau. Il y a eu des femmes bourreaux, mais elles n'appliquaient les sentences qu'aux femmes.

5. On retrouve cette espèce de déni psychologique chez nombre d'exécuteurs, même modernes.

6. Le verbe « tourmenter » était très fort à l'époque. Il signifiait torturer.

Son père avait affirmé d'un ton rassurant :

— J'en ai fort peu rencontré. Moins que les doigts d'une main, dirai-je. Et puis quoi ? Nous n'avons pas envoyé au bûcher ou sur le chafaud[1] une âme pure, puisque nous ne jugeons pas.

Hardouin ne s'était pas interrogé plus avant.

✣

Pieds nus, vêtue de la robe de burel[2] beige des suppliciés, les cheveux coupés à la hâte, Marie de Salvin fut poussée sans ménagement par un garde. Elle s'agenouilla devant le prêtre qui brandit un crucifix au-dessus de sa tête. Il murmura :

— Confessez-vous et repentez-vous, ma fille. Il n'est que temps.

Marie de Salvin le fixa et martela :

— J'ai dit vrai !

Le garde la releva et la traîna vers le bûcher avec tant de brutalité qu'elle broncha[3] et faillit s'affaler dans la poussière de la place d'exécution.

La foule était un peu plus rare en cette matinée qu'à l'accoutumée, en raison du marché au drap et aux bestiaux qui se tenait à Bellême ce jour. Une autre distraction fort prisée, une autre réjouissante promenade de famille. Toutefois, les badauds se montrèrent de bonne humeur, joyeux, se poussant du coude, échangeant des plaisanteries. Certes, ce bûcher-là était de moindre importance. Une déhontée de haut qui avait prétendu être violée. Ni tueuse, ni sorcière.

1. Plateforme montée sur de hauts tréteaux, dans ce sens. A donné « échafaud ».

2. Devenu « bure ». Tissu de laine de mauvaise qualité.

3. Trébucher.

M. Justice de Mortagne attendait, très droit, cagoulé, vêtu d'un pantalon ajusté de cuir noir dont le bas des jambes disparaissait dans de hautes bottes fines et d'un gipon de cendal[1] rouge vif. Marie se fit la réflexion que la mort avait fière allure. À une demi-toise* de lui, un très jeune garçon cramponnait à deux mains un flambeau. M. de Mortagne demanda haut, pour la seconde fois :

— Madame, ma sœur en Jésus-Christ, le pardon pour mon acte.

— Je vous l'accorde, bourreau…

La foule applaudit. Marie de Salvin poursuivit d'une voix forte :

— … Je suis en paix, innocente.

Des huées désapprobatrices s'élevèrent. Elle gâchait le spectacle.

Justice de Mortagne détailla pour la dernière fois le ravissant visage que l'incarcération n'était pas parvenue à faner, les yeux bleu marine étirés en amande, le haut front, jadis épilé[2] et qui se couvrait aujourd'hui d'un duvet couleur de blé mûr.

— À ma promesse, j'ai prié pour le repos de votre âme. Avançons. Prenez garde aux brindilles et à la paille. Elles se fichent dans la plante des pieds.

Marie hocha la tête en réponse et grimpa en haut du tas de bois, jusqu'au poteau où M. de Mortagne la ligota, s'inquiétant :

— Il me faut serrer les entraves. Cependant, indiquez si je vous blesse. Il s'agit d'une exécution simple. Il serait honteux que je vous fasse souffrir inutilement.

Un autre hochement de tête.

---

1. Soie épaisse.
2. Le front très haut était un critère de beauté féminine au Moyen Âge. Aussi les dames avaient-elles souvent recours à l'épilation afin de le prolonger.

— On vous accorde le bandeau d'yeux. Le souhaitez-vous ?

— Certes pas ! Je n'ai que faire de vos… gestes de clémence ! Je tiens à vous voir jusqu'à la dernière seconde. Vous, ce prêtre et cette foule. Vous serez le visage de l'ignominie, celui que j'emporte dans la tombe. À Dieu, monsieur, si toutefois Dieu vous ménage une place à Son côté. De grâce, finissons-en.

M. Justice de Mortagne ne s'ulcérait plus de telles déclarations. Son père lui avait enseigné le chemin vers cette sorte d'état second dans lequel il basculait lorsqu'il devait remplir son office. Une indifférence totale à la souffrance et à la peur de l'autre, et ceci bien qu'elles ne lui procurassent aucune jouissance. L'autre n'existait plus. Pour Hardouin, il avait déjà rejoint son Créateur alors même qu'il hurlait sous les supplices.

Le bourreau descendit du bûcher, récupéra la torche des mains de Célestin, son jeune valet vêtu de noir portant le masque et les sabots qui signalaient son emploi, et enflamma la paille sèche. Les flammes se communiquèrent au petit bois puis aux branches. M. de Mortagne veillait à la construction du feu, afin de garantir un rugissant brasier en quelques secondes. Il eut la nette sensation que le regard bleu marine en amande ne quittait pas son visage. Marie ne cria jamais, ne se débattit pas. Soudain, au travers de la danse macabre des hautes flammes, il vit sa tête s'incliner vers sa poitrine et espéra que les fumées l'avaient occise.

Étrangement, et sans qu'il sache pourquoi, ce regard le hantait encore lorsqu'il rejoignit sa chambre pour la nuit.

III

Bellême, septembre 1305

Une vaste forêt entourait la ville défensive et jadis close. Dès la fin du premier millénaire[1], les seigneurs de Bellême avaient eu mission de combattre l'envahisseur scandinave, bien décidé à conquérir tout le royaume de France. L'importance stratégique et politique de ce petit coin de terre n'avait fait que croître et, au fil des ans, des hésitations ou des espérances d'avantages, les différents seigneurs qui s'y étaient succédé avaient prêté oreille complice tantôt au roi de France, tantôt au puissant et voisin duché de Normandie. Bénéficiant donc de largesses de la part des différents et potentiels suzerains qui la convoitaient, d'alliances judicieuses ou d'unions, la ville avait joui d'une belle opulence qui se lisait jusque dans les magnifiques hôtels particuliers s'y élevant. Elle s'était étendue, sortant de ses remparts, attirant de plus en plus de gens. Rotrou III, comte du Perche, avait fini par la récupérer. Lorsque, au début du XIIIe siècle, la prestigieuse lignée s'était éteinte, Bellême avait été rattachée à la couronne de France. Mais les convoitises pour la belle

1. En 950.

seigneurie où le négoce allait bon train, apportant l'aisance à ses habitants, n'avaient pas pour autant cessé. Profitant de la jeunesse du nouveau roi de France, Louis IX[1], âgé d'à peine quinze ans, Pierre Dreux, dit Mauclerc, duc de Bretagne, avait tenté de la ravir de force. C'était grandement sous-estimer la pugnacité de la reine veuve de France, Blanche de Castille[2], qui veillait telle une lionne sur les intérêts de son fils. N'écoutant que son courage et son amour de mère[3], elle n'avait pas hésité à planter un camp de bataille en sortie de ville et à lancer son armée afin de l'assiéger.

✠

Marcel Voisin, dit Tue-Chien, le monsieur Justice bourreau de Bellême, avait trépassé au printemps dernier d'une fièvre de ventre. Son aîné, âgé de dix ans, avait été jugé trop jeunet pour poursuivre l'office du défunt, d'autant que la bourrelle sa mère affirmait qu'il n'aurait point la main aussi sûre que son père. Or, si la foule adorait les supplices et les exécutions, elle ne tolérait pas les ratages. Un bourreau maladroit devenait la cible de quolibets et d'injures.

Supplié, cajolé, ses gains doublés dont son droit de havage[4], Hardouin avait accepté ce transitoire remplacement sans grand enthousiasme. Il aimait à connaître les

1. Le futur Saint Louis (1214-1270).

2. Au décès de Blanche de Castille, en 1252, les Bellêmois érigèrent une croix à l'endroit où la souveraine avait planté son camp de bataille : la Croix Feue-Reine. La croix fut toujours remplacée lorsque la vétusté la menaçait.

3. Blanche et son fils Louis furent très liés.

4. Le bourreau avait le droit de prendre des denrées sans les payer aux étals des boutiques qui entouraient la place d'exécution « autant que sa main pouvait contenir ».

charges retenues contre les coupables, or, sa seule mission ici se résumait à tourmenter ou à tuer.

Lorsqu'il arriva ce matin-là dans la ville fortifiée [1], déjà vêtu de ses habits de mort rouge et noir, le jeune Célestin en croupe, une foule conséquente s'était massée devant le chafaud. Elle s'écarta pour les laisser passer. Il lut pour la millième fois sur les visages le même déroutant mélange d'émotions : dégoût méprisant pour lui et joyeuse férocité pour le spectacle qui allait suivre.

Hardouin démonta et le secrétaire du sous-bailli, un certain Benoît Lambert, se précipita vers lui pour lui lire la sentence avant de la clamer à nouveau au profit des badauds.

— Décapitation. Il s'agit d'une femme, Aude de Casanel. Elle a sournoisement enherbé [2] son mari, sa belle-mère et sans doute son beau-fils.

— Fichtre !

— Oui-da ! Confrontée par des témoignages accablants, et la découverte d'une poudre grise trouvée dans un cabinet [3] de sa chambre, dont une pincée a fait crever un chat en quelques heures, elle a vite avoué, avant moult repentirs, s'épargnant bien des tourments.

Hardouin cadet-Venelle ne comprit tout d'abord pas d'où lui venait le soulagement qui l'envahissait. Jusqu'à ce que la phrase résonne dans son esprit : *Je suis en paix, innocente… Je tiens à vous voir jusqu'à la dernière seconde. Vous, ce prêtre et cette foule. Vous serez le visage de l'ignominie, celui que j'emporte dans la tombe.* Marie de Salvin. Pourquoi cette

---

1. La seigneurie de Bellême fut unie au domaine royal en 1226. Elle fut ensuite liée à l'apanage du Perche qu'obtint Charles de Valois en 1303.

2. Empoisonné. Il s'agissait du crime de sang le plus grave à cette époque, sans doute en raison de sa sournoiserie et de l'impossibilité de s'en protéger.

3. Armoire montée sur quatre pieds et fermée de deux vantaux, dont l'intérieur était équipé de multiples tiroirs, dont certains secrets.

incursion dans sa mémoire ? Dieu l'avait condamnée. À l'évidence parce qu'elle était coupable de menteries graves, de nature à déshonorer celui qu'elle accusait de viol. Par sa faute, son époux trop crédule avait trépassé sous la lame de Jacques de Faussay. Assez avec cette histoire !

Aude de Casanel était coupable de meurtres multiples et abjects.

✠

Dès que le fardier qui la transportait parut, la liesse de la foule explosa. Des obscénités fusèrent, des rires montèrent. Ce n'était pas tous les jours qu'une enherbeuse noble se faisait décoller.

Debout, très droite, toute de noir vêtue, Aude de Casanel se cramponnait au montant du lourd chariot de ses mains ligotées devant elle. Elle descendit et s'avança vers le prêtre pour s'agenouiller devant lui et requérir à nouveau le pardon pour ses actes odieux. L'homme de robe posa une main tendre sur son front avant de s'écarter.

Hardouin s'approcha à son tour et l'aida à gravir l'échelle du chafaud. À l'habitude, il demanda haut et fort :

— Madame, ma sœur en Jésus-Christ, j'ai charge de vous ôter la vie. Je vous en demande humblement le pardon. Me l'accordez-vous ?

Aude de Casanel, une grande femme au visage peu gracieux, lui jeta un regard vide et déclara :

— Si fait, l'homme, si fait. Puis, baissant la voix, elle ajouta : Ces benêts. Je ne regrette rien, sauf d'avoir été démasquée ! À bientôt en enfer, bourreau. Il ne peut être pire que ce que j'ai supporté ici. Pour l'amour de Dieu, faites votre office prestement. Votre réputation d'habileté m'apaise un peu.

Hardouin hocha la tête et l'aida à s'agenouiller devant le billot avant de défaire la corde qui entravait ses poignets. Il expliqua d'une voix douce :

— Tendez les bras sur le côté, madame. Allongez le col autant que vous le pourrez sur la bille de bois. Ne bougez pas, afin que votre mort soit la plus douce possible.

Aude de Casanel s'exécuta. Ses mains tremblaient. Elle réprima le gémissement qui montait dans sa gorge et attendit dans la terreur.

M. de Mortagne héla Célestin, son jeune valet :

— Mon épée !

Le regard d'Aude se tourna vers le jeune garçon, guettant l'apparition de l'arme qui allait la tuer. Elle ne vit pas le geste d'Hardouin qui récupérait l'étincelante *Enecatrix,* déjà prête à côté de lui. Elle ne vit pas la lame se lever et s'abattre avec précision sur son cou.

La tête roula, escortée par le hurlement de joie de la foule, satisfaite. M. de Mortagne venait encore de réaliser de la belle ouvrage, offrant à Mme de Casanel le mince réconfort de n'avoir pas vu la mort fondre sur elle.

Célestin rejoignit son maître et lui tendit la soyeuse étoffe rouge avec laquelle il nettoyait *Enecatrix* de sa souillure. Quelques caresses et la phrase gravée sur la lame brillante apparut : « *Eos diligit et suaviter multos interficit*[1] ».

✣

Lorsque Hardouin et Célestin traversèrent la place au pas lent de Fringant, les têtes se détournèrent sur leur passage.

1. « Elle les aime et les tue en nombre avec douceur. »

IV

Mortagne-au-Perche, septembre 1305

Hardouin cadet-Venelle aimait ces moments où il redevenait simple quidam, où nul ne connaissait son nom, son occupation. Certes, il se savait en grave tort, ayant abandonné pour la journée la pièce en forme de baston[1] qu'il devait porter en ville à la manche afin que tous puissent reconnaître son office, sous peine d'une forte amende en cas de manquement. Il n'en avait cure[2]. Au demeurant, il doutait même que la sanction lui soit appliquée. Les bourreaux n'étaient pas si nombreux qu'on risque de les encourager au départ. Méprisés de tous, mis à l'écart, ils étaient cependant souvent au-dessus des lois, même en ce qui concernait les mariages consanguins. L'Église leur délivrait sans sourciller les dispenses qu'elle n'accordait que rarement, consciente qu'ils ne pouvaient se marier qu'entre eux.

1. Le bâton. Cette pièce de couleur et de forme variables en fonction des régions était souvent un bâton, symbolisant la potence. Elle permettait aussitôt de reconnaître les bourreaux et de leur faire subir des humiliations constantes.

2. L'expression date du XIe siècle. Elle vient de *cura* (charge, souci, etc.)

Tous les Maîtres de Haute Justice[1] étaient donc plus ou moins cousins. Un beau titre, qu'on ne leur concédait que lorsqu'on avait besoin de leur office, en remplacement de celui de Punisseurs des malfaiteurs encore usité quelques décennies plus tôt. En revanche, les surnoms injurieux ne faisaient pas défaut : Jean-cadavre, Brise-garrot et autres.

Il flâna dans les rues assez pentues et étroites de Mortagne, détailla les éventaires, un vague sourire aux lèvres. En ce jour de maigre[2], l'étal du poissonnier était l'objet d'une belle affluence et les commentaires acerbes de maîtresses de maison ou de servantes ricochaient. La provenance du poisson avait toujours donné lieu à débats passionnés. Ces barbotes[3] avaient-elles bien été pêchées à Saint-Florentin ? Quant à ces lamproies, qui pouvait assurer, hormis le beau discours du poissonnier, qu'elles venaient de Nantes et les raies de Larchamp ? Les saumons semblaient provenir d'Angers, toutes ces dames le concédaient. Et puis, combien de jours avait-il fallu pour leur acheminement[4] ? Certes, les cocons d'herbe qui entouraient les poissons les plus luxueux afin de les préserver de la chaleur et des mouches grouillantes paraissaient frais… Cependant, un cocon d'herbes fanées, ça se remplace pour faire accroire le poisson nouvellement pêché. Le pauvre poissonnier qui essuyait les mêmes critiques et suspicions chaque jour de marché reculait, tentait de se justifier et de protester de son honnêteté. Une cuisinière lui cria au nez :

1. Les bourreaux détestaient ce nom, au point qu'ils se battirent longtemps pour le faire interdire au profit de Maître de Haute Justice ou exécuteur de Haute Justice. Il y eut des lois dans ce sens et ceux qui utilisaient encore le terme de « bourreau » étaient punis d'amendes.

2. Les mercredis, vendredis, veilles de fêtes, sans oublier le Carême.

3. Lottes.

4. Pour des raisons évidentes de risques d'intoxication, les poissons devaient être vendus en deux jours, sans compter l'acheminement depuis le lieu de pêche.

— Et si j'envoie ma maîtresse et mon maître au lit avec une colique et des dégorgements, c'est pas vous qui sera accusé ! Tous les mêmes ! Ça, pour vendre, y a pas meilleur parleur !

✣

Hardouin cadet-Venelle pénétra dans l'échoppe de l'apothicaire qui avait arraché à ses rivaux le droit de vendre onguents, lotions, embrocations[1] diverses et variées afin de garantir belle peau, bonne voix[2] et cheveux drus. Deux commères[3] encore jeunes s'y trouvaient et discutaient des bienfaits d'une pommade de visage. Elles se tournèrent vers le nouveau venu et un sourire involontaire étira les lèvres de l'une d'elles. Quel bel homme et d'élégante mise avec ses cheveux très bruns, mi-longs et ondulés, ses yeux gris clair et sa haute taille. Sa peau pâle, sans tache ni marque[4], n'aurait pas déplu à une donzelle[5]. De plus, il portait une courte épée pendue à sa ceinture. Un homme de haut, à n'en point douter[6]. Minaudant afin de se faire remarquer, elle susurra :

— De grâce, passez avant nous, messire, nous nous interrogeons encore sur nos emplettes.

---

1. Préparation médicinale dans une base huileuse.

2. Le Moyen Âge aimait les cosmétiques et en faisait grand usage, notamment des potions pour « avoir belle voix ». Sans doute faut-il y voir une tentative de lutter contre les signes d'un vieillissement précoce, dû aux mauvaises conditions nutritionnelles.

3. Ou compère. Le terme n'avait à l'époque rien de péjoratif. Il désignait la marraine (parrain) puis une voisine (voisin) de commerce agréable.

4. Des maladies laissant des cicatrices cutanées, comme la variole, circulaient et les marques de naissance, voire les grains de beauté importants, étaient suspects à l'époque puisqu'on y voyait la marque du diable.

5. À l'époque dame ou jeune fille de qualité.

6. Les bourreaux avaient le droit de porter des armes, à l'instar des nobles.

Il s'inclina et déclara d'une voix grave et lente qui fit frissonner la jeune commère :

— Le merci, mesdames.

Du coup, elles ne le lâchèrent plus des yeux tout le temps qu'il acheta une lotion de bouche.

Après les avoir saluées à nouveau, il sortit de l'échoppe. Une vague tristesse l'habitait. Si ces femmes avaient connu son occupation, elles se seraient attachées à ne pas l'effleurer du regard par crainte d'une infamante contagion. Il songea pour la millième fois que si son aîné n'avait pas trépassé, il aurait repris la charge paternelle. Son fils serait devenu son valet. Hardouin aurait peut-être pu partir à l'aventure, devenir soldat, ou barbier-chirurgien. Il se serait défait de l'insoutenable poids de trois générations d'exécuteurs. Bah ! Le destin en avait décidé autrement. Au fond, Hardouin cadet-Venelle l'admettait : il s'en était toujours remis à ce dernier, comme si la direction de sa vie lui importait peu. Le destin l'avait traîné sans ménagement dans la boue pour ensuite se faire câlin et le métamorphoser en homme riche, très riche.

✣

Il s'en souvenait comme si la rencontre datait d'hier.

Un mercier[1] très fortuné, à l'agonie, veuf, dont les enfants avaient passé avant lui, l'avait fait mander au soir échu. Nul ne souhaitait que les voisins vissent pénétrer un bourreau chez lui. Le vieux bonhomme râlait. Une énorme tumeur, de la taille d'un œuf de poule, s'était développée sur la face gauche du cou. En dépit de son état de

1. Une corporation très riche et très respectée qui rejoindra vite la bourgeoisie.

faiblesse, il avait vitupéré les prêtres, les mages, les médecins qui l'avaient soulagé de rondes sommes sans aucun bénéfice. S'embourbant dans les mots, il avait demandé :

— Bourreau, on prétend que vous faites les meilleurs chirurgiens. Est-ce vrai ?

Le jeune Hardouin avait rétorqué d'un ton plat :

— Nous excellons dans cet art... pour des raisons évidentes. Sommes-nous les meilleurs ? Je ne l'affirmerai point.

— Eh bien, œuvre, l'ami. Vas-y, tranche la bidoche. Je vais crever sous peu. La mort me caresse déjà le front. Elle pue. Si tu me rends un peu de vie, sache que je saurai me montrer reconnaissant.

L'opération s'avérait délicate et Hardouin n'ignorait rien du réseau de veines et d'artères qui cheminaient sous la peau. Une incision de lancette[1] trop appuyée, et le bonhomme rendait l'âme. Il avait hoché la tête et demandé :

— M'autorisez-vous à héler au service, monsieur ?

— Pour quoi faire ? gargouilla l'autre.

— J'ai besoin de touailles[2] et d'une cuvette d'eau. Deux cruchons de votre meilleur vin ne seraient pas non plus superflus. Vous m'aiderez bien mieux en étant ivre et assoupi plutôt que gueulant tel un goret qu'on égorge.

Le mercier s'était étouffé dans un rire pénible et avait acquiescé d'un signe de tête.

Ils avaient bu et rebu, Hardouin plus que raisonnablement, l'autre comme un trou sans fond, se racontant leur vie à la manière de compères de gargote. Fin saoul, le mercier répétait :

— Tu me plais, l'ami. Ah ça, tu me plais. Que n'ai-je eu un fils tel que toi. Des souffreteux, tous claqués avant même de me donner une petite descendance ! Quel mauvais

1. Petite lame triangulaire dont on se servait pour les saignées et les incisions.

2. Torchons, linges.

heur [1] que cette parentèle de bourreaux dont tu n'es pas responsable.

Enfin, l'inconscience avait terrassé le vieux mercier et Hardouin avait approché la lancette de sa gorge. L'excision avait duré plus d'une demi-heure. La sueur lui trempait le visage en dépit de la fraîcheur qui régnait dans la chambre, le sang lui couvrait les mains. Le vieux gémissait dans son ivresse, ouvrant parfois une paupière. Hardouin ordonnait invariablement :

— Ne bougez pas ! Je risque de vous saigner pis qu'un cochon.

Il avait ensuite lavé les chairs à vif, l'énorme béance qu'il venait de creuser, et appliqué une compresse d'infusion de thym [2] avant de bander le cou.

Cinq jours plus tard, au soir afin de n'être point vue entrant chez un exécuteur, la servante qui l'était venue quérir pour assister son maître lui avait remis la somme convenue, plus que généreuse. Le mercier vivait et, en dépit de trois jours de vives souffrances, semblait se remettre.

Hardouin avait ensuite rendu de discrètes visites au vieil homme qui savourait son sursis de vie comme il n'avait jamais apprécié celle d'avant. Ils buvaient quelques gorgeons et se quittaient en excellente cordialité.

Et puis un jour, quatre ans après l'opération, alors qu'Hardouin ne l'avait pas revu de plusieurs semaines, un clerc de notaire était passé pour lui remettre une convocation en l'étude de son maître. Quelle n'avait pas été la surprise de cadet-Venelle lorsqu'il avait appris qu'il héritait de l'immense fortune du mercier, décédé quelques jours auparavant, et de la vaste demeure qu'Hardouin occupait aujourd'hui.

1. Fortune, dans le sens de chance.
2. Antiseptique très utilisé.

Le jeune bourreau avait investi avec finesse, achetant des étaux [1] de boucher qu'il faisait tenir par des valets, un investissement prisé des bourgeois et des riches Maîtres de Haute Justice, des participations dans des moulins, et avait ouvert plusieurs louages de chevaux dans la région. L'argent avait continué d'affluer. Cadet-Venelle aurait pu alors abandonner la profession de bourreau, partir, changer de nom. Étrangement, il n'avait pu s'y résoudre. Toutefois, cet argent lui avait permis d'acheter livres, peintures, beaux objets, et bien des petits seigneurs auraient aujourd'hui envié sa demeure, à cela près qu'il n'y conviait personne. Nul n'aurait accepté son invitation, pas même un serviteur de maison bourgeoise.

S'il avait été au bout de son raisonnement, cadet-Venelle aurait admis que l'extrême solitude des exclus et sa différence infamante aux yeux de tous le flattaient, même si elles le meurtrissaient. Sacrifié sur l'autel de la justice, conspué alors qu'il rendait service à tous. Un fauve devenu agneau sacrificiel. Le destin, toujours.

✠

En dépit de l'heure encore matinale, une petite faim le tenaillait, aussi pénétra-t-il en l'auberge du Daguet [2] Blanc, un établissement de tenue. Aussitôt, maître Daguet [3] se précipita vers l'homme de belle mise qui fréquentait parfois son établissement.

---

1. À l'époque le pluriel d'étal.
2. Cerf d'un an environ. Ainsi nommé en raison des deux « dagues » (courtes cornes) qu'il porte sur la tête et qui tomberont vers deux ans et demi pour donner naissance aux vrais bois.
3. Il était de coutume de nommer les aubergistes d'après leur enseigne.

— Messire, quel bonheur, quel honneur de vous revoir céans[1] ! s'exclama-t-il en jetant un regard de biais à ses deux autres clients.

Hardouin avait remarqué leur état d'enivrement lorsqu'il avait pénétré, et choisit la table la plus reculée.

— L'honneur est partagé, répondit-il. Un cruchon de votre meilleur vin et un plateau de… je ne sais, ce que vous tenez en cuisine…

— En ce jour maigre, des beignets d'œufs d'asellus[2] du matin, des pipefarces[3] sans fromage, sans oublier des pâtes de pomme au miel dont vous me direz des nouvelles !

— Que voilà réjouissante suggestion, maître Daguet.

L'aubergiste fonça en cuisine, dissimulant sa préoccupation sous un large sourire commercial. Ses deux autres clients commençaient à mener tapage et l'embarrassaient bien. Le Daguet Blanc avait la réputation d'un établissement familial où même les dames pouvaient venir se détendre sans risquer que l'on offense leurs oreilles avec des propos graveleux. Cela étant, ardu de leur suggérer de partir. Il s'agissait à l'évidence de gens de noblesse, du moins l'un.

Des rires gras s'élevèrent de la table située à l'autre bout de la longue salle. Hardouin cadet-Venelle tourna la tête avec discrétion, détaillant pour la première fois les deux clients attablés. Il reconnut aussitôt l'un d'eux, qui bafouilla d'un ton égrillard :

— Eh quoi ? J'ai troussé une dame de haut à la manière d'une puterelle[4], la belle affaire ! D'autant qu'en dépit de

1. Ici, dedans.

2. Cabillaud ou morue, très prisée à l'époque, sans doute en raison de sa chair blanche.

3. Beignets de fromage juste fondu. Une version sans fromage existait pour les jours maigres.

4. Prostituée.

ses protestations, je suis bien certain qu'elle y a pris plaisir. Il gloussa et poursuivit : Se faire cirer la peau du ventre par un vieux mari chétif, dont l'impotence ne me surprendrait pas, n'a pas de quoi satisfaire une belle. Un homme en pleine virilité l'honorait enfin ! D'autres m'en auraient été reconnaissantes ! Bon, elle a protesté... Mais on connaît les femmes, leurs récriminations sont de pure forme. Que d'histoires, mais que d'histoires pour bien peu ! Elle aura au moins passé un bon moment avant de rendre l'âme.

L'autre, sans doute un peu moins saoul, lui intima de baisser la voix d'un petit mouvement de main.

Jacques de Faussay. Le navreur[1] de Charles de Salvin. Celui qui avait indirectement allumé le brasier qui devait consumer Marie de Salvin, sa victime. Une onde glacée dévala dans le cerveau du bourreau. Lorsque maître Daguet déposa le cruchon, le gobelet et le plat de gourmandises devant lui, il lui jeta un regard absent. Il paya, parvint à formuler une vague excuse et sortit à la hâte.

✠

La tête désagréablement légère, il erra sans but dans Mortagne et n'aurait su préciser combien de temps. Deux pensées contradictoires tournaient en rond dans son esprit, se heurtant, s'interpellant : il n'avait pas jugé et n'était en rien coupable de la mort d'une innocente ; mais comment n'avait-il pas perçu sa sincérité, peu avant de la ligoter ? Pis : pourquoi ne s'était-il pas une seule seconde interrogé sur la fermeté de cette femme dont l'unique urgence en cet instant, alors qu'elle allait mourir d'affreuse manière, se résumait à ce qu'on la croie ? Si seulement elle avait

1. Navrer : transpercer gravement.

menti, admettant un parjure qu'elle n'avait pas commis, tous y auraient vu repentance, et elle aurait été prestement décapitée. Toutefois, son honneur, celui de son défunt mari, lui importaient plus que la terreur et la souffrance.

Il récupéra Fringant[1], son étalon, dans l'un de ses louages de chevaux et d'attelage, remarquant à peine les habituelles courbettes du valet à qui il en avait confié la bonne marche. Il le salua avec tant d'efforts que l'autre s'en inquiéta :

— Mon maître, allez-vous tout à fait bien ? Vous êtes si pâle, semblez épuisé. Un gobelet d'hypocras[2] vous ragaillardirait sans doute. Je puis l'aller quérir en cuisine.

— Merci, mon bon, mais je dois rentrer. De fait, ma longue promenade m'a fatigué.

✠

Marie de Salvin ne lui quitta pas l'esprit de tout le chemin du retour. Il la revoyait, vêtue de sa robe de bure trempée dans le soufre, pieds nus, ses beaux cheveux tailladés à la hâte, son regard bleu marine étiré vers les tempes le dévisageant. Il entendit, aussi nettement que si elle avait chevauché à ses côtés : *Je suis en paix, innocente… Je tiens à vous voir jusqu'à la dernière seconde. Vous, ce prêtre et cette foule. Vous serez le visage de l'ignominie, celui que j'emporte dans la tombe.*

Pourquoi elle ? Hardouin cadet-Venelle était assez fin pour supposer avoir occis d'autres innocents. Pourquoi

1. Animaux nobles, les chevaux étaient nommés, tout comme les chiens.

2. On l'écrivait « ypocras » à l'époque. Vin rouge, parfois mélangé à du vin blanc, sucré de miel et parfumé à la cannelle et au gingembre.

elle, pourquoi aujourd'hui ? Il n'aurait su le dire. Le destin, encore et toujours ?

L'idée de souper lui levant le cœur, il alla se coucher sous l'œil un peu surpris de Bernadine, qui le servait depuis deux ans, avec la dévotion d'une femme qui aurait terminé mendiante aux caquetoires[1] des églises sans lui. Veuve encore jeune d'un bourreau normand, nul ne l'aurait employée, à moins qu'elle ne dissimule la vérité sur son passé. Toutefois, forte femme, elle avait déclaré d'un ton sans emphase mais sans appel :

— Mon époux n'était ni coquin, ni trucheur[2] et il a pas plus choisi son métier que son père ou son grand-père avant lui. Mentir à son sujet r'viendrait à le renier, à cracher sur sa mémoire et j'm'y r'fuse.

Bernadine ne posa pas de questions à son jeune maître. Elle connaissait ces regards de noyé, cette pâleur cendrée. Son mari les manifestait parfois, lorsque le boniment consolateur qu'il se racontait chaque jour craquelait après un supplice de main coupée infligé à un encore presque enfant arrêté pour braconnage ou chapardage alors que son ventre creux le tiraillait, ou après l'interminable tourment d'un être dont il ne restait qu'un corps martyrisé et qui finissait par avouer ce que ses juges avaient envie d'entendre.

✣

Hardouin cadet-Venelle oscillait depuis des heures dans un demi-sommeil, peuplé de bribes[3] de rêves, d'étranges et incompréhensibles visions. Il grelottait, saisi par une

1. Porche principal, endroit où l'on bavardait après la messe.
2. Qui mendie par paresse.
3. À l'origine « morceau de pain », puis « petit morceau », « petite quantité ».

fièvre intense qui le faisait transpirer. Une sueur maintenant glaçante trempait son chainse de nuit. La soif lui desséchait la gorge. Il lutta pour sortir de son presque endormissement. En vain. Une sorte de malfaisant étau lui broyait la poitrine, ainsi qu'il avait tant broyé de membres. Le brouhaha confus qui régnait dans son esprit vira soudain au vacarme. Hurlements, plaintes déchirantes, sanglots, suppliques. Les bruits d'horrible mort qui habitaient sa vie. L'enfer devait ressembler à son cauchemar d'engourdissement. Une gigantesque crampe le tendit, lui arrachant un gémissement. Il se débattit, tentant de revenir à la conscience. Il lui sembla que des mains gluantes et tièdes le frôlaient, le griffaient, l'attiraient au loin, vers un lieu dont il ignorait tout mais qu'il ne devait surtout pas rejoindre. Il eut la vision d'un répugnant marécage, de sables mouvants prêts à l'ensevelir. Sa respiration se fit laborieuse. Ces femmes, condamnées à mort, qu'il avait ensevelies vivantes, revenaient le hanter. On ne pendait pas les femmes de peur que leur robe se balançant au vent n'offre un spectacle indécent à ceux qui se trouvaient au-dessous [1]. Leur pudeur était sauve pendant qu'elles étouffaient, grattant la terre dans l'espoir de se libérer.

Il suffoquait, ligoté dans ce monstrueux état second, ce sortilège dont il ne parvenait plus à s'extraire quand, soudain, une paume fraîche frôla son front brûlant. La voix qu'il entendait depuis des jours murmura : « Je vous ai pardonné puisque vous savez maintenant. »

Marie de Salvin.

✣

1. Rappelons que les culottes sont d'invention relativement récente. En revanche, existaient déjà des bandes de lin afin de soutenir les seins.

Hardouin ouvrit brutalement les yeux en se redressant dans son lit et inspira tel un noyé secouru de justesse. Le souffle lui revint enfin. Pourquoi ses avant-bras étaient-ils en sang ? Pourquoi d'innombrables griffures les marbraient-elles ? Il détailla ses ongles. Pas la moindre ombre rouge dessous.

Il se leva et traversa la chambre en chancelant. La soif lui collait les lèvres. S'accrochant à la rambarde de l'escalier de pierre, il descendit et se dirigea vers la cuisine. Une esconce [1] allumée devant elle, Bernadine était installée sur le banc qui flanquait la longue table de bois sombre. Elle tourna la tête à son entrée et son regard se posa sur ses avant-bras meurtris.

— J'ai si soif, déclara-t-il, les mots se formant avec peine.

Elle se leva pour le servir. Il but longuement, vidant son gobelet d'un trait pour le lui tendre à nouveau. Puis, il se laissa choir avec lourdeur sur le banc. Bernadine nettoya ses bras à l'aide d'une touaille trempée dans la marmite d'infusion de mauve et de thym tenue tiède dans l'âtre.

Sans qu'il ait besoin de parler, elle expliqua :

— Les âmes des damnés parviennent parfois à entrouvrir les portes d'l'enfer. Elles peuvent pas en sortir mais tentent d'y tirer ceux d'entre vous qu'ont baissé leur garde.

— Ton mari ?

— Hum.

— Elle n'était pas damnée. Dieu l'a accueillie à bras ouverts. Une agnelle innocente.

— Qui ?

— Une femme, une condamnée. Peu importe son nom.

1. Sorte de petites lanternes en bois ou en métal dans lesquelles on protégeait les lampes à huile ou les bougies des courants d'air.

De fait. Alors qu'il l'avait brûlée vive, Marie l'avait arraché à leurs griffes, à celles des maudits. Alors qu'il l'avait tuée, elle l'avait sauvé, il ne savait trop de quoi. Du moins s'en convainquit-il.

L'épuisement lui fit fermer les paupières et son torse bascula vers l'avant, son front heurtant la table. Son souffle se fit profond. Il venait, enfin, de sombrer dans un vrai sommeil.

Bernadine se leva sans bruit, récupéra l'esconce et s'approcha du dormeur. Elle lui caressa les cheveux, murmurant :

— Dors. Les portes de l'enfer se sont refermées. Pour c'te fois. Car lorsqu'elles s'entrouvrent une nuit, plus rien n'peut les tenir closes à jamais. Tu l'apprendras vite.

V

Alentours de Mortagne-au-Perche, septembre 1305

Lorsque Hardouin cadet-Venelle se réveilla, le soleil était déjà haut. Il mit quelques instants à comprendre ce qu'il faisait dans la cuisine, avachi sur la table. Puis l'effarante transe de la nuit lui revint. Il détailla ses avant-bras meurtris. Une multitude de fines griffures traçait un réseau rougeâtre sur sa peau, évoquant des griffes de chat. Pourtant, il n'éprouvait nulle gêne, nulle douleur.

En dépit de son affreux cauchemar, il se sentait bien, revigoré, fort. Il lui sembla même que son esprit avait gagné en acuité, en clarté.

Il sut sans ambiguïté qu'une irréparable fêlure s'était installée en lui. Un infranchissable précipice séparait maintenant sa vie d'avant de celle d'après, même s'il n'avait pas la moindre idée de ce que serait la seconde.

Une révélation s'imposa : un meurtre de trop, car il s'agissait d'un meurtre, avait métamorphosé son existence, sa perception des êtres, de la mort et surtout de Dieu. Le meurtre de Marie de Salvin.

Une conviction, déroutante au point de le faire sourire, lui vint : son esprit savait ce que lui ignorait encore.

✣

Il héla Bernadine, qui apparut presque aussitôt, preuve qu'elle se tenait tout près, attendant son éveil.

— J'ai faim, ma bonne. Une faim de loup.

— Que voilà réjouissante nouvelle. J'me hâte et vous remplis la panse.

Hardouin dévora, avec un appétit qu'il ne s'était jamais connu. Bernadine le couvait du regard. Elle ne posa aucune question, sachant que les réponses de son maître fluctueraient dans les heures à venir.

Au potage au lait d'amandes et au pain trempé fit suite une généreuse part de gravé de petits oiseaux [1] servie sur un tranchoir [2], qu'accompagnait une purée de févettes. Hardouin engloutit ensuite du fromage frais, puis attaqua le taillis aux fruits secs [3]. Il arrosa le tout d'un verre [4] de vin fin. Son repas terminé, il pria Bernadine de se joindre à lui. Elle se servit avec précaution de crainte d'ébrécher le précieux verre et s'installa face à lui, contente de cette marque d'affection et d'estime.

— Célébrons, proposa-t-il.

— Quoi donc ?

— Je ne sais. Néanmoins, il y a matière à célébration, j'en suis certain.

---

1. En général des cailles, marinées dans du vin et du bouillon. On les faisait ensuite revenir avec du lard et un mélange d'épices (gingembre, cannelle, clou de girofle) et mijoter dans un peu de verjus ou de vin aigre.

2. Épaisse tranche de pain rassis qui servait d'assiette. On les donnait ensuite, imbibées de sucs de viande, aux pauvres ou aux chiens.

3. Dessert à base de lait épaissi de pain, rehaussé de miel et d'épices, dans lequel on faisait cuire les fruits secs jusqu'à obtenir une crème épaisse.

4. Le verre était très dispendieux à l'époque et les objets qu'on en faisait constituaient des luxes rares.

Ils trinquèrent avec délicatesse et burent en silence. Une sourde inquiétude rongeait Bernadine depuis la nuit précédente. Où l'esprit de son maître s'était-il égaré ? Dans quelles malfaisantes contrées ? Était-il revenu indemne de ce voyage dont elle avait déjà été témoin une fois, et dont elle était convaincue qu'il avait tué son époux à petit feu ? Car Gilles ne s'était jamais remis d'une nuit semblable. Il avait ensuite vivoté, refusant de parler, d'évoquer les terribles visions qui l'avaient agité, pantelant, suant, gémissant toute une nuit, sans qu'elle parvienne à l'éveiller. Il s'était peu à peu éteint, sans raison apparente, telle une flamme de bougie. La vie aspirée par une sombre force que Bernadine était incapable de définir.

— Tu es bien silencieuse.

— J'attends vot' bon vouloir.

— Je doute qu'il s'agisse de vouloir, bon ou mauvais, et peu importe.

— Je n'vous comprends point, mon maître.

— Moi non plus. J'attends. J'attends ce qui doit survenir. Demande, veux-tu, que l'on selle Fringant. J'ai besoin de sortir, de prendre le vent.

Elle acquiesça d'un signe de tête. La peur s'était lovée en elle.

✣

Dès qu'Hardouin fut en selle, le bel étalon noir, son complice depuis des années, s'agita, levant nerveusement la tête, hennissant, donnant de la crinière. Hardouin lui flatta le col, lui parla avec douceur. Les mots qui sortirent de sa bouche le figèrent, tant ils résumaient ce qu'il sentait au plus profond de lui, sans même l'avoir pensé :

— Je suis toujours ton maître, mon valeureux, même si me voici devenu autre.

L'animal s'apaisa. Sans y réfléchir, Hardouin le lança en direction de Mortagne. Il entra en ville peu après sexte* et se dirigea vers la belle demeure qu'occupait le sous-bailli lorsqu'il avait affaire en ville.

Un valet le fit patienter dans l'ouvroir [1] puis le mena jusqu'à son maître. Arnaud de Tisans parut surpris de le voir. Son regard effleura la manche du gipon d'Hardouin et il commenta d'un ton pincé :

— Je ne vois pas le baston.

— Il est vrai. Vous ne le voyez pas, puisque vous ne voyez plus le bourreau.

Il fallut quelques brefs instants au sous-bailli pour comprendre l'implication. Son visage se ferma :

— Ah non ! Souffririez-vous, comme d'autres, de ces effarouchements de donzelle ? Le sang, les cris vous feraient-ils soudain horreur ? Pas vous, la plus belle main du royaume ! De grâce, épargnez-moi ces sensibleries de moniale. Vous ne pouvez pas… déserter de la sorte. Enfin, je… nous avons impératif besoin de votre office.

Hardouin sembla réfléchir avant de répondre avec lenteur :

— Effarouchements ? Non pas, messire. Alors que Fringant me portait, j'ai peu à peu compris que je souffrais d'une exigeante bilance [2].

— Perdez-vous le sens, à la fin ? s'emporta le bailli. Qu'est cette bilance ?

Le regard gris pâle de M. Justice de Mortagne se fit implacable. Pourtant, un lent sourire étira ses lèvres et il déclara d'un ton très doux :

— Je veux la tête de Jacques de Faussay. Je l'ai entendu se vanter du viol. Je le décollerai moi-même, sans requérir paiement. J'exige que l'honneur soit restitué

1. Première pièce d'une maison, donnant sur l'extérieur.
2. Balance. Nous a laissé « bilan ».

publiquement à Mme Marie de Salvin, que sa dépouille soit exhumée et enterrée en terre consacrée, ainsi qu'elle le mérite.

Arnaud de Tisans n'avait guère l'habitude qu'on lui parle de la sorte. Pourtant, il supporta l'insolence de celui qui n'avait été jusqu'ici à ses yeux que le plus méprisable de ses valets : son bourreau. Fichtre ! Cet homme-là se comportait avec une rigueur, une dignité sidérantes.

— À défaut ? s'enquit-il quand même.

— À défaut ? Je l'exécute en discrétion, puis disparais. Il vous faudra trouver un autre Maître de Haute Justice et ils ne sont pas si nombreux que cela.

Tisans tergiversa encore quelques instants, sentant la menace sérieuse. Or, comment se passer de cadet-Venelle, surtout depuis le trépas de l'exécuteur de Bellême ?

— Êtes-vous certain de votre fait, concernant Faussay ?

— Oui-da. À moins qu'il ait voulu se vanter d'un acte ignoble. Et j'en doute fort. Je reconnaîtrai son compagnon qui pourra témoigner.

— Bien. Jacques de Fausssay sera prévenu de son inculpation au demain et de l'interdiction qui lui est faite de quitter la région. L'enquête commencera sitôt. Prenez garde, cadet-Venelle. Si vous me fourrez en délicatesse, je ne vous le pardonnerai pas.

✠

Hardouin prit congé du sous-bailli peu après, incertain de la suite. Depuis son réveil, il avait le sentiment d'avancer poussé par une main. Une main fraîche et bienveillante.

Il ne doutait pas de la parole du sous-bailli. Toutefois, M. de Tisans était homme de noblesse, doublé d'un politique. Un vieux renard[1], habile à s'épargner les revers. M. Justice de Mortagne était bien placé pour savoir que la justice réservée aux manants[2], aux gueux et aux serfs*[3] différait fort de celle que l'on accordait aux gens de haut. Si Jacques de Faussay avait été bourrelier[4] ou ongle-bleu[5], on l'eût arrêté sur-le-champ et jeté dans une geôle ou un cul-de-basse-fosse avant même que débute l'enquête.

Il s'étonna de se retrouver sous l'enseigne du Daguet blanc et descendit les quelques marches qui menaient à la grande salle.

Maître Daguet, que sa sortie précipitée lors de sa dernière venue avait inquiété, se porta à sa rencontre.

— Messire, messire, quelle joie de vous revoir ! Je me suis ému de…

— Pardonnez-moi. Un encombre m'a brusquement saisi après que la conversation de vos deux autres clients m'eut insupporté les oreilles.

— Ne m'en parlez pas ! J'ai eu un mal fou à les encourager, en courtoisie, à partir avant l'affluence du midi. Je le répète à maîtresse Daguet : quand on a le vin aigre et grossier, on ne boit pas… ou on ne s'installe pas dans mon établissement.

— Sont-ce des habitués ? demanda Hardouin d'un ton léger en s'asseyant à une table.

---

1. Contrairement au loup jugé glouton et bête, le renard avait une réputation d'intelligence et de finesse.

2. Le terme n'avait à l'origine rien de péjoratif. Il désignait des habitants d'un manoir.

3. Paysans ou domestiques non libres appartenant à un seigneur, en fait des esclaves, un « statut » assez généralisé au Moyen Âge.

4. Artisan qui fabriquait les harnois, les selles, sangles, etc.

5. Ceux qui teignaient les tissus pour les drapiers ou les merciers. La teinture bleue leur colorait les ongles. Il s'agissait d'un métier méprisé à l'époque.

— Pas le noblaillon. L'autre, oui-da. Germain Flanche, un riche fermier du coin qu'a des intérêts dans pas mal d'étaux et d'échoppes de la ville. Jolie fortune. Il se tient d'habitude, et a l'alcool plutôt plaisant, aussi étais-je surpris et très embarrassé par ses écarts. Je souhaite de tout cœur que vous ne m'en teniez pas rigueur.

— Non pas, mon ami. Vous n'êtes en rien responsable, assura Hardouin, satisfait d'avoir appris le nom de sa prochaine cible. Nous sommes entre représentants de la gent forte et pouvons supporter des propos lestes et inconvenants sans en suffoquer d'embarras. Toutefois, imaginez… si des dames avaient été présentes…

— À l'évidence ! Leur émoi et leur juste réprobation… à vous faire perdre clientèle. Je ne pensais qu'à cela et n'avais qu'une hâte : qu'ils prennent l'escampe [1] au plus preste.

— Bah ! Passé que cela. Nous voilà ce jourd'hui entre gens de bonne compagnie. Allons, un gobelet de votre excellent vin et un petit plateau de vos friandises, je vous prie, maître Daguet.

✠

Il trouva vite la belle ferme de maître Germain Flanche, située entre Mortagne-au-Perche et la Gayère. La bâtisse, cossue, à la maçonnerie en bel état, suivait un plan en forme de « U », classique dans la région. Une demi-douzaine de valets et de servantes s'affairaient dans la vaste cour carrée, preuve de l'opulence du maître des lieux. Il apprit que Germain Flanche s'était rendu au champ dit du charnier, à un quart de lieue à l'ouest. Hardouin connaissait

1. Se retirer, s'enfuir à la hâte. Nous a laissé « prendre la poudre d'escampette ».

l'endroit, dont le nom peu ragoûtant gardait le souvenir d'une épidémie de boyau blanc[1] qui avait décimé les troupeaux de moutons quelques décennies auparavant. On avait creusé une fosse afin d'y jeter les carcasses avant de les recouvrir de chaux vive pour limiter la propagation de la maladie[2].

✣

Hardouin cadet-Venelle reconnut l'homme planté en orée de champ, celui de la taverne, dès qu'il parvint à deux toises* de lui. Rougeaud, lourd en dépit d'une taille assez courte, son lard le faisait transpirer sous son chapeau. Il guettait une silhouette au loin. Son vêtement, de belle qualité mais austère et un peu démodé, trahissait la richesse méfiante de ceux qui veulent se faire accroire moins aisés qu'ils ne sont, de peur qu'on les dépouille de quelques deniers ou qu'on en appelle à leur générosité. Hardouin démonta et lia les rênes de Fringant à une branche basse. Il s'avança vers le fermier, un sourire aux lèvres.

— Maître Flanche ? J'ai à vous entretenir d'une affaire.

L'autre se tourna d'un bloc et considéra le grand homme élégant, un air de méfiance et de curiosité sur le visage.

— Monsieur ?

— Venelle. Hardouin Venelle.

— J'ai pas le souvenir de…

— Si fait. J'ai eu le… privilège de vous croiser dans une taverne, le Daguet Blanc, en compagnie d'un vôtre ami, Jacques de Faussay.

1. Paratuberculose, se traduisant par une diarrhée profuse. Il n'existe pas de traitement, même à l'heure actuelle.

2. Rappelons que si le Moyen Âge ne connaissait pas les microorganismes, on avait la certitude de la contagion, expliquant la quarantaine et les léproseries, par exemple.

L'autre, qui regardait au loin, ne voyant pas où il voulait en venir, rectifia avec prudence :

— Ami, ami… j'suis juste maître des sols[1] de quèques unes de ses terres.

— Vous sembliez pourtant vous enivrer en cordialité, ce jour, lorsque vous évoquâtes une « dame troussée telle une puterelle ».

Madré, l'autre tenta de biaiser :

— Venelle, dites-vous ? J'connais point. Quelle dame ? Quelle puterelle ? Brisons-là[2], l'homme. J'entends[3] rien à vos paroles. Vous allez m'chauffer la bile sous peu.

Le regard gris pâlit. Hardouin soupira :

— Dommage.

Trois doigts tendus filèrent en direction du larynx du fermier qui s'écroula à genoux en râlant, suffoquant, des larmes de douleur dévalant sur ses joues grasses et rouges. Cadet-Venelle se pencha et saisit sa main. Un craquement. Un hurlement. Il venait de lui briser l'auriculaire. Au loin, la silhouette se redressa, tournant sur elle-même, incertaine de la nature de l'écho qui venait de lui parvenir. Elle parut se rassurer et se baissa à nouveau vers la terre moissonnée.

— Dois-je continuer ou ta bile s'apaise-t-elle ? La mémoire te revient-elle ? Cette dame ? Respire, l'homme. Je ne suis guère pressé. Je peux te tenir en vie des heures s'il me chaut[4], tout en brisant chaque os de ton corps. Choisis.

— Le… haleta le gros fermier.

---

1. Il s'agissait d'une forme de métayage, très fréquent au XIVe siècle. Le métayer payait la moitié des semences, exploitait la terre et recevait la moitié de la récolte.

2. Cesser, mettre un terme à quelque chose.

3. Au sens de comprendre.

4. Du verbe chaloir, être d'importance ou causer du souci. « Si cela m'importe ».

— Ne prononce pas le nom de « bourreau », tu me fâcherais. Le Maître de Haute Justice. Celui qui ôta d'horrible façon la vie à cette dame, celle que ton ami Faussay traita en puterelle, viola, profitant de l'absence de son époux. Choisis.

L'autre déglutissait, tentant de dissiper la douleur. Ne le lâchant pas du regard, Hardouin agrippa son autre main. Terrorisé, le fermier balbutia :

— Non, non, de grâce… que… qu'exigez-vous…

— La vérité. La justice. Tu vas, sitôt, requérir audience du sous-bailli, messire Arnaud de Tisans. Il attend ta visite. Tu lui conteras les dires de Jacques de Faussay.

— Non, il va m'navrer, supplia l'autre, au comble de l'affolement.

— Pas s'il est jeté en prison. Dans le cas contraire, c'est moi qui m'en chargerai, et ton agonie sera interminable, au point que tu maudiras ta mère de t'avoir donné le jour. Je te ferai profiter de tout mon art, l'ami. Il est immense. Choisis.

Cadet-Venelle entreprit de retourner vers le haut, doucement, trois des doigts de la main gauche de Germain Flanche. L'autre tenta de se débattre, de se relever mais un coup de pied au sternum lui coupa à nouveau la respiration. Il chut lourdement sur le flanc. Hardouin, son élégant visage impavide, patienta. Aucun homme, aussi agile ou lourd fût-il, n'était de taille à lutter contre lui. Il avait appris, dès le plus jeune âge, les points les plus sensibles d'un corps, les coups les plus douloureux. Il savait faire plonger en pâmoison d'un revers de main, ou maintenir en conscience au-delà du supportable.

Hardouin fut soulagé de constater que cette transe inquiétante, cette main fraîche qui avait frôlé son front brûlant de fièvre n'avait pas estompé le chemin que son père lui avait enseigné. La voie qui menait à cet état étrange qui le possédait lorsqu'il s'acquittait de sa tâche de mort : l'indifférence absolue à la souffrance et à la terreur de l'autre.

Crispé de douleur, Germain Flanche hocha la tête en signe d'acquiescement.

— Dis-le. Jure devant Dieu. Sur ton âme, exigea M. Justice de Mortagne.

— Je jure sur mon d'âme d'rapporter sitôt les odieux propos de Jacques de Faussay au bailli, balbutia le fermier. Après tout, c'est pas mon ami et c't'un scélérat.

— S'il s'agissait d'une vile menterie, gare l'ami ! Je pourrais me mettre en colère. Crois-moi, il faudrait être privé de sens pour provoquer mon ire [1].

Sur ces mots, Hardouin cadet-Venelle remonta en selle et disparut.

1. Courroux, colère.

VI

Mortagne-au-Perche, fin septembre 1305

Grâce à l'accablant témoignage de Germain Flanche, l'arrestation et le procès de Jacques de Faussay avaient été plus rapides que M. Justice de Mortagne ne l'espérait. D'autant que d'autres témoignages avaient afflué : ceux de femmes de toutes conditions violentées, forcées par le noblaillon, et qui s'étaient tues jusque-là. Jacques de Faussay semblait s'être fait une spécialité d'obtenir avec brutalité ce qu'on refusait de lui donner. Au demeurant, prendre de force le satisfaisait bien davantage que recevoir.

La morgue du bellâtre, qui avait d'abord pris de très haut l'accusation de viols multiples et parjures aggravés, avait vite cédé, face à l'art du Maître de Haute justice, durant son interrogatoire, une Question [1] dosée ainsi qu'il était d'us : une demi-heure de torture par demande. Hardouin lui avait brisé les jambes, enfonçant avec lenteur les coins entre les planches des brodequins [2]. Aux injures,

1. Torture.
2. Particulièrement monstrueuse, cette torture fut utilisée jusqu'en 1780. On plaçait des planches autour des jambes ou des pieds qu'on liait fermement. On enfonçait ensuite des coins à coups de marteau.

obscénités crachées par Jacques de Faussay avaient vite fait suite les hurlements, les suppliques. Adossé au mur de la salle de tourment, son écritoire pendue au cou, plaquée sur le ventre, sa plume aux doigts, le scriba[1] attendait les aveux de l'accusé. Ils ne tardèrent guère. Jacques de Faussay relata le viol et les coups assénés à Marie de Salvin ainsi qu'à d'autres.

Lorsqu'il prit connaissance des méfaits avoués, Arnaud de Tisans entra dans une terrible colère.

— Gredin, parjure, déhonté sans honneur ! hurla-t-il. La justice sera implacable.

De fait, les juges nommés par le sous-bailli appliquèrent la peine la plus lourde pour ce genre de crime, à l'issue du procès qui ne dura qu'un après-midi.

Dès le surlendemain, le coupable fut traîné en place publique. Une foule qui piaffait d'impatience, depuis qu'elle avait eu vent du supplice réservé, s'y pressait.

Le secrétaire du sous-bailli lut la sentence à forte voix et la tendit à M. Justice de Mortagne, revêtu de son gipon rouge sang, le visage dissimulé par son masque de cuir noir. Celui-ci parcourut rapidement la feuille et constata l'absence de *retentum*[2], que les juges ajoutaient parfois au seul usage du bourreau. Le condamné n'en était jamais informé, pas plus que les badauds qui se pressaient pour le voir mourir et qui, pour beaucoup, en eussent été dépités.

Le déshonneur de Jacques de Faussay fut clamé haut et fort, ainsi que l'honneur retrouvé de Mme Marie de Salvin et sa prochaine exhumation. Elle serait ensuite mise en terre consacrée aux côtés de son époux.

---

1. Copiste, greffier.
2. Il s'agissait d'une « mesure de clémence ». Le juge y indiquait à l'exécuteur qu'il pouvait achever le condamné après un certain nombre d'heures de torture, ou l'étrangler, le poignarder discrètement avant d'allumer le bûcher par exemple.

Pour la première fois de sa carrière, M. Justice de Mortagne ne s'inclina pas devant le supplicié afin de requérir de lui le pardon, mais le toisa. Il exécuta la sentence à l'immense contentement de la foule que les interminables hurlements de bête de Faussay réjouirent. Le condamné fut émasculé en place publique sous les ovations et les lourdes obscénités de la populace, puis écartelé entre quatre lourds chevaux de Perche qu'Hardouin cadet-Venelle fit aller au lent pas afin que le supplice dure plus longtemps, pour la satisfaction de tous. Alors qu'il était à l'agonie après des heures de supplices, inconscient au point que M. de Mortagne et son jeune apprenti Célestin durent le porter sur le chafaud, il fut pendu tel un gueux, ultime marque de déshonneur.

La dépouille désarticulée et sanglante du dévoyé fut ensuite transportée au gibet à six piliers, réservé aux comtes [1], qui se dressait hors les murs de la ville en raison de l'insupportable odeur de charogne qui en provenait. On y exposait les cadavres des infâmes auxquels l'inhumation chrétienne était refusée, jusqu'à ce que la décomposition et les attaques de corbeaux qui se repaissaient de leur chair les fassent choir de leur corde. Célestin se félicita en son for intérieur que Faussay ait été écartelé et pendu. Suspendre les décapités au gibet exigeait que l'on noue une corde sous leurs aisselles. Une tâche ardue durant laquelle on se souillait presque toujours de sang coagulé. Des petits enfants, encouragés par leurs parents, suivirent la procession, gloussant des difficultés du valet du bourreau et des hommes du bailli à hisser le cadavre. Nombre d'entre eux

1. Un baron avait droit à un gibet à quatre piliers, un comte à six piliers. Le gibet du roi pouvait compter autant de piliers que souhaité.

ramassèrent des pierres et lapidèrent le corps sans vie de Jacques de Faussay.

✠

Hardouin cadet-Venelle rentra soulagé. Le calvaire et la mort de l'infâme ne lui avaient procuré aucun plaisir ni déplaisir. Une nécessité qu'il avait accomplie à l'instar de tant d'autres. En revanche, que justice soit enfin rendue et que Marie de Salvin ait retrouvé son honneur le grisait. Lui, l'exclu, le presque non-humain, avait contraint les hommes et la justice à la vérité.

Bernadine prépara le bain[1] de son jeune maître, une eau chaude additionnée d'une robuste décoction de tilleul et de mauve. Lorsqu'il se dévêtit[2], elle se fit à nouveau la réflexion qu'il était fort bel homme. Certes, il n'était plus puceau depuis longtemps. Il découchait parfois une ou deux nuits de suite et Bernadine, plus une oie blanche depuis longtemps, se doutait qu'il rencontrait des femmes. Pourtant, il n'en avait jamais mentionné aucune, alors que nombre de jolies filles de bourreau auraient supplié pour obtenir un tel parti. Bah ! Il était encore jeune. Le moment viendrait bien où il se déciderait à prendre épouse.

Une fois seul, environné par l'eau parfumée du grand baquet de cuivre, Hardouin laissa son esprit dériver dans une sorte de bienveillante torpeur. Il se sentait paisible, régénéré. Un rêve d'endormissement lui vint-il ? Pourtant, la suite fut d'une telle réalité que sa peau s'en imprégna avec avidité.

---

1. Le Moyen Âge était une époque relativement propre, contrairement à d'autres époques plus récentes. On s'y lavait, et on fréquentait les étuves, ou bains publics, parfois mixtes, qui fleurissaient dans les villes.

2. Bien que pudique, le Moyen Âge n'était pas prude. La nudité, lors des ablutions par exemple, ne choquait pas.

Alors que l'assoupissement le gagnait, il sentit une soudaine et douce pression contre son flanc, la tiédeur d'un bras en écharpe autour de son cou, la sensation d'un baiser contre son aisselle, la caresse de longs cheveux mouillés sur sa poitrine. Il supplia pour ne pas se réveiller mais ouvrit les paupières en murmurant :

— Marie ?

La sensation de ce corps de femme lové contre lui persista quelques fugaces instants pour s'évanouir ensuite, laissant sa peau et son âme à vif. Une peine incohérente le redressa. Lui, condamné à l'éternelle solitude, et qui s'en était, au fond, bien accommodé, se sentit soudain abandonné d'insupportable manière.

Hardouin cadet-Venelle dîna ensuite avec un appétit d'ogre. Il lui sembla que les mets exhalaient des odeurs plus enivrantes, recelaient des goûts plus exquis qu'à l'accoutumée. Il en fit compliment à Bernadine qui attendait, debout derrière sa chaise. Surprise, elle le détrompa :

— Ben… J'ai rien changé à la r'cette. Quant au vin, il provient du même tonneau en perce qu'hier, avant-hier, la s'maine dernière.

✠

La nuit se fit capricieuse. Hardouin passait d'un sommeil si profond qu'il ressemblait à une mort très tendre à des éveils où l'acuité de ses sens le stupéfiait. Le sifflement péremptoire d'une dame blanche[1], auquel répondit presque aussitôt un hululement vindicatif de hibou, le fit sourire. Il y déchiffra une mise en garde que s'adressaient les rapaces, chacun défendant son territoire de chasse. L'odeur du thym

1. Chouette effraie.

et de la poudre de bois de cade[1] que Bernadine emprisonnait dans des petits sachets de toile qu'elle semait dans la haute almaire[2] de sa chambre afin de décourager les insectes, et sans doute de le protéger des mauvais esprits, lui parvint, si forte qu'il s'étonna de l'avoir à peine remarquée jusqu'à cette nuit. Quelque part au-dessus de sa tête, une cavalcade légère, presque imperceptible, celle d'une souris dans les combles. Dans le silence nocturne résonnaient les battements paisibles et puissants de son cœur, l'écho de son sang dans les artères de son cou.

Sans appréhension, sans précipitation, il tenta de percer le mystère de cette métamorphose qu'il sentait dans chacune de ses fibres. À l'évidence, elle devait avoir une signification, une destinée. Le sommeil le terrassa sans qu'il le sente approcher. Lorsqu'il se réveilla à nouveau, la nuit était toujours pleine et son esprit revint au point précis où la conscience l'avait abandonné plus tôt. Qui était à l'origine de sa transformation ? Dieu ? Marie de Salvin ? Lui-même ? La multitude de ceux qu'ils avaient fait passer de vie à trépas ? Quelle importance, au fond ?

D'autres courts sommeils, profonds tels d'insondables et obscurs précipices, courts au point qu'il avait parfois le sentiment d'avoir à peine fermé les paupières, le menèrent au petit matin.

Il se leva heureux, sans vraiment comprendre la raison de ce bonheur confidentiel, et procéda à ses ablutions devant sa table de toilette.

Une surprise de taille l'attendait lorsqu'il descendit en cuisine afin de se sustenter. Le sous-bailli Arnaud de Tisans patientait, assis sur l'un des bancs, un gobelet d'infusion et

---

1. Ou arbre aux sorcières, *Juniperus oxycedrus*. Il était réputé chasser les sorcières et les mauvais esprits, mais également utilisé contre les insectes et les mauvaises odeurs.

2. Armoire.

un plat de rissoles de viande devant lui. Appuyée contre la porte basse qui menait au cellier, bras croisés sur le torse, Bernadine veillait, le regard baissé, mais la mine décidée.

— J'as pas voulu vous tirer de vot'sommeil, mon maître. L'est précieux. Y a que Dieu qu'on fait point lanterner.

Cette rébellion de la servante arracha un sourire malvenu à Hardouin cadet-Venelle. Aussitôt, il s'inclina devant Tisans, étonné qu'il se soit déplacé plutôt que de le faire mander. Ironique, le sous-bailli déclara :

— Votre tenace domestique a refusé tout de gobe[1] de vous monter éveiller et m'a tenu muette compagnie. Surveillance, à dire vrai. Redouterait-elle que je pille vos cochonnailles ? Messire exécuteur, j'ai à vous entretenir. Seul.

✣

Après un regard pour son maître, une révérence, Bernadine sortit de la cuisine. Tapotant nerveusement la table de son index, Tisans semblait chercher ses mots, une indécision rare chez cet homme. Sans doute l'autre, l'ancien M. Justice, y serait-il allé de questions. Pas le nouveau, celui né lors d'une terrorisante nuit de fièvre. Lui-même errait dans son esprit depuis des jours, à ceci près que son âme était enfin apaisée. Aussi l'indécision manifeste de Tisans le laissait-elle indifférent. Le sous-bailli le fixa, incertain, puis se lança :

— Cadet-Venelle… Qu'est au juste cette bilance que vous évoquâtes dans le cas de Faussay ?

1. A donné au XVIIe siècle « tout de go ». L'origine exacte de l'expression est incertaine. L'expression, plus ancienne, « tout de gobe », dériverait du verbe « gober », dans le sens d'une action très rapide, ou alors du latin *gaudium* (joie), dans le sens de « sans chichi, sans hésitation ».

— Je… je ne saurais la définir avec précision… Comment expliquer sans risquer de passer à vos yeux pour une aimable donzelle férue de poésie ?

— Une flatteuse comparaison que je ne risque guère d'établir dans votre cas, bien que vous sachant amateur de belles œuvres, plaisanta Tisans.

Hardouin sourit.

— Le combat fait rage en moi, messire bailli. Deux forces titanesques s'opposent. Je ne suis pas coupable[1]. Dieu le sait. J'ai rendu Sa justice et celle des hommes. En revanche, suis-je innocent ? Je ne le crois plus. J'aimerais… j'hésite… à vous conter le délire d'une nuit, au risque que vous y voyiez un autre « effarouchement » de moniale, déclara le bourreau en reprenant la pique envoyée auparavant.

— Le terme était sans doute… outré, admit le bailli à contrecœur. À ma décharge, vos… menaces à peine voilées. Je n'ai guère l'habitude de…

— Des oppositions venant de gens de très bas[2], or, quoi de plus bas qu'un Maître de Haute Justice ? ironisa sans hargne cadet-Venelle.

Il interrompit d'un geste doux la molle protestation que s'apprêtait à proférer Tisans.

— De grâce, seigneur bailli. Pourquoi vous en voudrais-je d'un us si bien partagé par tous ?

— La bilance, messire exécuteur ? insista l'autre d'un ton si grave, si pressant que le bourreau se demanda s'il n'abordait pas, lui aussi, des contrées de conscience qu'il avait jusqu'alors refusé d'entrevoir.

— Une sorte de… confidentielle comptabilité. Inadéquat… Toutefois, les mots adaptés me font défaut. Je ne

1. La déclaration est tout à fait crédible à cette époque. Torturer, tuer sous ordre n'avait rien d'un crime.

2. Abréviation de « très bas lignage ».

suis pas coupable, mais je ne suis plus innocent. Il ne s'agit pas même de ceux que j'ai tourmentés ou envoyés au trépas alors même qu'ils n'avaient pas commis le crime dont on les accusait. Il s'agit… plutôt de certains êtres, qui n'auraient jamais dû mourir… j'ignore pourquoi, je… serais incapable de l'expliquer. Toutefois, j'ai formé une certitude à ce sujet. Des âmes pures que Dieu ne réclamait point, dont Dieu ne voulait pas qu'on les Lui renvoie. Votre pardon pour la confusion de mes propos qui reflète celle de mon esprit. Je veux retrouver mon innocence, du moins une part d'elle. Me laver de quelques souillures d'âme qui me pèsent soudain au vertige !

— Marie de Salvin ?

— Elle et d'autres. Accomplir ce que je dois. Ce qu'il est de mon devoir, de mon honneur, de ma conscience, de mon âme de faire.

Arnaud de Tisans sembla partir très loin dans ses souvenirs. Une ombre grise avait envahi ses joues. D'une voix presque sèche, il commença, son regard fuyant celui du bourreau :

— Vous souvient-il d'une jeune Évangeline Caquet, d'à peine quatorze ans, une grande brute épaisse de fille ? Elle devait son nom au caquetoire de l'église où elle avait été abandonnée enfançonne.

Hardouin fouilla sa mémoire, en vain, et hocha la tête en signe de dénégation.

— Vous la tourmentâtes jusqu'à son rapide aveu, en respectant les… égards [1] que nous accordons aux femmes et l'exécutâtes ensuite, par enfouissement dans le sol.

— Seigneur bailli, j'ai supplicié et exécuté tant d'êtres. Il serait fort peu judicieux que je me les remémore tous.

1. Les supplices n'étaient pas les mêmes, et relativement moins effroyables dans le cas des femmes.

— Certes… Mais, voyez-vous, je suis certain qu'elle était innocente, dans tous les sens du terme. Elle était… lente, simple et ne comprenait pas le quart de ce qu'on lui disait. Un gros avantage pour l'accusation, en plus des témoignages qu'ils fournirent, de complaisance, j'en suis certain.

Cadet-Venelle se concentra, sans succès. Le chemin que lui avait indiqué son père permettait aussi cela : oublier les traits, les visages, les noms, les hurlements, les suppliques. Sentant que le souvenir se refusait au bourreau, Tisans poursuivit :

— Il y aura bientôt cinq ans, elle fut accusée du meurtre ignoble de sa maîtresse, Muriette Lafoi, l'épouse d'un officier briseur [1]. Elle faisait office de souillon [2] de cuisine chez les Lafoi, d'honorables et pieux laïcs, ainsi qu'il fut répété par leurs serviteurs et voisins, sans oublier leur prêtre. Un carnage, à coups de hachette. Le visage de Muriette Lafoi n'était plus que lambeaux sanglants. Évangeline Caquet a été retrouvée assise à côté du corps, chantonnant en tenant la main de sa défunte maîtresse, les bras, les mains et le visage couverts de son sang. La hachette a été découverte, souillée de sang, dans un massif de sauge, à une dizaine de toises* de la maison. La femme Lafoi serrait dans sa paume une médaille de la Vierge, en argent. Si un vagabond était entré afin de voler, qu'il ait été surpris par la maîtresse de maison et l'ait tuée, nul doute qu'il aurait emporté la médaille, très monnayable. Ce fut du reste un autre argument à charge : rien n'avait été dérobé dans la maison. Lorsque vous lui fîtes subir le tourment décidé par les jurés, la fustigation [3], la fille Caquet répondit « voui,

1. Officier qui brisait les pains de sel après que le mesureur en eut précisé le poids. Le briseur pouvait aussi intervenir dans les ports.

2. Domestique à qui l'on confiait les tâches les plus pénibles et les plus sales.

3. Battre à coups de fouet ou de bâton.

voui » à tout. Elle ne comprenait goutte[1]. Au fond, tant mieux pour elle : sa souffrance dura peu.

Un visage lourd, en sueur, en larmes et pourtant un sourire gluant de salive s'imposèrent alors au bourreau. Elle souriait toujours lorsqu'il l'avait poussée avec douceur dans la fosse creusée pour l'enterrer vive.

— Je la revois, de façon assez vague, affirma-t-il.

— Elle était innocente, j'en jurerais. En d'autres termes, un autre était coupable.

— D'où vous vient cette conviction, seigneur bailli ?

— À mon tour de risquer l'accusation d'une sensiblerie de dames. Son regard. Son regard lorsqu'elle s'est allongée sans protester dans la fosse.

— Sensiblerie ? Il ne m'a fallu, à moi aussi, qu'un regard de femme. Celui de Marie de Salvin…

Le sous-bailli ne parut pas l'entendre. Il ferma les paupières avec lenteur.

— Venelle… À cet instant précis… j'ai eu… la certitude que Dieu me voyait par l'intermédiaire des prunelles d'Évangeline Caquet et un froid mortifère m'a gelé les intérieurs. J'ai su… que Dieu n'avait pas souhaité qu'elle Le rejoigne sitôt. Peu me chaut qu'elle ait été jugée ainsi que l'usage et la loi l'exigeaient ; nous avons usurpé la volonté du Tout-Puissant ! Étrangement, je m'en étais accommodé… comme de tant d'autres choses, jusqu'à votre… éclat au sujet de Faussay. Accommodé au point de reléguer certains détails troublants dans un recoin de mon esprit.

— Troublants ? releva Hardouin cadet-Venelle en se levant afin de remplir d'infusion le gobelet vide du sous-bailli.

— Oui-da. Le briseur Garin Lafoi, le veuf éploré, qui visitait des siennes terres à une bonne lieue* de sa

1. Ne rien comprendre. L'expression vient à l'origine de « ne boire goutte » et s'est généralisée.

demeure lors du meurtre, déménagea de Mortagne pour sa résidence de Nogent-le-Rotrou quelques mois après l'horrible trépas de son épouse. Une partie de sa domesticité l'y suivit. À l'exception de trois de ses serviteurs, dont une jeune femme, qui tous avaient témoigné à charge contre Évangeline.

— Et ?

— L'un des témoins s'offrit un étal de saucissier[1]. L'autre reprit une ferme non loin de Dancé. Quant à la jeune servante, elle se maria bellement avec le fils d'un gros vivandier[2]. Avec quel argent ? Certes pas les quelques fretins de rémunération que leur concédait Garin Lafoi, peu réputé pour ses largesses.

— Vous supputez qu'il paya leurs déclarations ? s'enquit l'exécuteur.

— Hum-hum.

— Quelles étaient-elles ?

— La jeune servante affirma sous serment qu'Évangeline détestait la femme Muriette Lafoi, qu'elle s'en plaignait et avait proféré de graves menaces envers elle. L'homme de peine, Éloi Talon, un ancien soldat, notre bon saucissier, jura qu'il accompagnait son maître lors de sa visite des terres et ne l'avait pas quitté d'un pas. Alphonse Fortin, le troisième larron, devenu fermier, attesta qu'Évangeline lui était venue emprunter la hachette, le matin du meurtre, au prétexte de décapiter des carpes. Si la demande l'avait un peu étonné, il n'y avait plus pensé ensuite.

— Les autres serviteurs ?

— C'est là que se noua le procès. Les trois autres servantes de la maison étaient parties au lavoir. Les deux

1. Charcutier.
2. Intermédiaire qui vendait les vivres.

hommes, en sus du sieur Fortin, avaient mené le chariot afin d'abattre des arbres et de couper du bois de chauffage. Muriette Lafoi se retrouvait donc seule en compagnie d'Évangeline. Certains juges y virent la preuve de la rouerie de l'accusée qui avait attendu le moment propice pour commettre son ignoble besogne sans risquer d'être interrompue. L'eût-elle voulu, Évangeline aurait été incapable de ruse et de calcul. L'intelligence lui en faisait défaut.

— Je suppose que ces serviteurs furent expédiés à leurs corvées sur ordre de leur maître ?

— Vous supposez vrai, messire exécuteur. L'histoire ne s'arrête pas là. Garin Lafoi se remaria quelques mois après l'assassinat de sa femme, avec une fort jeune et jolie bourgeoise… de Mortagne, preuve qu'il la connaissait d'avant son déménagement à Nogent-le-Rotrou.

— Avait-il des hoirs [1] de sa première épouse ? voulut savoir Hardouin.

— Non pas. À son trépas, il a donc hérité de ses très confortables biens. Il a maintenant deux marmots [2] de deuxième lit.

— Une classique histoire de cocufiage [3] qui se termine mal ? résuma le bourreau.

— Si tous les cocus des deux genres se faisaient mettre en pièces, la Terre serait un désert ! rectifia le sous-bailli. Une classique et répugnante histoire de passion du lucre, de dérèglement des sens et de sauvagerie, plutôt.

— Lourde présomption n'égale pas preuve, contra le bourreau.

---

1. Héritiers.

2. Le terme était à l'époque un peu péjoratif, puisqu'il avait désigné le singe.

3. Le terme, dérivé de « coucou », est très ancien. On le trouve déjà dans Boccace (1313-1375).

— De juste. Toutefois qui, mieux placé que moi, pourrait obtenir cette preuve ?

— Certes. Pourquoi, alors, et avec tout mon respect, avoir tant tardé à la découvrir, seigneur bailli, puisque cette vieille affaire semble vous empoisonner le cœur ?

— Parce que je m'en étais accommodé, ainsi que je vous l'ai dit. Tel n'est plus le cas et ce souvenir me hante aujourd'hui. Une erreur, une faute que j'entends expier. Peut-être me cherché-je des excuses… toutefois, il me semble que… j'attendais un signe. Une sorte d'ordre impérieux exigeant que justice soit rendue à Évangeline et Muriette.

— Quel signe ?

— Vous. Votre… emballement de nerfs au sujet de Faussay, vos menaces. Si une preuve confirmait sans équivoque la culpabilité de Garin Lafoi, m'aideriez-vous ?

— En quoi ?

— À le faire passer de vie à trépas ? Je veux qu'il sache pourquoi, pour quel impardonnable péché il meurt.

— Mon aide afin de l'occire ? Ah ça, seigneur bailli ! s'exclama Hardouin. Je ne vous vois guère vous pâmer de crainte devant une épée ou vous effrayer de la devoir planter dans le cœur de votre opposant.

Un mince sourire, puis :

— Le merci, monsieur. Venant de vous, ce jugement me flatte. C'est que… il ne s'agit pas de vengeance, de haine, ni même d'un duel de devoir ou d'honneur… il s'agit de justice. Les us doivent être respectés. Mon métier consiste, entre autres, à arrêter et à juger, le vôtre à exécuter.

— L'argument a juste allure. Cela étant, pourquoi vous aiderais-je ? Nous ne sommes ni en amitié, ni même en cordialité. Surtout, Évangeline Caquet, Muriette Lafoi ne sont pas… mes agneaux, ceux que je dois défendre par-delà la tombe, bien que je souhaite à ces femmes justice rendue.

— Quel dommage que vous soyez bien plus riche que moi et manquiez de vénalité, commenta Arnaud de Tisans. Le marché eût été rondement conclu. Que puis-je vous offrir qui vous tente ?

— Votre aide réciproque, quoi d'autre ? sourit le bourreau.

— Dites ?

— Je doute que ma proposition vous agrée sitôt. Cependant, réfléchissez-y avant de la repousser définitivement. Songez qu'il ne s'agira pas de trahison, mais de… d'équité, de rendre un peu à Dieu ce qui Lui revenait : rappeler Ses créatures quand bon Lui semble… un moyen de Lui demander humble pardon de nous être fautivement substitués à Lui dans toute notre arrogance. De plus, rien ne s'échappera d'entre nous.

— Dites, répéta le sous-bailli.

— L'accès aux transcriptions de procès. Certains procès, j'ignore encore lesquels.

— Ah ça ! cria Arnaud de Tisans en se levant d'un bond. Êtes-vous bien fol ? Auriez-vous tout à fait perdu le sens ? Ces transcriptions sont confidentielles, portant scellés.

D'un ton calme, très doux, Hardouin le pria :

— Assoyez-vous, seigneur bailli. De grâce, sondez votre esprit sans passion. Si vous n'aviez pas eu connaissance des témoignages à charge contre Évangeline, sa pauvre âme errerait pour l'éternité dans les limbes, attendant réparation et une sépulture chrétienne. Celui qui est à l'origine de sa mort, de celle de sa maîtresse, doit payer. Ces deux agnelles trouveront enfin le repos.

— Vous exigez de moi une forfaiture !

— Il s'agit là d'un terme que l'on peut retourner à l'envi, en fonction des intérêts que l'on défend, argumenta

M. de Mortagne. Est-ce forfaiture que de permettre qu'éclate la vérité, que des innocents soient lavés d'odieuses accusations, que la ternissure qui a rejailli sur leurs familles soit enfin effacée ? Vaut-il mieux rompre le sceau d'une transcription ou envoyer au trépas un innocent ? Quant aux *desperatis*[1] qui sont parfois, en réalité, des assassinés, ne doit-on pas rendre leurs biens à leur famille et leur restituer le sein de l'Église ? J'y vois une simple entorse aux us. Réfléchissez, en votre âme et conscience.

Le sous-bailli le considéra, l'air grave. Après de longs instants de silence, il déclara :

— J'ai mieux que cela à vous proposer, du moins le crois-je. Rendre justice aux défunts, une œuvre honorable. Préserver les vifs, une tâche salutaire, une obligation de cœur et d'honneur.

Hardouin cadet-Venelle attendit la suite, ignorant où Tisans le souhaitait mener. Elle ne tarda pas.

— Revenons à Nogent-le-Rotrou, justement. Il s'y perpètre depuis quelque temps d'horribles meurtres d'enfants. Des deux sexes. Des petits galopins[2], des enfants des rues. Je tiens du bailli de cette seigneurie, Guy de Trais, lequel se désespère de son impuissance en la matière, que les enfants seraient enlevés, disparaîtraient durant deux à trois jours avant qu'on ne retrouve au matin dans une ruelle ou aux abords de la ville leurs corps suppliciés d'épouvantable façon. L'enquête se heurte au vague des témoignages,

1. Suicidés. Le suicidé n'était pas une victime mais un meurtrier de lui-même qui avait rejeté l'idée de miséricorde divine. À ce titre, il était excommunié et enterré en terre non consacrée et ses biens le plus généralement saisis, laissant sa famille dans la misère.

2. À l'époque : en général, mais pas exclusivement, de jeunes garçons auxquels on donnait la pièce pour faire des courses ou porter des missives.

les familles des enfants les laissant vivoter de petits expédients sans s'en préoccuper beaucoup [1].

— Je ne suis ni le bailli, ni l'un de ses lieutenants. Je n'enquête pas.

— Ne l'avez-vous point fait pour Faussay en retrouvant puis en contraignant ce fermier, Germain Flanche, à me venir confier ce qu'il savait ? riposta Arnaud de Tisans.

— Habile objection, admit Hardouin. M'en contez davantage, je vous prie.

— Je ne dispose que du dire de Guy de Trais et il est bien flou, hormis en ce qui concerne une erreur de jugement qui l'a grandement affecté. Un trucheur, un certain Bastien Mollard qui paya pour ce qu'il n'avait pas commis. Ces parasites passent d'église en église et de ville en ville. Leur réputation est vite taillée et nul ne gobe plus leurs jérémiades après quelques semaines. Celui-ci était nouveau venu à Nogent, mais n'y serait pas resté très longtemps, puisqu'il invectivait ceux qui refusaient de lui offrir aumône. C'est du reste ainsi que les hommes du bailli l'ont vite arrêté. Je lis sur votre visage que je vous embrouille de détails.

Le bourreau sourit en acquiescement courtois.

— Votre pardon, poursuivit Tisans. Il me faut ordonner mes déclarations, si je souhaite vous convaincre. Tout

---

1. Il convient de se souvenir que notre vision de l'enfant, de l'amour et du soin qu'on lui doit, est très récente, même si des exceptions ont existé de tout temps. Les infanticides étaient nombreux au Moyen Âge, tout comme les abandons, parfois en forêt, ou les ventes d'enfants dans les familles très pauvres qui ne parvenaient pas à les nourrir. S'ajoutait à cela que les enfants étaient décimés en bas âge, une moitié seulement parvenant à cinq ans. Dans les familles pauvres et sans terre, l'arrivée d'un nouvel enfant était souvent synonyme de catastrophe. En d'autres termes, la mort d'un enfant n'était pas vécue de la même façon que de nos jours.

d'abord, je vais me permettre un aveu dont je vous demande qu'il demeure entre nous.

— Ma parole, seigneur bailli.

Arnaud de Tisans tournait une rissole de viande entre ses doigts, la fixant, semblant se demander s'il la savourerait. Il la reposa dans le plat avant de déclarer :

— Selon moi, Guy de Trais, qui est de plaisant commerce, ne se pardonne pas sa... légèreté dans cette affaire. Sans doute accaparé par d'autres urgences, il a laissé la bride sur le col à son premier lieutenant, qui a rondement conclu l'enquête, en se fourvoyant. Sous la torture, le trucheur a avoué ses infâmes viols et meurtres sanguinaires et a été pendu.

— Quels indices les avaient conduits jusqu'à cet homme ?

— Une commère qui ouvrait ses volets à l'aube. Elle a reconnu le trucheur, Bastien Mollard donc, qui l'avait insultée au porche d'une église parce qu'elle lui refusait la piécette. Il était agenouillé à côté de ce qui ressemblait à un paquet de vêtements. Levant le visage, l'homme l'a découverte à sa fenêtre et a pris la fuite. C'est alors qu'elle a remarqué qu'un petit pied nu dépassait du tas abandonné dans la ruelle. Son mari est descendu et a découvert l'enfant mutilé d'atroce manière.

— Qu'a répondu le mendiant pour sa défense ?

— Qu'il passait dans la ruelle. De loin, dans l'aube naissante, il a lui aussi songé qu'on avait abandonné des nippes[1]. Belle aubaine pour lui. En s'approchant, il a compris qu'il s'agissait d'un enfant mort. Inutile de vous préciser que son ivrognerie, sa trucherie et les menus larcins dont on l'accusait n'ont pas aidé sa cause.

— Selon vous, ce Bastien Mollard n'était pas coupable ?

---

1. De l'ancien scandinave *hneppa* (hardes). Le terme signifia d'abord vêtements, puis vêtements en mauvais état.

— Certes pas. Mon premier argument naît de ma connaissance des meurtriers dégénérés, ceux qui assassinent par plaisir, en général de faibles créatures, expliqua le sous-bailli. Rien à voir avec un mendiant cuit dans le vin et hébété la majeure partie du temps. Celui-ci aurait tué par panique, ivrognerie, voire pour détrousser sa victime, et aurait pris l'escampe aussi vite que possible. En revanche, les meurtriers dégénérés auxquels je faisais allusion ne sont pas des fols privés de sens. D'aucuns sont très madrés et intelligents. Selon moi, ce tueur d'enfants en fait partie. En effet, il s'attaque à de petits laissés-pour-compte dont il n'ignore pas que personne ne leur prête attention. Des proies faciles, suggérant un jugement pertinent de sa part. Et il aurait eu la bêtise de ramener la dépouille sanglante de sa victime à l'aube, dans une rue commerçante où les marchands s'affairent au tôt matin ? Je n'y crois guère. Il l'a déposée au plein de la nuit, lorsque tous étaient claquemurés derrière leurs volets clos.

— Convaincant raisonnement. Pourtant, je sens que vos doutes se nourrissent d'autre chose, observa Hardouin.

— Le mendiant était arrivé à Nogent-le-Rotrou deux mois auparavant. Or les meurtres ont commencé deux ans plus tôt.

— Et le premier lieutenant du bailli de Nogent-le-Rotrou ne s'en est pas étonné ?

— Non pas. Inutile de vous préciser que la tension est vive dans certains quartiers de la ville. On reproche vertement leur inaction et leur incompétence aux gens de Guy de Trais. Sans doute ledit lieutenant a-t-il pensé qu'un coupable, n'importe lequel, atténuerait les protestations et ramènerait un peu de calme. Un fort mauvais calcul, comme vous l'allez voir. Le trucheur fut donc torturé et pendu. Un mois plus tard, une fillette était retrouvée en limite de bourgade. Martyrisée de même affreuse manière.

— Diantre !

— Le mécontentement de la populace enfle de dangereuse façon. Des gens d'armes au service de Guy de Trais se sont fait insulter par des femmes. La rumeur court que les habitants prépareraient ou auraient déjà envoyé une missive à messire Jean II de Bretagne* [1], soulignant l'incurie de Guy de Trais et de ses hommes, notamment de son premier lieutenant.

— Je doute que messire de Bretagne s'intéresse aux affaires criminelles qui secouent l'une de ses lointaines seigneuries, remarqua Hardouin.

— Il est fort occupé ailleurs, concéda le bailli.

Hardouin cadet-Venelle commenta d'un plat et peu compromettant :

— À l'évidence. Quand fut pendu ce trucheur ?

— Il y a quatre, cinq mois.

— Le meurtre de la fillette a donc eu lieu voilà trois à quatre mois. Et depuis ? D'autres enfants ?

— Je l'ignore, rien ne m'est venu aux oreilles depuis ma rencontre avec le bailli de Nogent-le-Rotrou, peu avant la Saint-Jean d'été [2]. La fillette avait été retrouvée deux semaines auparavant [3].

— Combien d'enfants assassinés de même manière depuis… deux ans et demi environ ?

---

1. 1239-16 novembre 1305. La dynastie des Rotrou, comtes du Perche, s'éteignit en 1226. Louis IX (Saint Louis) mit de l'ordre dans cette succession très complexe en séparant la seigneurie de Nogent-le-Rotrou du reste du comté, que récupérèrent ensuite les ducs de Bretagne.

2. Vers le 22-24 juin, elle célébrait le solstice.

3. Insistons sur le fait que la notion de temps était à l'époque très différente de la nôtre. On vivait au rythme des jours et des saisons. Il en était de même pour l'état civil (que l'on doit à François Ier, en 1539). Au-delà d'un périmètre restreint, où on les connaissait, on n'avait aucun moyen de vérifier l'identité des gens, ni leur date de naissance.

— Onze en comptant la fillette… à moins que certains petits cadavres n'aient pas été découverts.

— Morbleu [1] !

L'exécuteur sentit la gêne extrême du sous-bailli lorsqu'il s'empêtra dans ses mots :

— Je… Je retenais ce… cette précision abjecte, mais il me semble… que j'avais tort. Elle pourrait s'avérer importante… Je ne sais… Ce mire [2] d'excellence… celui qui officie à Nogent-le-Rotrou, un certain Antoine Méchaud, a, à la demande de Guy de Trais, examiné les corps, assisté d'une matrone jurée [3]. Tous les enfants ont été violés, sodomisés et… les garçonnets… émasculés.

— Maudit, rôtis en enfer ! cracha Hardouin.

✠

Jusque-là, cette histoire lui avait été assez indifférente, lointaine en quelque sorte. Il n'en attendait qu'un avantage afin d'exiger, ou plutôt de solliciter, une contrepartie de Tisans. Étrangement, lui qui avait tant supplicié, émasculé des adultes sur ordre, tué, ne parvenait à tolérer que des tortures soient dispensées par plaisir. Se réjouir des souffrances et des hurlements de petits innocents le suffoquait de rage. Toutefois, la prudence s'imposait envers le sous-bailli, fin politique et assez rusé pour le

1. Contraction acceptable de « Par la mort de Dieu », jugé blasphématoire. « Bleu » remplaça « Dieu » dans nombre de jurons (Palsambleu, Ventrebleu, etc.)

2. Le mire exerçait la médecine après quelques années d'études et était laïc. Le médecin, docteur en médecine, était un clerc et, à ce titre, ne pouvait se marier. Les deux professions furent réunies au XVe siècle.

3. Elles assistaient les femmes lors de leurs grossesses et accouchements et pouvaient témoigner lors des procès, par exemple pour attester de la virginité d'une femme ou de sa grossesse.

mener où il le souhaitait, obéissant à des raisons qui restaient à démêler.

Hardouin hésitait encore à poser la question qui lui brûlait les lèvres. Le sous-bailli y verrait-il impertinence ? Même s'ils discutaient aujourd'hui en cordialité, l'exécuteur n'oubliait pas qu'Arnaud de Tisans était de haut et lui de la fange aux yeux de tous. La nouvelle civilité avec laquelle le seigneur sous-bailli le traitait devait à son besoin d'un tueur légitime. Peut-être à autre chose aussi, un but plus confidentiel. Bah ! Pourquoi ne pas se permettre une menue insolence, puisqu'il en avait enfin la possibilité !

— Seigneur bailli, avec tout mon respect, si je comprends votre intérêt pour ce Garin Lafoi puisque le meurtre de feu son épouse survint en votre baillage, en quoi vous chaut Nogent-le-Rotrou ou ce trucheur ? Quant aux petits miséreux défunts, les enfants morts sont légion.

Hardouin perçut l'effort que fournissait Tisans afin de rester impavide. Son regard noisette s'assombrit et le bourreau, pour avoir tant pataugé dans les tréfonds de l'âme humaine, pure ou impure, sut qu'il allait mentir ou, du moins, offrir une demi-vérité.

— Me voici à nouveau contraint de vous demander votre parole de discrétion.

— Vous l'avez à nouveau. Sur l'honneur. Honte à jamais si…

Hardouin fut interrompu par un coup porté contre la porte. Bernadine passa la tête et s'enquit :

— Avez-vous toujours d'l'infusion, assez d'rissoles, mon maître ?

— Tout va bien, merci.

Elle hocha la tête avant de refermer le battant. Hardouin en profita pour remplir leurs gobelets. Il se réinstalla en face du sous-bailli et demanda :

— Votre confidence ?

Arnaud de Tisans hésita avant de lâcher :

— Quel encombre ! Je vous l'ai dit : je crois Guy de Trais homme de bien, d'agréable fréquentation, amoureux de société, quoique ne le connaissant que de rencontres. Originaire de Rennes, il est de belle noblesse bretonne, de fine érudition, féru, ainsi que vous, d'art, de poésie et de littérature. Je pense, sauf à me fourvoyer, que la charge de bailli d'une petite seigneurie loin de toute ville d'importance lui va telle une coiffe à une taure [1]. Je suis bien certain que ces vilaines affaires de meurtres lui donnent envie de dégorger de dégoût.

— D'où son manque d'empressement à les résoudre ?

— Fichtre, je n'irai pas jusque-là ! D'où son incompréhension, plutôt. De plus, il est encore jeune – de votre âge, je pense – marié à une ravissante mie [2] qui vient de lui offrir un fils. Voyez, il serait bien plus à son aise à la cour d'un grand du royaume. Car on le prétend aussi d'appréciable intelligence.

D'un ton doux, Hardouin insista :

— Hum… Toutefois, cela ne répond pas à ma question, seigneur bailli. Que vous en chaut ? Il ne s'agit pas de votre baillage, ni même du comté et encore moins de notre suzerain direct, Mgr Charles de Valois, dont les… relations avec Jean II de Bretagne ont été… houleuses.

— Guerrières [3], voulez-vous dire ! Bah, histoire ancienne que cela, depuis le mariage de la jeune Isabelle [4] de Valois

1. Génisse.

2. Le terme était à l'époque aussi bien féminin que masculin et indiquait tout autant l'amitié que l'amour.

3. Jean II de Bretagne reçut en 1295 la charge de capitaine général d'Aquitaine des mains du roi d'Angleterre, alors qu'il avait toujours été l'allié de Philippe le Bel jusque-là. Philippe envoya donc son frère Charles de Valois conquérir l'Aquitaine. Jean II fut repoussé et Charles, fort de son succès militaire, menaça le duché de Bretagne.

4. 1292-1309. Fille de Charles de Valois et de Marguerite d'Anjou. Elle fut mariée à l'âge de cinq ans au petit-fils de Jean II de Bretagne, afin de sceller la paix après la conquête d'Aquitaine.

avec le petit-fils de Jean II, rétorqua Tisans dans un léger haussement d'épaules, avant de revenir au bailli de Nogent. Il… Guy de Trais ne l'a pas ainsi clairement formulé. Cependant, j'ai eu l'impression que… lorsqu'il me demandait mon sentiment, il m'appelait en vérité à l'aide. Cadet-Venelle, je fais arrêter, juger et occire d'odieux criminels depuis trente ans. Aussi nauséabonde qu'elle soit, mon expérience en la matière est indéniable.

— À l'évidence, j'en suis témoin, admit Hardouin avec sincérité. Cela étant, sans doute ai-je manqué de perspicacité, puisque je n'avais pas senti jusque-là la vive amitié qui vous liait à M. de Trais.

Tisans ne fut pas dupe. Cadet-Venelle, dont la subtilité ne le surprenait pas, jugeait son explication trop légère et sentimentale pour être convaincante et le lui faisait savoir avec habileté mais clarté. Le sous-bailli soupira, luttant contre un début d'agacement. Eh quoi ! Lui fallait-il maintenant se justifier devant son bourreau ? La réponse s'imposa à lui, limpide : sans conteste s'il souhaitait son aide. Il n'avait aucun moyen de circonvenir Venelle, de l'appâter, de l'inquiéter, encore moins de le contraindre. La peste était des purs, surtout des purs très fortunés et intelligents ! D'un ton presque cassant, il lâcha :

— Vous m'êtes une épine au flanc, Venelle !

— Croyez que je le déplore.

— Soit ! Vous exigez la vérité au sujet de mon… intérêt pour Guy de Trais ?

— La vérité me sied tel un gant de belle facture, plaisanta le bourreau.

— J'espère de Guy de Trais un donnant-donnant, cela vous va-t-il ?

— Hum… La puissance de messire de Trais est au mieux équivalente à la vôtre, argumenta Hardouin. Quant à vous aider plus tard dans une affaire criminelle retorse, son manque d'expérience, que vous soulignâtes, n'en fait pas un allié de choix. Que pourriez-vous donc en attendre ?

— Venelle, Venelle, que ne me suis-je mis en tête de m'associer un abruti plutôt que vous !

— Un abrutie vous aurait-il aidé à votre satisfaction ?

— Touché ! De fait, la puissance de de Trais est similaire à la mienne en ses terres. Et justement, ces terres me lassent. J'ai envie de me frotter à cour plus prestigieuse que celle de ma petite châtellenie. Des hobereaux, des bourgeois et des commerçants ! Les grands seigneurs hantent la citadelle du Louvre et ne se souviennent de nous que lorsque revient la saison de l'impôt. Je vous l'ai dit, de Trais est de belle noblesse, de Rennes. Une magnifique clef pour ouvrir une prestigieuse serrure s'il devient mon obligé.

Hardouin détailla l'homme assis en face de lui, les profondes rides qui sillonnaient son visage émacié, ce regard d'un plaisant noisette qui pouvait se faire implacable. Tisans était fin, rusé, au fait des us du monde. De jolie mais petite noblesse de campagne, pouvait-il espérer que la recommandation d'un Guy de Trais lui ouvrirait la porte des grands barons du royaume ? Certes pas, à moins d'avoir perdu le sens, et Hardouin en doutait fort. M. de Tisans taisait ses mobiles profonds. Cependant, l'exécuteur savait qu'il n'en obtiendrait jamais une vérité absolue, aussi décida-t-il de couper court. Que lui importaient les agitations des gens de haut et d'encore plus haut ?

— Je comprends mieux, mentit-il. Cela étant, nous en revenons au même point. Pourquoi vous aiderais-je ?

— Sauver d'autres jeunes enfants ne vous semble pas cause louable ? rétorqua le bailli en feignant mal l'indignation.

— De grâce, messire ! Vous avez vanté mon intelligence, permettez qu'elle se manifeste. Des enfants sont martyrisés depuis deux ans et demi, et nul ne s'en est préoccupé avant que le mécontentement des habitants de Nogent-le-Rotrou ne gronde à inquiéter. De plus, ces enfants... ne contribuent pas au poids qui pèse sur mon âme et l'empoisonne aujourd'hui. Ce ne sont pas... mes morts injustes. Vous souhaitez mon intervention dans cette affaire et dans celle d'Évangeline Caquet et de Muriette Lafoi. Vos morts. Souffrez que je m'occupe aussi des miens.

Le sous-bailli soupira d'exaspération.

— Bien, vous ne céderez pas. Quels rapports ? Quels procès tenus en notre bonne ville de Mortagne-au-Perche vous intéressent-ils ? Si je les confie à votre discrète lecture, m'aiderez-vous ?

— Oui-da, si vous vous engagez à me les fournir le moment venu, lorsqu'une vieille affaire m'empoisonnera le dormir et exigera que je la tire au clair. Plus tard. Mon bonheur présent me satisfait pour l'instant : Marie de Salvin a obtenu justice. En ce qui concerne votre urgence, si je découvre preuve incontestable que Garin Lafoi a occis sa première épouse et fait accuser la simple, je lui fais rendre sa vile âme à votre sentence. J'accepte de me rendre en Nogent-le-Rotrou afin d'aider Guy de Trais dans son enquête au sujet de ces meurtres d'enfants. Donnant-donnant !

✣

Le sous-bailli se leva et salua d'une rapide inclinaison de tête.

— Euh... Maître de Haute Justice... Vous l'aurez compris, le bailli de Nogent-le-Rotrou se trouve en délicatesse[1]. Afin de l'épargner au mieux, il serait... souhaitable

1. Dans le sens de « situation épineuse ».

que votre renfort soit aussi… contenu que faire se peut. Ainsi, je ne lui ai jamais parlé de vous, l'idée venant tout juste de germer dans mon esprit.

— Ah… me voici donc transformé en enquêteur tenace mais invisible ?

— De grâce. À vous revoir, cadet-Venelle. Sous peu.

VII

Forêt de Bellême, septembre 1305

Arnaud de Tisans avait démonté peu avant et s'était installé sous un arbre, attendant sans impatience. On lui avait interdit de communiquer par missive, ou par messager interposé, aussi se pliait-il à cette rencontre dont il ne doutait pas qu'elle serait la première d'une longue série.

Il évoluait depuis tant d'années dans un univers de demi-vérités, de faux-semblants, d'accommodements de piètre vertu, bref, de prétendues politiques dont l'unique et inavoué mobile était la satisfaction d'une poignée d'hommes au détriment des autres. N'en avait-il pas toujours été de même ? N'en serait-il pas toujours ainsi ? À quoi bon s'en offusquer, puisqu'il n'y pouvait rien changer ? Il ne s'agissait pas de lâcheté de sa part, mais d'une sorte de cynisme développé pour se protéger des désillusions, pour s'interdire des indignations de nature à se retourner contre lui. Il était certes homme d'honneur, cependant point privé d'esprit car l'honneur ne consistait pas à s'obstiner, mais à rester toujours lucide. Tisans s'était appliqué à se comporter dignement dans les situations qui relevaient de son arbitrage, de sa seule autorité, or les ramifications de l'affaire dans laquelle il se trouvait aujourd'hui impliqué dépassaient très largement ce domaine.

✣

Un bruissement non loin le tira de ses maussades pensées. Il se releva et salua cérémonieusement le cavalier qui sautait à bas de sa monture :

— Messire grand bailli d'épée.

Adelin d'Estrevers inclina la tête en réponse. Comme à chacune de leurs rares rencontres, un malaise diffus envahit Arnaud de Tisans. L'inflexibilité qui se lisait dans le visage en lame de couteau, dans les yeux d'un bleu presque blanc du grand bailli n'engageait aucunement à la cordialité, ni même à la confiance. Tisans songea qu'il ne savait presque rien de cet homme, assez puissant pour le remplacer du jour au lendemain, à l'instar d'un serviteur de maison. Le monde d'Estrevers se limitait au service du roi, son unique maître. Un maître qu'il ne connaissait sans doute qu'au travers de quelques messages, rédigés par M. Guillaume de Nogaret*, le plus influent conseiller du souverain, ou par Mgr de Valois.

— Où en sommes-nous, Tisans ?

— Ma mission n'est guère aisée, messire... commença le sous-bailli, avant d'être interrompu par un péremptoire :

— En cas contraire, quel besoin aurais-je de vous ?

— De juste. Je pense avoir trouvé le... l'involontaire comparse pour m'aider à la bien mener... toutefois...

— Combien exige-t-il ? L'argent importe peu.

— Malheureusement, il est fort riche et ne s'achète pas, du moins contre rémunération, aussi grasse soit-elle.

— Un fol ! Ne nous manquait qu'un insolite[1] ! Que veut-il, alors ?

— La vérité.

Adelin d'Estrevers le considéra comme s'il venait de proférer une énormité.

— La vérité ? Qu'elle est plaisante, celle-là ! ironisa-t-il. N'en existerait-il qu'une ? Le propre de la vérité est de s'écrire et de se réécrire ! La vérité sur quoi ?

— Des affaires classées, dont il exige les carnets de procès afin de les élucider.

— Des gens… importants ?

— Pas à ce que j'ai cru comprendre.

— Ah, les autres ! rétorqua M. d'Estrevers d'un ton de mépris. Eh bien, offrez-lui son biberon[2] ! Il ne nous en coûtera rien.

— Me transformant par là même en brise-scellés[3], messire, résuma Tisans.

— Rien ne s'obtient sans peine, mon ami, conclut le grand bailli d'épée en écartant d'un petit geste impatient une remarque qu'il jugeait superflue. Qui est cet homme si désireux de vérité ? se gaussa-t-il.

— Messire Justice de Mortagne.

Adelin d'Estrevers pouffa désagréablement :

— Dieu du ciel ! Votre bourreau ! J'espère qu'il ne s'agit pas d'une brute épaisse à cervelle d'alouette ! Il nous faut

1. Le terme était à cette époque péjoratif et le demeura assez longtemps. De la même racine qu'« insolent », il indiquait l'anormalité dans un sens déplaisant, voire blâmable.

2. L'utilisation du biberon pour les bébés est très ancienne. Toutefois, le mot désignait également de petits récipients en terre cuite, à goulot très resserré, que l'on remplissait de lait ou d'eau sucrée de miel et que l'on suspendait au cou des jeunes enfants afin qu'ils se désaltèrent.

3. Celui qui faisait sauter des scellés dans une intention peu louable ou pour voler. Un délit grave, voire un crime.

progresser avec grande prudence. N'oubliez pas qui nous servons.

— Monseigneur Charles de Valois, compléta Arnaud de Tisans.

— Moins son nom sera prononcé, mieux nous nous porterons. Cela étant, qui dit M. de Valois sous-entend le roi en personne. Vous savez la tendresse que celui-ci éprouve pour son unique frère germain [1].

— En effet. Avec tout le respect que je dois à ce haut personnage et à vous-même, j'avoue ne point saisir l'intérêt de Monseigneur de Valois dans cette affaire, d'autant que sa fille de treize ans est mariée depuis ses cinq ans au petit-fils de Jean II de Bretagne, auquel appartient la seigneurie de Nogent-le-Rotrou.

— Nous revient-il d'en discuter ? le toisa le grand bailli d'épée avant de concéder : l'intérêt en question a nom Catherine de Courtenay [2], impératrice titulaire de Constantinople [3] et deuxième épouse de Monseigneur Charles. La meilleure amie de Mme de Courtenay n'est autre que la mère abbesse des Clairets*.

— Mme Constance de Gausbert ?

— Elle-même. Très belle noblesse, réputation de sainteté et, plus important encore pour nous, amie d'âme de l'épouse de M. de Valois, ainsi que je vous le disais. Mme de Gausbert a envoyé deux pressantes missives à Mme de Courtenay, lui décrivant les horreurs subies par les petits va-nu-pieds. En mots très durs, elle a souligné l'incompétence du bailli de Nogent-le-Rotrou, Guy de Trais. Pis : elle y est allée d'allusions sur… comment

1. Ayant le même germe, c'est-à-dire les mêmes père et mère.

2. 1274-1307.

3. Le titre n'était plus qu'honorifique depuis que Michel VIII Paléologue, empereur de Nicée, avait repris en 1261 Constantinople aux Latins pour restaurer l'Empire byzantin.

dire... sa... limpidité dans cette affaire, à défaut d'un terme plus approprié.

— Sa « limpidité » ? Mme de Gausbert ne soupçonne quand même pas que Guy de Trais soit... enfin... mêlé à ces monstruosités ?

Adelin d'Estrevers lui jeta un regard dépourvu d'émotion et rectifia :

— Non pas... toutefois, avouez que son... incurie laisse perplexe. Nogent-le-Rotrou n'est guère Paris ! Mettre la main au col d'un assassin de cette sorte ne devrait pas tant tarder !

— Supputez-vous que messire de Trais protégerait quelqu'un de sa faveur, un être ayant des penchants immondes ?

— Je ne sais au juste. Toutefois, le soupçon m'en est venu. C'est pour cette raison que j'ai besoin de votre aide discrète. Quoi qu'il en soit, notre bien chère abbesse ne connaissant pas personnellement Monseigneur Jean, duc de Bretagne, dont dépend Nogent-le-Rotrou, elle s'est adressée à la plus puissante de ses connaissances afin que cessent ces actes révoltants et sacrilèges.

— Et Monseigneur de Valois, désireux de plaire à sa dame...

— M'a confié l'affaire. Sa certitude que je parviendrai à l'élucider à sa satisfaction me remplit de fierté. Toutefois, M. de Valois, conscient que Nogent-le-Rotrou ne fait pas partie de son apanage et ne souhaitant pas provoquer l'ire de Monseigneur de Bretagne, arrière-beau-père de sa fille, avec qui il est parvenu à une paix d'armes, a lourdement insisté sur la délicatesse, voire la duplicité dont je devrai faire preuve... Il s'agit donc de l'aider de derrière la tenture[1].

Duplicité dont *je* devrai faire preuve, rectifia pour lui-même Arnaud de Tisans.

1. De façon discrète, voire clandestine.

— L'idéal serait sans conteste que nous remettions le vrai coupable, tout rôti sur une broche, à Guy de Trais, en espérant qu'il ne le laisse pas filer tant il paraît maladroit… ou pis ! Pensez-vous que votre brise-col de Mortagne en soit capable ?

— S'il accepte de m'aider, j'en prendrai le pari.

— S'il accepte ? répéta Adelin d'Estrevers. Qu'il ne commette pas l'erreur de refuser, ajouta le grand bailli d'épée, une moue arrogante aux lèvres.

— On ne contraint pas un bourreau, fort riche et éduqué de surcroît, murmura Tisans que l'échange lassait maintenant qu'il en comprenait mieux les enjeux.

Il n'éprouvait aucune affinité pour Estrevers et les êtres emplis de certitude, qu'aucun doute ne semblait jamais ronger, l'inquiétaient. Estrevers appartenait à cette race d'officiers capables d'incendier sur ordre tout un village sans ciller, sans même s'enquérir d'une justification.

— À vous revoir très vite, Tisans. Même lieu. Je vous en préciserai la date.

Le seigneur grand bailli remonta en selle et, après un bref salut, lança son cheval au galop.

✠

Arnaud de Tisans alla rejoindre sa monture, pensif. Comment réagirait cadet-Venelle s'il venait à apprendre l'escobarderie[1] ? Fort mal, sans nul doute.

Lorsque son Maître de Haute Justice était venu réclamer la vie de Jacques de Faussay ainsi que l'honneur restitué à Marie de Salvin, Tisans se débattait depuis des jours avec les exigences d'Adelin d'Estrevers, ne sachant comment

---

1. Tromperie. Escobarder : obtenir quelque chose par la ruse et le mensonge.

procéder. L'idée avait germé dans l'esprit du sous-bailli lors de cette première discussion, quand il avait senti que rien ne ferait reculer cadet-Venelle en proie à une puissante émotion, à une furieuse envie de justice. Arnaud de Tisans avait donc décidé d'accéder sur-le-champ à la demande de son bourreau et de lui offrir la tête de Jacques de Faussay afin d'en obtenir une contrepartie. Le sort d'Évangeline Caquet, évoqué ensuite, sans indifférer le sous-bailli, n'avait été qu'un prétexte même si, à la relecture des carnets, il en était arrivé à la certitude que la pauvre fille n'avait pas assassiné sa maîtresse. Toutefois, si le sieur Garin Lafoi n'avait remué ses escabelles[1] en Nogent-le-Rotrou, Arnaud de Tisans n'aurait pas accordé une autre seconde à cette vieille affaire. Cependant, il lui fallait inciter M. Justice de Mortagne à rejoindre cette ville dans l'espoir que les meurtres des petits miséreux le toucheraient. Nogent-le-Rotrou ne faisant pas partie de son baillage, Garin Lafoi lui fournissait un prétexte recevable pour y expédier son Maître de Haute Justice. Une vilaine manœuvre, dont Tisans n'était guère fier, toutefois il avait vite senti que seule l'émotion, cet étrange pacte que le bourreau avait passé avec lui-même, le convaincrait d'accorder son aide précieuse. Les sentiments : la seule faiblesse des hommes forts. Une belle faiblesse, très dangereuse, néanmoins.

Les explications d'Estrevers n'avaient qu'à moitié convaincu Arnaud de Tisans. Pourquoi tant de secrets ? Si Mgr de Valois voulait plaire à sa dame Catherine de Courtenay, elle-même souhaitant apaiser une sienne excellente amie en la personne de Mme de Gausbert, mère abbesse des Clairets, pourquoi ne pas avancer à découvert ? Qu'avait à faire Charles de Valois, frère du roi, d'un Guy

1. Escabeau. L'expression « remuer ses escabelles » signifiait « déménager ».

de Trais, petit bailli de Nogent ? Et même, qu'avait-il à faire de l'éventuel mécontentement de Jean II de Bretagne, qui approuverait le remplacement de de Trais pour peu qu'il satisfasse le roi de France ? Décidément, cette affaire sentait la chauchetrepe[1] à plein nez. Existaient derrière des enjeux infiniment plus importants que quelques galopins martyrisés. Bah ! Qui était-il pour s'interroger, s'indigner, demander des comptes ? Son unique impératif consistait à se protéger. Si la suite virait à l'aigre, il devait pouvoir s'en décharger sur cadet-Venelle.

De fait, Hardouin cadet-Venelle possédait les qualités requises pour mener à bien la complexe mission dont Estrevers s'était déchargé sur Tisans. Magnifique spécimen de la gent forte, séduisant, éduqué, remarquablement intelligent, le bourreau ne craignait personne. Nul ne connaissait son visage à Nogent, ni ailleurs. S'il jugeait opportun de tuer, il n'hésiterait pas une seconde. Enfin, aucune possession terrestre, aucune gloire personnelle ne le tentait.

Une sorte de bel archange exterminateur.

Enfin, si la tête de quelqu'un devait rouler dans le panier de sciure afin d'apaiser le mécontentement d'un grand, autant que ce soit celle du bourreau !

1. Chausse-trape. De l'ancien français « chaucher » (fouler) et « tréper » (trépigner).

VIII

Environs de Mortagne-au-Perche, octobre 1305

Lorsque Hardouin cadet-Venelle rentra de sa longue promenade matinale, en compagnie de son étalon Fringant, Bernadine lui signala qu'un messager venait d'apporter un paquet serré dans une touaille, portant le sceau du sous-bailli messire de Tisans.

— J'ai posé l'paquet sur la table d'la cuisine, précisa-t-elle. J'vous sers un gobelet d'infusion avant de filer ? J'm'en vas causer au poissonnier, de grosse voix et dans les narines ! De la sole, ce qu'il a vendu au soir d'hier ? C'est d'la p'tite lime [1], et pas d'la première fraîcheur, oui ! Mais c'te bécasse de Sidonie qu'vous avez eu la générosité et l'peu de bon sens d'employer – sauf vot'respect – reconnaît pas sa tête de son cul !

✣

Bernadine ne digérait pas que son jeune maître ait offert le gîte, le manger et l'emploi à cette pauvre orpheline guère

1. Limande en vieux français.

futée. La très jeune fille de treize ans l'avait ému alors qu'elle se mordait les lèvres, avachie sur une des marches du porche principal de l'église Saint-Denis de Mortagne, les bras serrés autour de sa poitrine, les pieds nus et sales et les cheveux en bataille. Repoussant d'un geste agacé un faux mendiant qui lui tirait la manche afin de le pousser à l'aumône, Hardouin cadet-Venelle s'était approché d'elle, à l'évidence apeurée, le regard baissé.

— Que fais-tu là ? La nuit va tomber.

— Euh… ben, j'mendie, avait-elle déclaré d'une voix tremblante.

— Les bras croisés sur ton torse ? En général, mieux vaut tendre la main.

— J'suis pas très au fait, rapport que c'est ma première fois…

Elle avait enfin levé le visage vers lui. Il avait détaillé les sillons presque propres abandonnés par les larmes sur ses joues crasseuses et creuses.

Sans trop savoir ce qui motivait sa réaction, il s'était assis à côté d'elle. Réaction pour le moins exagérée, puisque les mendiants ne faisaient guère défaut et qu'ils l'agaçaient le plus souvent.

— Raconte.

— Quoi ?

— Ce qui t'a menée ici.

— J'cause pas aux étrangers, s'était rebiffée la très jeune fille, peu amène.

— Si tu veux récolter quelques pièces, il va bien falloir que tu apprennes à geindre, à sourire et à remercier, avait rétorqué cadet-Venelle, amusé. Raconte.

Sidonie avait narré sa courte vie d'un ton si plat qu'Hardouin avait été certain qu'elle ne mentait pas. Après tout, il s'agissait d'une histoire tellement banale qu'elle ne l'étonnait pas, même s'il avait dû lui souffler les mots qui se refusaient à elle. Sidonie était née alors que sa mère avait quatorze ans, ne sachant plus très bien qui l'avait rendue grosse. Assez jolie fille, aimant les plaisirs immédiats et faciles, sa mère était passée de couche en couche, de taverne en taverne, en retirant quelques sous qui leur permettaient de vivoter dans une masure, du moins quand elle était encore assez lucide pour rentrer. Sidonie avait contribué à leur maigre train en chapardant ici et là. « Toujours du manger, rien d'autre et pas à des pauv'vieux ! » avait-elle souligné, insistant sur sa probité et son honneur de miséreuse. Jusqu'à cette nuit, trois semaines plus tôt, où sa mère avait été retrouvée noyée dans un ruisseau qui s'écoulait non loin de la ruine qu'elles occupaient. Sa tempe portait la marque d'un coup violent. Avait-elle été frappée puis poussée dans la rivière ? L'ivresse, coutumière chez elle, avait-elle rendu son pas peu sûr ? Avait-elle glissé sur la berge boueuse, se cognant et sombrant dans l'inconscience ? Nul ne le savait et, à la vérité, tous s'en moquaient. Sidonie ne pouvant payer une bière [1] ni un service religieux, ne restait à sa mère que le carré des indigents, bref, la fosse commune. Étrangement, alors qu'elle n'avait jamais éprouvé grand amour pour cette femme qui alternait entre beuveries et difficiles matins, passant d'homme en homme, cette fin avait semblé une injustice de trop à la jeune fille. Elle avait donc creusé une tombe à quelques toises* de leur cabane branlante et enterré sa mère à la nuit.

— J'as prié et j'avions été tremper une touaille dans l'eau bénite de l'église que j'as enroulée autour d'sa gorge pour qu'Dieu puisse la r'connaître. J'sais pas l'latin, mais j'suis ben certaine que ça fait point d'différence à Ses yeux.

Quelques jours plus tard, un gros fermier du coin s'était présenté, brandissant un papier auquel Sidonie n'avait rien

1. Du francique *beran* (porter).

compris, ne sachant pas lire. Il avait détaillé la jeune fille peu avenante, assez lourde quoique maigre et largement moins appétissante que sa mère dont il avait éprouvé à maintes reprises les charmes en échange de sa pingre « hospitalité ». Celle-là ne l'emballait pas du tout comme délassement de sens. Aussi lui avait-il donné jusqu'à la fin de la semaine pour ramasser son frusquin[1] et quitter les lieux. En effet, la masure étant bâtie sur ses terres, elle lui appartenait. Si Sidonie l'avait tenté, il en serait allé différemment, du moins jusqu'à ce qu'il se lasse d'elle. D'ailleurs, elle ne l'ignorait pas plus qu'elle ne s'en offusquait.

Ayant terminé son histoire, Sidonie était demeurée là, impavide, le regard perdu au loin, n'attendant aucun commentaire, aucune parole de réconfort de la part de cet homme assis à côté d'elle, dont elle avait remarqué la belle allure et les vêtements luxueux, s'étonnant juste qu'il lui parle.

Hardouin n'avait pas su d'où lui venaient les mots sortis de sa gorge lorsqu'il s'était redressé :

— Es-tu travailleuse ? Puis-je être assuré que tu ne voleras pas ?

— J'as jamais volé, sauf pour manger, répéta-t-elle, sèche. Pour le travail, j'suis lavandière depuis mes six ans, du moins quand j'trouve du labeur.

— Bien. Suis-moi, on devrait t'occuper à quelque chose.

— Et moi, messire, et moi ? avait geint le mendiant repoussé plus tôt et qui n'avait pas perdu une miette de leur conversation. Regardez… mes pauvres mains, mes bras… une affreuse maladie ramenée d'Terre sainte… pour défendre notre Seigneur…

L'homme au regard vif et calculateur avait tendu les bras et relevé ses manches de chainse. La peau à vif était rongée de cloques suppurantes.

1. Tout ce que l'on possède comme vêtements, argent, petits objets, etc. A donné « saint frusquin ».

— Veux-tu travailler ? s'était enquis Hardouin, ironique.

— Oh, j'le souhaiterais tant, messire, plus que tout... mais c'te maladie attrapée pour la gloire du Sauveur... j'ai des faiblesses de membres... et m'sens aussi faible qu'une vieille femme...

— Et aussi fainéant qu'un loir ! Quant à ta maladie de peau, cesse donc de te frotter de suc d'angélique [1] ou de garou [2], elle devrait bien vite disparaître. Pousse-toi, l'homme, tu me chauffes la bile ! Tiens tes mains où je peux les voir et ne t'avise pas de les approcher de ma bourse de ceinture. Je fais un fort mauvais pigeon !

L'autre lui avait jeté un regard hargneux avant de se reculer.

Bernadine, d'abord très désireuse de former Sidonie au service domestique, s'était peu à peu agacée de ce qu'elle avait bien vite nommé « sa lenteur de jugeote ». Certes, la très jeune fille ne renâclait pas à la besogne, mais son visage dépourvu d'expression, son regard vide lorsqu'on lui adressait la parole donnaient le sentiment qu'elle n'écoutait pas ou se moquait de ce que l'on pouvait lui dire.

À vrai dire, un mois plus tard, Hardouin cadet-Venelle ne savait qu'en penser. Sidonie était-elle véritablement d'intelligence très limitée ou errait-elle dans un monde personnel, peuplé des fantômes déplaisants de son passé ?

✢

1. La mendicité était très développée au Moyen Âge. S'y adonnaient aussi des faux infirmes qui n'hésitaient pas à se mutiler ou à mutiler leurs enfants afin de provoquer la pitié et la générosité des passants. Une des « techniques » consistait à s'enduire avec des sucs de plantes telle l'angélique, qui provoque une dermatose.

2. *Daphne gnidium*. Le contact de son écorce avec la peau provoque pustules et rougeurs. Ses fruits sont encore plus toxiques.

Lorsqu'il pénétra dans la cuisine, il trouva la grande fille sans grâce debout devant la longue table. Figée, elle scrutait le paquet apporté par un messager de messire de Tisans. Sans même tourner la tête, elle déclara entre ses dents :

— C't'important. C'qu'y a là-d'dans, c't'important.

Hardouin cadet-Venelle vérifia d'un regard : le sceau du sous-bailli était intact. Pourtant, il demanda :

— Tu en as pris connaissance ?

— J'sais pas lire, et pis j'l'aurais point ouvert, balança-t-elle d'une voix cassante. Mais c't'important. Bon, faut qu'j'aille plumer les deux volailles du demain. Hochant la tête, elle bougonna : sole ou lime, c'est plat tous deux et du pareil !

Elle disparut sans un autre mot. Une étrange sensation envahit cadet-Venelle. Un peu comme lorsqu'on découvre un objet à un endroit alors que l'on est certain de l'avoir rangé ailleurs.

Il rompit le sceau et dégagea la toile de jute qui serrait le paquet. Des carnets à fine couverture de peau noire. De minces carnets de procès dans lesquels étaient consignées les plaidoiries, lorsqu'il y en avait eu, les aveux arrachés ou non sous la torture, les interrogatoires, les témoignages. Tous trois étaient consacrés à l'affaire de « Évangeline Caquet, meurtrière de la femme Muriette Lafoi, ce 16 mai de l'an de grâce 1300 », ainsi que le précisaient leurs pages de garde, tracées d'une écriture cursive [1] peu lisible mais régulière.

Le premier carnet commençait par une description du cadavre affreusement tailladé à coups de hachette à bois de Muriette Lafoi, de son visage méconnaissable, précisant

1. Ou bâtarde gothique. Cette écriture, assez chargée, était réservée aux actes, lettres registres en langue vernaculaire. Les traités scientifiques, théologiques, bref les sommes, lui préféraient la rotunda, plus carrée et bien plus aisée à déchiffrer.

qu'Évangeline Caquet, orpheline recueillie, avait été retrouvée chantonnant, couverte de sang, avachie à côté de sa défunte maîtresse. La fille Caquet était décrite comme simple et de visage disgracieux portant la marque de l'abrutissement. Hardouin cadet-Venelle fouilla sa mémoire : de quelle couleur étaient ses cheveux, ses yeux ? Étrangement, le visage de Sidonie s'imposa à lui.

C't'important. C'qu'y a là-d'dans, c't'important.

Sidonie ne pouvait être qualifiée de simple d'esprit, bien que fort lente ou peut-être inattentive. Pourquoi était-il tombé sur elle, ce soir-là, en descendant le porche de l'église de Mortagne ? Pourquoi avait-il pris le temps de lui parler ? Pourquoi lui avoir offert un emploi ? Tout ceci bien avant qu'Arnaud de Tisans ne ravive son souvenir au sujet de l'exécution d'Évangeline Caquet. Diantre ! Commençait-il à voir des signes partout ? Ou, de fait, sa vie était-elle maintenant guidée par une sorte de projet auquel il ne comprenait goutte ? Il redouta presque que la deuxième hypothèse s'avère fausse.

Le scriba relatait ensuite le questionnement de la fille Caquet. Le juge nommé avait été un peu ébranlé par la systématique réponse de la jeune fille à toutes ses questions : « Voui-voui ! »

— Votre nom ?

— Vangélîîîne !

— Étiez-vous bien traitée chez le couple Lafoi ?

— Voui-voui !

— Vous y sentiez-vous bien ?

— Voui-voui !

— Étiez-vous maltraitée ?

— Voui-voui.

— Aimiez-vous bien votre maîtresse ?

— Voui-voui !

— Détestiez-vous votre maîtresse ?

— Voui-voui !

L'avocat commis d'office afin de défendre la pauvresse, et qui se serait volontiers trouvé à dix lieues* de là, ne cessait lui aussi de répéter d'un ton exaspéré :

— Avec tout votre respect, messire juge, elle n'entend[1] rien à ce que vous lui demandez. Elle n'a même pas compris qu'elle était accusée d'un meurtre odieux qui allait lui valoir la peine capitale.

Le juge avait donc décidé une fustigation afin d'« extirper la vérité » du cerveau confus de la fille Évangeline Caquet.

Cette scène revint à la mémoire d'Hardouin avec une netteté qui le surprit. La longue cave au plafond voûté dans laquelle se déroulait la Question, qu'elle fût Inquisitoire ou laïque. Les soupiraux occultés afin que nul n'entende les hurlements de damnés de ceux que l'on traînait céans. La table assez longue pour qu'un homme y soit allongé, de bois noirci par le sang des suppliciés. Sous la table avait été creusée une rigole qui permettait au sang de s'écouler vers un putel[2] voisin, parfois à leurs excréments lorsque la douleur devenait trop intenable pour qu'ils se retiennent. Près de la cheminée, un brasier ouvert dans lequel on entassait des braises afin d'y faire chauffer, rougir puis blanchir les fers. Aux murs de pierre gris sombre pendaient des entraves de chevilles, de poignets ou de cou, terminées de chaînes et les « instruments » destinés à l'exécuteur. Poussée dans un coin, l'escame[3] sur laquelle s'asseyait le scriba, avec son écritoire munie d'une corne à encre. Sa fonction consistait à scrupuleusement noter questions et réponses, tout en évaluant le temps

1. Dans le sens d'origine de « comprendre ».

2. Ou « merderon », fosse recueillant toutes les déjections humaines.

3. Sorte de tabouret le plus souvent à trois pieds et de forme triangulaire.

durant lequel était appliquée une torture, plus d'une demi-heure par question.

Les coups de bâton avaient plu sur le dos pâle et gras, assénés par M. Justice de Mortagne en respectant le nombre et la sévérité décidés par le juge. Pour Hardouin cadet-Venelle, il ne s'agissait pas là d'une méticuleuse comptabilité dans l'horreur, mais du strict respect de la loi et des procédures. Il s'en souvint soudain : elle avait les cheveux châtain foncé, de fins cheveux sales. Ainsi qu'il était d'usage pour les femmes, elle n'avait été dénudée que jusqu'aux hanches. À chaque question que lui avait reposée le juge, elle avait répondu « voui-voui », pleurant, criant à chaque nouveau coup, un seul « viou-voui ». Exaspéré, celui-ci avait soudain tonné :

— Messire Justice, inutile de poursuivre ! Nous n'en tirerons rien. Il s'agit, soit d'une fieffée menteuse et remarquable bonimenteuse, ou alors d'une véritable idiote ! Toutefois, dans un cas comme dans l'autre, ma patience est échue ! Qu'on la ramène en cellule après avoir lavé ses plaies et qu'elle soit étouffée en terre à l'après-demain. Je rédigerai l'acte dans ce sens. Qu'un prêtre la vienne visiter et lui offrir l'absolution si toutefois elle comprend notre magnanimité. Nous ne sommes pas des monstres !

Sans un mot, Hardouin cadet-Venelle avait approuvé d'un mouvement de tête. Sa journée serait plus rapidement terminée.

✠

Il passa au deuxième carnet, s'inquiétant d'un détail que nul ne semblait avoir remarqué. Pourquoi la hachette à bois couverte d'une gangue de sang avait-elle été retrouvée à l'entrée du potager, dans un massif de sauge, à une bonne dizaine de toises de la demeure, alors que Muriette Lafoi avait été abattue à l'endroit où on l'avait trouvée, dans la cuisine, comme en témoignait l'absence de marques sanglantes partout ailleurs ? Pourquoi Évangeline, après avoir prétendument asséné ces coups de rage, de fureur à sa maîtresse, serait-elle sortie de la maison pour se débarrasser de son arme improvisée, avant de revenir s'asseoir à côté du cadavre ? Elle ne s'était pas lavée, n'avait pas fui. Elle était demeurée là, tenant la main de la défunte.

Hardouin cadet-Venelle soupira. S'il se fiait à ce qu'il venait de parcourir, rien ne prouvait qu'Évangeline Caquet ait tué Muriette Lafoi. L'inverse non plus. Cependant, à l'instar du sous-bailli, il doutait que la grosse fille lente d'esprit, qui semblait dénuée de méchanceté, ait pu commettre un acte d'une telle sauvagerie. Il se souvenait nettement de sa dernière phrase, en fait la seule qu'elle eût prononcée au cours de son procès, alors que le juge la harcelait une dernière fois dans sa geôle, juste avant que lui, M. Justice de Mortagne, ne lui lie les mains dans le dos pour la mener vers la fosse creusée afin qu'elle y soit enterrée vive :

— Pourquoi avez-vous emprunté cette hachette ? Pourquoi la ramener à la maison ? Vous avez prétendu que vous vous en serviez afin d'occire les carpes.

Évangeline Caquet, affolée par ce débit trop rapide pour elle, avait froncé les sourcils, hochant la tête vivement, son éternel sourire niais[1] aux lèvres. Ne comprenant pas, s'attachant au seul mot qui lui évoquait quelque chose de précis « carpes », elle avait bafouillé d'une voix lourde de salive :

— J'vous jure… j'fais point d'mal aux carpes… gentilles carpes… mais… faut ben les manger… J'les tue mais

1. À l'origine, terme de fauconnerie désignant un jeune fauconneau pas encore sorti du nid, donc incapable de se débrouiller seul. Il a pris peu à peu notre sens moderne.

crient pas… j'fais d'mal à personne… Non-non… personne, personne… gentilles carpes…

Il lut ensuite les déclarations du veuf prétendument éploré mais très vite remarié, l'officier briseur, Garin Lafoi, corroborées par une domestique qui servait le couple depuis son mariage, une certaine Madeleine Fromentin. Rien n'avait été dérobé dans la maison, ni les bijoux de la maîtresse, dont quelques très jolies bagues aisément monnayables, ni aucun petit objet précieux, pas plus que les quelques deniers que Muriette Lafoi conservait dans sa chambre afin de régler un livreur ou un homme de peine, engagé à la journée pour un gros travail.

Le juge en avait donc déduit que l'hypothèse d'un vagabond surpris pendant ses larcins ne se justifiait pas, une déduction sensée.

✣

Hardouin cadet-Venelle passa au dernier carnet, celui qui regroupait les différents témoignages, dont ceux qui avaient envoyé Évangeline Caquet, quatorze ans [1], à la mort. Des annotations en rotunda se mêlaient parfois à l'écriture cursive. Il comprit vite que la main du sous-bailli les avait tracées, afin d'ajouter de nouvelles précisions.

Une jeune servante, Adèle Sarpin, y affirmait sous serment qu'Évangeline détestait la femme Muriette Lafoi. Elle certifiait l'avoir entendue maintes fois se plaindre de leur maîtresse, de son avarice et du peu de nourriture qu'elle leur offrait en échange de leur lourd labeur. Elle se souvenait même qu'une fois elle avait surpris Évangeline

1. La majorité des filles était fixée à douze ans, celle des garçons à quatorze. Ils étaient alors considérés comme des adultes.

dans la cuisine, abattant d'un geste hargneux un grand couteau sur une saucisse de sang[1] en s'exclamant : « Prends ça, bourrique ! » Lorsque Adèle lui avait demandé qui elle maltraitait de la sorte, Évangeline avait fini par admettre : « C'te vilaine peau d'Lafoi. » L'écriture en rotunda précisait :

« À l'instar des deux autres serviteurs à charge, Adèle Sarpin n'a pas suivi le maître lors de son déménagement à Nogent-le-Rotrou et de son remariage. Au contraire, elle a épousé le fils d'un riche vivandier, un certain Louis Baubette, ce qui supposait une dot. Le couple demeure aujourd'hui à Brunelles. »

La cursive chargée reprenait ensuite : l'homme de peine de la maison, Éloi Talon, ancien soldat, avait juré sur les quatre Évangiles, qu'il touchait de sa main, avoir accompagné son maître pour visite des terres. Partis dès l'aube, ils n'étaient rentrés qu'au soir échu et avaient découvert l'horreur. Le sous-bailli, sans doute, était à nouveau intervenu en marge de page : « Éloi Talon s'est installé à Saint-Pierre-la-Bruyère, peu après le procès bâclé, comme saucissier, en rachetant donc un étal. Là encore, avec quel argent ? » La transcription des témoignages se poursuivait : Alphonse Fortin, serviteur, avait attesté, toujours sous serment, que la simple Angeline était venue lui emprunter la hachette, le matin du meurtre, au prétexte de décapiter des carpes. Il lui avait fait promettre de la lui rapporter bien vite et puis avait oublié. Arnaud de Tisans avait précisé de sa belle écriture carrée : « Fortin a racheté une ferme de moyenne importance à Dancé, peu après le meurtre de Muriette Lafoi. Avec quel argent, encore et encore ? » Le carnet soulignait que les autres serviteurs, trois femmes et deux hommes, étaient absents au moment des faits. Fâcheuse coïncidence ou plan soigneusement établi

1. Boudin.

par le véritable assassin ? Aucun n'avait dit mot au sujet des Lafoi ou du comportement d'Angeline, la qualifiant juste de « simple », « idiote » « lente d'esprit ».

Hardouin se remémora le commentaire acerbe du sous-bailli. Garin Lafoi avait donc vite déménagé de Mortagne à Nogent-le-Rotrou, quelques mois après sa terrible épreuve – grâce à laquelle il avait empoché tous les biens de feu son épouse – pour se remarier rapidement avec une jeune et ravissante bourgeoise de... Mortagne. Le nom de la donzelle[1] ne figurait nulle part. Un acharnement sur le visage d'une femme, d'une rivale ? Ne pouvait-on y voir la marque de fureur jalouse d'une maîtresse qui attendait son heure ? Car Garin Lafoi connaissait très probablement cette jeune femme du temps de son premier mariage.

Contrairement au sous-bailli Arnaud de Tisans, Hardouin se retrouvait, lui, avec deux convaincants suspects : le mari et sa maîtresse d'alors, devenue épouse d'aujourd'hui. Isolément ou agissant de concert ? Le mari se débrouillait pour libérer les lieux de tous témoins et comptait sur le fait que la simple serait accusée et qu'elle ne pourrait se défendre. Il revenait, assassinait sa femme et payait grassement Éloi Talon pour qu'il jure devant Dieu ne l'avoir pas quitté d'une semelle de toute la journée. Ou alors, une fois la voie libre, la maîtresse impatiente frappait.

✠

Rien de l'âme humaine ne surprenait plus cadet-Venelle, ni le pire, ni le meilleur. Il avait entendu tant de confessions, dont nombre bien qu'arrachées par la torture étaient véridiques, il en aurait juré. Il y avait à

1. Jeune fille ou femme de qualité à l'époque.

dégorger de dégoût dans cette âme humaine et, parfois, à tomber à genoux et à pleurer de reconnaissance et de belle émotion.

Un quart de feuille était glissée à la fin du dernier carnet, couverte de l'écriture carrée qui s'avérait bien celle du sous-bailli. Le papier étant encore fort cher[1] en cette époque, on coupait les lettres sous la dernière ligne écrite afin de l'économiser.

« Maître de Haute Justice,

Je me suis intéressé à la nouvelle épouse, Edwige Lafoi, née Tonnet, et me suis rendu à Nogent-le-Rotrou afin de l'apercevoir en discrétion. Une très jolie et encore assez jeune femme de vingt-quatre ans. Des clabaudages de marchands interrogés habilement, elle serait bonne et pieuse. Je n'en ai pas appris davantage, de crainte d'éveiller la suspicion par des questions trop pressantes.

Vous êtes parvenu jusqu'à cette lettre, preuve de votre intérêt. Je suis donc votre reconnaissant,

Arnaud de Tisans. »

✠

Hardouin cadet-Venelle soupira. Sa curiosité était piquée[2].

Il se leva en refermant les trois carnets, attendant il ne savait quoi. Si, il le savait fort bien, tout en refusant de

1. Il était encore peu répandu en France à cette époque. En effet, le commerce du papier de lin ou de chanvre, inventé par les Chinois, resta très longtemps aux mains des Musulmans. À ce titre, la Chrétienté en réprouva l'usage. Il fallut donc attendre le milieu du XIIIe siècle pour que les Italiens mettent un nouveau procédé de fabrication au point.

2. Dans le sens de « stimuler, exciter ».

l'admettre : une sorte de manifestation de Marie, Marie de Salvin.

Rien ne vint. Il fut déçu et s'en voulut.

Morbleu, l'homme ! s'admonesta-t-il. Eh quoi ! Vas-tu aimer et finir par vivre avec un fantôme, aussi adorable soit-il ? Perdrais-tu le sens ? Comment se fait-il qu'aucune donzelle aussi avenante et charmante n'ait pu te ravir le cœur jusque-là et que ton sang s'emballe dès que tu penses à cette bouleversante morte ?

IX

Nogent-le-Rotrou, octobre 1305

En dépit de la tiédeur de ce midi, un crachin désagréable était tombé sur la ville, avivant les odeurs des déjections qui s'écoulaient lentement dans les rigoles creusées au milieu des ruelles et les remugles de fin de marché.

Hardouin cadet-Venelle avait quitté sa demeure des environs de Mortagne avant l'aube et parcouru la distance le séparant de Nogent-le-Rotrou à l'allure vive de Fringant noire robe. Il avait flatté le valeureux étalon, que sa course ne semblait pas avoir épuisé, avant de le confier au loueur de chevaux et d'attelage installé à l'entrée de la cité. Un généreux pourboire avait convaincu le garçon d'écurie qu'il devait dorloter [1] ce cheval en particulier.

— J'le traiterai aussi bien qu'ma mie, messire, avait assuré le jeune homme.

À quoi Hardouin avait répondu en plaisantant :

---

1. Le mot est très ancien et vient de *dorelot* qui signifiait « chéri, préféré, favori » en ancien français.

— Mieux, je l'espère pour toi. Car ta mie ne rue pas aussi brutalement que mon Fringant !

✣

On pénétrait dans Nogent-le-Rotrou par l'un de ses trois ponts. Les marchands devaient s'acquitter de l'octroi [1] qui, en fonction du pont, revenait à l'église ou au seigneur. Le pont de bois sur l'Huigne [2] enjambait la rivière et conduisait dans Bourg-la-Comtesse. Le pont Saint-Hilaire, lui, frôlait l'église de même nom et le pont de Ronne délimitait la fin de la rue Porte-rivière et le début de celle d'Orée qui traversait Bourg-le-Comte.

M. de Mortagne connaissait un peu la ville, ses bourgs accolés les uns aux autres, et n'éprouva pas trop de difficultés à s'y orienter. Il remonta la rue des Prés qui séparait le Bourg-la-Comtesse du Bourg Neuf [3], quartier dans lequel s'étaient réunis la grande majorité des commerçants. La ville connaissait une belle aisance grâce à eux, et ses sergers et étaminiers s'étaient taillé une réputation qui s'étendait. De plus, ses foires et ses quatre marchés, les halles au pain, aux drapiers, « aus grans estaux » et aux gasteliers [4] étaient courus [5] .

Jean II, duc de Bretagne, à qui appartenait la seigneurie de Nogent-le-Rotrou, la visitait fort peu, ayant délégué la plupart de ses pouvoirs à son nouveau bailli, Guy de Trais, installé là quelques années plus tôt, au déplaisir des

---

1. Impôt perçu sur les marchandises de consommation locale. Très impopulaire, il ne fut pourtant supprimé qu'en 1948.

2. Qui s'écrit « Huisne » aujourd'hui.

3. Construit sous Rotrou III au début du XIIe siècle, et le plus récent.

4. Pâtissiers, ou marchands de gâteaux.

5. Dans le sens de « recherchés », « réputés ».

Nogentais qui se demandaient ce qu'un Breton pouvait comprendre de leurs us.

✠

M. de Mortagne déboucha dans Bourg-le-Comte[1] que surplombait le château Saint-Jean[2], dissuasive forteresse construite sur une hauteur alors que le Perche délimitait la fragile frontière entre le royaume de France et les tentatives d'envahissement des redoutables pirates venus de Scandinavie[3].

L'hôtel particulier acheté par Garin Lafoi, sans doute grâce au généreux héritage de sa défunte épouse, s'élevait dans la rue D'Orée. Rencogné sous le porche d'un immeuble qui lui faisait presque face, cadet-Venelle en admira l'aisance. Protégé d'un haut mur percé d'un portail surmonté de pigeonniers, l'hôtel aux murs de pierre s'élevait à double solier[4], une hauteur peu commune. Il n'en voyait pas le rez-de-chaussée, mais toutes les fenêtres du premier étaient protégées de vitres en losanges serties dans des chemins de plomb, un luxe en cette époque. Des canaux[5] couraient le long des angles de la bâtisse et au

1. Qui correspond à l'actuel quartier du Pâty, autrefois appelé « Pâquis ». Hébergeant à la fin du XIe siècle les officiers de Rotrou II, il fut remanié ensuite et des hôtels particuliers y virent le jour.

2. Le premier donjon de pierre date du XIe siècle, l'aménagement des contreforts et la construction de la large enceinte circulaire du XIIe.

3. Le traité de Saint-Clair-sur-Epte, conclu entre Charles III le Simple et Rollon, chef Viking, leur permit de s'installer définitivement sur les côtes de la Manche en 911, sous certaines conditions.

4. Deux étages, assez peu fréquents à l'époque dans la région.

5. Canalisations. Elles emportaient les déjections vers une fosse septique voisine.

milieu, permettant d'emporter les déjections des divers restraits[1], le plus souvent aménagés en bout de couloir ou dans les penderies d'angle des chambres. Hardouin remarqua des lumières dans plusieurs pièces de l'étage, en plein jour, preuve supplémentaire qu'on ne regardait pas à la dépense.

✣

Il patienta, l'esprit vide, attendant il ne savait trop quoi. L'odeur supportable des putels et de la rue Puante[2], assez éloignée, lui parvenait, portée par un vent léger. Des enfants jouaient, couraient, criaient, lui jetant parfois un regard étonné. Le temps avait adopté une bien étrange allure, s'affolant par instants, s'étirant à l'infini à d'autres. Quelle importance, au fond, puisqu'il ne se souvenait de son passé que par instants, par images.

Ainsi, il revoyait avec une déroutante précision son père, ce jour très précis de mai où ils étaient tous deux allés pêcher. Sa mère leur avait préparé une généreuse bougette[3] afin qu'ils se restaurent. Il devait avoir six ou sept ans. Un moment précieux, puisque son aîné ne les accompagnait pas. Un moment entre lui et son père. Qu'il avait aimé et respecté cet homme au parler lent et précis, sans emphase. Ce jour-là, Hardouin avait attrapé un beau brochet. Il avait décroché l'hameçon de la mâchoire sanglante. L'animal sautait sur l'herbe, le petit garçon contemplant

---

1. Lieux d'aisance.

2. Il y avait souvent dans les villes médiévales une rue Puante ou Sale ou Bourbeuse, qui devait son nom aux immondices qui s'accumulaient dans les rigoles centrales ou aux putels voisins dégageant des odeurs qui seraient insupportables de nos jours.

3. Sac que l'on portait en bandoulière, le plus souvent en cuir.

sa prise, fier comme un poul[1]. Un léger sifflement et le coutelas de son père s'était fiché dans la tête du poisson. La voix lente avait expliqué :

— Dieu nous envoie ce poisson afin que nous nous en nourrissions, pas que nous le fassions souffrir puisqu'il est aussi l'une de Ses créatures et qu'à ce titre il mérite notre respect.

— Mais tu fais souffrir des créatures de Dieu ? avait argumenté le garçonnet.

— Le brochet est innocent. Il n'a commis aucun crime. Seul l'Homme commet des crimes, puisque seul l'Homme est doué de réflexion, ainsi que Dieu l'a décidé, en Son infinie sagesse.

Étrange. Hardouin cadet-Venelle entendait la voix lente aussi distinctement que si son père avait été à ses côtés. Étrange, il revoyait avec une stupéfiante netteté chaque brin d'herbe, les écailles luisantes du brochet, les jeunes feuilles des arbres. En revanche, sa mémoire semblait s'être vidée de semaines, de mois entiers de souvenirs. Ainsi, il ne conservait qu'une vague sensation du décès de son aîné, de son agonie, de l'odeur de mort qui régnait dans la chambre surchauffée. Et pourtant, ce trépas-là avait incliné toute sa vie, le faisant bourreau alors qu'il avait espéré échapper à ce sort.

✠

Des éclats de voix féminines attirèrent alors son attention. Deux commères se prenaient de bec, un petit spectacle

1. « Poul », masculin de « poule » à l'époque, c'est-à-dire « coq ». De là dérive notre expression actuelle, incompréhensible, « fier comme un pou ».

qui attira bien vite quelques passants, intrigués et amusés par la discussion plus que vive.

Soulagé d'être tiré de ses pensées peu réjouissantes, cadet-Venelle ne fut pas en reste et se rapprocha. Les deux femmes, poings sur les hanches, la mine mauvaise, s'invectivaient. La plus âgée des deux, une laideronne assez maigre, portant un bonnet de lin grisâtre de crasse, hurla :

— Espèce de puterelle !

— Plouc[1] ! Bouffeuse de drêche[2] ! Ça peut même pas nourrir ses ventres creux d'marmots et ça donne des l'çons aux aut' !

— Ben moi, j'les nourris pas avec mon cul[3], ni en trimbalant mes nichons[4] sous l'nez des hommes !

— Faudrait déjà qu't'aies des nichons qui vaillent le coup d'œil !

La plus âgée se tourna vers les curieux attroupés, les prenant à témoin en éructant :

— Mais r'gardez donc, ça s'trimballe en cheveux[5] et ça prétend être femme de bien ! Une puterelle, j'vous dis !

L'échange menaçait de virer à l'empoignade, la plus jeune, encore assez jolie, rougissant sous l'affront et semblant prête à en découdre physiquement avec son adversaire.

— Si t'arrêtais de brailler tout le jour, j'aurais eu l'temps d'me coiffer !

Un badaud s'énerva et s'exclama :

— On sait toujours pas c'qu'y se passe !

La plus âgée expliqua d'un ton tremblant de fureur :

---

1. Du normand *Plukk*, surnom injurieux donné aux Bretons et qui signifiait « épluchure ».

2. Résidu de l'orge de brasserie après le soutirage du moût.

3. Le terme n'était pas grossier à l'époque et signifiait simplement le postérieur.

4. De « nicher », le terme n'avait rien de vulgaire alors.

5. Sans bonnet ou coiffe.

— Et vas-y que j'te frotte tous les hommes qui passent ! Gourgandine[1] ! Des fois qu'y aurait un benêt pour lui met' la main où j'pense ! Pis qu'une échauffeuse[2] !

Le murmure réprobateur des femmes de l'attroupement lui donna raison de s'en prendre à une prétendue voleuse de mari. Révoltée, la plus jeune couina :

— Hein ? Ben, c'est qu'vous avez pas vu la face de raie d'son mari ! Y'a qu'elle pour avoir envie qu'il lui colle la main au cul ! Faut dire qu'elle a pas trop l'choix, ajouta-t-elle, vipérine.

Une gifle monumentale de son opposante la déséquilibra. Elle se redressa et s'apprêta à charger pour le plus grand plaisir des spectateurs, toujours friands des prises de cheveux entre dames ou moins dames. Hardouin cadet-Venelle s'interposa, bloquant la plus jeune d'une poigne de fer et repoussant l'autre du bras.

— Brisons là, mesdames. Ne comprenez-vous pas que ces bonnes gens assemblés se moquent de vos histoires et n'ont qu'une envie : vous voir vous étriper et vous ridiculiser ? Tant qu'à faire, faites-les payer comme à la foire.

Un grommellement indistinct provint de la petite haie de curieux qui commencèrent à se disperser, désolés que leur distraction s'interrompe si vite.

Se tournant vers la femme plus âgée, M. de Mortagne ajouta :

— Quant à vous, soit vous vous mettez sornettes en tête et cette jeune femme n'est guère intéressée par votre époux, soit vous voyez juste. En ce cas, ne vaudrait-il pas mieux lui retourner une beigne[3] à lui ? On ne tente que celui qui a envie d'être tenté.

---

1. L'injure, désignant une femme de mœurs très légères, est très ancienne. On pense, sans certitude, qu'elle viendrait de « goret ».

2. Entraîneuse d'auberge louche.

3. Le terme, très ancien, viendrait du celtique signifiant « bosse ».

L'acrimonie des deux femmes tomba d'un coup. Penaude, la plus jeune tenta la réconciliation :

— J'te jure, Lucienne, qu'y m'dit rin ton homme. L'est trop vieux, trop laid et pas assez riche. En plus, y pue.

Sans doute croyait-elle véritablement que ce fâcheux inventaire calmerait l'autre. Elle se trompait. La plus âgée rugit :

— Quoi, y pue mon mari ?

— Il suffit, mesdames, répéta M. de Mortagne qui s'impatientait.

Il parvint enfin à calmer les deux belligérantes qui rentrèrent chez elles. Sans doute y aurait-il dans le futur d'autres ébouriffages de plumes entre elles, mais du moins n'en serait-il pas témoin !

✠

Comme il regagnait son poste d'observation, assez amusé et l'esprit un peu ailleurs, il heurta légèrement le dos d'une gamine dépenaillée[1] dont il eut l'impression qu'elle venait de se matérialiser devant lui.

— Le pardon, fillette. Je ne t'avais point vue.

Elle se tourna vers lui et il retint une exclamation de surprise. La fillette en question était une minuscule vieille maigrelette, ridée au point de sembler centenaire. Des mèches de cheveux blancs dépassaient de sous son bonnet. Elle le dévisagea, ses yeux d'un bleu intense, glacé, se rivant à ceux de l'exécuteur. Un sourire indéchiffrable, dont Hardouin ne sut s'il était amène ou ironique, joua sur les lèvres minces de la vieille qui tendit une main maigre vers lui, demandant d'une voix étonnamment ferme :

1. De l'ancien français *penaille*, qui voulait dire « morceau d'étoffe ».

— La pièce, mon beau seigneur ?

Hardouin pouffa et tira un denier de sa bourse de ceinture, une généreuse aumône.

La vieillarde fit disparaître bien vite la pièce dans sa manche, le regard toujours fixé sur lui, puis tourna les talons. Toujours amusé, cadet-Venelle lui jeta, alors qu'elle s'éloignait en sautillant :

— Le merci n'eût pas été de trop !

Elle s'immobilisa un instant, pirouetta sur elle et rétorqua :

— En effet… La merci pour toi ne sera pas de trop !

Elle disparut, le laissant perplexe. Bah, encore une vieille qui perdait le sens, réduite à la mendicité, sans doute ivrognesse et dormant dans un coin de ruelle comme il en traînait tant dans les villes !

✣

La faim le tenaillait. Quelle heure pouvait-il être ? Il allait renoncer à sa surveillance, afin de rejoindre une auberge voisine et s'y restaurer, lorsque le portail de l'hôtel particulier s'entrouvrit.

Une jeune femme en sortit, tenant par la main un garçonnet âgé de quatre ou cinq ans qui jacassait à perdre haleine, pour le plus grand amusement de la femme qui devait être sa mère, s'il en jugeait par leur ressemblance. Elle s'esclaffait, le reprenant parfois pour une tournure malhabile. Leur mise à tous deux trahissait leur confort matériel. Elle portait une cottehardie[1] à manches justes[2] et coudières[3] en cendal jaune safran, retenue par une fine ceinture qui soulignait les hanches, à la mode du moment.

1. Robe au tout début du XIVe siècle.
2. Manches ajustées.
3. Longues bandes de tissu ornementales qui tombaient du coude.

L'une des extrémités du lien de cuir, décoré de billes colorées, pendait presque à ses pieds et retenait une escarcelle. Un léger mantel violet [1] était jeté sur ses épaules, ses pans repoussés dans le dos. Des truffeaux [2], serrés dans des résilles perlées, cachaient ses oreilles et un touret [3] à barbette [4] la coiffait. Comble de la coquetterie, elle n'avait pas recouvert le décolleté arrondi de sa cotte d'une gorgerette [5]. L'acerbe réflexion [6] d'un chancelier de l'université de Paris au sujet des Parisiennes « provocantes » revint à cadet-Venelle, lui arrachant un sourire : « C'est là qu'on voit des femmes sortir par la ville toutes décolletées, toutes espoitrinées. » Edwige Lafoi, née Tonnet, était, à n'en point douter, en effet une belle femme.

Il attendit qu'elle s'éloigne un peu, bavardant avec son fils, pour leur emboîter le pas. Elle se dirigea vers Notre-Dame du Marais, incontestablement la plus belle église de la ville, que Jean Ier, duc de Bretagne, avait fait reconstruire quelques décennies plus tôt et ériger en paroisse [7]. L'écu de Bretagne ornait son tympan et des statues des différents ducs, portant manteaux chargés d'hermine, décoraient son portail.

Edwige Lafoi aida son fils à gravir les marches du caquetoire et ils disparurent à l'intérieur.

---

1. Rappelons que le Moyen Âge aimait les couleurs, surtout lumineuses.
2. Postiches que l'on attachait au niveau des tempes ou sur les oreilles. De « truffe », dans le sens de « tromperie ».
3. Coiffe en forme de tambourin, qui pouvait servir à maintenir le voile léger porté en dessous.
4. Large bande d'étoffe qui passait sous le menton et permettait de maintenir le touret en place.
5. Pièce d'étoffe, en général de soie et parfois de laine, dont les dames recouvraient leur décolleté par pudeur avant de sortir.
6. En 1273.
7. Elle fut totalement détruite en 1798 et on possède peu de renseignements concernant son architecture.

Hardouin cadet-Venelle tourna les talons et décida de se restaurer en une quelconque auberge de rassurante apparence. Il n'avait certes encore rien appris de précis. Pourtant, et bien que se méfiant de son intuition, il n'imaginait guère Edwige Lafoi en sanguinaire meurtrière, capable de réduire en pulpe le visage d'une rivale.

X

Nogent-le-Rotrou, octobre 1305

Il flâna Bourg Saint-Denis et obliqua dans la rue des Poupardières. Deux auberges se faisaient presque face. Il choisit celle de la Hase[1] Guindée[2], se demandant, un sourire aux lèvres, quel accident d'imagination ou de beuverie avait pu accoucher de ce nom. Il descendit les quelques marches menant à la salle, alléché par les derniers effluves de cuisine. Ne restaient que quelques clients attablés, terminant leur repas. Cadet-Venelle lança à la cantonade :

— Le bonjour, gens de bonne compagnie. J'arrive de Mortagne et me trouve en votre belle ville pour affaires et dans cet agréable établissement pour calmer les ardeurs de mon estomac mécontent.

Tous saluèrent d'un petit signe de tête satisfait et d'un sourire. En effet, on n'aimait guère ne rien savoir d'un étranger. Celui-ci ayant de plaisantes manières, son vêtement

---

1. Femelle du lièvre ou du lapin de garenne.

2. Du viking *vinda* (brandir, enrouler). Le terme signifiait à l'origine « hisser un mât » et par extension au figuré « conférer ou adopter une attitude de raideur ».

luxueux trahissant une appréciable fortune, sa courte épée pendue à la ceinture indiquant un homme de petite noblesse, à tout le moins, les clients furent rassurés et retournèrent à leur fin de dîner.

✣

Une femme charpentée et assez grande parut bien vite. L'aubergiste. En un coup d'œil, cadet-Venelle déduisit qu'il s'agissait d'une maîtresse femme portant chausses[1], le genre à qui il convenait de ne pas souffler dans les narines. Elle aussi le jaugea, en habile commerçante. Affable, elle proposa, en désignant la salle d'un geste de bras :

— La table qui vous conviendra, messire.

Il s'installa.

— Que puis-je pour votre satisfaction ?

Elle usait d'une langue agréable, expliquant la tenue des familles encore attablées. Une auberge de voisinage, dans laquelle il ne faisait pas bon se saouler à rouler sous la table et où les femmes pouvaient venir en tranquillité sans craindre que des ivrognes ne leur offensent les oreilles d'obscénités.

— Maîtresse Hase ? Guindée ?

— Hase. Non pas qu'être lapine me ravisse, mais on ne choisit pas toujours.

— Serait-il possible de manger un petit quelque chose, accompagné d'un cruchon de votre meilleur vin ? s'enquit-il en lui décochant l'un de ces sourires qui ne laissaient jamais les dames de marbre.

— C'est que, messire, vous arrivez bien tard ! None* ne tardera pas !

---

1. Équivalent à « porter le pantalon ».

— Oh, vous n'êtes pas femme à laisser dépérir un pauvre homme affamé, maîtresse Hase.

— Certes pas, surtout lorsqu'on me le demande si gentiment !

— Le bonsoir, maîtresse Hase ! cria un homme accompagné de son épouse en sortant.

Elle lui répondit d'un signe amical de main.

— Voyons... Je puis vous proposer une belle part de longe de porc au vin, accompagnée d'une purée de févettes. Ah, si vous étiez arrivé plus tôt, j'avais préparé un ragoût d'amourettes [1] de bœuf au persil et au vin blanc à faire damner un saint.

— Quelle déception ! Mais je suis bien certain que votre longe me comblera.

✣

La salle se vida progressivement et Hardouin cadet-Venelle se retrouva seul lorsque arriva son tranchoir surmonté d'une généreuse part de longe au vin, accompagné d'une écuelle de purée de fèves.

L'exécuteur sentit qu'une petite envie de causerie habitait maîtresse Hase et proposa :

— Puis-je, en cordialité, vous offrir un gobelet de votre vin, qui, ma foi, a de la goule [2] ?

1. Moelle épinière du veau, du bœuf ou du mouton. Un mets recherché, en cette époque. Le bœuf était une viande très chère, réservée aux classes les plus aisées, à l'exclusion des bas morceaux servant aux ragoûts et aux soupes. Rappelons qu'au Moyen Âge la disponibilité alimentaire était très limitée. On déployait donc des trésors d'inventivité pour utiliser le maximum d'un animal ou d'un végétal afin de se nourrir.

2. Gueule. Nous a laissé « gouleyant ».

— Il provient du petit vignoble d'un cousin de feu maître Hase qui possédait bien des qualités, dont le goût du bon vin, expliqua l'aubergiste avec un regard triste qui indiqua à cadet-Venelle qu'elle ne faisait pas partie de la catégorie des veuves soulagées.

Il attendit qu'elle récupère un gobelet et s'installe en face de lui, et la servit en disant :

— Je suis désolé, maîtresse Hase.

— Oh, ça fait deux ans qu'il a trépassé. Des tonneaux mal arrimés qui ont roulé hors du chariot. Mon époux a été écrasé. Robuste carcasse, son agonie a duré quatre jours. J'en cauchemarde encore.

— Une stupide histoire, mais elles le sont toutes, déclara l'exécuteur.

— Bah, mais je ne vais pas vous assombrir l'humeur et l'appétit avec ces vilains souvenirs, se reprit-elle. Et donc, vous êtes en notre bonne ville pour affaires ?

— Oui-da. Vous avez entre vos murs un des meilleurs parcheminiers [1] du royaume.

— Oh, ça finira par disparaître, les parchemins [2].

— Ils sont encore très recherchés pour les actes importants. Malheureusement, le papier, quoique moins onéreux, s'abîme plus vite.

— Toutes ces nouvelles inventions n'ont pas que du bon, si m'en croyez, approuva maîtresse Hase.

Ils devisèrent encore quelques minutes d'aimables banalités et cadet-Venelle en vint à ce qui l'intéressait.

— Ainsi que je vous l'ai annoncé, je viens de Mortagne. Une de mes anciennes connaissances demeure maintenant en votre ville. Un officier briseur et son épouse, les Lafoi.

---

1. Les parchemins de Nogent-le-Rotrou étaient réputés.

2. Du latin *pergamena,* ville de Pergame. Peau de mouton, de brebis, de chèvre ou d'agneau. Le vélin, fait avec des peaux de veau mort-né, était d'une qualité supérieure.

— Si fait, ils sont parfois venus souper ici. Des gens d'agréable fréquentation et pas fiers, avec ça. Pourtant, il y a de l'argent, rien qu'à voir tous les aménagements apportés à leur hôtel, un des plus beaux de la ville.

— Vous les connaissez donc ?

— Tout le monde se connaît chez nous, messire.

— Garin Lafoi avait plaisante réputation à Mortagne, mentit cadet-Venelle.

— Voilà qui ne m'étonne guère. Il est homme de générosité, de joviale humeur, et ne rechigne jamais à l'aumône, pas plus que sa dame.

Hardouin termina son écuelle de purée de févettes, s'enthousiasmant sur son goût onctueux pour le plus grand plaisir de maîtresse Hase, à qui il resservit un gobelet de vin. Elle le remercia et se leva en annonçant :

— Je vais chercher le fromage, un chèvre mollet [1] à souhait. À volonté, tout comme le pain. Ma souillon de cuisine ne m'aide que quelques heures le soir. Les affaires ne sont pas si réjouissantes que je puisse l'engager tout le jour.

✠

Profitant de sa courte absence, Hardouin cadet-Venelle réfléchit. Il ne tenait pas à éveiller la suspicion de la tavernière par des questions trop insistantes. D'un autre côté, les aubergistes de tout le royaume partageaient une caractéristique : ils pouvaient ouïr bien des clabaudages de voisinage sans pour autant les propager, par prudence commerciale. Mines de renseignements, il fallait aussi leur

1. De « mol », mou dans un sens agréable.

tirer les vers du nez[1], d'autant que maîtresse Hase lui semblait femme de bon sens.

L'aubergiste déposa devant lui un plateau d'osier lourd de plusieurs fromages de chèvre et d'une belle part de pain, ainsi qu'un plat de terre cuite dans lequel s'alignaient d'appétissantes croûtes dorées[2]. Avançant avec prudence, Hardouin déclara :

— Vos tristes confidences sur l'affreux trépas de votre époux m'ont remis Garcin Lafoi en tête.

— Que me dites ? demanda maîtresse Hase, discrète mais curieuse.

— Oui-da, une épouvantable affaire qui stupéfia et horrifia Mortagne il y a… environ cinq ans. Sa première femme, Muriette, fut atrocement assassinée par l'une de leurs servantes, une simple dont j'ai oublié le nom.

— Doux Jésus, souffla maîtresse Hase en plaquant la main sur le petit crucifix d'améthyste qui pendait à son cou. Je l'ignorais.

— Une épouvante, un carnage à ce qu'on me conta. Sans doute est-ce pour cette raison que l'officier briseur déménagea et acheta cet hôtel particulier en votre bonne ville. Selon moi, il ne pouvait plus supporter les terribles souvenirs qui le liaient à Mortagne.

— Ah ça ! Mais… il a racheté cet hôtel particulier, bien mal en point à l'époque, il y a… neuf ou dix ans… Ainsi que je vous l'ai dit, il y a entrepris d'importants travaux qui ont duré des années. Au point que nous nous demandions si quelqu'un viendrait un jour s'y installer.

---

1. L'expression est très ancienne et d'origine incertaine. Elle n'a rien à voir avec les vers d'un poème mais viendrait du latin *verum* (vérité).

2. L'équivalent de notre pain perdu. Le pain était un aliment de base, à valeur sacrée, et il était hors de question de le gâcher. On trouve donc énormément de recettes à base de pain rassis. Il en fut ainsi pendant longtemps dans notre pays.

L'information était de taille, indiquant que Garin Lafoi avait prévu de s'installer céans depuis belle heurette[1]. Cependant, Hardouin se contenta de hocher la tête en commentant :

— Certains artisans sont si prisés qu'on ne parvient à mettre la main dessus qu'avec grande difficulté.

Elle approuva d'un clignement de paupières et poursuivit en terminant son gobelet à petites gorgées :

— Êtes-vous au fait, messire ?

— De ?

— L'épouvante qui sévit céans et depuis deux ans ?

— Ces petits traîne-ruisseaux[2] ? Je… je pensais qu'il s'agissait d'un de ces contes à faire peur.

— Oh, que nenni, messire ! Cela fait bien peur mais n'a rien d'une fable, malheureusement. Je ne suis pas femme à prêter oreille complaisante aux ragots, mais ils ont pendu un trucheur, certes mauvais chrétien et vaurien paresseux, pour nous faire accroire qu'ils tenaient le coupable. Les meurtres ont continué. Les mères avec jeunes enfants sont affolées et ne lâchent plus leurs marmots. Bien sûr, pour l'instant, le maudit meurtrier ne s'en est pris qu'à de petits miséreux dont on perd le nombre… Paix à leurs âmes. Mais… il pourrait jeter son infâme dévolu sur un autre !

Lui revint la façon dont Edwige Lafoi cramponnait la main de son fils.

— À quand remonte le dernier ?

— Y a pas trois semaines. Un garçonnet, dont la pauvre dépouille fut retrouvée au petit matin, en bout de la rue Charronnerie.

---

1. Nous a laissé : belle lurette.

2. Enfants des rues, puisque l'on appelait la rigole centrale des ruelles « ruisseau ». On a ensuite désigné par le terme « saute-ruisseau » un très jeune clerc chargé des courses dans une étude de notaire.

Il y avait donc eu un nouveau meurtre ignoble depuis celui de la fillette mentionnée par messire Arnaud de Tisans.

— Tudieu ! Et les hommes du bailli n'ont aucune piste ?

— Non pas ! D'aucuns se demandent ce qu'ils font, d'ailleurs. Ah ça, pour traîner dans les gargotes, les étuves [1] et les maisons lupanardes [2], ils ne sont pas les derniers ! s'emporta-t-elle. Quand je pense que ce niais de Maurice Després a envoyé un innocent trucheur au gibet !

— Maurice Després ?

— Le premier lieutenant du bailli. Un abruti, sauf quand il s'agit de se faire offrir le cruchon ou de tirer quelques pièces ci ou là. Non pas que le trépas du trucheur ait été une perte, c'était un bon à rien à sale trogne.

— Quoiqu'innocent, rectifia Hardouin en réprimant un sourire.

— De juste. Quoi qu'il en soit, le mécontentement gronde. Une lettre a été envoyée à Monseigneur de Bretagne… Ça ou mener les poules pisser [3], me direz-vous ! Mais c'est pas le tout de payer moult impôts, encore faut-il que nous soyons protégés en échange !

— À l'évidence !

Maîtresse Hase jeta un regard prudent dans la salle, comme si elle redoutait qu'un client y soit entré subrepticement, et débita à voix basse, se penchant vers Hardouin :

— Je ne devrais pas révéler cela à un visiteur, au risque qu'il en déduise que notre ville est un coupe-gorge, mais…

---

1. Bains publics, parfois mixtes. Certains servaient de lieux de rendez-vous galants.

2. Bordels.

3. Le verbe « pisser » n'était absolument pas grossier et désignait simplement l'acte d'uriner. L'expression est comparable à « pisser dans un violon ». On disait « souffler dans un violon » au XIXe siècle, signifiant une action sans utilité, destinée à se solder par un échec.

nous profitons ici de la science immense d'un mire remarquable, messire Antoine Méchaud. Un mien habitué. Il se sent en cordialité et en aisance dans mon établissement, aussi se laisse-t-il parfois aller à quelques remarques… oh, sans jamais bafouer le secret médical. À la demande de notre bailli, messire Guy de Trais, il a examiné les petits corps martyrisés… S'il n'est pas entré dans les détails, j'ai cru comprendre que ces pauvres enfants avaient subi moult tortures et… des abominations tout droit sorties de l'enfer.

Elle confirmait ce que lui avait révélé Arnaud de Tisans. Les enfants avaient été violés, sodomisés et pour les garçonnets émasculés.

— Votre bailli semble donc prendre cette sinistre affaire à cœur, vérifia avec prudence l'exécuteur.

Maîtresse Hase poussa un long soupir et déclara d'un ton hésitant :

— À cœur ? Ce n'est guère l'expression qui me viendrait. On l'a bien peu vu, le gentil Breton enrubanné. Peur de crotter ses hauts-de-chausses de par les venelles. Si ce n'était le mécontentement qui monte, il resterait dans son hôtel particulier à écouter son épouse jouer de la citole[1].

✠

Une question assez vague tournait dans l'esprit d'Hardouin, mais il fut interrompu par l'entrée tonitruante d'un homme aussi haut que large, à la face rougeaude, qui brailla :

— Maîtresse Hase… l'poisson pour le d'main ! Et pour ce jourd'hui, c'soir, des œufs de cane tout frais sortis d'leur

1. Instrument à cordes, à sonorité très douce, dont on sait très peu de chose. Elle est cependant mentionnée dans un poème de Jean sans Terre, écrit juste après la bataille de Bouvines (juillet 1214) : « Que font les melodies bèles, les estives et les citoles,… ».

trou du cul ! Une om'lette au lard et au fromage avec ceux autres, et vous f'rez des heureux à peu d'tracas !

L'aubergiste adressa un sourire d'excuse à cadet-Venelle et rejoignit le vivandier.

L'exécuteur dégusta les croûtes dorées, trempées dans un miel léger. Il attendit que l'aubergiste en termine avec sa livraison, la paya et prit congé.

XI

Citadelle du Louvre, Paris, octobre 1305,
au même moment

La rébarbative citadelle du Louvre, baptisée la « grosse tour » par ses familiers, se dressait non loin du Pont aux meuniers, juste derrière la frontière de Paris. S'y massaient toujours les pouvoirs de l'État, notamment la chancellerie, les comptes et le Trésor. Ceux qui s'entassaient entre ses murs massifs, noirâtres et en permanence humides appelaient chaque jour de leurs vœux les travaux du palais de l'île de la Cité, projeté par Saint Louis dans le but de remplacer le donjon sinistre bâti par Philippe II Auguste. Travaux sans cesse repoussés, faute de crédits.

De cet antre peu accueillant, messire Guillaume de Nogaret*, conseiller du roi Philippe le Bel, dirigeait le royaume. Les proches du roi et les courtisans s'y agitaient, manœuvraient, ourdissaient afin d'accaparer quelque chose, une terre, une charge, une influence, parfois même simplement pour se faire voir, frôler le grand pouvoir, se griser de manigances dont certaines pouvaient s'avérer périlleuses à la suite d'un mouvement d'humeur du souverain ou d'un de ses grands barons.

Parmi eux, Mgr Charles de Valois ne craignait guère l'acrimonie de son unique frère germain, le roi. Ce dernier lui avait toujours montré une tendresse un peu excessive, en dépit des mises en garde répétées mais prudentes de messire Guillaume de Nogaret. Le conseiller voyait d'un très mauvais œil les incessantes exigences financières du frère du roi, lequel confondait avec belle allégresse ses poches et le Trésor royal exsangue. En dépit d'énormes revenus, Charles de Valois était endetté par-dessus tête. Il empruntait ci ce qu'il devait rembourser là, l'involontaire caution du roi lui permettant des jongleries d'argent avec les usuriers et avec les banquiers de l'ordre du Temple. Une rumeur tenace, et justifiée, affirmait en effet que Mgr de Valois devait une véritable fortune aux chevaliers du Christ[1]. Une unique consolation apaisait messire de Nogaret : Charles de Valois ne trahirait jamais le roi, en dépit de ses rêves insensés de couronne. Au fond, cette certitude importait plus que tout aux yeux du conseiller, dont l'absolue fidélité au souverain ne connaissait aucune trêve, aucune ombre, pas même les démêlés de Philippe avec le pape Clément V. Au demeurant, s'il avait eu le moindre doute, Nogaret aurait pu se débrouiller pour que Charles de Valois trébuche gravement dans l'estime de son frère, au point de provoquer son ire. M. de Nogaret n'en était pas à un piège, un stratagème, une fourberie près pour toujours bien servir son maître, parfois contre lui-même.

Guillaume de Nogaret l'admettait en son for intérieur : le décès de la reine Jeanne de Navarre[2] quelques mois plus

---

1. Expliquant peut-être que, bien que ne les chargeant pas durant le procès, Charles de Valois ne vola pas non plus à leur secours. Dans ce dernier cas, il aurait risqué la mauvaise humeur de Philippe le Bel.

2. Le 4 avril 1305. Elle forma un couple très uni avec Philippe le Bel, qui, d'ailleurs, ne se remaria pas après son décès. L'entourage de Jeanne de Navarre joua un rôle politique très important, et notamment Enguerran de Marigny, ancien panetier de la reine.

tôt l'avait soulagé, en dépit du profond chagrin que Philippe le Bel en avait conçu. Jeanne poussait ses pions, dont le plus arrogant et dangereux n'était autre qu'Enguerran de Marigny[1]. Mme de Navarre critiquait en outre ouvertement ce qu'elle nommait l'« attristante raideur » de Nogaret, lui préférant de beaucoup le pragmatisme cynique mais flamboyant de Marigny, son courtisan favori. Ce décès offrait donc à Guillaume de Nogaret du répit, et plus de pouvoir encore.

Messire de Nogaret abandonna l'étroite fenêtre vitrée qui parvenait à peine à éclairer la vaste salle d'études où il passait le plus clair de son temps et s'approcha de sa table de travail, qui disparaissait sous les registres et rouleaux de missives, écritoires et cornes à encre réservés à ses secrétaires. Il sourit machinalement en contemplant le dorsal tendu derrière lui, une Vierge pâle présentant un enfant Jésus au regard étonné. Cette contemplation ne le lassait jamais. Il y voyait ce qu'il aurait aimé que le monde fût : une plénitude paisible, une force infinie concentrée dans le sourire d'une femme unique. La promesse d'un miracle à portée de main. Un magnifique mirage, Nogaret en était certain, car l'humanité ne changerait jamais. Pauvre Divin Agneau, crucifié parce qu'il avait cru que les hommes pouvaient s'aimer et s'entraider. Et pourtant, en dépit de toutes les vilenies qu'il constatait chaque jour, chaque heure, Nogaret savait que l'étincelle inextinguible qui brûlait en lui naissait de sa foi absolue en l'Agneau Sauveur.

1. Vers 1275-1315. Il supplantera Nogaret en 1311, bien que commençant à prendre une grande importance dans les affaires du royaume dès 1305.

Le « triste mulot[1] », sobriquet fielleux que lui donnaient ses nombreux détracteurs de derrière la main[2], soupira de lassitude. Il passa ses doigts osseux sur son visage émacié, sur sa peau sèche qui le faisaient paraître centenaire quand il n'excédait pas trente-cinq ans[3]. En dépit de son allure frêle, messire de Nogaret impressionnait, sans doute en raison de son immense pouvoir, mais également parce que l'on sentait sous son front bombé, barré par l'ourlet de son inévitable bonnet de feutre, une intelligence toujours sur le qui-vive, une absolue défiance envers tous et un univers de secrets qu'il valait mieux ignorer. L'impression d'austérité qui se dégageait de lui était encore renforcée par son vêtement, une longue robe de légiste, surmontée d'une housse qui lui tombait aux pieds, dont le seul luxe consistait en un pourfil[4] de vair. Le dédain de messire de Nogaret pour les riches parures orfraisées[5], courtes et ajustées, et les hauts-de-chausses enrubannés si prisés en cette époque par les messieurs de la cour, était délibéré. Qu'avait-il besoin de se vêtir d'un blanchet[6] brodé d'or ou d'un jupet[7] d'éclatante couleur ? Il suffisait qu'il paraisse dans une pièce, escorté par le bruissement râpeux de sa robe, pour que cessent les conversations et les rires. Il était le pouvoir, à même de faire ou de défaire, et la crainte, le malaise qu'inspirait son regard aux paupières dépourvues de cils se justifiaient parfaitement.

✠

1. Mot tiré du hollandais *mol*, qui signifiait taupe.
2. En cachette.
3. On ignore sa date de naissance précise, vers 1270.
4. Bande de fourrure utilisée pour border ourlets et ouvertures des vêtements luxueux.
5. Garnies d'orfrois : brodées de fil d'or et d'argent.
6. Qui remplaça le doublet, plus long.
7. Sorte de justaucorps entaillé au bas, devant et derrière.

Retors, calculateur, capable d'escobarderies si nécessaire, nul ne pouvait bâiller le lièvre par l'oreille[1] à messire de Nogaret. Son exigeante foi en Dieu ne connaissait qu'une exception : le roi. Aussi s'était-il accommodé des deux exigences du monarque : dompter l'ordre du Temple*, et œuvrer afin d'obtenir un procès posthume contre la mémoire de Boniface VIII, ancien Saint-Père et ennemi juré de Philippe, en dépit de la mort du souverain pontife trois ans plus tôt. Les deux hommes avaient eu en commun leur inflexible autorité, à ceci près que Boniface se rêvait empereur temporel d'Occident, ce que lui contestait Philippe avec une âpreté sans relâche. Le royaume de France était à lui et nul n'usurperait son droit divin à régner sans partage, fût-il pape. Afin de plaire au roi, Nogaret avait donc fouillé dans les sombres secrets de Rome, cherchant à ternir la réputation de feu Boniface, dans l'espoir d'offrir des bases juridiques au procès, bases que ne pourrait balayer le nouveau Saint-Père, Clément V, dont la très récente élection[2] devait beaucoup à la générosité du roi de France. Malheureusement, Nogaret n'était jamais parvenu à déterrer le moindre élément permettant d'accréditer la tenace rumeur qui accusait Boniface de s'être adonné à l'alchimie et à la magie afin de parvenir à son rêve : l'absolu pouvoir sur les âmes et les êtres[3]. Le conseiller n'avait pas osé en fabriquer de toutes pièces, alors qu'il ne se serait guère embarrassé de scrupules pour d'autres. Il s'agissait d'ailleurs d'un des griefs de feu la reine Jeanne, qui lui avait toujours préféré son prédécesseur, Pierre Flote. Flote était décidé à mettre un terme

1. Faire de fausses promesses.
2. En juin 1305.
3. La rumeur courut en effet. On sait en revanche avec certitude qu'il pratiquait l'astrologie, considérée à l'époque comme une science et respectée comme telle.

autoritaire aux ingérences pontificales dans la marche du royaume de France et rien ne l'eût arrêté. Nogaret, lui, louvoyait, œuvrait dans l'ombre, par respect pour la très Sainte Église. Les résultats tardaient donc, mais du moins se faisait-il fort d'empêcher un divorce irréparable entre la papauté et sa fille aînée, la France.

Quant à l'affaire du Temple, Philippe le Bel n'avait pas encore tranché, mais l'éradication pure et simple d'un ordre soldat ne faisait pas partie de ses projets. Tout juste souhaitait-il sa mise au pas, sous les ordres de l'un de ses fils, Philippe de Poitiers. Il s'agissait pour lui de museler les Templiers, meute de garde du pape. Après la débâcle de Saint-Jean d'Acre[1] qui leur avait valu le mépris et la méfiance, les moines-soldats s'étaient repliés en Occident, et notamment en France, devenant un détestable contre-pouvoir aux yeux de Philippe. La mission de messire de Nogaret consistait donc à saper ce qui pouvait leur rester de prestige, à effacer des esprits leurs glorieux faits d'armes, et les milliers de templiers morts afin de protéger la chrétienté, ses sujets et ses intérêts.

Le conseiller connaissait admirablement l'âme humaine. Quelle arme plus imparable que la jalousie, la basse envie ? Une arme peu onéreuse, une pestilence qui se répandrait à la vitesse d'un cheval au galop. Certes, l'ordre de l'Hôpital était aussi riche que le Temple. Quelle importance ? Ceux-là avaient pour grand maître un admirable soldat et fin politique, contrairement à celui de l'ordre du Temple, Jacques de Molay, dont la piété n'avait d'égale que le courage, mais dont l'arrogance ulcérait le roi. Pauvre Molay ! Ce piètre négociateur n'était pas de taille dans la partie qui s'annonçait, mais il l'ignorerait jusqu'au bout, faisant le jeu de Nogaret qui allait le

1. En 1291.

cueillir aussi aisément qu'une naïve pucelle. Molay faisait aveuglément confiance à Clément V : une redoutable erreur. Le pape biaisait assez avec Philippe, qu'il craignait, pour éviter de l'exaspérer davantage et jamais il ne romprait en visière[1], d'autant que le souverain pontife savait déjà qu'il ne rejoindrait pas Rome mais resterait en Avignon. Clément lâcherait Molay aux chiens s'il y allait de son intérêt. Nogaret approuvait le souverain pontife. Que pesait un Jacques de Molay face à l'Occident chrétien ? Que représentaient ses frères d'ordre, pour la plupart petits hobereaux ou paysans cossus ?

Nogaret se souvint de sa vieille nourrice qui aimait à répéter : « On ne fait pas d'omelette sans casser des œufs. » Dieu du ciel ! La pertinence de cette maxime ne s'était jamais démentie, sa vie durant.

✠

Un coup discret frappé à la haute porte sculptée de sa salle d'études tira Guillaume de Nogaret de ses pensées. D'un ton sec, il ordonna :

— Pénétrez.

Un jeune homme qu'il avait sans doute croisé dans la citadelle, portant tunique brodée aux armes de Charles de Valois, s'avança vers sa table, l'échine courbée.

— Messire…

— Oui ?

— Émile Chappe, pour vous servir avec bonheur.

— Hum…

Nogaret ne voyait absolument pas ce que pouvait lui vouloir ce très jeune homme, si blond que l'on

1. Attaquer de face.

apercevait la peau rosée de son crâne sous ses cheveux coupés court.

— J'attends ! s'énerva le conseiller.

La nervosité évidente du l'autre crût encore et son visage enfantin s'empourpra. D'une voix chevrotante d'émotion, il expliqua :

— J'avais eu, messire, l'outrecuidance de vous venir implorer pour un emploi de sous-secrétaire. Ainsi que je vous l'avais précisé, j'ai belle main à la plume, lis et écris le latin et possède un esprit agile pour les chiffres. Vous avez eu l'extrême bonté de me bien vouloir écouter et de me laisser entendre que si un scriba venait à vous manquer...

Nogaret n'avait aucun souvenir de cette rencontre. Non que la chose l'étonnât. Il répondait le plus souvent d'une façon évasive à ceux qui ne l'intéressaient pas ou ne pouvaient le servir, les écoutant à peine.

— ... je sais, comme tous ici, votre total dévouement au roi et toutes les malveillances auxquelles vous devez faire face. J'en suffoque parfois d'outrage lorsque j'entends des langues vipérines tenter de ternir votre magnifique œuvre...

Nogaret soupira et crispa d'agacement ses lèvres minces. Cet Émile Chappe commençait à lui chauffer la bile.

— ... Ainsi, lorsque j'entends l'entourage de Monseigneur de Valois, que j'ai l'honneur de servir de loin... Je... enfin, je m'offusque.

Apprendre que des langues fielleuses s'agitaient contre lui parmi les fidèles de Charles de Valois ne surprenait guère messire de Nogaret. Toutefois, sa curiosité était piquée. Il savait d'expérience que des clabaudages de courtisans pouvaient devenir de véritables poisons pour peu qu'ils fussent habillement utilisés.

— Que voulez-vous dire ?

Émile Chappe en était arrivé où il le souhaitait. D'une ambition sans bornes, en dépit de son allure juvénile et timide, il rongeait son frein[1] depuis deux ans au service du frère du roi. Il n'avait pas ménagé sa peine, travaillant bien plus que les autres secrétaires et de façon plus intelligente selon lui. Il n'avait pas non plus épargné courbettes et flagorneries dès que l'occasion s'en présentait. Néanmoins, à la suite d'une stupide anecdote survenue quelques mois plus tôt – Mgr de Valois étant incapable de se souvenir de son nom alors qu'il était à son service depuis longtemps –, il avait décidé que ses efforts ne seraient jamais couronnés de succès et qu'il devait trouver plus accueillante écurie. Celle de messire de Nogaret, par exemple. Il avait donc laissé traîner ses oreilles, surveillant en subtilité le frère du roi et son entourage. Si les pesteries au sujet du « triste mulot » n'avaient pas manqué, Chappe n'avait jamais rien entendu qui puisse lui servir d'introduction, ou plutôt de monnaie d'échange, vis-à-vis du conseiller du roi, jusqu'à quelques jours auparavant. Et encore, il n'était pas assuré de l'importance de l'indiscrétion qu'il s'apprêtait à commettre. C'est pourquoi il avait longuement pesé le pour et le contre avant de requérir audience de Nogaret, conscient de jouer son va-tout et de griller ses arrières avec Mgr de Valois. Si l'information qu'il détenait n'alléchait pas le conseiller, Chappe pouvait se retrouver en bien vilaine posture. Le jeu en valait-il la chandelle[2] ? Il n'en était toujours pas certain. Le cœur battant à tout rompre, il se lança :

— Eh bien, messire, M. de Valois a reçu à plusieurs reprises son grand bailli d'épée du Perche.

— Hum… Estrelin ?

1. L'expression est très ancienne. Elle vient du mors du cheval, que l'animal mâchonne lorsqu'on l'empêche d'avancer.

2. L'expression est très vieille. On s'éclairait aux chandelles dans les cercles de jeu. Les bougies étant fort chères, certains jeux à mises modiques ne valaient pas la somme dépensée pour l'éclairage.

— Adelin d'Estrevers, messire.

— Hum… quoi de plus naturel que de recevoir son bailli d'épée ? rétorqua le conseilleur d'un ton peu amène.

Émile Chappe déglutit et souligna :

— C'est que, Monseigneur de Valois s'occupe fort peu de ses terres de Perche ou d'Alençon. Après vérification, il s'agissait de la première visite de messire d'Estrevers. Il y fut question de Monseigneur Jean de Bretagne, du roi et de… vous.

Nogaret était bien trop rusé pour mordre à l'hameçon [1]. Aussi biaisa-t-il :

— Du roi ? En quels termes ?

— Oh, respectueux, ainsi qu'il se doit.

— Et de moi, donc ?

— Euh… Monseigneur de Valois a insisté sur le fait qu'en aucun cas vous ne deviez être informé de l'affaire. M. d'Estrevers s'en est porté garant.

— Quelle affaire ? demanda Nogaret, maintenant intéressé et sur ses gardes.

— À mon regret immense, je l'ignore. Cette partie de la conversation était terminée lorsque… eh bien, lorsque le reste m'est venu aux oreilles.

Lorsque tu as commencé à écouter aux portes, traduisit messire de Nogaret.

Émile Chappe songea que la chance pointait son museau vers lui et poussa son mince avantage.

— Lorsque j'affirme que les propos tenus envers le roi furent courtois… ce qui est véritable, il n'en demeure pas moins que notre vénéré souverain devait, lui aussi, être tenu hors la confidence entre Monseigneur de Valois et messire d'Estrevers.

— Vraiment ? Comment cela : taire au roi ce qui se passe en son royaume, d'autant que messire Charles vient

1. Le terme et « l'objet » sont très anciens et dérivent du latin *hamus* (crochet).

de recevoir de ses mains le Perche en apanage, parmi d'autres généreux cadeaux ? Le monde à l'envers que ces manigances ! s'emporta le conseiller.

Et s'il tenait là une petite rébellion de Charles qu'il pourrait monter en épingle pour s'en servir le jour venu afin de dissuader le roi de fermer toujours les yeux devant les prétentions financières ou politiques de son frère ? M. de Nogaret avait entassé tant de secrets, anodins ou mortels, autant de pièges à semer sous les pas des puissants ou prétendants à la puissance, et destinés notamment à ceux qui conspiraient pour le faire tomber. Jusque-là, hormis des dépenses somptuaires réglées avec le trésor, il n'avait jamais réussi à glaner la moindre preuve d'insubordination de Charles à l'égard de son frère le roi. Or, si Philippe excusait son panier percé de cadet, il ne tolérerait jamais que celui-ci lui tienne tête de quelque manière que ce fût. Philippe était convaincu que Dieu l'avait choisi pour régner sur la France, ce dont M. de Nogaret ne doutait pas non plus une seconde.

— Jean II de Bretagne fut donc mentionné ? vérifia Nogaret.

— Si fait, messire.

— Et pourquoi cela ? Quel intérêt peut-il avoir aux yeux de Charles de Valois ? Hormis le fait qu'il est grand-père du mari de sa fille, Isabelle ?

— Je l'ignore, à mon vif regret, messire.

Guillaume de Nogaret n'hésita que quelques instants, puis :

— À la vérité, je suis assez peu satisfait de l'une de mes mains… Trop lente et pâteuse… Certes, par simple charité, je ne puis m'en défaire sitôt, sans prendre en considération son âge et ses charges d'âmes… Toutefois, dans quelques semaines… Chappe, avec bien sûr l'autorisation de Monseigneur Charles, vous pourriez, après essai, rejoindre mes secrétaires…

Émile se plia à nouveau avec obséquiosité. Enfin ! Il tenait sa chance et n'allait la laisser filer à aucun prix. M. de Nogaret lui proposait un emploi auprès de lui, mais plus tard. Parce qu'il devait encore apporter des gages de son intérêt, en plus de savoir manier la cursive ou la rotunda, sans oublier les abréviations [1]. En bref, mériter sa récompense. Fort bien, il allait s'y efforcer. Chappe avait au moins appris une chose auprès de Mgr de Valois : les puissants complotent mais veulent exposer belle figure, d'où l'importance à leurs yeux d'exécutants capables de se traîner dans la pire fange pour les satisfaire et leur permettre de garder mains propres à défaut de leur âme. Il en était ainsi ? Qu'il en soit ainsi !

— Bien sûr, messire de Nogaret, en raison de ma profonde affection pour vous, de mon respect absolu pour votre œuvre et de ma dévotion sans limite pour le roi, si… des informations me parvenaient, je ne manquerais pas de vous les rapporter.

— Voilà qui est juste et honorable de votre part, le félicita le conseiller. Chappe… Le service au souverain est un exercice ardu, une constante vigilance. Notre devoir consiste à le toujours protéger, sans lui encombrer l'esprit. Oh, certes… Jamais M. de Valois ne commettrait aucune faute de nature à peiner son frère… mais les courtisans… ah, les courtisans… ! Que ne sont-ils capables d'ourdir tant l'envie et l'ambition leur font perdre le sens ?

— En vérité. Quelle admirable mission ce serait pour moi que de bien humblement vous seconder dans votre pesante charge.

Nogaret se méfiait toujours du jeune homme. Tant l'avaient trahi qu'il n'ajoutait plus aucune foi aux dires ou

---

1. Destinées à économiser le papier, elles furent enfin fixées au XIIIe siècle. Avant cette date, chaque copiste ou auteur avait son système d'abréviations personnel, rendant la lecture parfois très difficile aux tiers.

aux mines déférentes. Et si Charles de Valois avait dépêché Émile Chappe afin d'obtenir une certitude quant à la surveillance que Nogaret exerçait sur lui ? Rusé, il déclara :

— Charge que partage affectueusement Monseigneur Charles, qui ne souhaite que le bien de son frère. Toutefois, Charles de Valois est homme d'honneur et d'action. Aussi les vilenies des uns et des autres lui échappent-elles, tant elles sont contraires à son beau sang. Au fond, notre gloire consiste à protéger les deux frères germains des serpents malfaisants qui sinuent dans leur intimité sans qu'ils s'en rendent compte. (Nogaret jugea venu le moment d'alarmer un peu le jeune homme.) D'autant que… mon expérience m'a maintes fois prouvé que les très puissants n'aiment guère admettre qu'un bon ami, un preux camarade, un sagace conseiller, ou même un serviteur dévoué, si proche d'eux en apparence, s'avère n'être qu'un vil flagorneur de plus. Il s'agit d'un camouflet à leurs yeux. Aussi convient-il également de leur épargner toute humiliation. Ainsi, je suis bien certain que si Monseigneur Charles se faisait mener par son grand bailli d'épée, contre l'intérêt du roi son frère, il vous serait reconnaissant de lui avoir épargné une grave erreur, sans toutefois l'admettre jamais.

Émile Chappe comprit le sous-entendu et songea qu'il venait de prendre une admirable leçon de politique. Seul messire de Nogaret devait être informé. Pour le reste du monde et quoi qu'il advienne, Charles de Valois serait innocent tel l'enfançon qui vient de naître, aurait été abusé par de fallacieuses paroles, jusqu'à ce que le conseiller en décide autrement. La politique, quelle merveille si l'on était assez rusé pour éviter ses innombrables pièges !

— À vous revoir très vite, Chappe. Vous me paraissez homme d'avenir. N'hésitez pas… si quelque chose vous trouble l'humeur ou vous alourdit le cœur, à venir en discuter. Ma porte vous est ouverte. En attendant que je trouve une autre occupation à mon secrétaire malhabile.

Guillaume de Nogaret le gratifia d'un mince étirement de lèvres qui pouvait passer pour un sourire. Chappe comprit qu'il venait de devenir l'espion du conseiller auprès de messire de Valois.

✣

Une fois seul, Nogaret réfléchit. Valois s'intéressait-il à Mgr Jean de Bretagne, avec qui il était maintenant lié par union de fille ? Pour quelle raison ? Certes pas l'affection. Quel pathétique stratagème avait encore germé dans l'esprit calculateur mais peu subtil du frère du roi ? En d'autres termes, qu'espérait-il pouvoir piller ?

XII

Nogent-le-Rotrou, octobre 1305,
au même moment

Nichée sous le château, au début de la rue Saint-Jean, la maison d'Antoine Méchaud inclinait dangereusement sur le côté. Il recevait ses patients au rez-de-chaussée. La porte de l'étroite demeure qui ne devait compter qu'une ou deux petites pièces par solier était entrouverte et Hardouin la poussa. Deux personnes patientaient debout dans un minuscule ouvroir, une femme et son enfant qui devait avoir sept ou huit ans. Une effroyable quinte de toux suffoqua le garçonnet, lui faisant monter le sang au visage.

Cadet-Venelle ressortit de la pièce exiguë, décidé à attendre dehors, ne tenant pas à récupérer des miasmes malsains[1]. Il s'absorba dans la contemplation du va-et-vient des charrettes à bras ou à un cheval, chargées de carcasses

1. Soulignons à nouveau que si on ignorait l'existence des micro-organismes, l'idée de contagion était présente dans les esprits. Cependant, l'idée d'un « vecteur » invisible des maladies remonte aux Égyptiens vers 4000 av. J.-C. Hippocrate (460-377 av. J.-C.) suggéra que des « miasmes » étaient responsables de nombreuses maladies, dont les fièvres. Cette théorie des « miasmes » de l'air ou des aliments corrompus fut reprise par Rhazès (865-925 ou 926), puis par Avicenne (980-1037).

sanglantes, la Rue aux bouchers étant toute proche. Comment allait-il aborder le mire Antoine Méchaud ? Afin de ne pas froisser le bailli de Nogent-le-Rotrou et de ne pas ajouter à son encombre, Arnaud de Tisans lui avait demandé d'agir en discrétion. Guy de Trais souhaitait à demi-mot l'aide du sous-bailli de Mortagne, tout en évitant que son incapacité à mener à bien une enquête ne devienne trop notoire.

Bah ! Il déciderait lorsqu'il aurait le bonhomme devant lui. Ce qui ne tarda pas. La femme, le visage inquiet, ressortit peu après, traînant par la main le petit garçon maigrelet qui s'étouffait dans une quinte de toux sèche.

— Mon brave… lança le mire en direction de cadet-Venelle, pour se reprendre aussitôt lorsqu'il prit conscience de son appareil [1]. Messire… ?

Le médecin portait ses cheveux gris et fournis mi-longs. Bien qu'âgé d'une bonne cinquantaine d'années [2], il était encore gaillard [3]. L'intelligence et la bonté se lisaient sur son visage sillonné de rides fines.

— Messire mire. Je suis étranger à votre bonne ville et anciennement patient du sieur Lalouet de Mortagne, qui vient de passer.

— Un brave homme, un aesculapius [4], je le connaissais bien, commenta Antoine Méchaud d'un ton peiné. J'ai appris son trépas. Une perte pour l'art médical, quoique Jehan Fauvel [5], mire à Brévaux, soit sans conteste le plus éblouissant praticien de notre région.

---

1. Dans le sens d'ensemble des éléments concourant au même but, ici les vêtements et accessoires.

2. Un âge déjà avancé à l'époque.

3. Peut-être du gallo-romain *galia* (force). Personne de vigueur et d'entrain à l'époque. Le terme n'avait pas encore la connotation un peu « licencieuse » qu'il peut avoir aujourd'hui.

4. Excellent médecin, de grande probité.

5. Voir la série *Les mystères de Druon de Brévaux, Aesculapius, Lacrimae, Templa Mentis*, Flammarion.

Une idée traversa l'esprit de cadet-Venelle, qui broda :

— De fait, une perte, ainsi que pour ses malades, qui en sont fort marris [1]. Claude Lalouet avait mentionné votre nom et votre excellence, lors d'un de nos fréquents dîners de cordialité. Je ressens une douleur au flanc droit, intermittente mais désagréable. De passage à Nogent, j'ai songé à vous venir consulter.

— Pénétrez, l'invita le mire dans un sourire.

✣

Hardouin le suivit dans la pièce attenante à l'ouvroir, meublée d'une petite table de travail qui disparaissait sous les rouleaux de papier et de deux chaises se faisant face, mais surtout envahie par les ouvrages qui, faute de trouver encore une place sur les étagères des bibliothèques, s'entassaient en piles dans les coins. Il se laissa palper sans mot dire, tira la langue à la commande, fléchit les genoux, évoqua la couleur et la fréquence de ses urines, indications dont les médecins se montraient friands [2].

— Vous m'avez l'air en éblouissante santé, conclut le praticien. Auriez-vous pris jadis un coup… ou alors une intumescence [3] qui ne se résorberait que très lentement ? À vous parler vrai, je ne vois aucune raison d'inquiétude.

— Ah ! Le maléfice des gens trop bien portants : ils redoutent toujours de ne plus l'être, plaisanta Hardouin.

— Plein de justesse !

Hardouin cadet-Venelle se rhabilla, hésitant. Il se lança enfin :

---

1. Tristes, gênés ou fâchés.
2. L'uroscopie était en effet une des grandes bases du diagnostic.
3. En anatomie : augmentation du volume d'un tissu ou d'un organe quelconque.

— J'ai ouï-dire, messire, que vous examinâtes les dépouilles des gamins [1] assassinés par ce monstre qui court vos rues.

Le visage plaisant du mire se ferma aussitôt. Il s'enquit d'un ton sec :

— En effet. Avec mon respect, en quoi cette épouvantable affaire concernerait-elle un Mortagnais ?

✣

Hardouin cadet-Venelle ne tergiversa qu'un instant. Bien aisé pour M. de Tisans d'y aller de recommandations de discrétion. Toutefois, à l'évidence, hormis des ragots de taverne, Hardouin n'obtiendrait rien d'intéressant de cette manière.

— Messire mire… il me faut vous conter des détails dont je vous conjure de les garder pour vous.

L'exécuteur repêcha dans sa bougette le court rouleau d'une lettre qu'il tendit au praticien. Celui-ci, reconnaissant le sceau du sous-bailli de Mortagne, haussa les sourcils de surprise.

— De grâce, prenez-en connaissance, insista Hardouin cadet-Venelle.

Il avait exigé cette lettre d'introduction d'Arnaud de Tisans avant de partir. Le sous-bailli n'avait cédé à sa demande que lorsqu'il avait compris que le bourreau ne se rendrait pas en Nogent-le-Rotrou sans elle. Hardouin avait argumenté :

— Messire, je ne tiens guère à être jeté dans un cul-de-basse-fosse au prétexte que je fourre mon nez dans des

1. L'origine du mot est incertaine, peut-être germanique. Il s'agissait à l'époque de petites aides aux verriers ou d'enfants des rues.

histoires ne me concernant pas. Le cas échéant, je produirai votre recommandation.

En termes prudents et assez vagues, Arnaud de Tisans y certifiait que le sieur Venelle, de probe réputation et en qui il avait placé sa confiance, avait reçu mandat de lui afin de recueillir des informations sur un crime survenu dans son baillage de Mortagne et tous renseignements permettant une nouvelle élucidation.

— Hum… en quoi l'affaire évoquée par messire de Tisans aurait-elle un lien avec ces gamins ?

— Une hypothèse parmi d'autres, mentit cadet-Venelle. Il se peut que votre maudit ait déjà sévi chez nous et que, pour une raison indéterminée, il ait déplacé son odieux commerce en Nogent-le-Rotrou.

— Dieu du ciel ! s'offusqua le mire. Attendez…

Il fonça fermer la porte d'entrée de la maison inclinée, puis celle de sa pièce de pratique. Baissant la voix en murmure, il reprit :

— Les murs ont des oreilles ! Je n'habite pas céans, y recevant juste mes patients. De grâce, ne haussons pas le ton.

Cadet-Venelle approuva d'un hochement de tête. Murmurant à son tour, il déclara :

— M. de Tisans m'a révélé d'immondes détails. Les enfants auraient été torturés, violés, parfois par sodomie, émasculés dans le cas des garçonnets ?

— Hum… La cavité génitale des fillettes a été remplie de… d'excréments. Nous… enfin messire de Trais a préféré garder ce… cette… je n'ai point de mot pour qualifier l'impensable… bref cette monstruosité par-devers lui.

— On ne peut que le comprendre, observa cadet-Venelle, horrifié par cette révélation.

Horrifié et sidéré.

Jusqu'où pouvait aller la malfaisance, la passion pour l'ignominie de certains êtres ? Très loin, sans doute. *Enecatrix*, et la phrase gravée sur la lame brillante : *Eos diligit et suaviter multos interficit*, ne seraient jamais souillées par ce vil sang-là, même s'il était noble. Une hache de bûcheron la remplacerait.

— Messire Venelle, en ma longue carrière médicale, je n'ai jamais été témoin d'une telle épouvante. Et pourtant, je sais la cruauté humaine, je l'ai rencontrée maintes fois. Si vous parveniez à mettre la main au col de ce suppôt satanique – car il ne peut s'agir d'autre chose –, je vous en aurais grande reconnaissance, tout comme, j'en suis certain, messire de Trais.

— M'aiderez-vous ?

Antoine Méchaud demeura silencieux quelques instants, puis proposa :

— De grâce, offrez-moi le temps de la réflexion. Me venez rejoindre ce soir, en ma demeure, située à quelques dizaines de toises du pont Saint-Hilaire, face à l'église [1], pour le souper. Je dois assister sous peu à la cérémonie funèbre des nouveaux lépreux arrivés en la maladrerie [2] Saint-Lazare [3].

— Un déplaisant moment, observa Hardouin.

— Certes. Que voulez-vous, bien qu'encore vifs, ils sont morts [4]. Pauvres âmes… Toutefois, nous courons au-devant des ennuis.

— Comment cela ?

— La ville s'étend, messire. La maladrerie fut construite, ainsi qu'il est de coutume, contre vents dominants et à

---

1. Sa construction remonte sans doute au début du XIe siècle. Bien que considérablement modifiée au fil des siècles, on peut toujours admirer sa sobriété de nos jours.

2. Léproserie.

3. Construite en 1091, par Geoffrey IV, sur la route de La Ferté-Bernard.

4. Les lépreux ou ladres étaient considérés comme morts. Ils étaient allongés entre quatre planches figurant leur futur cercueil, pour écouter leur cérémonie funèbre avant d'être conduits vers leur « dernière demeure », la maladrerie, dont nul ne ressortait vivant.

un jet de pierre[1] de ses limites d'il y a deux cents ans. Les constructions avancent. Sous peu, les habitants ne voudront plus côtoyer les malades. Nous risquons des échauffourées[2] ainsi qu'il s'en est produit dans d'autres villes. Nombre de ces pauvres ladres[3] se sont fait massacrer. Les gens ont peur et deviennent violents. Au fond, la maladrerie les protège de la terreur, donc de la vindicte des bien-portants. D'un autre côté, nul ne tient à attraper cette affreuse maladie. Je vous attends après vêpres*.

— Mon plaisir et mon honneur, messire, s'inclina Hardouin. Je ne comptais pas séjourner aussi longtemps en votre bonne ville, aussi vais-je de ce pas réserver une chambre à la Hase Guindée.

Il perçut la brève hésitation du mire. Celui-ci se retint de lui offrir le gîte. Après tout, il ne le connaissait que de quelques minutes. Le praticien déclara :

— Un bon établissement, confortable et bien tenu.

✠

Dès qu'il fut ressorti de l'auberge, Hardouin cadet-Venelle fonça chez le loueur de chevaux et d'attelage. Fringant

1. Au sens strict, c'est-à-dire à 200-300 mètres.

2. Après avoir été assez bien tolérés, les lépreux furent victimes du rejet, voire de la vindicte des populations lorsqu'on comprit que la maladie était contagieuse. En raison de son incubation lente (parfois jusqu'à vingt ans), on avait d'abord cru qu'elle ne se transmettait pas. Les lépreux furent donc parqués, interdits dans les édifices publics, et durent signaler leur approche à l'aide d'une « cliquette », puis d'une crécelle. Ils furent souvent accusés de sorcellerie, puisqu'une croyance populaire bien ancrée voyait dans la lèpre une punition divine.

3. À l'origine : lépreux. Le terme évoquant la perte de sensibilité provoquée par la maladie, il a ensuite désigné les insensibles de cœur et les avares.

était déjà sellé puisqu'il avait prévu de rentrer au soir à Mortagne. L'animal souffla de plaisir en voyant son cavalier, qui précisa au valet :

— Mes affaires céans me retiennent plus longtemps que prévu. Je ramènerai donc ma monture au soir afin qu'elle passe la nuit, et peut-être le demain.

Le jeune homme approuva aussitôt, se souvenant du généreux pourboire reçu.

Une fois sorti de la ville, cadet-Venelle lança l'étalon noir au galop. Brunelles n'était éloigné que d'une petite lieue*.

XIII

Brunelles, octobre 1305

Seigneurie prestigieuse puisque les seigneurs du lieu avaient charge de garder et de défendre le château Saint-Jean de Nogent-le-Rotrou, la bourgade de modeste importance pouvait toutefois s'enorgueillir d'abriter l'abbaye d'Arcisses, qui dépendait des moines de l'abbaye royale de la Sainte-Trinité de Tiron [1].

Son château fortifié trônait sur une butte, témoin silencieux d'une bagarre qui avait fait rage non loin, près d'un siècle jadis [2]. Sous-estimant l'opiniâtreté de Blanche de Castille [3], reine veuve et régente de France jusqu'à la majorité de l'hoir [4] royal, Louis IX [5], Enguerrand III, sire de Coucy [6], grand baron du royaume, avait cru le moment propice pour usurper le titre de comte du Perche et, si possible, ceindre la couronne de France. Celle qu'il avait

1. Aujourd'hui Thiron-Gardais, elle fut édifiée au XIIe siècle par saint Bernard de Ponthieu.
2. En 1228.
3. 1188-1252.
4. Héritier.
5. Le futur Saint Louis, 1214-1270.
6. 1182-1242.

prise pour une faible femme avait levé une armée et l'avait défait afin de préserver l'héritage de son fils. Blanche n'était pas à une bataille près et les puissants du royaume allaient finir par le comprendre. Elle vivante, nul ne déposséderait Louis.

Hardouin se fit indiquer par une commère la demeure du vivandier Louis Baubette, se prétendant ancienne connaissance de son épouse, née Adèle Sarpin.

✠

Il démonta dans la cour carrée de la vaste ferme. Le corps d'habitation était flanqué de deux longues dépendances, l'ensemble formant un « U ». Le parfait état des maçonneries et des toitures en tuiles trahissait l'aisance des propriétaires, tout comme les nombreuses charrettes remisées sous un hangar. Quelques poules rondelettes picoraient autour des roues.

Le bourreau héla au service. Aussitôt un jeune homme sortit d'une des granges et s'approcha de lui.

— Oh là, l'homme, je souhaiterais m'entretenir avec ta maîtresse, Adèle Baubette.

— Pourquoi ça, avec vôt' respect ? voulut savoir l'autre, méfiant en dépit de la mise du cavalier qui le rassurait.

— Une affaire personnelle.

— Ah ben avec ça, j'doute que la maîtresse vous r'çoive, surtout en l'absence du maître. D'autant qu'elle est grosse et pas loin d'la délivrance.

— Rassure-la, je serai bref. Je puis me recommander de messire Arnaud de Tisans, sous-bailli de Mortagne, précisa cadet-Venelle afin de tranquilliser l'autre.

Le rêva-t-il ou une ombre passa-t-elle sur le visage juvénile du valet de ferme ?

— J'vas voir, finit par concéder celui-ci. Euh… avec vot'respect… vous bougez pas d'là.

Il disparut par la porte centrale de la ferme. Il s'écoula quelques minutes qui parurent bien longues à l'exécuteur des hautes œuvres. Des serviteurs passèrent devant lui, tête basse, vaquant à leur travail, lui jetant de furtifs regards. Nul ne lui adressa la parole, ni ne lui destina un sourire ou un salut. Il régnait céans une curieuse atmosphère, peu accueillante.

✠

Enfin, celle qui devait être Adèle Baubette née Sarpin parut. Elle avança vers lui à pas lourds et lents, les mains plaquées sur ses reins, son ventre très rebondi la gênant et évoquant, en effet, un accouchement prochain. Si Hardouin cadet-Venelle avait cru que la mention du nom du seigneur bailli inclinerait la jeune femme à la confiance, il en fut pour ses frais. Le visage fin était fermé et elle lança d'une voix revêche, sans même le saluer :

— Vous êtes ?

— Hardouin Venelle de Mortagne. Le bonjour, maîtresse Baubette.

— La raison d'vôt'venue ?

— Le meurtre de Muriette Lafoi.

Les mâchoires de la femme se serrèrent de colère. Elle siffla :

— C'en est pas bientôt terminé d'cette histoire ? Elle l'a tuée, l'a été jugée et enfouie vive. Voilà tout !

— Pourquoi, si je puis, une telle acrimonie de votre part ?

— Parce que ça fait dix fois qu'on m'demande mon témoignage, de jurer sur les quat' Évangiles, qu'on m'boutecule[1] comme si j'étais une menteuse déhontée ! V'là pourquoi ! J'ai dit c'que j'savais.

— Qu'Évangeline, la simple, détestait Muriette Lafoi. Que vous l'auriez entendue se plaindre d'elle, de son avarice et du peu de nourriture qu'elle offrait, et ceci à maintes reprises. Qu'Évangeline, un jour, avait abattu, en hargne, un couteau sur une saucisse de sang en s'exclamant : « Prends ça, bourrique ! » et qu'elle aurait admis que la saucisse figurait « C'te vilaine peau d'Lafoi ».

— Et comment qu'vous connaissez mes paroles ? demanda Adèle, méfiante.

— Je suis un des enquêteurs de messire de Tisans, à ce titre, j'ai eu accès aux carnets de procès.

— Et pourquoi c'te vilaine affaire ressort après cinq ans ? On n'aura jamais la paix ?

— Des incohérences ont troublé le seigneur sous-bailli.

Levant le regard vers les toits de tuiles, onéreux comparés à ceux faits en bardel[2], puisque l'on pouvait se procurer le bois – souvent du châtaignier – à peu de frais, il ajouta :

— Belle demeure, en vérité, maîtresse Baubette.

Les yeux de la jeune femme s'étrécirent. De plus en plus agressive, elle contre-attaqua :

— Et où ce que vous voulez en v'nir, l'homme ?

— Famille très cossue de vivandiers que les Baubette, à ce que j'ai ouï. Ça ne s'épouse pas comme on souffle dessus[3], un fils aîné de si beau parti. Une fille avec belle dot est souhaitée.

---

1. Bousculer.

2. Bardeau, sorte de tuiles de bois, expliquant que ces toitures aient été souvent interdites dans les villes, puisqu'elles favorisaient l'extension des incendies.

3. Facilement.

Elle ne parut pas décontenancée par cet assaut frontal mais redoubla de combativité et s'approcha encore de lui en feulant :

— Allez, l'homme, soyez franc d'garrot ! Crachez la bribe ! Mais tout messire en épée qu'vous êtes, gare ! En cas d'insulte, j'vous fais jeter dehors d'chez moi.

À la vérité, l'aplomb de la jeune femme l'impressionnait, d'autant qu'il ne sentait aucune rouerie chez elle. Aussi tempéra-t-il son discours :

— Maîtresse Baubette, je ne doute pas que vous soyez femme de probité. Toutefois, admettez que l'étonnement de messire de Tisans se justifie. Trois témoins à charge et tous trois semblent soudain disposer de beaux moyens quand ils ne possédaient pas un fretin auparavant. Car vous vous êtes constitué une dot, n'est-il pas exact ?

Elle réprima une petite grimace douloureuse et se caressa le ventre d'un geste machinal. Il s'en voulut soudain de son insistance.

— Votre pardon. Souhaitez-vous rentrer et vous asseoir ?

Elle hocha la tête en signe de dénégation. Il poursuivit :

— Comprenez. Il serait intolérable à M. de Tisans d'avoir condamné aux tourments et à mort une innocente et, pis, que le véritable assassin coure toujours.

Une onde liquide troubla le joli regard noisette qui le fixait. Adèle Baubette murmura, soudain radoucie :

— J'suis pas parjure. Pas un mot de c'que j'ai raconté n'est menterie. Et même qu'Évangeline a proféré pire. Elle la détestait, la mère Lafoi. Faut ben dire aussi qu'elle avait des excuses.

— Comment cela ?

— Une vraie verrue, la Muriette, m'en croyez. Ça, pour faire sa bonne âme avec les voisins et le prêtre, elle avait pas sa paire. Mais elle nous aurait enlevé le pain d'la bouche ! Toujours à pisser l'fiel au sujet d'nos ventres creux, toujours à trouver des prétextes pour rogner un denier sur nos paies, toujours à nous soupçonner d'avoir volé un coignon [1] d'pain ou un bout d'lard. Une vraie verrue, j'vous dis. Elle était encore plus mauvaise avec Évangeline. La pauv' simple aurait jamais trouvé d'labeur ailleurs. La mère Lafoi l'savait. Toujours à l'humilier, la traiter d'idiote, lui balancer des beignes pour un oui ou pour un non, l'enfermer dans l'poulailler ou le sellier pour la nuit, tel un chien.

— Et le sieur Lafoi ? voulut savoir Hardouin.

— Pas un mauvais chrétien. Un peu benêt. C'est elle qui tenait les cordons d'la bourse, vu qu'l'argent venait d'son père. Le Garin, moins y rentrait, mieux y's'portait. Avec sa charge, c'était facile de trouver des prétextes pour s'éloigner. D'toute façon, personne comptait sur lui pour ramener d'l'ordre dans la maison.

— Saviez-vous qu'il avait une douce mie clandestine ?

— Eh ben, tant mieux pour lui ! Au moins, il aura pris quèque bon temps.

— Maîtresse Baubette, je vous le demande, en vérité : vous a-t-il payée pour votre témoignage ?

Elle émit un long soupir avant d'admettre :

— Oui. Mais j'jure sur ma tête et celle d'l'enfant à naître qu'aucune menterie n'est sortie d'ma bouche ! Les mots d'Évangeline que j'ai rapportés sont véritables. Et, comme j'vous l'ai affirmé, elle injuriait maîtresse Lafoi bien pis.

— Alors, pourquoi Garin Lafoi vous a-t-il payée ? Car c'est bien lui ?

— Hum… J'voulais point témoigner. C'était une pauv'fille, une simple, pas méchante. Elle aurait pas

1. De « coin ». A donné « quignon ».

r'connu sa tête de son cul. Si ça s'trouve, l'aut' l'a asticotée[1] tout le jour pendant qu'nous autres étions partis. Si ça s'trouve, elle l'a privée d'manger. Évangeline, qu'avait eu faim, supportait pas c'te punition. Elle trépignait en pleurant, telle une enfançonne, et ça faisait rire la Lafoi. Une raclure, j'vous dis. J'pense pas que grand monde la regrette, sauf ceux qui la connaissaient que d'ses mines et d'ses sourires trompeurs.

— Et les deux autres ? Ont-ils été payés ? Éloi Talon et Alphonse Fortin ?

— J'sais point. J'me méfiais du gars Fortin, à qui j'aurais pas donné le paradis sans confession, si vous voulez mon sentiment. Un fourbe, j'crois bien. Éloi est homme juste. J'le vois pas livrant témoignage fautif, même contre d'belles pièces.

— Évangeline a-t-elle assassiné maîtresse Lafoi, selon vous ?

Elle le dévisagea et soupira à nouveau avant de confier :

— J'en sais rin du tout. Quand qu'on est rentré, la Lafoi avait rendu l'âme. L'était tailladée avec Évangeline assise à son côté, tenant sa main, du sang couvrant son visage et ses bras. Je sais qu'une chose : c'que j'ai dit est vérité, d'vant Dieu et que j'sois maudite si j'mens.

Hardouin cadet-Venelle fut certain qu'elle disait vrai. Lui cachait-elle autre chose ? Il n'en aurait pas juré.

---

1. L'expression est très vieille et provient de l'allemand *stechen* (piquer, donner des coups de couteau, etc.).

XIV

Nogent-le-Rotrou, octobre 1305

Cadet-Venelle rejoignit Nogent-le-Rotrou peu avant vêpres. Il confia Fringant au jeune valet du louage de chevaux et d'attelages et fila jusqu'à l'auberge afin de se laver le visage et les mains dans la cuvette de la petite table de toilette poussée contre un des murs de sa chambre.

Maîtresse Hase lui avait assuré :

— Oh, vous aurez la plus spacieuse et la plus confortable. En plus, elle donne sur la cour. Vous ne serez point dérangé au matin par les bouchers, plaisants compères mais parfois de bien forte gueule.

De fait, la chambre située au premier étage était agréable, lumineuse une fois remontée la peau huilée qui occultait la fenêtre. Ses ablutions terminées, Hardouin jeta un regard dans la cour. Un sourire involontaire flotta sur ses lèvres. Maîtresse Hase était femme d'ordre. Au tas de bûches nettement empilées faisait suite une pyramide de tonneaux vides. Quelques poules et canards s'affairaient dans un poulailler équipé de juchoirs [1] et aménagé sous

1. Perchoir des oiseaux de basse-cour.

un appentis, non loin d'une birouette [1] sur laquelle s'entassaient quelques seaux et outils et d'un égouttoir à bouteilles [2] scellé au mur.

Les cloches d'une église voisine sonnèrent vêpres.

✣

La maison d'habitation du mire Antoine Méchaud payait bien plus de mine que celle où il recevait ses patients. Entourée d'un jardin protégé d'un haut mur, elle s'élevait sur un solier surplombé de combles. Hardouin y pénétra au soir échu. Aussitôt, un énorme berger de Beauce [3] à bas-rouges lui fonça dessus en grondant, simple mise en garde s'il en jugeait par l'attitude du chien, dissuasive sans être inquiétante. Un ordre claqua, lancé par une voix féminine et jeune :

— Julius, au pied !

L'animal obéit et Hardouin avança en direction de la silhouette apparue dans l'embrasure de la porte.

— Messire Venelle ? De grâce, pénétrez, mon beau-père vous espérait.

Hardouin obtempéra. Celle qui se présenta comme étant Blanche Méchaud, née Delavoix, devait être âgée d'à peine vingt-cinq ans. Petite et menue, elle était plaisante d'allure, avec d'épais cheveux châtain relevés en tresse enroulée autour de son crâne, des traits fins et un sourire espiègle qui lui creusait des fossettes. Sa mise réservée sans

1. De « bi » (deux) et rouette (petite roue). Brouette.

2. Bouteilles. Le verre étant cher, elles étaient le plus souvent en terre cuite à l'époque.

3. Beauceron ou bas-rouge, les pattes étant le plus généralement noir et feu. Il semble acquis que des chiens proches de la race actuelle gardaient déjà les troupeaux il y a deux mille ans en France.

être austère plut à Hardouin. Elle portait une housse de fine brunette[1] bleu foncé, à décolleté modeste et manches-justes fendues aux avant-bras laissant apercevoir son chainse de soie.

— Ma dame, mon bonheur à vous rencontrer, salua Hardouin.

— Et le mien à mettre un visage sur un nom.

Il la suivit dans un ouvroir tout en longueur, éclairé par un chandelier suspendu. Ils pénétrèrent dans une vaste salle commune.

✠

Antoine Méchaud se leva du coffre-banc[2] sur lequel il avait pris place et s'avança vers l'exécuteur des hautes œuvres.

— Assoyons-nous, messire, proposa-t-il en désignant la longue table de bois sombre, semée de chandeliers et flanquée de bancs. Blanche, ma chère, peux-tu demander en cuisines que l'on nous serve un gobelet de vin frais et un plat de rissoles, beignets à la mouelle[3] ou que sais-je, en attendant le souper ?

La femme disparut aussitôt, dans un sourire.

— La veuve de mon fils, passé il y a trois ans. Il a rejoint ses quatre frères et sœurs auprès de Dieu, précisa le mire, d'une voix douce et peinée.

— J'en suis désolé.

— Êtes-vous avec femme, enfants ?

— Non pas. Pas encore.

1. Laine de qualité supérieure.

2. Les coffres faisaient partie des meubles les plus fréquents au Moyen Âge. On y rangeait à peu près tout : vaisselle, vêtements, parfois aliments, etc. Une fois refermés, ils faisaient office de siège.

3. Moelle de bœuf.

— Le temps file vite, si vite et si sournoisement que lorsqu'on s'en aperçoit, il est déjà trop tard. Bah, ne prêtez pas attention à un vieux fol ! Je commence à radoter telle la vieille barbe que je suis et à dispenser mes conseils à qui ne les souhaite point. L'âge, quelle claque à nos becs !

— Il fut pourtant bien courtois à votre égard, rectifia Hardouin, sentant que le mire craignait avant tout d'être considéré vieillard.

— Le merci. Voici compliment qui me réchauffe le cœur.

Blanche revint, portant un plat de pipefarces et de beignets de mouelle qui embaumaient. Une femme qui semblait centenaire la suivait en traînant des pieds sur le sol en pavés de terre cuite, les membres du bas raidis par une maladie de vieillerie[1]. Elle déposa sur la table la boutille et les quatre gobelets qu'elle tenait plaqués contre sa poitrine, sans doute de peur de les lâcher.

— Merci ma bonne Berthe, s'époumona le mire.

La vieille servante lui jeta un regard sévère et tonitrua :

— J'suis point sourde, nôt' maître.

— Pis qu'un sonneur[2], rectifia le mire à voix normale, au profit d'Hardouin qui réprima un sourire. Non pas, ma bonne ! cria-t-il à l'adresse de la vieille femme qui déposa sa charge sur la table, sans l'entendre, avant de repartir dans la cuisine.

✢

1. Arthrose.

2. Les sonneurs de cloches étaient réputés être sourds, en raison du bruit considérable produit par les cloches. Peut-être est-ce l'origine des expressions « dormir ou ronfler comme un sonneur ». Lorsqu'on est sourd, rien ne réveille, pas même son propre ronflement.

D'un geste, Méchaud encouragea Hardouin à s'installer sur l'un des bancs. Blanche s'assit face à lui, son beau-père rejoignant le bout de table.

Un court silence s'installa. La présence de Blanche gênait un peu Hardouin, d'autant que la jeune femme lui jetait des regards fréquents, quoique discrets, dès qu'elle pensait qu'il ne la voyait pas. En effet, il n'osait aborder le sujet qui lui tenait à cœur devant elle. Antoine Méchaud vint à son aide :

— Ma fille d'alliance est au courant des meurtres abjects d'enfants et de la raison de votre visite céans. J'ai bien réfléchi à votre requête durant la cérémonie funèbre des morts bien vifs. Un salutaire dérivatif, puisque j'avoue volontiers que cette pratique me hérisse le poil. Certains de ces hommes vivront encore longtemps, se sachant morts pour tous, même pour leurs familles [1], bien que nous ne puissions les tolérer au milieu des indemnes, de crainte que la maladie ne se propage.

— Les bien-portants voient dans cette affection une malédiction, un châtiment divin.

— Oh, ainsi jugent-ils toutes les graves maladies [2]. Une façon d'expliquer l'inexplicable pour les plus frustes. Pourquoi Dieu punirait-il l'enfançon qui vient de naître en le rappelant sitôt à Lui ? Une punition divine serait-elle contagieuse comme la scrofule [3] ? Toutefois, mon grand âge m'a enseigné une chose : mieux vaut pour certains une superstition d'espoir qu'une vérité désespérante.

---

1. Ils étaient également enterrés dans un cimetière distinct.

2. Les religions du Livre ont longtemps pensé que les maladies étaient une punition envoyée par Dieu.

3. Forme particulière de la tuberculose caractérisée par des altérations de la peau ou des muqueuses, et des tuméfactions ganglionnaires. On regroupait à l'époque sous ce terme les maladies provoquant des symptômes dermatologiques. La lèpre s'appelait donc aussi « maladie scrofuleuse ».

— Comment cela ?

— Penser que la main de Dieu est derrière une maladie permet aux gens simples de conserver l'espoir qu'en priant elle disparaîtra. Les miracles existent, certes. Toutefois, ils sont rares. J'ai vu tant d'exécrables vauriens mourir vieillards dans leur lit, tant d'êtres bons trépasser jeunes d'une fièvre quelconque.

— En effet, admit Hardouin que la justesse de cette démonstration convainquait. Concernant ces ignobles meurtres... reprit-il en sentant le regard insistant de Blanche et en apercevant le sourire charmé qui flottait sur ses lèvres.

— Nous avons, à l'évidence, affaire à un monstre, à un maudit de la pire espèce.

— Vous avez affirmé plus tôt que le bailli Guy de Trais et ses hommes ne détenaient nul indice.

Le mire pinça les lèvres et hocha la tête :

— Pourtant, nous en sommes à douze petites victimes. Du moins pour celles que l'on a retrouvées en ville ou aux alentours immédiats. Je ne nierai pas qu'au début... il y a deux ans et demi environ... les hommes du bailli ont fait preuve d'une certaine... indifférence.

— Il ne s'agissait que de traîne-ruisseaux, compléta Hardouin.

— Oui-da, ne nous leurrons pas. Ils meurent par légion à la moindre fièvre, certains se bagarrent avec rudesse pour s'arracher un morceau de pain ou un denier gagné... Aussi a-t-on, sans doute, fermé les yeux. Tel n'est plus le cas, je vous l'assure, surtout depuis que les Nogentais ont envoyé une lettre à Monseigneur Jean II de Bretagne, avec copie au bailli.

— Mon père d'alliance suit de près l'enquête, à la demande du seigneur bailli, intervint Blanche avant de proposer : puis-je vous resservir ?

Il se tourna vers elle et lui sourit. Elle rougit et baissa les yeux devant l'intensité du regard gris qui la fixait.

— Un peu plus tard. Le merci à vous, dame Blanche.

✣

Antoine Méchaud s'apprêtait à poursuivre lorsqu'une Berthe à voix de stentor annonça que le repas serait aussitôt servi :

— Pas'que le potage[1], c'est point bon quand c'est point chaud, surtout ma cretonnée d'fèves[2] qui forme grumels[3] quand qu'elle r'froidit !

Le mire approuva d'un signe de tête. Aussitôt deux servantes, encore fillettes, s'activèrent à dresser la table en un clin d'œil avant de disparaître, aussi vives et silencieuses que des sylphes[4].

Le mire récita le bénédicité et ils plongèrent leurs cuillers dans leurs écuelles remplies d'une soupe épaisse et savoureuse.

Dès qu'il eut terminé la dernière goutte, Antoine Méchaud reprit :

— Certains aspects de cette horrible histoire me troublent, je vous l'avoue. Je tourne et retourne les

---

1. Rappelons qu'à l'époque, nombre de mets étaient nommés « potages », depuis un bouillon clair avec des morceaux de légumes jusqu'à un ragoût en sauce, pour peu que le plat ait cuit dans un pot et soit pour partie plus ou moins liquide et pour une autre part solide.

2. Une soupe roborative de jour gras faite à base de fèves (ou de pois secs) écrasées dans du lait, des œufs, parsemée de restes de viande ou de foies de volaille et rehaussée d'une pincée de gingembre.

3. Grumeaux.

4. Génie de l'air dans les mythologies gauloise, celtique et germanique. L'équivalent de l'elfe scandinave.

informations dont je dispose sans parvenir à comprendre diverses choses.

— Lesquelles ?

— Je mettrais ma main au feu[1] que ce bourreau d'enfants est intelligent et terriblement roué... Il ne s'agit pas d'un quelconque vagabond ou d'un ivrogne à tête de vinasse et de son...

Antoine Méchaud s'interrompit le temps que les fillettes débarrassent leurs écuelles et déposent devant eux un épais tranchoir recouvert d'une généreuse portion de civé de connins[2]. Profitant de cette pause, Antoine Méchaud remplit leurs gobelets de vin.

Le terme de bourreau pour désigner un tueur sanguinaire avait blessé Hardouin. Hormis cas exceptionnels, les enfants n'étaient jamais torturés par décision de justice. D'un autre côté, il avait, lui aussi, émasculé des condamnés. D'un coup, l'émoi manifeste de Blanche à son égard l'insupporta au point qu'il se sentit devenir injuste. Il lui en voulut, de façon bien incohérente, songeant que si elle avait eu la moindre idée de sa charge, elle l'aurait toisé, méprisé, évitant de le détailler ainsi qu'elle le faisait depuis son arrivée et que, d'ailleurs, il n'aurait jamais été invité céans. Au fond, sa cérémonie funèbre à lui avait eu lieu dès sa naissance. Dès qu'il avait braillé, ouvrant les yeux sur le monde, il était devenu un lépreux, un mort bien vif pour les autres. Il lutta contre la rancœur qui l'envahissait, s'admonestant :

---

1. L'expression vient de l'ordalie, puisqu'il s'agissait de l'une de ses « épreuves ». L'accusé mettait sa main sur des braises rouges et, si elle ressortait indemne, il était jugé innocent.

2. Civet de lapin de garenne. La recette n'était guère différente de la nôtre, à ceci près que la sauce était rehaussée de cannelle, de muscade, de gingembre et d'une pointe de clou de girofle, sans oublier un verre de verjus, puis était épaissie par du pain.

enfin quoi ? De telles pensées n'étaient guère originales et il n'y avait rien là qui puisse encore le surprendre. La phrase prononcée par le mire, dès que les petites servantes furent reparties, le fit revenir à ici et maintenant.

— Une implacable méthode.

— Comment cela ?

Blanche avala une première bouchée et commenta :

— Berthe n'aurait-elle pas eu la main un peu lourde avec le verjus[1] ?

— Non pas, voilà plat fort goûteux, la détrompa l'exécuteur, sans la regarder. Une implacable méthode, disiez-vous ? poursuivit-il à l'adresse du mire.

— Si fait. Douze enlèvements, séquestrations suivies de meurtres et personne n'a rien vu, rien entendu, alors même que la vigilance des uns et des autres vire à l'angoisse et à la hantise.

— Vraiment ?

— Hum… messire Venelle, tout ceci reste bien sûr entre nous.

— Sur mon âme et mon honneur, monsieur.

— Bien. Hantise, le mot s'impose. Le bailli a reçu moult dénonciations, anonymes bien sûr, dont nombre rédigées par des écrivains de rue. La plupart ont été vérifiées, à l'exclusion des diatribes inspirées par une haine farouche contre un proche ou trahissant un expéditeur privé de sens. Aucune des missives ne recelait d'indice intéressant. Et voilà qui me sidère. Nogent-le-Rotrou n'est pas une si grande ville, si peuplée, qu'un odieux assassin puisse passer totalement inaperçu, surtout pour perpétrer douze meurtres aussi abjects.

---

1. Jus de raisin vert, utilisé dans d'assez nombreuses préparations et qui conférait une légère acidité au plat, comme le citron. Nous l'utilisons encore dans certaines recettes.

— Selon vous, il serait étranger à la ville ? résuma Hardouin.

— J'en doute, et pour les raisons évoquées plus tôt. Un étranger se fait vite repérer chez nous, surtout si on l'aperçoit à plusieurs reprises.

— Un Nogentais qui demeurerait non loin de la ville et traînerait ses pauvres proies dans sa tanière ?

Antoine Méchaud mâcha avec application sa bouchée. Blanche intervint :

— C'est l'hypothèse à laquelle nous en sommes arrivés, messire.

L'humeur aigre d'Hardouin avait disparu, tant il la savait injuste et déplacée. Moult femmes, jeunettes ou plus mûres, ignorant sa véritable identité, lui avaient fait comprendre qu'une courtoise et tendre insistance de sa part ne leur déplairait point. Pourtant, il avait occis la seule qui l'avait bouleversé au point d'envahir ses jours et ses nuits et pour qui « il avait été le visage de l'ignominie » : Marie de Salvin.

Il considéra Blanche et demanda :

— Un nouvel arrivant s'est-il installé à proximité de bourgade il y a trois ou quatre ans ?

Un sourire creusa les charmantes fossettes et elle observa :

— Robuste esprit que le vôtre, messire. Nous nous sommes interrogés de même. Nulle installation récente.

— Il pourrait s'agir d'un être ayant soudain épousé le démon, suggéra Antoine Méchaud. Quelqu'un… que nous… connaissons si bien qu'il ne viendrait à l'esprit de personne de le soupçonner ?

L'hésitation du mire intrigua Hardouin.

— Auriez-vous un nom en tête ?

Son hôte échangea un long regard avec sa belle-fille avant de murmurer :

— Lors de faits si graves, ardu de pointer du doigt sans certitude…

✠

Les deux sylphes surgirent à nouveau, gentil ballet silencieux et souriant. L'une ramassa les tranchoirs gorgés de sauce et l'exécuteur songea que le chien Julius ferait bobance [1] ce soir. Leur issue [2] fut déposée devant eux : une crème de prunes au miel et aux épices servie sur une gaufre.

Hardouin complimenta ses hôtes d'un :

— Festin de prince, en vérité !

— Bah, certains de mes patients tirent le diable par la queue [3], telle cette femme que vous vîtes tantôt. Que de soirs je rapporte un panier de fruits ou de légumes, quelques œufs, un peu de beurre, paiement de ma journée. Toutefois, m'en croyez, nul ne me berne et je sais reconnaître les pleureurs de fausse misère des véritables pauvres.

— Je n'en doute point. Pour en revenir à…

— Au nom ? Entendez-moi, messire Venelle, il ne s'agit que de supputations, d'éléments disparates que nous avons associés, peut-être de manière abusive, peut-être parce que le bonhomme en question est un cherche-noise [4] en plus

1. A donné « faire bombance ». De l'ancien français « bob » (gonflement), indiquant un estomac bien plein.

2. Notre dessert. Dans les repas fastueux, l'issue était précédée d'une « desserte ».

3. À l'origine de cette expression, se trouve peut-être un conte. Un pauvre homme couvert de dettes voulut faire un pacte avec le diable. Celui-ci, peu intéressé par l'âme qui s'offrait, fit mine de partir. Tout à son désespoir, l'homme tenta de retenir le diable par la queue.

4. Le terme est très ancien. On ignore s'il vient de *nausea* (nausée) ou de *nocere* (nuire).

d'être mal embouché. Il a réputation de coquin[1] brutal. Un fieffé ivrogne de surcroît. Sa femme a passé il y a trois ans, de bien étrange manière.

— Comment cela ?

— On l'a retrouvée noyée dans une fosse à purin. Elle portait une large contusion à la tête.

— L'aurait-il occise ?

— L'enquête, vite bâculée[2], vous vous en doutez, a conclu à l'accident.

— Pourquoi cela ?

— Parce que notre triste sieur s'enivrait avec quelques piliers de taverne à qui, heureux hasard, il rinçait le gosier bien que se montrant peu généreux de coutume. Ils ont affirmé que leur prodigue... mécène était si saoul qu'il s'était effondré sous un porche de maison et n'aurait pu tenir debout avant le matin. C'est-à-dire rentrer chez lui.

— Et y assassiner sa femme, compléta Hardouin. Des témoins providentiels, en quelque sorte.

— En effet.

— Vous sentez-vous maintenant assez en aise et confiance avec moi pour me confier son nom, messire mire ?

— Entendez-moi encore. C'est que... Nos soupçons ne sont-ils pas attisés par notre piètre estime pour lui, répéta celui-ci.

— J'entends bien et ces précautions sont à votre honneur.

— Il s'agit de Gaston Lecoq, ancien maréchal-ferrant. Il semble qu'il ait malmené des chevaux au point que l'on

1. Le terme était très insultant à l'époque et indiquait tout à la fois un individu de caractère bas, méchant, paresseux et même lâche.

2. De *baculare*. À l'origine, fermer une porte ou une fenêtre en basculant une barre de bois ou de métal (aujourd'hui : bâcler). Cette action, rapide, a donné « bâclé » au sens figuré : vite fait et souvent mal fait.

a trouvé des brûlures sur le poitrail ou la croupe de certains.

— Décidément, un homme selon mon cœur, ironisa l'exécuteur des hautes œuvres, son regard gris se faisant implacable au point que le sourire conquis de Blanche disparut.

— Plus personne ne lui confie donc ses chevaux à ferrer, ceci depuis des années. Étrangement, ce manque de gains ne semble pas l'avoir affecté et il mène toujours bon train d'ivrogne et de trousseur de fillettes communes [1].

— De plus en plus intéressant.

— Pour toutes ces raisons, nous nous demandons s'il n'a pas conclu un pacte avec le Malin, messire, ajouta Blanche.

✣

Le boute-hors [2], un condoignac [3], leur fut servi par Berthe, rouge et en nage de ses efforts en cuisine. S'adressant sans ambages à l'invité, elle rugit :

— Alors, quoi qu'vous en pensez, messire ? Bonne table, hein ? Ça, nôt' maître sait r'cevoir !

— Oh, Berthe ! balbutia Blanche, gênée.

Peine perdue, puisque la vieille servante ne l'entendit pas.

Hardouin retint un pouffement et, criant à son tour, déclara en s'efforçant au sérieux :

— Ah ça, celui qui prétend autre est un fieffé menteur, ma bonne ! Quant à vous, quelle cuisinière ! Au point qu'on vous volerait.

1. Ou fillettes bordeleuses, ou filles amoureuses, ou filles de joie, autant de synonymes pour « prostituées ».

2. Dernier service, après l'issue.

3. Cotignac ou pâtes de coing au vin rouge, au miel et aux épices.

Un ronronnement de satisfaction salua ce jugement. Satisfaite, Berthe rejoignit son univers après un salut de tête.

✣

— Encore une fois, j'insiste, il ne s'agit que de déductions de notre part, qu'aucun élément tangible ne vient étayer, répéta le mire embarrassé. On a vu des hères[1] se faire bastonner pour moins que cela.

— Loin de moi l'idée de bastonner qui que ce soit, plaisanta Hardouin. Votre bailli, messire de Trais, a donc tardé à se préoccuper de l'enquête.

— Si fait. De mes quelques entretiens avec lui, et pour avoir délivré son épouse, j'ai le sentiment que cette affaire de traîne-ruisseaux le dépasse. Il ne sait même pas comment survivent ou meurent ces galopins, qui n'existent simplement pas dans son esprit. Aussi avait-il confié la tâche de débusquer l'assassin à son premier lieutenant, Maurice Desprès, avec le succès que l'on connaît !

— Le trucheur pendu.

— En effet.

— Et ce Desprès, qu'en faites-vous ? s'enquit Hardouin.

— Une brute qui se donne des airs depuis qu'il porte sa belle livrée. Il a amassé en quelques années un joli magot, un héritage, si l'on en croit la rumeur. Il ferait aussi rémunérer ses cécités temporaires.

— Comment cela ?

— Un paysan qui abat trois vieilles brebis et affirme qu'il s'agit d'agneaux de l'an. Un tavernier qui coupe le vin d'eau… Un tanneur qui fait main basse sur les chats

1. Homme sans fortune ni considération.

du voisinage pour en tirer de belles peaux de lapin… Un mouleur[1] de connivence avec un bûcheron qui rogne la bûche.

— Rien que de très habituel, commenta Hardouin.

✣

Il comprit vite que le mire et Blanche n'en savaient guère davantage et attendit le moment courtois de prendre congé. Ses deux hôtes le raccompagnèrent jusqu'au portail du jardin, et la jeune femme lui tendit son esconce en précisant :

— Afin de vous éclairer par cette nuit sombre. Vous pourrez me la rapporter avant votre départ.

La charmante ruse était éculée, mais Hardouin remercia d'un mouvement de tête.

Le sentiment de Blanche Méchaud avait été troublé. Toutefois, pour rien au monde cadet-Venelle ne tenait à l'entretenir dans un espoir voué à la désillusion. Il passerait au demain remettre la lampe à huile au mire, en sa maison de consultation. La jeune femme comprendrait alors, il n'en doutait pas.

1. Officier chargé de mesurer les bûches afin d'éviter les fraudes.

XV

Nogent-le-Rotrou, octobre 1305

Hardouin cadet-Venelle dormit d'un sommeil de plomb. Ni les invectives des conducteurs de charrette qui se retrouvaient coincés face à face dans la ruelle trop étroite, ni les bruyantes boutades des bouchers qui ouvraient leurs étaux dès l'aube ne l'éveillèrent. Il ouvrit les yeux après laudes*, certain que son esprit avait profité de ces heures nocturnes et aliénées [1] pour vagabonder dans des territoires inconnus, ni tout à fait réels ni vraiment oniriques. Il aurait tant donné pour se souvenir de ses errances inconscientes. Qui les peuplait ?

Il procéda à ses ablutions, s'habilla et descendit. Assise à une table, la mine renfrognée, maîtresse Hase était plongée dans ses comptes. Elle se leva dès qu'elle l'entendit.

— Les affaires seraient-elles mauvaises, si j'en juge par le pli mécontent de vos lèvres ?

---

1. Dans le sens initial de « sans lien, sans appartenance ». Rappelons que le sens médical de « folie » vient de l'ancienne expression « aliénation d'entendement », c'est-à-dire sans lien avec la raison, la compréhension.

— Mauvaises, non... satisfaisantes non plus. Bah, les commerçants ne sont jamais assez contentés, plaisanta-t-elle. Tout augmente. Les récoltes des deux dernières années furent assez médiocres[1]. Allez, allez, assoyez-vous que je vous serve un déjeuner revigorant.

Elle fonça en cuisine et revint avec un plateau alourdi d'une soupe aux herbes[2], d'un gobelet d'infusion tiède, l'alcool étant proscrit en ce jour maigre, d'une généreuse part de pain de seigle mêlé de froment et d'un plat de harengs saurets[3].

— Le merci à vous. Maîtresse Hase, retenez de grâce ma chambre pour ce soir. Je ne sais si je l'utiliserai ou si je rentrerai à Mortagne après ma dernière... affaire. Toutefois, présentez-moi sitôt ma note incluant cette deuxième nuit. Si je ne vous revoyais pas avant quelque temps, soyez assurée que je recommanderai la Hase Guindée à mes connaissances.

— Ah ça ! Si j'avais toujours clients tels que vous, ma vie serait un plaisir de chaque instant, sourit la tenancière en rejoignant la table qu'elle avait quittée et en s'absorbant dans ses calculs.

✠

Hardouin déjeuna sans trop savoir ce qu'il mangeait. Que faire ? Que décider ? Il avait eu l'idée d'aller interroger Éloi Talon, peu franc de garrot au dire d'Adèle Baubette, dans le cadre du meurtre de Muriette Lafoi. Toutefois, ce Gaston Lecoq dont les Méchaud, père et belle-fille, étaient

1. Une série de printemps très pluvieux occasionna des famines quelques années plus tard.

2. Herbes signifiait à peu près tous les légumes aériens.

3. Saurs.

certains qu'il avait vendu son âme au diable l'intéressait vivement. Cependant, dans ce dernier cas, rejoindre et confronter le sieur Lecoq impliquait qu'il s'intéresse de près aux monstrueux assassinats d'enfants. En avait-il envie ? Souhaitait-il véritablement seconder le sous-bailli de Mortagne et le bailli de Nogent-le-Rotrou, d'autant que ce dernier lui laissait de plus en plus une impression peu plaisante ? Qui était-il au juste, ce Breton ? Un aimable fat qui avait pensé que sa charge se limiterait en invitations chez des gens de noblesse ? Un indifférent auquel seuls ses privilèges importaient ? Un imbécile qui tentait de faire le dos rond dans l'espoir que les soucis se volatiliseraient sans qu'il ait besoin de s'en préoccuper ? Hardouin avait peu de chance de l'apprendre, car comment rencontrer le bailli de Nogent sans éveiller sa curiosité ? Or, Arnaud de Tisans avait lourdement insisté sur la nécessaire discrétion dont l'exécuteur devait faire preuve. Cadet-Venelle songea qu'il pouvait se contenter de rapporter les renseignements obtenus du mire Méchaud, sans toutefois citer ses sources à sa promesse d'honneur.

✠

Lorsque maîtresse Hase déposa devant lui son ardoise [1] et remplit son gobelet d'infusion fumante, il hésitait toujours. Il régla sa note. Son agacement envers lui-même ne faisait que croître. Allons, l'homme ! Foin [2] de ces tergiversations, décide-toi ! Tu n'as pas à servir messire Arnaud de Tisans. D'un autre côté, il peut t'aider en reconnaissance.

1. On utilisait fréquemment une feuille d'ardoise écrite à la craie pour présenter une facture dans une auberge ou un commerce, le papier étant cher. D'où l'expression « laisser une ardoise ».
2. Expression qui marquait le mépris.

Toutefois, méfiance ! Les puissants oublient souvent le service rendu et ont pour certains une fâcheuse propension à faire réaliser leurs basses besognes par d'autres. D'autant que les malhabiles explications du sous-bailli de Mortagne ne l'avaient toujours pas convaincu.

— Maîtresse Hase, mon cheval boitillait sur le chemin du retour, hier. Où demeure ce Gaston Lecoq, maréchal-ferrant ?

— Non loin. Il suffit de traverser le pont de Bois et de suivre la berge de l'Huisne. Une fois sorti de la ville, à un quart de lieue, lorsque vous apercevrez une ferme qui évoque un taudis [1], vous êtes rendu. (Elle baissa la voix en jetant un regard autour d'elle.) Je vous ai en belle estime, bon payeur et client discret. Aussi me sens-je obligée de vous prévenir : Lecoq a vile réputation. Emmenez plutôt votre monture chez Jean Grosparmi. Il n'a pas inventé la recette de l'eau tiède mais connaît son ouvrage. Sa forge se dresse à une demi-lieue en sortie de ville, sur la route de Berd'huis.

— Le merci pour votre conseil, maîtresse Hase. À vous revoir, peut-être au soir échu ou un autre jour.

1. De l'ancien français « taudir », dérivant lui-même de l'ancien scandinave *tialld* (tente). Logement construit rapidement lors d'un siège pour faciliter l'approche. A donné au figuré : logement misérable et malpropre.

XVI

Nogent-le-Rotrou, octobre 1305, un peu plus tard

Il passa rendre l'esconce de dame Blanche au mire. La porte donnant sur la pièce d'examen était fermée et il entendit le praticien discuter avec un patient. Il allait, un peu lâchement, en profiter pour déposer la petite lanterne et prendre l'escampe sans avoir à discuter lorsque la porte s'ouvrit. Le mire raccompagna un vieil homme voûté jusqu'à la rue et se tourna vers l'exécuteur.

— Je m'en retourne, messire mire, et vous souhaitais saluer, vous remercier à nouveau pour votre magnifique hospitalité et requérir que vous présentiez mes humbles hommages à votre fille d'alliance, déclara Hardouin en tendant l'esconce au médecin.

— Oh… Blanche sera déçue… elle espérait vous offrir un gobelet d'infusion.

— C'eût été plaisir pour moi, mais… le temps me presse.

— Je comprends. Et cette enquête au sujet des petits miséreux ?

— Je vais y réfléchir et vous tiendrai, bien sûr, informé de mes avancées.

Il lut la déception sur le beau visage ridé de l'homme et s'en voulut. Toutefois, Hardouin se sentait de plus en plus étranger aux peines humaines, aux espoirs de ses congénères. Il en était chaque heure davantage convaincu : quelque chose l'attendait quelque part. Une chose si mystérieuse, si exceptionnelle qu'il était incapable de l'entrevoir. Une chose de nature à expliquer sa vie, tout le chemin qu'il avait parcouru en sourd et en aveugle. Seule cette chose, ce but indéfini comptait maintenant à ses yeux. Une force inconnue venait de tracer pour lui une sorte d'itinéraire occulte, et rien ne l'en ferait dévier.

Lorsque le valet d'écurie fit sortir Fringant de sa stalle en le menant par la bride, Hardouin, bras croisés sur son torse, patientait à l'extérieur, l'esprit ailleurs, il ne savait trop où, dans l'un de ces vides bienvenus où tournent des idées trop floues pour qu'on s'y attache. Une voix forte et joyeuse le fit presque sursauter :

— La merci à toi, beau seigneur ! Tu en auras besoin. Mais le mérites-tu ?

Il se tourna d'un bloc et vit disparaître au coin d'un immeuble la silhouette maigre de la mendiante qu'il avait prise pour une fillette.

Une sorte de malaise l'envahit. Il se morigéna. Allons, cette vieillarde, sans doute insensée, n'allait pas lui troubler l'humeur ! Dans une bourgade de la taille de Nogent-le-Rotrou, quoi de plus normal que de tomber souvent sur les mêmes personnes ? Il n'était à la merci de personne.

XVII

Alentours de Nogent-le-Rotrou, octobre 1305,
un peu plus tard

Heureux de se délasser les jambes, Fringant donnait de la crinière et soufflait de bonheur dans le matin frais. Hardouin cadet-Venelle parvint rapidement à la bâtisse que lui avait décrite l'aubergiste et qui s'élevait en bout d'un chemin pentu. Il immobilisa sa monture et étudia les alentours, déserts. Lorsqu'il remit son étalon au pas, une nuée de freux[1] s'envola lourdement à quelques toises de lui, dans des claquements d'ailes réprobateurs. Il découvrit vite l'objet de leur intérêt. Une carcasse de mouton grouillante de vers, aux os partiellement dénudés et dont pendaient des lambeaux de chair maintenant noirâtre. Un festin de charognards.

✠

Il démonta dans la cour envahie de mauvaises herbes desséchées. D'un geste doux, il indiqua à Fringant de demeurer paisible en l'attendant et avança.

---

1. Corbeaux.

Le terme « taudis » utilisé par maîtresse Hase n'avait rien d'excessif. La ferme, court bâtiment de plain-pied, avait triste allure au point qu'on eût pu la croire abandonnée. Un de ses pignons profondément lézardé ne tarderait pas à s'effondrer, emportant un bout du toit vétuste avec lui. Le crépi des murs se soulevait par endroits et tombait à terre, découvrant des pierres que l'humidité recouvrait d'une gangue de moisissure verdâtre. Toutes les fenêtres étaient barricadées de volets vermoulus, dont certains de guingois, leurs paumelles descellées. Sur la droite, les portes d'un bâtiment de taille modeste étaient grandes ouvertes. L'ancienne forge, peut-être.

Un grand chien de ferme efflanqué se rua soudain vers Hardouin, crocs découverts, babines retroussées et le poil hérissé. Le visiteur s'immobilisa, tentant de rassurer l'animal, de le calmer tout en tirant sa dague du fourreau de sa ceinture. Grondant, le chien hésitait à se jeter sur lui. Cadet-Venelle murmura d'un ton doux :

— Ne fais pas cela. N'attaque pas, je serais contraint de t'occire et le déplorerais.

Il héla, sans quitter le fauve du regard :

— Maître Lecoq, mon cheval claudique ! Maître Lecoq !

Le chien tourna la tête en direction de la grange aux portes béantes, informant Hardouin de la présence du maréchal-ferrant dans le bâtiment.

— Votre prix sera le mien, maître Lecoq. J'ai longue route et peu de temps à perdre ! cria à nouveau l'exécuteur.

Une masse hirsute s'encadra dans l'ouverture de la grange, bras croisés sur un torse large comme celui d'un taureau.

— Pourriez-vous rappeler votre chien afin que nous causions en paix ? suggéra Hardouin d'une voix posée, en pensant qu'il n'avait nulle envie de blesser la pauvre bête qui s'obstinait à gronder.

— Barre-toi, corniaud[1] ! rugit l'homme en lançant son pied dans le vide en menace. Déséquilibré par l'ivresse, il broncha[2] et se retint de l'épaule à l'un des battants de la porte.

Aussitôt le chien fila en gémissant, échine basse et queue entre les pattes, preuve qu'il avait depuis longtemps appris que toute désobéissance de sa part se solderait par des coups.

✣

Hardouin s'approcha du répugnant sieur Gaston Lecoq. Des remugles de vieille sueur, de vinasse lui fouettèrent le visage. Il effleura du regard le chainse marron et raide de crasse qui vêtait l'homme et sortait de ses braies[3]. Il tenta de discerner ce qui se trouvait à l'intérieur de la forge, laquelle semblait inactive depuis des années, mais la dense obscurité ne lui permit guère de distinguer quoi que ce fût, hormis la masse sombre de l'auge à braises poussée contre le mur de gauche. Il reprit :

— Mon cheval claudique et…

— Et alors ? Quèque j'en ai à foutre, d'ton bourrin ?

— Je vous croyais maréchal-ferrant, objecta cadet-Venelle que la situation commençait à distraire.

Un léger bruit d'entrechoquement lui fit lever le visage. Cloué en haut du chambranle, un singulier assemblage se balançait au gré du vent : des os pendus à des ficelles d'inégales longueurs. Des os qui ressemblaient à s'y méprendre à des phalanges humaines.

---

1. Le terme est très vieux et dérive de « corneau » (au coin), « né au coin des rues », désignant donc un chien bâtard.

2. Trébucher.

3. Sorte de caleçon large que portaient les hommes depuis les Gaulois. Nous a laissé « débraillé ».

Lecoq avait suivi son regard. Bravache, il bafouilla d'une voix pâteuse d'ébriété :

— J'suis pas d'ceux à qui faut souffler dans les naseaux !

— Vraiment ? commenta Hardouin dans un large sourire.

— Tu t'fous d'ma poire, l'homme ? C'est pas prudent, menaça l'ivrogne.

— Sans doute ai-je un certain goût pour le danger, s'amusa l'exécuteur.

— Barre-toi avant de m'chauffer la bile, grommela Lecoq.

— Il ne me sied point de partir sitôt. Au contraire, vous allez me faire benoîtement visiter cette forge ainsi que votre… demeure. Allons, l'homme, je n'ai guère de temps à perdre !

✠

Les mâchoires de la brute se crispèrent de fureur et son regard mauvais s'emplit d'une lueur meurtrière.

Le poing, épais comme une enclume, partit avec violence. Hardouin l'esquiva d'un saut léger sur le côté. Un battement de cils. La lame effilée de la dague s'abattit sur l'oreille de l'ancien maréchal-ferrant. D'abord, rien. Lecoq demeura bouche ouverte, sans comprendre. Une nappe rouge et tiède dévala vers son menton. Il secoua la tête. L'oreille tranchée, seulement retenue par un bout de peau, se balança contre son cou. Il plaqua sa main crasseuse aux ongles longs et recourbés telles des griffes sur la plaie, puis palpa le pavillon de chair et de cartilage, un air abruti et stupéfait sur le visage.

Puis, fou de rage et de douleur, il se jeta en hurlant sur Hardouin qui le cueillit d'un coup de poing dans le plexus solaire.

Gaston Lecoq s'effondra à genoux, gémissant :

— Trou du cul du diable !

— Comme il te plaît, l'ami. Joli pendant d'oreille… enfin sans oreille, ironisa l'exécuteur. Peu viril, toutefois !

D'un sec et rapide, il tira sur le pavillon, arrachant un autre vagissement de douleur à la brute, avant de balancer la coquille cartilagineuse ensanglantée dans la cour, tel un déchet, en commentant :

— Ça ne pouvait plus te servir !

Livide, Lecoq, toujours à genoux, gémissait, la main plaquée sur sa plaie. La douleur le faisait transpirer.

— Allons, allons, que d'histoires pour une simple oreille. Il t'en reste une autre… pour l'instant. Un nez, aussi… Allons, de grâce, reprends-toi ! Ne croirait-on pas une mazette[1] ! La visite, j'insiste, et ma patience est échue… Je pourrais me montrer… désagréable.

— Crève et rôtis en enfer ! éructa l'autre en se relevant avec peine.

— Et risquer de me retrouver à côté d'un tas d'immondices puant tel que toi ? Jamais !

— Crève ! répéta l'autre.

✠

Il n'eut pas le temps de parer, ni de se reculer, la pointe de la dague se ficha dans le gras de son bras gauche. La manche crasseuse de son chainse se teinta de rouge. Un nouveau hurlement. À son regard, maintenant apeuré, à ses lèvres sèches, Hardouin comprit qu'il ne résisterait plus.

— Allons, l'ami, je suis attendu pour le dîner de midi. De grâce, sois aimable et me fais visiter ce que je souhaite voir sans tarder. Certes, je puis te navrer, jeter ton cadavre

1. Mauvais petit cheval. Au figuré : personne sans force, ni courage.

répugnant aux corbeaux qui en feront bon usage et m'orienter seul. Choisis, mais fais vite, ajouta-t-il avec un sourire angélique. Au fait, l'homme, donne-moi le « vous ». Je déteste qu'un gredin y aille de familiarités de langue à mon endroit.

L'autre, maintenant affolé, lut dans l'implacable gris de ses yeux qu'il ne plaisantait pas. La mort s'y lisait aussi sûrement que si elle avait été écrite.

— Et après ? balbutia-t-il.

— Si tu… ne détiens pas ce que je cherche, je pars et te laisse panser tes blessures. Dans le cas contraire… ma foi, elles ne t'occasionneront plus aucune souffrance… j'y veillerai.

— C'est quoi qu'vous cherchez… j'ai pas d'argent…

— Et pourtant, ta vie de coquin et d'ivrogne coûte de belles pièces. Pousseraient-elles dans ton jardin ?

— Oh ça… des rentrées, expliqua Lecoq en baissant les yeux et en grimaçant de douleur.

— Des louages ou fermages ? Te moques-tu ? Vois-tu, je ne crois pas que le diable ait acheté ton âme. Elle est trop vulgaire et laide pour le séduire. De toute façon, elle lui revient de droit. Aussi, pourquoi paierait-il pour un dû que nul ne lui contestera ?

— Z'avez pas l'droit d'me couvrir d'injures ! protesta l'autre.

Hardouin s'amusait à tracer des cercles dans l'air de la pointe de sa dague.

— Et frêle donzelle, avec cela ! Évite-moi la pâmoison d'outrage, l'homme. Je te laisserai choir au sol comme le vilain sac que tu es. Alors, cette visite ? Je t'ai à peine piqué de ma lame, quant à ton oreille… Elle n'est guère d'aide pour la marche.

✣

La situation amusait assez Hardouin cadet-Venelle, tant il sentait que l'autre l'aurait réduit en charpie à la première occasion. Bien mal lui en prendrait. De son avis, l'exécuteur des hautes œuvres faisait preuve de magnanimité. Il aurait été plus facile pour lui d'occire la brute épaisse et de procéder seul à son inspection.

Lecoq comprenait-il seulement que sa vie ne tenait qu'à un fil, à un sursis qui pouvait cesser d'une seconde à l'autre ? Sans doute pas. Il faisait partie de ces hommes qui martyrisent et tuent s'ils en ont le pouvoir et qui obéissent, tels des chiens serviles, lorsqu'ils se trouvent en faiblesse. Un autre Jacques de Faussay, de basse extraction celui-là, ignare et dépourvu de beaux atours, mais de même farine [1].

Pourtant, une sorte d'instinct soufflait depuis quelques instants à Hardouin que Lecoq n'était pas le tortionnaire d'enfants qu'il cherchait. Cependant, il voulait en avoir le cœur net.

— Y'm'faut un linge. J'pisse le sang.

— Hum… je suis bon. Gare, et que je voie toujours tes mains. Pas de vilain coup, l'homme. Ce serait ton dernier.

Gaston Lecoq s'écarta de quelques pas et récupéra une touaille, raide de crasse elle aussi, qu'il appliqua sur la béance abandonnée par le pavillon de son oreille.

— Quèque vous cherchez ? répéta-t-il.

— Des preuves. Ainsi que je te l'ai dit, si je ne les trouve pas, tu vis… Dans le cas contraire, ta vie scélérate s'arrête céans et maintenant.

— J'suis p'têt soudard, menteur et voleur, mais j'as jamais tué quiconque, protesta Lecoq.

— Et ta bonne femme ? Elle a glissé toute seule au fond d'une fosse à purin ?

---

1. De même espèce.

L'argument ébranla la brute, qui feula :

— Qui qu'vous êtes ?

— Un homme qui sait beaucoup de choses.

— Elle m'cocufiait !

— On ne peut guère lui en faire reproche, se gaussa Hardouin.

Lecoq fit un geste menaçant et la pointe de la dague fut sur sa gorge en un éclair :

— Couché ! Un faux mouvement et tu t'embroches…

— On s'a bagarré. C'te nuit là, on s'a pris de gueule. Elle m'a sauté d'ssus telle la chipie[1] qu'elle était, elle m'griffait et m'a même mordu l'épaule au sang. J'lui a emmanché une beigne… ben, j'me défendais, sans plus… Elle a tombé et sa tempe a cogné cont' le coin d'la table. L'était morte. J'la secouée, mais l'avait passé. Pour sûr qu'ça m'a dessoulé mieux qu'un rince-cochon. J'savais pas quoi faire d'la dépouille. J'l'a balancée où j'pouvais.

— Une fosse à purin… un linceul respectueux, un dernier hommage, sans doute. Peu importe, précède-moi.

1. Sans doute de « pie », bien que l'origine soit incertaine.

XVIII

Alentours de Nogent-le-Rotrou, octobre 1305, un peu plus tard

D'un pas lourd, le linge sale fermement appliqué sur sa plaie, Gaston Lecoq s'exécuta. Titubant un peu, il se dirigea vers la ferme délabrée. La salle commune, qui faisait également office de cuisine, était d'une saleté repoussante. Des déchets, Hardouin ne savait trop quoi, achevaient de pourrir sur une table dont un pied fléchissait et menaçait de céder, exhalant une odeur lourde qui levait le cœur mais semblait ravir les mouches qui grouillaient en surface. La cheminée dégueulait de cendres qui s'accumulaient devant l'âtre sur le sol en dalles de pierre fendues par les coups de hache destinés à débiter les bûches. Dans tous les coins des pièges à insectes [1] achevaient de sécher, une épaisse couche de minuscules cadavres brunâtres flottant à leur surface. Des amas de

1. Les mouches et les insectes divers et variés étaient une véritable plaie au Moyen Âge, principalement parce que les ordures et les déjections humaines ou animales s'accumulaient. Des pièges existaient donc, faisant intervenir des solutions d'eau additionnée de miel, principe toujours utilisé de nos jours. On en parsemait aussi le bas des murs d'immeubles.

bouts, de morceaux de choses, chaises, pots, gobelets, roues envahissaient peu à peu la surface disponible. Ici aussi, les curieux et macabres assemblages d'os retenus par des ficelles pendaient des poutres et des chambranles de portes. Cette fois, cependant, Hardouin crut reconnaître des os de volaille.

Interceptant son regard étonné, Lecoq précisa :

— Ça protège.

— De quoi ? De l'imbécillité ? Avance.

✣

Il scruta chaque recoin, y cherchant des traces, des preuves de la présence des enfants en ce lieu sale et puant à dégorger. Deux autres pièces faisaient suite à la salle commune.

La première avait sans doute été la « chambre des maîtres », s'il en jugeait par le grand lit et l'almaire dont un panneau était défoncé, et toujours les mêmes amoncellements de détritus, de bouts de choses cassées, abandonnées, témoignage d'une vie dévoyée [1].

Lorsqu'ils passèrent dans la seconde pièce, Hardouin sut que Lecoq n'était pas l'homme qu'il cherchait. Il s'agissait d'une chambre de taille modeste et d'une propreté étonnante. Un berceau découpé dans un demi-tonneau et monté sur des patins trônait au centre. Une escame recouverte d'une tapisserie champêtre et poussiéreuse était poussée dans un coin. Des pans de lin de couleur vert d'eau tapissaient les murs à la manière de dorsaux.

1. Le terme n'avait au Moyen Âge que son sens strict : s'être trompé de voie, au propre ou au figuré. Il n'avait aucune connotation sexuelle.

Hardouin s'approcha du berceau. Un mignon matelas de plume et des coutes[1] attendaient un bébé.

✠

— L'a pas vécu, expliqua la grosse voix de Lecoq dans son dos. Z'ont pas vécu. Y'en a eu trois à la suite. Tous morts. Chais pas c'qu'on avait pu faire pour mériter ça…

Hardouin se tourna vers lui. Le chagrin adoucissait le visage mauvais et brutal de tout à l'heure, qui reprenait un peu de sa précieuse humanité.

— J'étais… bon et probe travailleur… Et tout est parti à vau l'eau… Ma bonne femme m'en a voulu, elle m'a cocufié, j'sais pas… J'avais plus l'goût de rin faire… J'avais l'impression d'un mauvais sort… de quèque chose qui s'acharnait contre moi… J'ai commencé à y aller du gorgeon, de plus en plus. Tout a été d'mal en pis… Les bourrins l'ont senti, j'avais plus la main sûre pour les ferrer… J'me suis énervé, j'en ai frappé quèques uns. C'est comme un torrent d'boue. Vous savez pas au juste d'où ça vient, mais ça emporte tout sur son passage. Y a rin à faire.

— Oui, le destin, l'incompréhensible et inexorable destin.

— Pourquoi qu'vous êtes là, au juste ?

— Les meurtres de petits traîne-ruisseaux.

— Quoi ? rugit l'homme. Y'a quéqu'un qu'a dit que j'pouvais martyriser et violer un gamin ? Qui ? Qui, que j'lui enfonce la tête dans l'cul !

Et Hardouin fut certain qu'il disait vrai. Si tout le monde est capable de tuer, rares sont les monstres qui peuvent torturer, émasculer, faire vivre mille souffrances, juste par plaisir.

1. Coussins, oreillers.

Gaston Lecoq était blême jusqu'aux lèvres et Hardouin comprit qu'il ne feignait pas mais allait vraiment s'évanouir.

— Assieds-toi. Rince tes plaies, avec une touaille propre, si tu en trouves une dans ce taudis. Je vais terminer ma visite par la forge, puis je partirai.

La grande brute d'homme hocha la tête et se laissa choir sur l'escame pour reprendre ses esprits.

✣

Des toiles d'araignée et une respectable couche de poussière recouvraient l'auge à braises, et l'enclume ainsi que les fers à feu. Des monceaux de déchets étaient accumulés un peu partout ici aussi. Nulle trace n'indiquait que des enfants aient pu être détenus et torturés céans. En revanche, l'impression de sinistre abandon, d'étouffante désolation qui se dégageait de ce lieu, comme si la vie avait décidé de s'en enfuir à tout jamais, attrista Hardouin au point qu'il n'eut plus qu'une envie : retrouver la lumière du jour, partir.

✣

Une scène déroutante l'attendait. Le chien famélique était couché non loin des sabots de Fringant qui ne semblait pas s'en inquiéter. Un peu perplexe, Hardouin s'approcha de l'animal, s'attendant à d'autres grondements féroces. Au lieu de cela, le grand bâtard battit du fouet.

— Qu'attends-tu de moi, le chien ? interrogea Hardouin.

L'animal se leva, regardant tour à tour l'homme, l'extrémité de la cour, le chemin.

Cadet-venelle monta en selle, incertain de la conduite à tenir. Le chien ne le quittait pas des yeux. L'exécuteur mis Fringant au pas d'une pression amicale des mollets. Il lui sembla que ce regard de corniaud renfermait à cet instant tout l'espoir du monde. Sans trop savoir ce qu'il faisait, il émit un sifflement court, jetant :

— Allez, suis-nous. Nous trouverons à te nourrir en chemin. Et puis un nom, aussi.

IXX

Dancé, octobre 1305

Le chien, qui n'avait pas encore de nom, trottinait devant eux, tournant parfois la tête afin de s'assurer que son nouveau maître, celui qu'il avait choisi, le suivait bien. Hardouin l'avait nourri, à deux reprises, en petite quantité, tant l'animal était affamé et risquait de dégorger un repas trop abondant.

✣

Cependant, cadet-Venelle ne lui prêtait guère attention. Il se remémorait un passage des carnets de procès d'Évangeline Caquet, mot pour mot :

« Alphonse Fortin, serviteur, avait attesté, toujours sous serment, que la simple Évangeline était venue lui emprunter la hachette, le matin du meurtre, au prétexte de décapiter des carpes. Il lui avait fait promettre de la lui rapporter bien vite et avait oublié. »

Lui revint également à l'esprit la note ajoutée en marge par Arnaud de Tisans : « Fortin a racheté une ferme de moyenne importance à Dancé, peu après le meurtre de Muriette Lafoi. Avec quel argent ? »

La hachette avait ensuite été découverte dans un buisson de sauge à une dizaine de toises de la maison. Pourquoi une idiote comme Évangeline serait-elle sortie, une fois le meurtre commis, pour lancer l'arme improvisée et revenir s'asseoir auprès de sa victime, sans même songer à se laver les mains, les bras et le visage du sang qui les couvrait ? L'interrogation continuait à lui trotter dans la tête.

✣

Le noir Fringant allait bon pas, remontant le long chemin de Nogent-le-Rotrou vers Dancé, un petit village semé de quelques fermes et environné de bois. Hardouin parvint enfin en vue de l'église Saint-Jouin [1], si ancienne que tous avaient oublié quand elle avait été érigée.

Un garçonnet qui taillait un morceau de bois, la langue tirée de concentration, lui indiqua la ferme d'Alphonse Fortin d'un signe de tête en lui jetant à peine un regard.

Hardouin pénétra dans la cour carrée où régnait une activité qui trahissait une exploitation tenue avec soin. Deux maçons s'activaient à réparer le mur fissuré d'une grange et une femme en sabots, penchée, arrachait sans ménagement les herbes folles poussées entre les pavés gris de la cour. Une fillette d'une dizaine d'années s'avança vers lui, serrant un bébé entre les bras. Elle lui adressa un curieux regard, à la fois triste et courroucé.

— Je cherche Alphonse Fortin afin de m'entretenir avec lui, annonça Hardouin.

---

1. L'église, magnifique, était déjà citée dès l'an mil. Elle fut agrandie au XVe siècle.

— Le père est aux champs, répondit-elle.

— Et ta mère ?

Des larmes montèrent aux paupières de la fillette.

— L'a rejoint le Seigneur Jésus.

Hardouin cadet-Venelle sauta de selle et s'approcha d'elle, murmurant :

— J'en suis désolé.

— C'est rapport à lui, précisa-t-elle en désignant d'un geste de menton le bébé endormi dans ses bras. Mais on m'a dit que c'était pas d'sa faute. Qu'y fallait pas lui en vouloir. N'empêche, l'a quand même péri [1] après l'avoir poussé hors d'elle.

— Ton frère n'est en rien coupable du décès de ta mère, cela est vrai.

— N'empêche, serait pas passée s'il avait pas né, répéta-t-elle, butée, le visage baissé.

Une jeune femme, dont la généreuse poitrine débordait du haut de son tablier, les rejoignit en trombe, l'air fermé, les joues un peu rouges, des mèches de cheveux dépassant de son bonnet de lin. Elle récupéra le bébé d'un geste presque brutal et lança :

— C'est qui ?

— J'sais point. Y veut voir le père.

— J't'ai déjà dit d'pas bercer Antonin, d'pas l'sortir du berceau, file ! gronda la jeune femme.

L'air revêche, la fillette tourna les talons et s'éloigna d'un pas vif.

— Qui qu'vous êtes ? exigea la femme, peu impressionnée par la bonne mise de l'inconnu, pas plus que par son épée.

— Hardouin Venelle, qui requiert de parler à maître Fortin.

— L'est aux champs. R'viendra pas avant l'souper.

1. Le nombre de femmes qui décédaient en période périnatale était considérable.

— Quel champ ?

Elle le dévisagea, lèvres crispées, décidée à ne pas répondre.

— Et vous êtes, si je puis me permettre ?

— La nourrice humide [1].

Hardouin s'étonna qu'elle se montre si désagréable alors même qu'elle ignorait ce dont il souhaitait s'entretenir avec son maître.

— Aigre humeur que la vôtre, jeune femme. Les gens de votre région ont pourtant réputation plaisante envers les étrangers.

Elle cligna des paupières et soupira. D'une voix redevenue presque aimable, elle s'excusa :

— Le pardon, messire. C'est qu'j'ai eu ben peur.

— De moi ?

— Oh non, d'elle, rectifia-t-elle en désignant le corps d'habitation dans lequel avait disparu la fillette. Blandine, une vipère !

— À cet âge ?

— J'me suis réveillée et Antonin avait disparu. Mon sang s'est figé. Faut vous dire que j'en allaite deux de même, le mien et lui. En plus, j'fais le manger pour tous, maître et valets de ferme, et un peu d'rangement.

Elle semblait si désolée qu'Hardouin voulut la rassurer pour une faute bien anodine :

— Un coup d'épuisement. Cela arrive.

— Vous comprenez pas, contra-t-elle en baissant la voix. Elle… Blandine hait son p'tit frère. L'a failli l'étouffer dans son berceau. J'suis arrivée juste à temps… l'avait la face toute bleue. Quand j'lai plus vu à mon éveil…

1. On louait les services d'une nourrice humide (par opposition à « sèche ») afin d'allaiter les nouveau-nés, soit parce que leur mère était décédée, soit, dans le cas des femmes aisées, afin qu'elles soient déchargées de nourrir leur enfant.

Dieu du ciel… j'ai pensé qu'le pire était advenu… par ma faute ! Elle est capable de l'balancer dans l'puits ou d'le noyer dans la rivière.

— Votre pardon ? s'exclama Hardouin, stupéfait.

— Elle l'accuse d'avoir tué sa mère. Elle le hait, j'vous dis, et lui f'ra un sale coup à la moindre occasion.

— Et le maître, qu'en pense-t-il ?

— Oh lui… y dit qu'ça passera. Le jour où elle lui aura occis son marmot, il pensera plus d'même, mais ce s'ra trop tard. Au fond… p'têt' que vous êtes arrivé à temps, p'têt qu'elle partait pour la rivière… Oh, doux Jésus ! J'crois qu'j'vais pas rester dans cette place… Pas envie d'être tenue pour responsable en cas d'pire. Des nourrices avec un lait tel qu'l'mien, ça cherche pas longtemps d'la besogne. Le maît', vous l'trouverez au champ Bourgeois, à la sortie est du village.

Elle hocha la tête, semblant avoir pris une décision :

— Oui-da, c't'une fois d'trop… après, ça va être moi qu'on m'accuse de négligence… J'prépare mon frusquin et dès que not' maît' rentre, y m'paye mon dû et j'prends l'escampe.

Lui souriant pour la première fois, elle conclut :

— Vot'venue… c'est p'têt ben un signe. Faut qu'je parte, j'tournicotais depuis des jours. J'veux pas voir le p'tit crever.

Il n'eut même pas le temps de la remercier pour ses renseignements. Elle fonça vers la maison, le bébé toujours dans les bras.

✣

Il trouva sans trop de difficulté le champ Bourgeois. Un hongre de Perche gris foncé, ses rênes lâchement attachées à une branche basse d'arbre, mâchonnait quelques brins d'herbe. Il jeta un regard paisible à Fringant. Un sourire involontaire flotta sur les lèvres de l'exécuteur. Quels magnifiques animaux que ces chevaux. Quelle beauté que leur col, leur dos, la robustesse de leurs jambes qui avaient porté les croisés jusqu'en Terre sainte. Certes, ils ne possédaient pas la rapidité d'un Fringant mais la compensaient par une puissance et une résistance à toute épreuve.

Le regard de Hardouin cadet-Venelle balaya le champ en pente douce, sans distinguer de silhouette humaine. Il démonta, ordonnant d'un geste au chien qui ne le quittait plus de l'attendre aux côtés de son étalon et avança de quelques pas, se remémorant le commentaire d'Adèle Baubette : « J'me méfiais du gars Fortin, à qui j'aurais pas donné le paradis sans confession, si vous voulez mon sentiment. Un fourbe, j'crois bien. »

— Oh là, maître Fortin ? héla Hardouin à plusieurs reprises.

Il n'obtint aucune réponse. Étrange : on ne laissait pas un cheval de prix très longtemps sans surveillance. Le fermier devait se trouver à proximité. Cadet-Venelle progressa vers un petit bois situé à sa gauche, songeant que le rideau d'arbres avait pu étouffer ses appels.

Le bois protégeait en son centre un étang de taille modeste. Hardouin comprit bien vite pour quelle raison Alphonse Fortin était resté sourd. Il dormait, étendu sur le dos, bras en croix, bouche ouverte. Son ronflement à réveiller les morts s'élevait rythmiquement. Deux boutilles en terre cuite gisaient non loin de lui et l'exécuteur paria qu'elles n'avaient pas contenu d'eau ni une infusion fraîche.

Il s'approcha du grand corps et le poussa du bout de sa botte. Fortin protesta d'un grognement, sans toutefois ouvrir les yeux. Un autre coup, plus appuyé, le ramena à la conscience. L'air à la fois hagard et mauvais, il s'assit d'un mouvement.

— Oh là, quèque tu fous ? Gare, j'sais m'défendre.

— Ah oui ? Pourtant j'aurais eu cent fois le temps de vous pourfendre et de repartir avec votre hongre.

— Quèque tu veux ?

— Causer d'une vieille affaire. Mon nom est Hardouin Venelle, mandaté par le seigneur bailli de Mortagne, et l'on me donne le « vous », si l'on me souhaite voir affable. Debout, l'homme !

À la seule mention d'Arnaud de Tisans, et d'une « ancienne affaire » mortagnaise, le visage de Fortin s'était figé. Il lui fallut de longs instants afin de se redresser, dont Hardouin fut certain qu'il les mettait à profit pour regagner contenance. Enfin, l'homme assez court de taille mais charpenté se dressa devant lui.

— J'vois pas c'que vous m'chantez.

— Vraiment ? Évangeline Caquet, employée chez les Lafoi comme vous, ça ne vous évoque rien ?

Le visage lourd s'assombrit encore. Au regard qui évitait le sien, Hardouin sut que l'homme s'apprêtait à mentir tel un arracheur de dents. Peu désireux de devoir se résoudre à une nouvelle démonstration de force, il prit les devants, expliquant d'un ton plat sous lequel couvait une telle inflexibilité que Fortin le fixa pour la première fois :

— Ne me chauffe pas la bile, c'est un amical conseil. Ne me fais pas non plus perdre mon temps. Avec quel argent as-tu acheté ta belle ferme ? Celui d'un témoignage. J'ai déjà discuté avec Adèle Baubette, qui servait aussi les Lafoi. Crache la bribe, ou gare.

Alphonse Fortin lut une dureté implacable dans le regard gris qui ne le lâchait pas et sentit tout le sérieux des menaces du grand inconnu qui le toisait. Il n'était pas de taille à lutter contre lui, d'autant que l'ivresse alourdissait toujours ses réflexes. Après quelques secondes d'hésitation, il céda :

— Ouais… L'maître… Garin Lafoi m'a oint la paume [1]. Mais j'ai point menti… enfin… pas vraiment…

— Parce qu'on peut mentir à moitié ? Raconte.

Le regard de Fortin se perdit au loin, vers la cime des arbres. Il soupira :

— Faut vous dire que… Ben, en vérité, on n'aimait… j'veux dire les serviteurs… on n'aimait point guère la bonne femme Lafoi.

— Une « verrue », selon Adèle.

— Un vrai chancre au cul, oui ! D'autant qu'le p'tit père Garin filait doux. Elle dirigeait tout. Quelle mauvaise. Aussi, ben… enfin…

— Sa mort ne vous a pas vraiment plongés dans l'affliction.

— V'là tout vrai, admit Fortin. Aussi, nul de nous autres avions envie de témoigner contre la simple, qu'était idiote, pas méchante, et la souffre-douleur d'la mégère Muriette.

— Même lorsque Garin Lafoi fut soupçonné ?

— Hum… Ben, pourquoi qu'on se s'serait mouillé pour lui, vu qu'y nous avait jamais défendus contre sa chipie d'bonne femme ? se défendit le fermier.

— Et donc, Évangeline est venue vous emprunter une hachette au prétexte de décapiter des carpes ?

L'homme baissa la tête et ses joues se creusèrent sous sa barbe naissante. Il hocha la tête en signe de dénégation, puis :

— Nan… Mais c'est ben ma hachette qu'était là, dans l'massif de sauge, couverte de sang quand on a r'trouvé la simple, assise à côté du cadavre d'la mère Lafoi.

1. Graisser la patte.

— Garcin Lafoi vous a donc grassement payé pour affirmer sous serment qu'Évangeline était venue prendre cette arme improvisée.

— Hum… acquiesça-t-il, mal à l'aise. Mais c'est ben elle qui a tailladé Muriette Lafoi ! D'ailleurs, elle était couverte de sang, elle aussi, jusqu'au front, un vrai carnage, ajouta-t-il précipitamment.

— Il est certes plus confortable pour vous de le croire, le rembarra Hardouin. Dans le cas contraire, vous auriez envoyé une innocente au supplice et à une mort lente et affreuse pour quelques belles pièces. Vilaine tache à votre âme.

— C'est elle, j'en jurerais ! s'obstina le fermier.

— Comme de la véracité de votre témoignage ? Que pouvez-vous me dire au sujet d'Éloi Talon, l'ancien soldat devenu homme de peine puis saucissier ? Il a affirmé quant à lui qu'il accompagnait son maître lors de sa visite des terres et ne l'avait point quitté de la journée. Disait-il vrai ?

— Écoutez… Euh… j'ai sans doute un peu menti, contre argent. Mais Évangeline a trucidé la maîtresse, j'en démordrai pas. Et j'ai été rudement puni pour mon mensonge… Ma femme est morte en couches…

— Ce serait donc plutôt elle qui aurait payé pour votre faute ? Quant à vous, je vous vois belle forme, avantageuse bedaine, et le gosier bien rincé. Bah, vous reprendrez vite épouse qui saura vous consoler, ironisa Hardouin. Faites vite avant que votre Blandine ne trucide votre enfançon. À moins que, selon vous, lui aussi soit un remboursement pour vos dettes d'âme ? Reprenez-vous, l'homme, il n'est que temps.

— J'suis pas coupable de rien, sauf d'une p'tite menterie qu'a rien changé. D'accord, Évangeline m'a pas emprunté la hachette, mais pour sûr qu'elle est venue la subtiliser quand que je r'gardais pas ! Je le jure, c'est ma hachette qu'on a r'trouvée dans la sauge, couverte de sang séché !

— Éloi Talon ? insista l'exécuteur. Est-il lui aussi coupable d'une altération de la vérité ?

— J'le r'nifle pas de c'bois. L'est très pieux… Y se s'rait jamais parjuré en touchant les Évangiles d'sa main. D'un aut' côté, il a pu être trompé par not'maît'.

— Comment cela ?

— Ben… Les terres Lafoi sont ben vastes. J'ai r'pensé à ça souvent. L'inspection va plus vite si chacun part d'son côté. Et on s'rejoint en un point. Mais Éloi aurait pas pensé à mal, d'autant qu'il avait pas inventé l'eau tiède. Bon… c't' une supposition. J'en sais foutre rin. En tout cas, il aurait pas menti sciemment, ça, j'en suis certain.

✠

Le fermier confirmait par là les dires d'Adèle Baubette. Pourtant, Hardouin cadet-Venelle était certain qu'il retenait quelque chose.

— Fortin… Je sais lire les âmes, j'en ai tant vu en tourments. La vérité, toute la vérité, à l'instant.

D'un geste rapide comme l'éclair, il tira la dague de son fourreau de ceinture et appliqua sans ménagement sa pointe acérée contre le double menton de l'homme qui recula d'un pas précipité.

— Vite, l'homme !

— Madeleine… C't' à elle qui faut causer… j'vous ai rin dit. J'avais juré sur la tête de ma femme de rin dire… je m'parjure encore, mais vu qu'elle est défunte, elle risque plus grand-chose.

— Juré de vous taire ?

Alphonse Fortin le dévisagea et hocha la tête en signe d'acquiescement.

— Qui est cette Madeleine ?

— Madeleine Fromentin. Une des servantes qu'est restée avec le maître.

Hardouin se souvint. Il s'agissait de la domestique dont le témoignage se limitait à une brève déclaration : rien ne manquait dans la maison Lafoi, excluant un meurtre de vagabond voleur.

— À Nogent, donc ?

Un nouveau hochement de tête confirma la déduction de l'exécuteur.

— Pourquoi Madeleine ? insista Hardouin.

— J'sais rin de plus, jeta l'autre, un air buté sur le visage.

Et Hardouin cadet-Venelle sut qu'il mentait encore mais ne lâcherait plus rien.

✠

Alors qu'il rejoignait Fringant, la grosse voix de Fortin le retint :

— C't' une fille bien, Madeleine ! Épargnez-la. Elle a… ben, elle a eu un enfant hors les liens du mariage, placé à la campagne… Garin Lafoi sait rien. Elle voulait pas être payée alors que quelques deniers auraient fait une sacrée différence pour elle et son fils, même pour dire la vérité.

Cadet-Venelle rebroussa chemin et fit quelques pas en direction du fermier.

— Comment se fait-il alors que vous soyez au courant ?

Un sourire attendri flotta sur les lèvres de l'homme qui avoua d'une voix émue :

— J'volais les Lafoi pour elle. Se redressant, soudain mauvais, il déclara en pointant un doigt agressif vers Hardouin : Attention, jamais d'privautés ! Pas l'genre de fille qu'on trousse si on est un homme digne de c'nom. L'avait eu sa part de vauriens qui culbutent une femme de force, quitte à l'assommer pour la prendre. Quelques bûches par-ci, quelques œufs et légumes par-là, pour qu'elle paye la pension d'son petit. D'toute façon, la mère Muriette était avare. Mauvaise, j'vous l'dis. Elle préférait j'ter les œufs aux cochons que d'les donner à nous autres. Après… enfin après l'crime, Madeleine m'a d'mandé conseil, j'lui ai dit d'fermer son clapet.

— N'était-elle pas partie au lavoir, avec les autres servantes de la maison, en ce jour terrible ?

— Si. Mais j'vous ai rin dit.

✠

Hardouin cadet-Venelle songea qu'il avait eu du flair en réglant sa nuit par avance à maîtresse Hase. Il rentrait à Nogent-le-Rotrou. Le chien qui n'avait pas encore de nom et qui frétillait de la queue à revoir son nouveau maître serait à son aise dans la cour intérieure, en espérant qu'il ne se prenne pas d'une passion vorace pour les occupants du poulailler !

XX

Alentours de Nogent-le-Rotrou, octobre 1305, un peu plus tard

Agenouillée contre le lit de son fils Guillaume, âgé de cinq ans, Mahaut de Vigonrin priait. Elle serrait la petite main bouillante entre les siennes et levait parfois le regard vers le visage d'angelot en sueur, livide. Elle refusait d'admettre que l'agonie tirait les traits enfantins et doux.

Le bruissement d'une cotte lui fit tourner la tête. Agnès de Malegneux, sa belle-sœur, se tenait derrière elle, mains jointes en prières, l'air dévasté.

— A-t-il un peu repris conscience, ma sœur ?

— Non pas, chère Agnès. Toutefois, j'ai la conviction qu'il respire avec plus d'aisance. Les horribles diarrhées ont cessé, ainsi que les dégorgements.

✠

Par compassion envers cette mère déchirée qui tentait de se rassurer comme elle le pouvait, Agnès hocha la tête. Le mire, Antoine Méchaud, réputé pour son immense savoir et son excellence, venait de partir. Évitant le regard d'Agnès et celui de sa mère, la baronne mère Béatrice de Vigonrin, il avait murmuré :

— Mes dames… L'annonce que je m'apprête à faire après… après… ce que vous avez enduré… me bouleverse. Priez, de grâce… Je ne suis pas certain que le petit Guillaume passe la nuit.

Un gémissement était monté aux lèvres de Béatrice de Vigonrin, qui s'était signée avant de demander d'une voix heurtée :

— Messire mire… Je… S'agit-il d'une maladie de ventre, de mauvaise bile, sournoise et lente… Ou d'une malédiction ?

— Madame, je ne crois aux malédictions que lorsque mon jugement a épuisé toutes les autres hypothèses.

— Et tel n'est pas le cas ? s'était enquise Agnès de Malegneux, luttant contre les larmes.

— Pas encore.

— Une maladie pernicieuse ? Qui disparaîtrait pour reparaître à nouveau ? avait insisté Béatrice de Vigonrin.

Prudent, le mire avait résumé :

— Votre époux, madame, décéda il y a un peu plus de deux ans. Votre fils, François, père de Guillaume, huit mois plus tard. Les épidémies se propagent bien plus rapidement. J'espérais donc, je vous l'avoue, ne plus devoir accompagner la hideuse agonie d'un membre de votre famille. À mon plus grand désespoir, c'est maintenant votre petit-fils qui risque fort de nous quitter, après des symptômes similaires à son grand-père et à son père. Aucun autre de votre mesnie[1] ne fut atteint.

— Un… empoisonnement de sang ? avait suggéré Agnès de Malegneux.

1. Tous les habitants d'une maison, du serviteur au seigneur.

— Le sang que je leur ai tiré semblait normal, fluide à souhait et d'un beau carmin, avait rétorqué le médecin, qui, à l'instar de tous ses confrères, avait pratiqué plusieurs saignées [1]. Au demeurant, sa légèreté m'avait surpris dans le cas de monsieur votre père, en raison de son âge. Le sang des vieillards amateurs de bonne chère est bien souvent très visqueux.

— Je… Doux Jésus, je me déteste d'une telle pensée égoïste en pareil moment, mais je redoute pour la vie de mon fils Étienne, avait murmuré Agnès.

— Apaisez-vous, madame, nous allons redoubler de vigilance à son égard, avait tenté de la rassurer Antoine Méchaud. Étienne est robuste pour ses quatre courtes années, bouillonnant de vitalité.

— Certes, la vieillerie avait affaibli mon père, mais François, mon frère, était un magnifique représentant de la gent forte, un chêne, avait-elle argumenté.

— De grâce, mesdames ne vous mettez pas terrifiantes folies en tête. Rien n'arrivera au petit Étienne. Je le viendrai visiter et examiner chaque semaine s'il vous sied.

Agnès avait approuvé d'un clignement de paupières, aussitôt imitée par Béatrice de Vigonrin qui avait repris :

— Si… si Guillaume passe… La lignée directe des Vigonrin, leur nom s'éteindra avec lui. Dieu du ciel, quelle injustice ! J'ai perdu mes trois fils, seigneur mire. Ne me reste que ma fille chérie, Agnès, et son fils. Certes, j'éprouve une vive tendresse pour ma fille d'alliance, Mahaut, tendresse amplement méritée par elle, mais elle n'est point de notre sang.

Antoine Méchaud avait hoché la tête avec tristesse. La réputation de piété, de dignité et d'équité des Vigonrin

1. Il s'agissait d'une pratique habituelle à l'époque et en toutes circonstances, afin de rétablir les quatre humeurs.

n'avait rien à envier à leur belle noblesse. De fait, le malheur semblait s'acharner sur eux depuis quelque temps. Six ans plus tôt, Jean, le cadet, était mort d'un accident de chasse. Un cerf blessé qu'il croyait à l'agonie et dont il s'était approché afin de l'achever s'était brusquement redressé et l'avait navré de ses andouillers. Solide carcasse, à l'image de tous les hommes de la famille, Jean avait résisté à la mort durant deux jours avant qu'elle ne triomphe. Deux ans plus tard, le cadavre du benjamin, Philippe, avait été retrouvé à l'orée d'un bois, non loin de la Rapouillère, lardé de coups de couteau, détroussé jusqu'à ses bottes. L'enquête avait conclu à un meurtre crapuleux, commis par un ou plusieurs vauriens de chemins qui avaient pris l'escampe. Un peu moins d'un an et demi auparavant, François, l'aîné, rejoignait ses frères auprès de son Créateur, à la suite de ce que la baronne Béatrice de Vigonrin avait nommé une pernicieuse maladie.

✣

Agnès s'approcha de sa sœur d'alliance toujours agenouillée et posa la main sur son épaule en conseillant d'un ton doux :

— Chère Mahaut, rejoignez-nous, restaurez-vous un peu. Vous n'avez guère mangé de plusieurs jours et… Guillaume a besoin de vous, de votre force.

Mahaut de Vigonrin secoua la tête en signe de refus.

— Vous êtes si bonne… Mais la perspective d'avaler une bouchée me lève le cœur. Il va un peu mieux… Je vous l'assure, chère Agnès, j'ai l'impression qu'il respire à son aise, il n'a point dégorgé, ni ne s'est vidé par le bas depuis des heures et je veux être à ses côtés lorsqu'il reviendra à la conscience. Je... je suis certaine que ces décoctions de chardon-Marie[1] que je le force à boire ont fait merveille...

Agnès songea soudain que pour rien au monde elle ne voulait être présente lorsque le petit rendrait son dernier souffle. Bientôt, sans doute. Elle s'écarta de quelques pas après un dernier regard pour l'adorable visage enfantin dont la peau avait pris la couleur ivoire de la mort.

— Je vais demander en cuisine que l'on vous réserve un en-cas[2] de bouche... si vous vous sentiez un peu de goût... plus tard. À vous revoir bien vite, ma sœur.

✠

Agnès de Malegneux soupa en compagnie de sa mère dans la grande salle du manoir. Leurs regards se frôlaient parfois pour s'enfuir aussitôt au loin. De rares et banals commentaires sur les mets furent échangés. Béatrice de Vigonrin se fit la réflexion qu'un malsain silence s'était abattu dans la vaste demeure. Chaque membre de la mesnie le redoutait : le petit maître, le très jeune baron, allait bientôt rendre son âme à Dieu. Elle lutta contre les larmes, s'efforçant avec vaillance de terminer son tranchoir. Et pourtant, chaque bouchée de chaudumé de brochet, idéal en ce jour maigre, cuit dans une sauce épaisse au vin blanc et au pain, rehaussé d'une pointe de gingembre et de safran, l'écœurait. Agnès engouffrait tout, avec une application suspecte qui trahissait aussi son absence d'appétit.

1. Il s'agissait d'une des plantes médicinales les plus utilisées au Moyen Âge. On en mangeait également les feuilles et les fleurs en légume, après avoir enlevé les épines.

2. Abréviation de « en cas de besoin », décliné en « en-cas de nuit, en-cas de bouche », etc.

Elle s'éclaircit la voix et lança d'un ton dont la jovialité forcée faisait peine :

— Belle mangerie [1], en vérité ! Si rassasiante que je vais passer l'issue de pâtes de poires et me contenter d'un gobelet d'hypocras.

La baronne mère, Béatrice de Vigonrin, ne fut pas dupe du faux contentement de sa fille mais lui adressa un sourire.

De façon bien inhabituelle venant d'elle, Agnès remplit à trois reprises son gobelet et vida l'hypocras à grands traits. Sa mère la surveillait du coin de l'œil, suivant les modifications de son visage, faussement enjoué, puis peiné, puis défait, puis sombre et sévère, farouche [2] enfin.

— Ma mère… Je ne puis retenir plus longtemps mes pensées. Elles m'enveniment. Sans doute ne sont-elles que sottise et nervosité de femme, inquiétude de mère, mais…

— De grâce, ma chère fille, confiez-vous car je sens que… enfin… je pressens que…

— Hum… Que de beaux, de forts et de valeureux mâles… Certes, Jean fut navré il y a six ans par un cerf blessé, Philippe, par des malandrins deux ans plus tard. Mais mon père est décédé, présentant des symptômes similaires à ceux de Guillaume, tout comme mon aîné, François… mari de Mahaut.

— Où voulez-vous en venir ? demanda sa mère dans un murmure, alors qu'un doute s'était insinué en elle depuis le début de la maladie du petit Guillaume.

— Croyez-vous, ma mère… croyez-vous que seules des causes naturelles soient à blâmer dans cette succession de trépas ?

1. Repas agréable et abondant.
2. Dans le sens de rude et sauvage, indomptable.

Béatrice de Vigonrin termina son gobelet, évitant le regard de sa fille, qui reprit :

— Une main criminelle ne pourrait-elle pas être derrière…

— Un enherbement ? souffla Béatrice, posant aussitôt la main sur ses lèvres tant l'hypothèse était monstrueuse. Monstrueuse mais de plus en plus convaincante.

— Effarant, n'est-ce pas ? admit Agnès. Pourtant, cette série de décès masculins… les héritiers du titre et des biens…

— Vous ne supputez pas que…

— J'en viens aux pires pensées, ma mère.

Le prénom de Mahaut ne fut pas prononcé. Pourtant, il flottait entre les deux femmes attablées.

— Quel intérêt aurait-elle à ce que son… à ce que Guillaume décédât à son tour puisqu'il est le dernier hoir de droite lignée ? argumenta Mme mère de Vigonrin.

— Un argument recevable puisque… puisqu'elle perdrait alors presque tout à l'exclusion d'un douaire modeste. Mais si l'improbable miracle évoqué par ce bon Antoine Méchaud survenait, si Guillaume échappait aux griffes de la mort ? rétorqua Agnès.

— Alors… alors, ma fille, il faudrait nous interroger, en effet. Toutefois… si vos soupçons étaient fondés, pourquoi avoir enherbé mon petit-fils pour s'acharner à le sauver ensuite ?

— Une dose modeste de poison afin d'en reproduire les effets, sans risquer de tuer l'enfant. Dans le but d'écarter les soupçons ?

— Je frémis d'épouvante à la perspective d'une telle machination.

— Moi également. Toutefois, je pense avant tout à mon fils Étienne. Si un enherbeur… ou plutôt une enherbeuse sévit céans… Il nous faut écraser le serpent au plus preste et sans pitié.

— Quand doit rentrer votre époux, ma mie ?

— Eustache ne devrait plus tarder. Je l'attends pour la fin de la semaine. J'avoue qu'en ces circonstances son absence me ronge.

XXI

Nogent-le-Rotrou, octobre 1305, encore plus tard

Un court message volontairement allusif, signé de Bernadine, attendait Hardouin cadet-Venelle chez le loueur de chevaux et d'attelages. Fine, sa servante, qui ignorait où il avait trouvé gîte en Nogent, s'était doutée que Fringant serait traité avec égards chez un loueur et non poussé dans la grange encombrée et sombre d'une quelconque auberge. Il déchiffra l'écriture appliquée et régulière. Les bourreaux si méprisés formaient une caste instruite, presque tous sachant lire et écrire.

« Mon bien-aimé maître,

Le secrétaire du sous-bailli de Bellême vous fait mander. Il est passé trois fois depuis votre départ, s'agitant en tous sens telle une poule énervée. Il attend, ou plutôt exige, votre preste venue en sa ville. Vous saurez à quelle raison.

Votre très dévouée, respectueuse et affectionnée,

Bernadine. »

Un soupir las échappa à l'exécuteur des hautes œuvres. Dieu du ciel, il avait presque oublié son office, espérant peut-être que nul ne le lui rappellerait. Il lui faudrait rejoindre Bellême au demain. Il était trop fatigué, tout comme Fringant, pour s'imposer plusieurs lieues de route au soir tombant.

✢

Une sorte de langueur saisit cadet-Venelle à l'issue du repas. Il n'avait pourtant bu qu'un gobelet de vin et refusé la généreuse part de crème de prunes aux épices proposée par maîtresse Hase, qui avait été ravie de le revoir.

Il prit congé de l'aubergiste et se traîna dans sa chambre. De la fenêtre, il salua le chien qui était devenu Aeneas [1], puisque l'amour qu'avait conçu pour le héros la jeune Lavinia avait été aussi « soudain et vif qu'une morsure de chien ». Un nom un peu trop élégant pour un corniaud efflanqué, fils de quinze pères, mais justement, du moins le pauvre animal posséderait-il quelque chose de joli. Le berger à l'énigmatique pedigree le regarda et remua frénétiquement la queue.

— Dors, le chien. Tu es repu grâce à la générosité de maîtresse Hase.

Une incompréhensible fatigue lui alourdissant les membres, il se déshabilla avec des gestes malhabiles avant de s'échouer sur le lit.

Étrangement, et alors qu'il pensait sombrer bien vite dans l'inconscience, le sommeil se refusa à lui. Une sorte d'étourdissement assez agréable le gagna, lui rappelant une

---

1. Fin du XIIe siècle, roman anonyme inspiré de celui de Virgile (70 av. J.-C.-19 av. J.-C.). Énée en français, principal personnage de l'*Énéide*.

nuit de forte fièvre. Paupières closes, il dériva dans un demi-assoupissement, les images se succédant, s'entremêlant dans son esprit, perdant peu à peu leur netteté et leur cohérence.

✣

Marie de Salvin le fixait, un rideau de flammes les séparant. Une médaille étincelait à son cou. Pourtant, on enlevait leurs bijoux aux condamnées. Ses longs cheveux couleur de blé mûr cascadaient jusqu'à sa taille. Pourtant, on les lui avait coupés à la hâte. Le silence. Un silence compact. Le brasier était muet. Aucun son, nul rire ne sortait des bouches ouvertes des badauds assemblés pour assister à son exécution. Il lui souriait, semblant inconscient du feu qui allait la consumer. Il s'entendait alors déclarer avec un calme joyeux :

— Je ne vous ouïs point, ma mie. Votre pardon.

Elle souriait à son tour et, entre deux langues roux-jaune de feu, lançait :

— Peu importe, mon doux, attendons le demain.

Leurs deux voix enchâssées dans un univers de silence.

✣

Son esprit basculait. Il se retrouvait sur la même place, une pluie fine trempant les pavés irréguliers. Nul signe du bûcher. Et toujours cet impénétrable silence. Pourtant, des enfants jouaient en se pourchassant, des commères bavardaient, des marchands ambulants, traînant leurs petites charrettes à bras, beuglaient pour vanter les mérites incomparables des victuailles, des fanfelues [1] de dame, ou des pots à cuire qu'ils proposaient. Une vieille mendiante chenue et frêle passait en lui destinant un regard si bleu qu'il évoquait une mer froide. Aucun bruit. On eût pu croire qu'une fée [2] espiègle avait jeté un sort au monde, le privant de sons. Jusqu'à ce froissement d'étoffe soyeuse dans son dos. Pourtant, il ne lui venait pas à l'idée de se retourner. Le bruissement léger se rapprochait. Deux bras enserraient sa taille et un corps mince et ferme se laissait aller contre lui. Un souffle tiède caressait sa nuque et une voix murmurait :

— Rien de ceci n'existe. Tu ignores tant encore.

— Marie ?

✠

Il se redressa d'un mouvement brusque dans le lit, épiant l'obscurité épaisse de sa chambre. Le silence du plein de la nuit. Le silence, encore et toujours.

Hardouin se souvint de quelques rêves si intenses qu'il en avait été troublé au point de chercher des heures entières leur signification [3]. Il avait alors échafaudé des hypothèses, certaines privées de sens, d'autres plus acceptables. Aucune ne s'était jamais vérifiée. À l'instant, il

---

1. Ou freluches. Petit ornement, en général peu cher, destiné à la parure ou à l'ameublement. Du latin *famfaluca*, a donné « fanfreluches ».

2. Le Moyen Âge de cette époque ne croyait plus aux animaux chimériques tels le dragon ou la licorne. En revanche, beaucoup d'histoires dans lesquelles intervenaient des fées, bien ou mal intentionnées, circulaient encore.

3. Les rêves et leur signification étaient très importants au Moyen Âge. Certains auteurs de l'époque, dont des religieux, ont affirmé que des personnages de rêves leur avaient apporté l'inspiration ou la solution d'une énigme.

n'avait pas envie de fouiller les méandres de ce songe déroutant. Seule importait la permanence de Marie. Elle l'avait enserré entre ses bras, avait murmuré contre sa nuque. Une question incongrue et déplacée fit s'emballer son cœur au point qu'il plaqua la main sur sa poitrine et inspira bouche ouverte : l'aimait-elle un peu ? Aussitôt, l'inconvenance d'une telle interrogation le suffoqua : il l'avait brûlée vive.

Il avait également tourmenté Évangeline Caquet avant de l'enfouir en terre jusqu'à ce que mort s'ensuive.

Deux innocentes. Deux agnelles sacrifiées.

Il s'allongea à nouveau. Contre toute attente, le sommeil le terrassa aussitôt.

XXII

Nogent-le-Rotrou, octobre 1305, encore plus tard

Des coups de poing assénés contre la porte et des exclamations nerveuses de femme le tirèrent de son coma.

Il se leva et passa son chainse avant d'ouvrir. Un flot de paroles incompréhensibles le noya. Antoine Méchaud et maîtresse Hase parlaient en même temps, haussant chacun le ton pour couvrir la voix de l'autre. Un peu hébété, tentant de secouer les derniers vestiges d'endormissement, il leva les mains en signe d'incompréhension. Le mire le surprit en glapissant :

— Enfin, maîtresse Hase, avec tout mon respect, taisez-vous ! Vous n'en savez que ce que je viens de vous conter et que je vous prie de ne point répéter ! L'émotion excusera, je l'espère, ma volubilité bien peu opportune.

L'aubergiste se tint coite.

— Un autre petit malheureux a été découvert au tôt matin, peu avant laudes. Par un corroyeur[1] en livraison.

— Où cela ?

1. Artisan travaillant les cuirs et les peaux déjà tannées.

— Au bout de la rue du Croc, enveloppé dans des haillons, à l'instar de certains autres.

— Et... (Hardouin jeta un regard furtif à maîtresse Hase qui semblait fermement décidée à rester plantée là.)

— Oh, notre bonne aubergiste est au courant des monstruosités infligées à ces enfants, enfin de presque toutes. Alors oui... le pauvre cadavre ressemble fort à ceux que j'ai déjà examinés.

— Puis-je le...

— Le seigneur Guy de Trais m'a baillé carte blanche[1].

— Est-il informé ?

— Pas encore, je... j'attendais avant de le faire éveiller.

Prenant son courage à deux mains, il tourna la tête vers la tenancière qui ne perdait pas une miette de la conversation et débita, mal à l'aise :

— Maîtresse Hase, de grâce me pardonnez et comprenez que ceci est protégé par le secret imposé par mon art. Aussi, je... nous vous serions reconnaissants de nous bien vouloir abandonner. Pourquoi ne pas préparer un en-cas de bouche à messire Venelle et un revigorant gobelet d'infusion dont il aura grand besoin ?

En femme intelligente qu'elle était, elle comprit à quel point sa curiosité devenait excessive et s'excusa :

— Votre pardon, messire mire ! Cette mienne indélicatesse me fait rougir d'encombre ! Votre pardon, en vérité, messieurs.

Elle fila vers l'escalier, telle une voleuse prise sur le fait.

— Pénétrez le temps que je me vête, proposa Hardouin.

✠

1. Devint « donner carte blanche » au XVe siècle. À l'origine, la signification était plus restrictive : laisser la libre initiative. Aujourd'hui, l'expression signifie « donner plein pouvoir ».

Le mire Méchaud s'assit lourdement sur le bord du lit défait, une discourtoisie pardonnable en pareil moment. Après un long soupir dévasté, il avoua d'une voix rauque :

— Je ne comprends pas…

— En tout cas, je puis vous assurer que Gaston Lecoq, votre ancien maréchal-ferrant ivrogne et cherche-noise, n'est pour rien dans cette macabre et intolérable affaire.

— L'avez-vous visité ? s'enquit le mire.

— Si fait. Nous avons eu… une discussion un peu vive… Mais nous sommes réconciliés au point qu'il m'a… offert son chien.

— Eh bien, en voilà un qui l'aura échappé belle ! Le chien, veux-je dire. Me racontez, de grâce.

Hardouin lui narra en détail son entrevue « houleuse » avec Lecoq, omettant toutefois l'épisode de l'oreille tranchée.

— Mais alors… qui est-ce ? Qui donc est ce monstre sanguinaire ?

— Je l'ignore. Toutefois, je crois vos déductions sensées. Un être qui vit non loin de Nogent-le-Rotrou, où l'on a habitude de le rencontrer sans lui prêter attention particulière. De fait, un étranger se repère vite dans une bourgade.

Le mire réfléchit quelques instants et déclara d'une voix tendue :

— Messire Venelle… Qui êtes-vous au juste ? Sauf votre honneur [1], mais je ne crois guère à cette histoire que vous me servîtes : un meurtre survenu en Mortagne aurait pu être commis par la même main expliquant votre intérêt pour notre ville. Je vois tant d'êtres défiler. Tant me mentent, par calcul, par pudeur, parfois par crainte. Si ma question vous ulcère, balayez-la, sans m'en tenir rigueur.

1. L'expression signifiait : « votre honneur est préservé », sous-entendu : « puisque mon intention n'est pas de le bafouer ».

Cadet-Venelle se souvint brutalement que, dans quelques heures, il devrait revêtir ses habits de mort afin de tourmenter ou d'exécuter en Bellême un parfait inconnu. Son regard gris épingla le praticien qui regretta son indiscrétion. Un regard sans fin, hormis celle du monde. Méchaud plongea alors dans un gouffre capable d'éteindre toute vie, un effroyable cataclysme contenu dans deux iris. Il s'en voulut de ces pensées superstitieuses. Sornettes que tout ceci ! La suite devait le blesser davantage puisqu'il y découvrit combien il se leurrait sur sa connaissance des créatures humaines.

— Messire Méchaud… jurez-vous devant Dieu et sur votre âme que rien de ce qui va suivre ne sortira de cette chambre ? Pas même au profit d'un prêtre ?

Étrangement, le mire ne fut pas surpris par cette exigence, ni par le ton à la fois solennel et féroce sur lequel elle avait été proférée :

— Je le jure. Maudit si je m'en dédis.

— Vous comprendrez ainsi pourquoi j'ai jugé… inconvenant de me présenter à nouveau devant votre fille d'alliance, madame Blanche. Un homme est de bien peu et fort rustre s'il oblige une dame à l'éconduire. Il se doit de comprendre lorsqu'il ne sera pas souhaité et se retirer sans insistance.

Il s'agissait d'un demi-mensonge. De fait, Blanche Méchaud eût été humiliée d'avoir éprouvé et laissé entrevoir le petit émoi de cœur qu'elle avait ressenti envers un bourreau. Mais, surtout, l'esprit d'Hardouin était empli par le fantôme de Marie de Salvin. Il ne luttait même pas contre cet envahissement par une morte, une morte qu'il avait occise, sans l'ombre d'une hésitation, une éternité auparavant. Sans doute aurait-il dû se débattre, repousser cette obsession malsaine. Mais quelle belle, quelle parfaite obsession. Jamais il ne s'était senti aussi vibrant de vie que depuis qu'il vivait avec le souvenir d'une défunte.

— Je ne…, commença Antoine Méchaud.

Un léger geste d'Hardouin l'interrompit.

— Permettez que je poursuive. L'aveu n'est guère aisé et pourrait me rentrer dedans la gorge pour n'en plus vouloir sortir. Je… Mon nom d'usage est Monsieur Justice de Mortagne.

Antoine Méchaud se leva d'un bond, son visage se vidant de son sang.

— Le… ?

— Le bourreau, en effet. Ou, plus… gentiment, l'exécuteur des hautes œuvres.

— Dieu du ciel ! murmura le praticien.

— Un bourreau de justice afin de mettre terme aux exactions d'un bourreau d'injustice, quoi de plus adapté ? ironisa Hardouin qu'une terrible tristesse avait envahi. Le… bourreau, le brise-col de messire Arnaud de Tisans, que votre bailli, Guy de Trais, aurait appelé à son aide.

Une incompréhensible volonté de choquer, de se vautrer dans la réputation nauséabonde de sa caste d'exclus et, au fond, de revendiquer ce qu'il était, ce qu'on avait fait de lui afin que tous puissent garder leurs mains vierges de sang, le saisit. Il poursuivit d'un ton léger :

— À ce sujet, j'ai tranché l'oreille du triste sieur Gaston Lecoq. Il ne semblait pas assez disposé à la causerie de bon aloi. Du moins à mon goût. Rien de tel pour rendre un homme bavard. J'en ai grande habitude.

Le vieux médecin le considéra un instant. Puis :

— Hum… Auriez-vous donc besoin que je vous exècre pour m'accorder votre confiance ? Pensez-vous qu'une fois la surprise passée votre office me soit un repoussoir ? Bourreau, bourreau… J'ai vu des enherbements, examiné des bébés jetés dans des rivières ou des feux de cheminée. J'ai dénoncé, ainsi que je le dois pour éviter toute accusation de complicité, des meurtres déguisés en accidents, en maladies, en maléfices de sorciers… Au fond, vous, un autre vous, n'avez que complété ce que j'ai initié alors. Si je n'avais pas été contraint de nommer les assassins, un M. de justice ne les aurait pas exécutés. N'y voyez nulle offense, mais j'éprouve pour vous… les gens de votre… art, le même sentiment que pour une puterelle de maison lupanarde. Elles n'ont pas choisi le sort qui leur échoit, pas plus que vous. Je ne les convierais certes pas à ma table, mais elles nous rendent service en s'acquittant de ce que nous refusons de subir…

La sincère humanité qu'il perçut chez le mire apaisa Hardouin.

—… Messire Venelle, votre… courtoisie à l'égard de Blanche est tout à votre honneur. Je lui souhaite de retrouver époux. Son veuvage fut très douloureux. Toutefois, une femme, ma belle-fille, mérite enfants, fût-ce avec un autre que mon fils.

— Je le lui souhaite de tout cœur. Elle est fort jolie, modeste et de bel esprit, ajouta Hardouin.

— Notre bailli aurait donc requis aide de messire de Tisans ? voulut savoir le mire.

— À ce qu'il m'a laissé entendre, de façon assez vague, je le concède. Selon lui, messire de Trais souhaitait un… soutien, discret.

— On ne peut que le comprendre. Il est en délicatesse. Les Nogentais sont fort mécontents et tous redoutent pour leurs enfants. Les reproches, d'abord discrets et prudents, se font de plus en plus virulents. Au point que…

Antoine Méchaud ravala la fin de sa phrase.

— Au point que ? insista cadet-Venelle.

— C'est trop insensé !

— De grâce ?

— Oh… des ragots d'auberge, des aigreurs coutumières… Bref, certains ont insinué que messire de Trais ne serait peut-être pas… étranger à cette sinistre affaire.

— Ah, nous y voilà ! commenta Hardouin. Guy de Trais, le bailli, torturerait, violerait et assassinerait des petits saute-ruisseaux ?

— Ne vous avais-je pas prévenu que l'accusation était insensée ? D'aucuns tirent de hâtives conclusions de coïncidences. Certes, les meurtres, pour ce que nous en savons, ont commencé dès après l'arrivée céans de messire de Trais. Certes, messire de Trais s'est montré… comment dire… assez arrogant. Certes, il préfère à l'évidence la vie fastueuse, les visites aux gens de haut que l'élucidation des drames qui frappent les pauvres. Et sans doute a-t-il traité les premiers meurtres avec une désinvolture qui a déplu. S'est ajoutée l'énorme erreur de son premier lieutenant, Maurice Desprès. D'ailleurs, « erreur » n'est sans doute pas le terme. Desprès voulait un coupable aisé pour se faire bien voir.

— Cela ne fait pas du bailli un monstre pour autant, rétorqua Hardouin.

— Je suis en accord ! Cela étant, les gens trouvent un exutoire à leur crainte qui se double maintenant de colère. Messire de Trais a tenté de redresser la barre dès qu'il a senti l'ire de la population… peut-être trop tard. Ajoutez à cela qu'il n'est pas de la région, que nul ne connaît sa famille, son passé.

— Et vous ? Que faites-vous de l'homme ?

Le mire le détailla puis déclara lentement :

— Nous avons tous deux échangé serment de confidence, n'est-il pas vrai ?

— En vérité et sur notre honneur, approuva le bourreau.

— Fort bien. J'avoue le peu connaître. Toutefois, de ce que j'en ai reniflé, Guy de Trais se montre arrogant et peu enclin à s'intéresser aux soucis des gens de bas. Peu lui chalait [1]

1. Le verbe « chaloir » (importer) ne persiste plus aujourd'hui que dans la locution « peu me chaut, ou peu m'en chaut » et dans son participe présent devenu adjectif, « nonchalant ».

les petits miséreux assassinés. Il aurait même déclaré d'un ton excédé : « Un de plus, un de moins, quelle différence ! » Cette fâcheuse anecdote, dont j'ignore la véracité, s'est répandue à la vitesse d'un cheval au galop. Acceptez mes précautions de langue, tant l'accusation que je m'apprête à formuler est grave et sans fondement vérifié... mais, je crois que son soudain intérêt pour cette macabre affaire n'est qu'égoïste.

— Il redoute pour sa charge ? traduisit Hardouin.

— De juste. Ce que fort peu de gens ici savent, c'est que la mère abbesse des Clairets, Mme Constance de Gausbert, ulcérée, a écrit à une sienne excellente amie qui n'est autre que l'épouse de Monseigneur Charles de Valois, frère du roi. Si d'aventure notre bien-aimé souverain exige des explications de Jean de Bretagne, la prestigieuse carrière de Guy de Trais pourrait bien vite tourner court.

Arnaud de Tisans lui avait révélé ce point mais cadet-Venelle se garda de le dire.

— Mme de Gausbert possède une splendide réputation de piété, de courage et d'honneur. En plus d'être une femme de grand esprit, elle a beaucoup œuvré pour le bien dans notre région et y est fort aimée. Ainsi que vous le savez, elle a prérogative de seigneur. Plus puissante même, puisqu'elle ne répond qu'au Saint-Père, dont elle est cousine germaine par les femmes. En d'autres termes, ni messire de Trais, ni messeigneurs de Valois ou de Bretagne ne l'impressionnent.

— Ni même le roi.

— En effet. De plus, elle est inflexible. Amusant puisqu'elle ressemble à un frêle moineau des roches. Pourtant, la détermination est inscrite dans chacun de ses traits.

— Vous semblez bien la connaître, releva Hardouin.

— De juste ! Je soigne les moniales de l'abbaye des Clairets. Je m'y rends chaque mois, parfois davantage lorsque l'une d'elles tombe malade. C'est ainsi que je sais... Je sais que Mme Constance de Gausbert a convoqué le bailli de Nogent-le-Rotrou. Il est ressorti, et je cite : « Blême jusqu'aux lèvres de cette entrevue. » Je suppute que la mère abbesse a exigé qu'il trouve le meurtrier, faute de quoi elle agirait contre lui. Le vrai meurtrier, pas un mendiant pendu à la hâte. C'est assez dans la manière de notre bonne abbesse. Charmante, juste et de petite voix, mais aussi tranchante qu'une lame aiguisée.

— Une femme selon mon cœur ! plaisanta le bourreau.

✠

Un coup cogné contre la porte les fit taire. Maîtresse Hase annonça :

— Le souper du matin est servi. J'ai ajouté bonne part pour vous, messire mire. Oh, je m'en veux, je m'en veux de mon indiscrétion !

— Non pas… L'horrible surprise nous a tous chamboulés, cria le mire afin qu'elle l'entende. Nous vous rejoignons en bas, ma bonne. Se tournant vers Hardouin, il compléta à voix basse : Nous partirons ensuite afin d'examiner le pauvre corps, allongé à mon ordre dans la salle d'armes du château Saint-Jean. Je devrai ensuite vous laisser. Un petit patient à visiter. Cher ange Guillaume. Je doute qu'il en réchappe. Quelle pitié ! Bah ! J'ai vu trépasser tant d'enfants, et pourtant… je ne m'y ferai jamais. Cela me semble un tel… gâchis. Le terme n'est sans doute pas approprié.

XXIII

Nogent-le-Rotrou, octobre 1305, encore plus tard

Maîtresse Hase avait accepté de bonne grâce de garder le chien Aeneas et promis de le nourrir durant l'absence de son nouveau maître.

L'ascension jusqu'au château Saint-Jean, par un étroit et long chemin escarpé, idéale défense[1], avait fatigué le mire qui soufflait, un poing pressé contre son flanc. Habitué à voir ce grand édifice de pierre juché en haut d'une impressionnante butte, Antoine Méchaud n'y prêtait plus attention. En revanche, Hardouin était fasciné par la perfection architecturale du château, imposant bâtiment flanqué de tours à la dissuasive et sobre élégance.

Un garde en armes les accueillit et reconnut le mire. Ils traversèrent la terrasse qui s'étendait face au donjon. Ils suivirent leur escorte peu diserte et pénétrèrent dans la vaste salle d'armes, aux murs et au sol de pierres blanc-gris. Du bout de sa pertuisane[2], le garde leur désigna une table de bois poussée devant une immense cheminée et

1. Il existe aujourd'hui un chemin d'accès bien plus praticable.

2. Sorte de lance terminée par une pointe et portant un croc et d'autres pointes sur les côtés.

les quitta sans un mot. Ils s'avancèrent vers la forme frêle allongée sur la table, enveloppée d'un linceul de laine sombre. Méchaud ôta son pétase[1] et se signa en murmurant :

— Je crois que je deviens trop vieux pour contempler la hideur du monde.

Ce fut donc cadet-Venelle qui découvrit d'un geste lent et tendre le petit corps mutilé.

✣

Il ne devait pas avoir huit ans. Ses cheveux bruns et raides étaient collés de sang, de boue, de poussière. Son corps efflanqué, aux côtes saillantes, était strié de coups de fouet, le bas du ventre et la bouche maculés de sang. À l'instar des autres, il avait été émasculé, avant même d'être un véritable mâle.

Hardouin cadet-Venelle souleva sa lèvre supérieure. Ses incisives et ses canines avaient été arrachées. Un calme irréel et glacé envahit le bourreau. Un jour, une nuit, il resterait seul avec le coupable de ces actes innommables. « Œil pour œil, dent pour dent, main pour main, pied pour pied, brûlure pour brûlure, meurtrissure pour meurtrissure, plaie pour plaie[2]. » Jamais l'axiome de justice écrit

1. Du latin *petasus*. Chapeau bas à bords larges. Le mot a désigné ensuite n'importe quel chapeau masculin.

2. Exode 21, 23-25. Connue sous le nom de « loi du talion », où la peine doit être proportionnée au crime. La justice médiévale était basée sur ce principe, du moins symboliquement, dans le sens où les actes étaient punis par « où » ils avaient été commis. Ainsi, on coupait la main du voleur. Ceci peut sembler féroce à notre regard moderne mais en réalité, dans l'esprit de l'époque, il s'agissait de ne pas punir un acte de façon abusive, comme punir de mort un voleur, par exemple.

dans le Livre ne connaîtrait une plus implacable application.

Il le jurait devant Dieu.

Dent pour dent.

✠

— Ah… Divin Agneau, les autres… les autres avaient… toutes leurs dents… gémit le mire. Ce monstre deviendrait-il encore plus démoniaque si la chose est possible ? Euh… peut-être était-il… l'enfant… déjà mort lorsque… lorsque… voulut-il se rassurer.

— Non. Il a saigné à profusion. Il était donc bien vif. Nous ne pouvons qu'espérer qu'il ait été déjà inconscient, rectifia le bourreau d'un ton parfaitement paisible. Retournons-le, voulez-vous… pour voir si… Enfin, votre art m'est nécessaire.

Lèvres crispées, Antoine Méchaud examina le dos du garçonnet, du sang maculait le bas de ses fesses.

— Il a été… sodomisé, avec brutalité.

— Bien.

Stupéfait par cette intolérable sortie, le mire scruta le visage impassible d'Hardouin. L'immense regard gris fixait les omoplates maigres du garçonnet, striées de marques rougeâtres abandonnées par de larges lanières. Une pensée incongrue, terrorisante, traversa l'esprit d'Antoine Méchaud : ce gris, ce gris, à cet instant précis, était la couleur de l'enfer. Point d'autre, ni rouge, ni feu, ni noir. Il venait d'entrevoir l'enfer.

Il vit M. Justice de Mortagne faufiler ses doigts sous les cheveux afin de palper le crâne de l'enfant mort. Le bourreau écarta quelques mèches situées au sommet et se pencha. Une plaie en étoile avait saigné, des éclats d'os pénétrant dans la matière cérébrale.

— La boîte crânienne a été défoncée.

— Assez pour le tuer ? On prétend que vous êtes admirables chirurgiens.

— Je l'ignore. Je prie juste pour que le coup ait été asséné au début… avant le reste.

— Je… pouvons-nous recouvrir la dépouille ?

Hardouin rabattit l'étoffe de laine sur le garçonnet. Le médecin reprit :

— Je… Nulle offense, mais je vous trouve si… serein…

— Pourquoi ne le serais-je pas ?

— Eh bien… l'enfant est mort d'affreuse façon, comme d'autres avant lui et…

— En effet. Mon attention va à ceux qui suivront même si je n'oublierai pas les petits trépassés, je vous l'assure.

L'enfer. L'enfer était gris pâle et gelé. L'enfer était ce regard qui le fixait.

— Allons, messire mire, partons. Il ne nous apprendra rien de plus[1]. Je me dois rendre en cette bonne ville de Bellême.

— Afin de…

— Afin d'exercer mon office.

1. Rappelons que les autopsies étaient à l'époque interdites par l'Église, sauf sur les suicidés ou condamnés à mort. Toutefois, même dans ces cas, elles n'intéressaient pas les médecins.

XXIV

Citadelle du Louvre, Paris, octobre 1305

Messire Guillaume de Nogaret terminait son frugal souper, la mine pensive. Il avait toléré qu'un jeune serviteur lance une flambée dans la vaste salle d'études, tout en s'agaçant de ce mince confort. Le conseiller du roi trouvait un certain plaisir dans les petites brimades qu'il s'imposait quotidiennement : nourriture à peine rassasiante, peu goûteuse, froid humide de ses appartements, brèves nuits. Il ne s'agissait pas véritablement d'une appétence pour la mortification, mais davantage d'une forme d'orgueil dont il refusait d'admettre la nature. Lui était au-dessus des autres, plus discipliné, plus ferme, plus exigeant envers lui-même. Nogaret éprouvait un mépris sans hargne pour tous ces courtisans, ces grands barons qui ripaillaient, s'enivraient pour aller ensuite s'échouer sur une couche afin de cuver leurs excès. Tous ces nobles, nobliaux ou riches bourgeois fascinés par les oripeaux orfraisés et chargés de rubans, de bijoux, déguisant leurs valets et même leurs chiens de tuniques brodées à leurs armes, lorsqu'ils en possédaient.

Bah ! Ainsi allait le monde et il ne le changerait pas, d'autant que ces travers lui rendaient de précieux services. S'efforçant de mener grand train, souvent bien au-dessus de leurs fortunes, certains tentaient de monnayer de menues indiscrétions, parfois utiles à Nogaret. Rumeurs d'antichambres ou colportages de couloirs, tout intéressait le conseiller, qui promettait beaucoup, de façon suffisamment vague pour ne jamais tenir ses engagements et pouvoir feindre l'éberlué lorsqu'un déçu avait le peu de jugement d'insister.

Il repoussa l'écuelle de soupe épaisse qu'il avait nettoyée avec soin, n'en laissant pas perdre une goutte.

Que faire de cet Émile Chappe ? Continuer de l'encourager subtilement à espionner Mgr de Valois ? L'idée s'avérait réjouissante, puisqu'il ne disposait d'aucune autre mouche[1] dans la place. Cela étant, Guillaume de Nogaret lisait dans l'âme humaine aussi aisément que dans un livre, surtout dans les âmes tachées. Chappe appartenait à cette étrange race des traîtres qui ne supportent pas leur perfidie et leur ignominie et préfèrent se mentir à eux-mêmes en justifiant leur vilain commerce de manière à le tolérer. En dépit du peu d'estime que le conseiller éprouvait pour Mgr de Valois, il n'était pas plus mauvais maître qu'un autre. Toutefois, sans doute n'avait-il pas offert à Chappe ce que celui-ci espérait. En d'autres termes, en situation similaire, le petit Émile lui réserverait le même déplaisant tour qu'au frère du roi. Aux yeux de messire de Nogaret, les traîtres intéressés possédaient une immense qualité : leur prévisibilité.

Un coup frappé contre la haute porte de la salle d'études interrompit ses pensées mi-amusées, mi-agacées.

Un huissier pénétra à son ordre et annonça l'arrivée de l'homme qu'il attendait sans trop savoir ce que celui-ci voulait. Cependant, la volonté de Philippe le Bel de mater l'Ordre du Temple rendait cette visite intrigante.

Un homme grand, d'une belle minceur musclée, pénétra. Nogaret remarqua aussitôt l'élégante puissance qui

1. Personne habile et rusée, espion. Nous a laissé « mouchard » dans ce sens, et « fine mouche ».

se dégageait de chacun de ses gestes. Il s'inclina et se présenta :

— Hugues de Plisans [1], chevalier templier, pour vous servir, messire conseiller.

Âgé d'à peine vingt-cinq ans, il portait ses cheveux blond moyen mi-longs. Un magnifique spécimen de la gent forte. Nogaret soutint le regard très bleu, attendant la suite, sans inviter son interlocuteur à s'asseoir, songeant qu'il serait ainsi plus facile de le congédier si ses propos le lassaient.

— Conscient que votre temps est compté, permettez de grâce que j'entre sitôt dans le vif, au risque de vous infliger un discours décousu et peut-être même peu crédible.

— Faites, répondit Nogaret, sur ses gardes.

— Je vous conjure de croire, messire, que mon unique souhait, but, est de sauver mon ordre d'une dissolution que je redoute. Ou pis. Je n'ai aucune illusion : le souverain pontife promet merveilles et appui à notre grand-maître, Jacques de Molay. Il l'abandonnera dès que son soutien déplaira au roi, ne serait-ce que pour éviter qu'un discrédit ne retombe sur l'Église.

De fait, l'entrée en matière était brutale.

— Comme vous y allez. Le roi n'a nulle envie de dissoudre votre ordre soldat, même s'il souhaite y insuffler un peu plus de… rigueur, mentit Nogaret.

Un mince sourire dubitatif accueillit sa sortie.

— Molay s'obstinera jusqu'à la déraison afin de préserver l'intégrité et l'autonomie du Temple, avec lui à sa tête, bien sûr, rétorqua le chevalier.

— Assoyez-vous… Plisans, c'est bien cela ? Vous avez esquissé un assez juste portrait de Molay. Était-ce la raison pour laquelle vous avez sollicité une entrevue avec moi ?

1. Voir la série *Les Mystères de Druon de Brévaux, Aesculapius, Lacrimae, Templa Mentis*, Flammarion.

résuma le conseiller d'un petit ton d'impatience afin de pousser son vis-à-vis plus avant.

— Non pas, messire, avec tout mon respect. Je connais un peu Molay. Valeureux mais buté et arrogant. Il ne cédera jamais, entraînant, le cas échéant, mes frères dans leur perte, et je ne puis le tolérer. J'ai longuement réfléchi, pesant le pour et le contre. Ainsi que je vous l'ai affirmé, j'espère sauver mon ordre du pire que je pressens.

— Et comment cela ?

— En vous aidant, si vous l'acceptez.

— Qu'ouïs-je ? s'exclama Nogaret sidéré.

Les templiers formaient un ordre presque secret et n'avaient guère pour habitude d'offrir ou d'accepter aide d'un étranger à leurs rangs.

— Étonnant, j'en conviens, sourit Hugues de Plisans. Que mon inquiétude et ma dévotion envers mes frères soient mes explications. S'il faut circonvenir Molay pour nous sauver tous, ainsi soit-il.

— Trahiriez-vous votre grand maître pour plaire au roi ? s'enquit Nogaret en s'efforçant de dissimuler sa surprise.

— Le terme « trahir » parait abusif, non que je me cherche des atténuations. D'autant qu'en ce cas c'est Jacques de Molay qui s'apprête à trahir son ordre et la confiance que nous avions placée en lui.

Nogaret détailla le bel homme installé en face de lui. Nulle veulerie, nulle bassesse dans les traits virils de son visage. S'y lisait en revanche une extrême détermination. Guillaume de Nogaret sut à cet instant qu'il avait affaire à un pur, prêt au sacrifice pour défendre sa cause. Car, si Molay venait à apprendre sa démarche, il ne donnait pas un fretin de la vie du chevalier.

Un pur. La peste fût des purs ! Rien n'est plus difficile à contraindre ou à appâter qu'un pur.

— Votre fougueuse sincérité vous honore mais me désarme, je vous l'avoue. C'est que j'en ai fort peu l'habitude, céans, admit Nogaret. Il me faut réfléchir avant de m'engager plus avant.

— Oh, je le comprends, messire, déclara Hugues de Plisans en se levant et en s'inclinant. À vous revoir, à votre convenance, je l'espère. Vous êtes… mon ultime recours.

XXV

Alentours de Nogent-le-Rotrou,
octobre 1305, ce même jour

Antoine Méchaud démonta devant les marches menant à la porte principale du manoir. Un valet d'écurie déboula vers lui afin de s'occuper de son vieux roncin[1]. Il le remercia d'un vague signe de tête et prétendit épousseter sa housse et ses chausses afin de se donner quelques instants de répit.

Une muette prière se forma dans son esprit : « De grâce, Divin Agneau, pas un deuxième enfant trépassé ce même jour ! » Il songea qu'il devenait trop âgé, d'une sensiblerie de vieille femme, et qu'il allait devoir abandonner l'art médical. Si peu de réussites, tant d'échecs, de défunts. Au fond, pouvait-il se prévaloir d'avoir sauvé un jour un véritable malade ? Dieu, la chance ou surtout une robuste constitution n'avaient-ils pas été les seuls traitements efficaces ? Des doutes l'assaillaient. De plus en plus souvent. Que tenter, hormis saigner[2], alors même qu'il était

1. Cheval assez lourd, moins rapide qu'un coursier mais plus robuste, souvent utilisé à la guerre comme cheval de charge.

2. La saignée, ou phlébotomie, a été très pratiquée depuis l'Antiquité jusqu'au début du XIXe siècle, sauf par les médecins allemands

presque certain que cette effusion de sang aggravait l'état de certains patients ? Que prescrire lorsqu'une femme relevant de couches commençait de décliner, pour s'éteindre, exténuée par des saignements, des infections, une alimentation insuffisante ? Aligner des coquelicots [1] sur sa poitrine afin de vivifier son sang ? Tant de maladies, tant de trépas, si peu de remèdes.

Il finissait par envier les prêtres. Certes, l'attrait pour les plaisirs de ce monde, dont la douceur d'une peau de femme, avaient détourné Antoine Méchaud de la robe. Mais, au fond, eux seuls savaient consoler, redonner l'espoir. L'agonisant était pardonné, certain que Dieu l'attendait bras grands ouverts. Un sourire pénible mais heureux naissait à nouveau sur ses lèvres, après des jours et des nuits de douleur et de fièvre qu'Antoine Méchaud avait été incapable de rendre plus doux. Lui n'apportait même pas la guérison. Eux offraient la paix.

✠

— Messire mire ? Ces dames vous attendent avec impatience.

---

qui l'ont un peu délaissée dès le XVIIIe siècle. Elle est toujours utilisée dans certains cas légitimes, comme l'hémochromatose ou la polyglobulie. La saignée systématique, censée rétablir les fameuses quatre humeurs d'Hippocrate, fut sans doute à l'origine d'un nombre considérable de décès, ne serait-ce qu'en raison d'infections dues à des lancettes non stériles. Citons, parmi ses victimes, la reine Marie-Thérèse d'Autriche (1638-1683), épouse de Louis XIV, Julien Offray de la Mettrie (1709-1751), médecin et grand défenseur de la saignée, et probablement le premier président des États-Unis, George Washington (1732-1799).

1. La médecine médiévale était en partie analogique. Les pierres ou fleurs rouges étaient censées soigner les anémies et les jaunes la jaunisse, par exemple.

Il sursauta et se tourna. Une jeune servante se tenait en haut des marches, un sourire radieux jouant sur ses lèvres.

— Vous semblez guillerette, jeune femme.

— Oui-da, messire. Le petit baron va mieux ! Quel soulagement ! Il est si adorable et espiègle. Du vif-argent[1].

— M. Guillaume se porte mieux ?

Antoine Méchaud cacha sa stupéfaction, tant le trépas prochain de l'enfant lui avait semblé inévitable.

— Si fait ! Nous avons tous prié et la très Sainte Vierge, qui veille sur les enfants, nous a exaucés. Mme Mahaut n'a pas quitté la chapelle depuis que son petit a ouvert les yeux et murmuré « Madame ma mère ? Je vais mieux. J'ai faim. » Elle rend grâce au Divin Agneau et à Sa Mère, la Toute Bienveillante. C'est un miracle, si m'en croyez. Aussi Mme Mahaut a-t-elle décidé de faire ériger une chapelle à la gloire de la Vierge Marie pleine de Grâce.

— Un miracle, en effet, répondit le mire, perplexe, mais soulagé ne pas avoir à palper, examiner un petit corps déshydraté dont les forces s'amenuisaient d'instant en instant.

✠

Pâle, sa petite mine ravagée par la fatigue, Guillaume de Vigonrin était assis dans son lit et souriait.

— Le merci, grand merci, messire mire pour vos bons soins, déclara-t-il, couvé par le regard soulagé et heureux de sa mère qui ne l'avait pas quitté des trois jours et quatre nuits qu'avait duré sa maladie.

1. Mercure. Au figuré : une personne vive.

Antoine Méchaud procéda à l'examen du garçonnet, posant son oreille sur le torse trop maigre, surveillant son souffle, s'enquérant de la couleur de ses urines et de la consistance de ses selles. Il se redressa, satisfait par l'état de son jeune patient, et regarda la très jolie jeune femme immobile au pied du lit, constatant chez elle aussi les signes de l'épuisement. Son extrême pâleur était encore soulignée par les larges cernes mauves apparus sous ses yeux. Méchaud recommanda d'un ton paternel :

— Vous devriez prendre un peu de repos et vous restaurer, madame. Il est tiré de vilaine affaire.

Elle ferma les yeux et, main sur le cœur, poussa un long soupir en approuvant :

— Judicieux conseil que je vais mettre sitôt en application. À la vérité, je tiens à peine debout. Comment vous exprimer mon immense gratitude, messire mire ? J'ai tant prié, tant cru que… enfin…

— Moi de même. Mais Dieu veillait sur Guillaume et sur vous. Réjouissons-nous et remercions le ciel.

✠

Lorsqu'il redescendit dans la salle commune, la belle-mère de Mahaut, la baronne mère Béatrice de Vigonrin, se tenait debout devant la large cheminée. Antoine Méchaud ne douta pas qu'elle l'attendait tant elle se porta vers lui avec vivacité. Baissant la voix en jetant un regard méfiant vers l'escalier, elle s'enquit :

— Est-il tout à fait guéri ?

— Oui-da, quel soulagement ! Je vous avoue, madame, que… je redoutais que l'on m'annonce son trépas à mon arrivée.

— Un miracle, sans doute, lâcha Mme de Vigonrin, d'un ton sec qui intrigua le mire.

— En effet, hésita Méchaud.

— Mire… Puis-je requérir de vous absolue confidence… je me dois de… d'évoquer une question qui me… nous gâche le jour et la nuit puisque l'inquiétude de ma fille Agnès s'ajoute à la mienne.

— De grâce, madame, poursuivez.

Antoine Méchaud fut presque certain de ce qui allait suivre. Il ne se trompait pas.

— Les décès des mâles héritiers du titre et des terres se succèdent dans notre famille, au point qu'on pourrait croire à une malédiction.

— Votre époux et votre fils aîné, François tous deux.

— Et avant cela mes deux autres fils, compléta la baronne mère.

— Dans ces derniers cas, un cerf blessé et des détrousseurs de chemins.

— Certes…

— Où voulez-vous me mener, madame ?

Béatrice se mordit la lèvre d'incertitude et Antoine Méchaud remarqua que ses joues tremblaient d'émotion.

— Croyez-vous… Enfin votre immense art vous permet-il d'être assuré que ces décès, celui de François mon défunt époux et de François mon fils… étaient tout à fait naturels… requis par Dieu ?

— Fichtre, madame, avec mon respect, qu'avez-vous en tête ? s'offusqua le mire.

— Je sais… une telle abomination… un enherbement, vous aviez bien compris ce mot si affreux que je n'ose le prononcer.

— Guillaume enherbé, mais par qui… enfin, c'est un enfant. Il ne peut hériter des biens pour l'instant… je… vraiment…

Béatrice de Vigonrin le fixa durant quelques instants et murmura dans un souffle pénible :

— Mais justement… il n'a point trépassé alors qu'une… maladie similaire a emporté mon époux et mon fils, en pleine force d'âge.

Le mire la considéra, ne voyant pas ce qu'elle tentait de lui faire comprendre, et répéta, perdu :

— Guillaume est vif et se remettra tout à fait sous peu.

— Justement… justement… Entendez-moi, je vous en conjure : j'ai prié jour et nuit afin qu'il vive. Toutefois, je persiste dans l'étonnement : n'est-il pas sidérant qu'un garçonnet réchappe d'une maladie qui décime des mâles adultes et de robuste constitution ?

La stupeur figea Antoine Méchaud lorsque les hésitations et insinuations de Mme de Vigonrin se rejoignirent dans son esprit et qu'il en saisit enfin la signification. Il se reprit et demanda :

— Soupçonnez-vous, madame, que… l'on aurait administré à Guillaume une sorte de poison produisant symptômes de fièvre de ventre, en quantité assez faible pour le rendre malade sans toutefois risquer de l'occire, contrairement à son père et à son grand-père ?

Un « oui » presque inaudible lui répondit.

— Dieu du ciel ! Madame… une telle accusation… si grave… Aucun crime n'est plus impardonnable que l'enherbement ! Mais qui ?

D'une voix soudain inflexible, aussi tranchante qu'une lame, la baronne mère répondit en séparant nettement ses mots :

— À qui profitent les soudaines disparitions de mon mari et de mon fils ? Qui héritera bien plus prestement des biens ayant déjà reçu le titre ?

— Le jeune baron Guillaume ? Il n'a que cinq ans !

— Je sais l'âge de mon petit-fils, messire mire. Au travers de Guillaume, sa mère qui en aura tutelle jusqu'à sa majorité.

— Mme Mahaut ? murmura Méchaud abasourdi par l'accusation.

— Qui d'autre ? Il me manque une dernière certitude... cependant, Agnès redoute le pire pour son fils Étienne. En attendant que rentre enfin mon gendre Eustache, je veillerai sur lui et sur Guillaume. S'il s'agit bien de Mahaut, elle devra me passer sur le corps avant d'atteindre mes descendants, j'en fais le serment et je ne suis guère capone[1]. S'il faut navrer un monstre déguisé en femme, j'en suis capable.

Le mire n'en doutait pas. Néanmoins, la féroce résolution qu'il déchiffra sur le beau visage sévère de la baronne mère l'inquiéta.

— Madame, avec tout mon respect, il s'agit là d'une terrible imputation. Il convient de se défier des emportements de nerfs, des suppositions. Enfin... de solides preuves sont nécessaires, trouver le poison, des écrits incriminants, des témoignages irréfutables, que sais-je ! Je vous conjure d'attendre le retour de votre fils d'alliance, messire Eustache de Malegneux, avant de vous précipiter dans une action qui pourrait se révéler désastreuse pour tous.

La baronne sembla réfléchir, puis :

— Accordé, puisque vous êtes homme d'avisés conseils et de bonté. Cependant, si jamais elle tentait l'innommable... je jure devant Dieu de l'occire de mes mains. Pour l'instant, nous nous contenterons de lui faire bonne figure en surveillant chacun de ses gestes et en tentant de découvrir la preuve que vous évoquez.

— Le merci, madame, pour votre sagesse, déclara le médecin à peine rasséréné.

— À vous revoir, messire mire.

1. À l'époque : peureuse, lâche. Indiquera plus tard la rouerie afin de parvenir à ses fins.

XXVI

Bellême, octobre 1305, un peu plus tard

L'exécuteur de Haute Justice se fit annoncer en l'hôtel occupé par le sous-bailli de Bellême, usant de son nom véritable, expliquant à l'huissier que Benoît Lambert l'avait fait mander par messager.

Quelques secondes plus tard, le sieur Lambert, premier secrétaire du bailli, petit homme rond et glabre qu'il connaissait bien, surgit d'un bureau et fonça vers lui, débitant :

— Ah, messire... Ah, point trop tôt, point trop tôt...

Avisant son vêtement de ville, sa manche dépourvue de baston, il déclara d'un ton où perçait l'indignation :

— Mais... ne seriez-vous pas prêt ? Enfin... où sont vos marques distinctives ?

— Il ne me sied pas de les arborer ce jour, répondit Hardouin, assez sarcastique.

— Euh... sied ? Mais... Vous en avez obligation ! contra l'autre, maintenant tout à fait offusqué.

— De juste, mon bon Lambert, de juste. En revanche, je n'ai guère obligation de remplacer votre Marcel Voisin, dit Tue-Chien, remarquable exécuteur trépassé au printemps dernier d'une fièvre de ventre, ni même de me substituer à son aîné âgé de dix ans, dont sa mère affirme qu'il aurait lame peu sûre. Que faire ?

La repartie ironique porta et Benoît Lambert sentit qu'il s'avançait sur une pente dangereuse qui pouvait lui valoir de vilains embarras, les bons bourreaux ne se pressant pas au service. Aussi se défendit-il, d'un ton largement moins péremptoire :

— Euh… certes, certes… que sont un vêtement et une pièce de tissu… fort disgracieuse, après tout ! La belle affaire, en vérité ! Billevesées que tout ceci, n'est-il pas vrai ? Nous vous apprécions fort. Pour preuve vos gains doublés, dont le droit de havage…

— Oui-da… concéda Hardouin, qui n'avait jamais rien laissé transparaître céans de son immense fortune et du peu de cas qu'il faisait des deniers gagnés à brûler aux fers, écraser des pieds, écarteler ou pendre. Toutefois, je vous avoue bien volontiers que mon ouvrage en vos murs me pèse. Je ne suis jamais au fait des charges retenues contre les coupables, ni des preuves qui les assortissent. On me commande de tourmenter ou de tuer. Lassant et peu propice à me donner cœur à la tâche ! Aussi ai-je hésité avant de…

Cadet-Venelle chercha ses mots. L'us de respect eût voulu qu'il parlât d'« obéissance ». Cependant, une envie d'insolence le saisit. Il termina d'un ton léger :

—… Aussi ai-je hésité avant de me rendre à votre impérieuse convocation. Je ne suis d'ailleurs toujours pas certain de poursuivre. Je vous rappelle, avec grande courtoisie, que mon office en Bellême se doit d'être considéré comme un service temporaire que je vous rends, une marque de… cordialité. Bah ! Vous ne manquez pas d'hommes fougueux et soucieux de justice qui puissent me remplacer, le temps de retrouver habile bourreau. Vous, par exemple ? Ou messire le sous-bailli de Bellême, qui est vigoureux soldat et n'a rien d'une mazette.

Benoît Lambert blêmit à cette suggestion, lui qui payait grassement afin qu'on égorge et dépèce les lapins dont il était friand. Assez affolé, il temporisa :

— Oh là… messire exécuteur… sangs vifs que les nôtres, signe de vigoureuse santé et de belle franchise, si m'en croyez, s'embrouilla-t-il. Bien… Quoi de plus aisé que de vous éclairer sur le condamné que nous vous… confions. Il s'agit d'un certain Gaspard Bilou. Âgé de presque quinze ans, de ce fait jugé en adulte, le seigneur sous-bailli n'a pas cru nécessaire, dans sa sagesse, d'alléger sa peine d'un confidentiel *retentum*.

— Peine qui est ?

— Pour l'édification de tous, Bilou sera fouetté jusqu'à ce que peau se détache du dos, du sel sera versé sur ses plaies, puis par vos soins, ou ceux de votre aide, il achèvera sa vile existence en se balançant au bout d'une corde. Ainsi que convenu et en raison de la… faveur que vous nous accordez durant notre pénurie en Maître de Haute Justice, votre salaire à tâche sera doublé et porté à deux petits royaux* et quatre deniers*, s'ajoutant au setier[1] de blé offert à Noël, aux sept aunes* de drap de Pâques, et autres avantages dont double havage.

— Fichtre, quel crime a-t-il donc commis si jeune ? s'enquit cadet-Venelle, un peu étonné par la sévérité de la peine.

— Le pire… enfin un des pires… d'ailleurs, tous les crimes sont pires… le parricide.

Hardouin hocha la tête en signe d'assentiment, regrettant que sa magnifique et impitoyable *Enecatrix* ne sorte pas de son cocon de soie rouge. Mais seuls les nobles avaient privilège de décapitation à la lame longue. Une mort rapide.

1. Environ l'équivalent de 160 litres, un des avantages en nature fréquemment concédés au bourreau.

Eos diligit et suaviter multos interficit. Enecatrix qui les aimait assez pour les tuer avec douceur.

Cette mort-là ne serait pas douce et surtout, elle serait très longue. Quelle importance ? Aucune.

— Le chafaud est-il prêt ?

— Oui-da, nous vous attendions avec impatience. Il me faut juste prévenir le crieur qui annoncera par les rues l'heure d'exécution de la sentence.

— Juste après none*. Je n'ai pas l'usage de Célestin, mon jeune apprenti, et me débrouillerai seul de cette tâche. Toutefois, je tiens à me restaurer avant, à me changer, aussi.

— Bien sûr, s'empressa Benoît Lambert, qui avait compris que mieux valait ne point mécontenter le bourreau s'il souhaitait expédier cette affaire au plus preste. Votre change vous attend dans ma salle d'études, précisa-t-il.

✠

Une exigence de cadet-Venelle, guère désireux de parcourir le chemin menant de Mortagne à Bellême en habits de mort rouge et noir, le visage masqué de cuir. Il avait donc insisté pour que l'on conservât un double de son uniforme de bourreau en Bellême.

Il ne craignait point tant les réactions des paysans ou voyageurs qu'il croiserait sur sa route, qui tous se détourneraient, se signant parfois, de cela, il avait l'habitude. Non, il s'agissait plutôt de cette sensation étrange et assez pesante : l'idée que la mort l'escortait partout, collant à ses pas et à ceux de son cheval. Ses beaux vêtements de cendal rouge et de cuir noir sentaient la souffrance et la terreur de tant d'êtres que les abandonner parfois le grisait, comme si la vie libérée dévalait en lui, comme s'il l'inspirait, l'avalait, comme si elle n'avait attendu que cette permission pour s'imposer à nouveau.

— Je vous recommande l'auberge du Jarse[1] Amoureux, dans la Rue du louvetier, que vous connaissez peut-être. L'ardoise est modique mais la chère bonne, sourit le secrétaire du sous-bailli.

Et Hardouin fut certain qu'il lui conseillait cette adresse parce qu'il n'y mettait jamais les pieds et s'éviterait ainsi la pénible obligation de partager sa table. Il inclina cependant la tête en remerciement.

✣

Après avoir déjeuné en répondant de façon affable mais vague aux questions de l'aubergiste, intrigué par cet étranger bien mis, Hardouin rejoignit l'hôtel occupé par le sous-bailli afin de s'y changer.

Le contact du cuir souple de son caleçon ajusté sur sa peau nue lui procura une étrange sensation. Comme s'il s'agissait d'un autre épiderme humain collant au sien. Il enfila le masque noir qui lui couvrait tout le visage et descendait bas dans son cou. Il eut l'impression qu'il basculait dans un autre monde. Jamais auparavant il n'avait ressenti une telle désorientation, une telle dissociation. Il lui sembla que seuls ses yeux persistaient à exister, que tout le reste de son être reculait vers un lieu inconnu, inatteignable. Que lui arrivait-il ?

✣

Il rejoignit à pas lents le château de Bellême, ses prisons souterraines. Des yeux, il n'était plus que deux yeux. Deux

1. Jars.

yeux qui voyaient les gens s'écarter, se rencogner sous les porches afin de lui livrer passage sans risquer de le frôler. Plus rien que deux yeux. Il n'entendait pas les murmures, ne sentait pas les remugles insistants des ruelles.

Les gardes qui s'ennuyaient à la grille le laissèrent passer sans rien lui demander. Hardouin cadet-Venelle dévala les larges marches de pierre qui menaient aux geôles, creusées dans la roche. En raison de la pénombre qui régnait céans, seulement trouée par la lueur filtrant des soupiraux, un autre garde se porta vers lui, ne le reconnaissant pas. Il exigea d'une voix forte mais avinée :

— Qui va là ?

— Le maître des hautes œuvres, pour Gaspard Bilou.

— Euh… après l'coude. C'est la troisième… à droite, le renseigna-t-il en désignant une rangée d'alcôves exiguës taillées dans la roche, dans lesquelles un homme ne pouvait se tenir debout.

— La clef, ordonna cadet-Venelle.

La brute décrocha son trousseau de ceinture et, après une vague hésitation, le lui tendit en précisant :

— J'sais plus laquelle c'est. À m'rendre en partant. Suffit d'le laisser par terre, au milieu, là où y peuvent pas l'atteindre, ceux z'autres, précisa-t-il en désignant les silhouettes d'ombres avachies, couchées ou accrochées aux barreaux de leurs cages.

Le garde recula d'un pas lourd et traînant et disparut à l'autre bout du couloir flanqué de cellules, rejoignant sa nuit et sa petite salle où il devait ronfler entre deux ivrogneries.

✠

En dépit de l'air qui circulait par les fentes creusées en haut des cellules – et surtout du fait que la prison du château n'était qu'une étape au cours de laquelle les détenus n'avaient guère le temps de tomber malade, de développer des gangrènes ou autres pourrissements –, des remugles de crasse et d'excréments fouettaient le visage, odeurs de la peur et de la déchéance physique des créatures humaines.

Hardouin cadet-Venelle avança à pas lents, environné d'un silence seulement troublé par quelques ronflements, sanglots ou quintes de toux. Les prisonniers apprenaient très vite qu'on ne beuglait, ni n'injuriait en ce lieu, au risque sans cela d'être bastonné par un gardien dont on avait gâché la sieste. Autre mesure de rétorsion, l'écuelle de soupe aux raves et au pain raté[1] de vil prix que le geôlier renversait en punition devant le captif, le privant de l'unique repas de la journée. Hardouin n'éprouvait nul chagrin pour eux, pas même de compassion, lui était leur bourreau. Sa charge ne consistait pas à explorer les raisons qui les avaient menés en ce cul-de-basse-fosse, ni s'ils avaient quelques excuses atténuant leurs forfaits. Il se contentait d'appliquer les sentences.

Une forme sombre, tassée devant les barreaux de la cellule indiquée, attira son attention. Il s'en approcha à pas prudents, la main sur le pommeau de sa dague de ceinture.

La silhouette emmitouflée dans un mantel de piètre qualité se leva en s'aidant des barreaux. Une femme déjà âgée se tenait devant lui. Gênés par l'obscurité partielle qui régnait, ses yeux – ce qui persistait de lui depuis qu'il avait endossé ses habits de mort – crurent d'abord voir une simple tant le visage de la femme était déformé. Il fit un autre pas et il comprit que les boursouflures jaunâtres, les tuméfactions qu'il découvrait avaient été provoquées par des coups. Son nez avait sans doute été cassé

1. Pain grignoté par les rongeurs qui se vendait très peu cher.

récemment et lorsqu'elle ouvrit la bouche, il remarqua ses incisives du haut ébréchées.

✣

Il sursauta presque lorsque la femme lui saisit le poignet, le serrant avec une étonnante force, et bafouilla :

— Pitié. La pitié, bourreau. C'est mon gars. J'm'as faufilée. L'garde m'a point vue, rapport qu'y cuve sa piquette [1] toute la journée. C'est mon gars Gaspard qu'est là-d'dans !

Le très jeune homme dont il devait écorcher la peau du dos à coups de fouet avant de verser du sel sur sa chair à vif et de l'achever par pendaison.

— Lâchez-moi, la femme ! exigea-t-il d'un ton paisible. Son supplice pourrait être bien plus sévère. Un parricide, rien que cela !

Elle obtempéra et cria en désignant son visage malmené :

— Mais r'gardez-moi, regardez c'que cette ordure m'infligeait ! Tous les soirs, ou presque, sans parler du reste, des coups d'pied, des coups d'bûche dans l'dos, dans l'ventre… C'est ça qu'mon gars a plus pu supporter. C'te saloperie, c'te vermine allait m'tuer, l'aut' soir… et mon Gaspard s'est interposé. Mais c'vieux pourri était déchaîné, l'a rin voulu entendre… Y voulait m'tuer, j'vous l'jure sur mon âme !

— Écartez-vous, la femme. Je dois faire mon office.

— Mais vous avez ben une mère, vous aussi, bourreau ! Vous l'auriez défendue, non ? Avant, le vieux l'cognait aussi, mais Gaspard est d'venu fort comme un bœuf. Y

1. À l'origine, il s'agissait d'une boisson faite d'eau et du marc de raisin, après récupération du vin. Le mélange était parfois sucré de miel et laissé à fermenter. Par extension, le terme a ensuite désigné un mauvais vin aigre.

lui a emmanché une beigne à l'assommer… alors, ce maudit s'en est pris à moi, vu qu'y pouvait plus cogner son fils.

Hardouin tenta de la repousser sans brutalité, mais elle se colla à la porte de barreaux, défendant l'accès de son corps.

Elle fouilla sous son mantel et en tira un vieux mouchoir qu'elle lui tendit.

— Prenez, pour l'amour de Dieu. Y a des sous, d'dans. J'ai vendu les deux chèvres. J'm'a fait gruger, c'est point grave. Prenez l'argent… On m'a dit que… enfin qu'vous pouviez… par bonté… Enfin… que ça pouvait être rapide… Pour l'amour du Christ Sauveur… Hâtez la fin… J'veux pas… j'peux pas supporter… y voulait que m'protéger… Mon Gaspard…

Elle sanglotait, la morve dégoulinant jusqu'à ses lèvres. Elle tenta de forcer le mouchoir dans sa paume. Les yeux d'Hardouin détaillèrent la femme, son visage violet et jaune des hématomes, son nez cassé, la pauvreté de sa mise.

Un courant d'air frôla sa nuque. Non, l'air était frais céans. Un souffle tiède venait de le caresser, comme dans son rêve. Marie. Il lui sembla soudain que tout le désespoir humain, tout l'amour du monde était serré dans ce vieux mouchoir qu'une mère lui offrait pour abréger les souffrances de son fils.

— Reprenez votre argent. La fin viendra vite.

— Juré ?

— Juré. Dites-lui adieu et partez, que je ne vous revoie jamais.

✠

Après quelques tentatives, la clef joua dans la serrure. Gaspard se leva dans l'entrechoquement des chaînes qui lui entravaient les chevilles et les poignets.

— La mère… bafouilla-t-il. J'pensais pas t'revoir.

Elle se rua vers lui, l'enserrant entre ses bras, couvrant son visage de baisers, murmurant :

— Inquiète-toi pas, inquiète-toi pas… il est juste, le bourreau. On se r'voira bientôt au paradis, mon gars… J'penserai à toi chaque jour… avec les sous qu'y veut pas pour sa bonté, j'ferai donner une messe, pour toi et pour lui.

— Soyez brève, lâcha Hardouin, et laissez-nous.

La femme en larmes embrassa à nouveau son fils qui allait mourir, puis se tourna vers le bourreau, le dévisagea en déclarant :

— J'vas garder l'gris de tes yeux comme la plus belle couleur d'ma foutue vie.

— Partez, maintenant, répondit-il d'une voix douce.

— Y souffrira pas, mon gars ?

— Non. Ma parole.

Après un dernier regard pour son fils, tentant d'étouffer ses sanglots de son poing pressé contre sa bouche, elle disparut dans la pénombre du couloir souterrain. Cadet-Venelle referma la grille.

✠

— Il l'aurait tuée, s'éleva la voix du très jeune homme. J'l'ai cogné à coups d'bûche pour enlever la mère de ses sales pattes.

— Je sais. Nous avons peu de temps, le chafaud est dressé. Et toi, es-tu prêt ?

— Oui… Elle…

Hardouin s'approcha de celui qu'il allait exécuter par compassion. Un bel adolescent, grand, charpenté, aux épais cheveux bruns.

— Ça f'ra mal ?

— Non… beaucoup moins que ce qui est prévu… Es-tu prêt… un mot de toi et je me recule.

— Non, non… de grâce… De grâce, tuez-moi bien vite… Mon âme est en paix, j'ai point fait l'mal.

— Me pardonnes-tu, mon frère en Jésus-Christ, car je vais t'ôter la vie ?

— Oui, vite… faites vite, j'vous en supplie… j'pardonne. J'vous pardonne et vous remercie.

Hardouin caressa le front ruisselant d'une sueur de terreur en murmurant :

— Dis une dernière prière, je te laisse quelques minutes. Puis repose en grande paix, mon frère.

Gaspard ferma les yeux pour une ultime supplique à Dieu.

✠

Il ne vit pas le geste très rapide, brutal, qui enroula autour de son cou la chaîne qui maintenait ses poignets. Hardouin tira de toutes ses forces. Un craquement. Les vertèbres s'étaient rompues. Le jeune homme s'écroula sans avoir compris que la mort venait de l'emmener.

Hardouin cadet-Venelle se signa puis ressortit. Il héla le garde qui mit quelques instants avant de paraître, trébuchant sur le sol irrégulier. L'exécuteur déclara d'un ton sec et exaspéré :

— Il s'est suicidé ! Ah ça ! Surveilles-tu parfois tes geôles ? Je m'en plaindrai à qui de droit en exigeant d'être quand même payé pour mon déplacement. Ils n'ont qu'à le retenir sur ta solde.

La brute à hure d'ivrogne se courba, affolée.

— Ben… ben… l'était pourtant ben vif…

— Quand ça ? Avant ton troisième cruchon ?

Hardouin lança à ses pieds le large trousseau de clefs et sortit.

✣

La femme, la mère en larmes, dans son vilain mantel usé jusqu'à la trame, l'attendait. Elle se précipita vers lui, n'osant poser la question qui lui brûlait les lèvres. Il expliqua d'une voix très douce :

— Gaspard est en grande paix aux côtés de Son Sauveur. Il n'a pas vu, pas senti la mort venir. Priez pour nous.

Elle bafouilla des remerciements en lui tendant à nouveau son pauvre mouchoir dans lequel étaient serrés quelques deniers, une fortune pour elle. Il secoua la tête en signe de dénégation.

— J'ai déjà été payé au centuple. Un souffle tiède.

Il s'éloigna à longues enjambées, laissant la femme dévastée mais soulagée.

XXVII

Citadelle du Louvre, octobre 1305

Émile Chappe transpirait à grosses gouttes en dépit de la désagréable fraîcheur humide qui régnait en permanence dans la rébarbative citadelle qu'aucune saison ne parvenait à réchauffer. Il avait plaqué la main sur sa bouche, terrorisé à l'idée que son souffle heurté ne s'entende. Son cœur s'emballait et son sang cognait dans les artères de son cou. Il tentait de lutter contre les visions d'épouvante qui s'imposaient à lui, lorsqu'il imaginait le sort qui lui serait réservé si on le découvrait dans sa cachette.

Un huissier lui avait remis la veille le rouleau d'une courte missive rédigée de la main de messire Adelin d'Estrevers et adressée à Mgr Charles de Valois.

Le gros Charles à mol menton, ainsi qu'Émile l'appelait depuis qu'il avait décidé de le trahir, avait tardé à en rompre le sceau de cire au point que le jeune homme qui le surveillait de regards furtifs avait cru en périr d'impatience.

Enfin, Mgr avait pris connaissance du message et s'était laissé choir sur sa forme[1] surélevée. Étant court de taille, le gros Charles affectionnait les marques de royauté, surtout lorsqu'elles le faisaient paraître plus grand. Il avait posé ses petites mains carrées sur son ventre bedonnant, enfonçant encore davantage son absence de menton dans le gras de son cou, l'air songeur mais satisfait.

De déroutante façon, Émile, qui avait jusqu'alors vénéré le frère du roi, en qui il voyait une seconde incarnation du pouvoir, une escabelle de nature à lui assurer belle carrière et les deniers allant avec, se sentait aujourd'hui une hargne vipérine à son endroit. Charles ne lui avait pas offert ce qu'il convoitait, ce pour quoi il était prêt à vendre son âme.

Pis, il avait oublié son prénom et le jeune secrétaire l'avait pris en exécration. Maintenant, il allait enfin servir un homme d'extrême puissance, qui lui en saurait gré, messire de Nogaret. Celui-ci se parait donc de toutes les vertus qu'il venait de retirer à Charles de Valois. Dieu, qu'il était fat, gras et benêt, celui-là !

Émile avait espionné en prudence, attendant que Mgr de Valois quitte sa salle d'études, dans laquelle il n'étudiait guère, se contentant d'y recevoir les flagorneurs qu'il adorait et de se rincer copieusement le gosier de vins fins. Le moment était enfin arrivé. L'estomac du frère du roi exigeait d'être gavé et Charles ne plaisantait jamais avec sa panse.

Dès la double porte sculptée refermée derrière lui, Émile s'était précipité vers la table de travail afin de prendre connaissance de la missive. Adelin d'Estrevers, grand bailli d'épée du comté du Perche, avait écrit d'une main sèche :

1. Siège d'honneur, le plus souvent réservé au seigneur des lieux, à dossier sculpté et parfois surmonté d'un dais.

« Monseigneur,

Notre affaire avance, à votre satisfaction, je le pense et surtout l'espère.

À votre ordre, je me permettrai de vous venir visiter et rendre compte au demain matin de cette lettre par vous reçue, pour mon bonheur et mon honneur.

Votre très dévoué, très respectueux et très obéissant,

Adelin d'Estrevers. »

Émile Chappe avait senti la chance enfin de son côté. Dès laudes, il avait pénétré dans la salle d'études de Mgr de Valois et s'était faufilé derrière le grand dorsal qui couvrait l'un de ses murs, dissimulant, ainsi qu'il était très fréquent en la citadelle du Louvre, une sorte de niche permettant à un homme de garde de se tapir.

✠

Il attendait depuis plusieurs heures, ses jambes s'engourdissant au point qu'il avait l'impression que des légions de fourmis lui remontaient le long des mollets.

Enfin, Mgr de Valois entra. Chappe le déduisit aux bâillements sonores du frère du roi, à sa façon de se laisser choir tel un gros sac sur sa forme en poussant un long soupir exaspéré.

D'interminables minutes s'écoulèrent. Émile crispait les doigts de pied afin de lutter contre l'engourdissement de ses membres du bas. Il entendit à trois reprises l'entrechoquement d'un bord de verre avec le bec d'une carafe en argent, les claquements de langue satisfaits du gros Charles. Une pressante envie d'uriner lui faisait serrer les lèvres et il songea qu'il ne pourrait plus se retenir très longtemps. Aussitôt, la vision de la table de tortures s'imposa à son esprit, le faisant frémir d'appréhension.

Enfin, il perçut un mouvement, puis un chuchotement auquel répondit l'ordre sonore de Mgr de Valois :

— Mais fais-le entrer ! Qu'attends-tu, que j'ouvre moi-même la porte ?

L'huissier se faisait rabrouer.

Quelques instants, puis une voix qu'il reconnaissait, celle de messire d'Estrevers, salua obséquieusement le frère du roi.

✣

— Alors, mon bon bailli d'épée ? Vite, je suis fort désireux d'ouïr vos réjouissantes nouvelles.

— Un autre petit miséreux a trépassé, d'horrible manière, en Nogent-le-Rotrou. Gilles de Trais et ses hommes n'ont toujours aucune piste.

— Fort bien. Leur incurie devient donc manifeste ! Et leur… complicité ?

— Nous y travaillons âprement, monseigneur. Si j'osais, avec tout mon respect…

— Eh bien, osez !

— Je me permettrais alors de vous suggérer, bien humblement… Enfin, si Mme Constance de Gausbert, mère abbesse des Clairets, pouvait à nouveau manifester sa vive indignation devant l'échec cuisant de Guy de Trais à arrêter un ignoble tourmenteur d'enfants, son intervention s'avérerait utile auprès du roi votre frère. Une incendiaire intervention, par exemple. Madame votre épouse est une sienne bonne amie, n'est-ce pas ?

— Bonne idée, monsieur mon bailli d'épée, bonne idée !

— Avec à nouveau tout mon respect, et bien que convaincu par l'extrême subtilité de Mme Catherine de

Courtenay, votre épouse, je me permets de vous rappeler que Mme de Gausbert est réputée pour la finesse de son esprit, sa remarquable piété et... disons un caractère fort vif, sans compter une... liberté de langue que lui permettent son rang, sa fortune et une position dont elle a conscience.

Un gros rire salua les précautions de langage du bailli d'épée, puis :

— Je vois : une pimbêche[1] agressive, non que cela m'étonne des bonnes mies de mon épouse ! À manœuvrer avec délicatesse, donc, car elle pourrait se gravement offenser qu'on l'utilisât, traduisit Charles de Valois.

Adelin d'Estrevers dut approuver la repartie goguenarde d'un salut ou d'un sourire, puisque Émile Chappe n'entendit rien. Bien que n'ayant pas compris grand-chose de l'échange, il suppliait maintenant le ciel pour qu'il se termine vite afin de consigner chaque mot par écrit, et surtout de foncer vers le restrait le plus proche.

— Et cet homme qui enquête sur cette sinistre affaire sans savoir qu'il œuvre pour moi, quel est-il ? s'enquit Mgr de Valois.

— Une recrue de choix et qui ne nous coûte pas un fretin. L'exécuteur des hautes œuvres de Mortagne, dont j'ai oublié le nom, mais qui offre son aide à votre sous-bailli, Tisans, contre autorisation de consulter des carnets de procès. Tisans le prétend intelligent, rusé et surtout dépourvu de sensiblerie.

— Un bon bourreau, donc ! s'esclaffa Charles de Valois. Je vous rappelle, Estrevers, que l'identité du réel assassin d'enfants importe peu.

— Si je puis me permettre... il nous faut pourtant la découvrir, afin que cessent les meurtres lorsque nous aurons obtenu ce que vous souhaitez...

1. Bien que d'origine incertaine, le terme est très ancien. Ainsi, Racine créa une « comtesse de Pimbesche ».

— Et de l'occire aussitôt pour qu'il ne récidive jamais, jetant un doute sur… l'authenticité du coupable qui nous sied ! Où avais-je l'esprit ? Vous avez fort raison, mon ami.

— L'occire ? Il en sera fait à votre satisfaction et prestement, dès le reste accompli, le rassura Estrevers.

✣

L'espion fut enfin exaucé. Estrevers prit congé après moult cordialités, flagorneries et promesses d'obéissance. Peu après, Charles de Valois quitta sa salle d'études afin d'aller se goinfrer aux frais du royaume.

Émile Chappe patienta encore une bonne minute, puis sortit en prudence de sa cachette. Il fila telle une furtive souris, gloussant de satisfaction.

XXVIII

Nogent-le-Rotrou, octobre 1305

LLe chien Aeneas sous la garde attendrie de maîtresse Hase, Hardouin cadet-Venelle flânait en solitaire, heureux de cette belle journée un peu fraîche. Avec l'automne disparaissaient peu à peu les exaspérants escadrons de mouches qui bruissaient et piquaient vers les hommes et les animaux, festoyant sur les monceaux de détritus, affligeants mais inévitables décors des ruelles. On rentrerait bientôt les pièges à mouches qui ponctuaient le bas des murs des maisons, des éventaires de bouchers, saucissiers, fromagers-beurriers ou poissonniers.

Nogent-le-Rotrou semblait prise d'une frénésie entre le lever du soleil et le midi. Tout le monde s'affairait, allait, venait, achetait, vendait, houspillait. Les conducteurs de charrette s'invectivaient dans les rues trop étroites pour leur laisser passage de front. S'ensuivaient des échanges d'insultes et de noms d'oiseau pittoresques, des mouvements menaçants de bras.

— Ben, bille de suint [1], r'tire la tête de ton cul et racule cont' le mur, sans quoi on reste là jusqu'au prochain Carême !

1. Graisse de la peau du mouton.

Ces prises de bec se terminaient en général par des rires, voire des compliments lors d'échanges d'injures très innovantes, et une proposition à se désoiffer le gosier dans une taverne voisine.

Le négoce allait grand train pour la distraction d'Hardouin. Il éprouvait une sorte de joie enfantine devant tant de gesticulations, de protestations véhémentes, d'affairements en tous genres.

Les diseuses de bonne aventure, les bonimenteurs, les apothicaires de pacotille vendant des lotions miracle pour faire repousser les cheveux ou raffermir les membres virils ne manquaient pas au spectacle en ce jour de grand marché, celui de Nogent étant l'un des plus courus de la région. Il marqua une pause. Il venait de reconnaître la vieille bonne femme croisée à plusieurs reprises et il écouta sans en avoir l'air ses péremptoires promesses à une jeune bourgeoise. Main posée sur le ventre rebondi de la jeune femme, la diseuse déclara d'un ton sans appel :

— Je vous le dis, ma belle. En vérité, votre prochain sera un fils.

— C'est que j'ai déjà eu trois filles et me désespère.

— Un vrai mâle, qu'en aura deux belles[1] à montrer !

Alors que cadet-Venelle s'était cru discret et se tenait en retrait, la vieille femme se tourna soudain vers lui et le dévisagea. Il fut à nouveau sidéré par le bleu de son regard, un bleu glacé. Pointant un index osseux vers lui, elle lança :

— Quant à toi, prends garde ! On te mène, mon tout beau ! Mon tout beau couvert de sang. Tu crois et tu te trompes. Tu ne sais mais tu trouveras ce que tu ne cherchais pas. Levant soudain la voix de façon agressive, elle ordonna : Va-t'en, hors de ma vue, sitôt ! Les sbires de

1. Il était de coutume dans les familles de faire admirer les testicules d'un nouveau-né pour montrer qu'il serait un beau mâle.

l'enfer sont accrochés à tes talons. Débarrasse-t'en avant qu'il ne soit trop tard. Hors de ma vue ! cria-t-elle.

Elle cracha trois fois au sol et se signa avant de disparaître d'un pas vif.

La jeune bourgeoise à qui elle venait de prédire un enfançon hésita. Elle demanda à Hardouin, rendu muet par la sortie de la diseuse :

— Est-elle privée de sens ?

— Je ne le crois pas.

✣

Sa flânerie gâchée par cette désagréable rencontre, il décida de faire seller Fringant et de sortir de la ville. Les mots, ou plutôt les accusations, de la vieille diseuse ne lui quittaient pas l'esprit.

Prends garde ! On te mène, mon tout beau ! Mon tout beau couvert de sang. Tu crois et tu te trompes. Tu ne sais mais tu trouveras ce que tu ne cherchais pas. Va-t'en, hors de ma vue, sitôt ! Les sbires de l'enfer sont accrochés à tes talons. Débarrasse-t'en avant qu'il ne soit trop tard.

Tu crois et tu te trompes. Tu ne sais mais tu trouveras ce que tu ne cherchais pas.

Assez avec ces stupides charades ! se morigéna-t-il. Depuis quand accordait-il foi aux boniments d'une mendiante en guenilles qui extorquait quelques piécettes aux crédules assez benêts pour lui prêter oreille complaisante ?

En dépit des admonestations qu'il s'adressait, du mépris avec lequel il voulait considérer cette rencontre, ces rencontres, son humeur était troublée au point que sa course sans but sur le dos de Fringant ne le dérida pas.

Il démonta afin de déjeuner dans une auberge de Berd'huis, la choisissant pour son enseigne amusante : le Goret Plumé. Mal lui en prit.

Lorsqu'il pénétra dans la gargote, il eut le tort de s'obstiner en dépit des trois ivrognes bien imbibés et des deux femmes à l'évidence de mauvaises manières et de petite vertu déjà attablés. L'une, le haut de son chainse délacé afin de découvrir des mamelles flasques, leva la tête à son entrée et lui destina un clin d'œil appuyé. Il prétendit ne pas comprendre la lourde invite et s'installa à la table la plus reculée du groupe braillard.

L'aubergiste sortit du boyau qui devait mener en cuisines en s'essuyant les mains sur la touaille malpropre qui lui ceignait les reins et faisait office de tablier. Il s'avança à pas traînants vers son nouveau client et demanda, peu engageant :

— Ouais ? C'est quoi qu'vous voulez ?

— Ce pourquoi on entre en général dans une taverne, rétorqua Hardouin, dont la patience s'effilochait. Boire et manger.

Le bonhomme puait la sueur et des relents de vieille graisse et de viande tournée se dégageaient de ses vêtements à chacun de ses mouvements.

— Ouais… j'vas voir…

Maître Goret, qui portait bien son nom, repartit en bougonnant.

Hardouin songea qu'il ferait mieux de quitter l'établissement avant de s'énerver tout à fait. Qu'importaient cette auberge et les vauriens et vauriennes qui s'y enivraient ? Pourtant, une sorte d'attente perverse le retenait céans. D'étrange et stupide façon, il avait envie de se venger de la vieille diseuse. Il avait envie de se sentir à nouveau maître de lui, au point qu'il dut admettre qu'elle l'avait bien plus ébranlé qu'il ne l'avait d'abord cru. Bizarrement, cette vieille quémandeuse avait endommagé le lien puissant qu'Hardouin cadet-Venelle se sentait avec le destin. La mendiante qui se prétendait devin semblait connaître son futur et son passé, alors qu'il s'était toujours appliqué à suivre une route tracée devant lui sans jamais s'interroger sur sa destination. Pis : en vérité, elle lui avait fait peur. Cadet-Venelle voulait retrouver son destin obscur et n'en surtout rien prévoir. Il attendit donc, sans rien provoquer, sans rien esquiver.

Il s'efforça de ne pas entendre les remarques de plus en plus agaçantes des ivrognes se gaussant de sa mise de « môssieur », les éclats de rire forcés des semi-puterelles qui se faisaient rincer le gosier et devaient, en contrepartie, flatter leurs « mécènes » en s'esclaffant à leurs graveleuses plaisanteries.

Un des hommes, dont le ventre conquérant passait par-dessus la ceinture de ses braies, aux cheveux collés de crasse, brailla :

— Ben moi, j'dis qu'ça sent la fille, c'genre d'appareil. C'est pas un vrai mâle qui porterait ses ch'veux si longs et une culotte si ajustée qu'on lui devine l'contour du cul ! Y en a des qu'aiment bien s'retourner afin d'jouer la donzelle !

Les commentaires sur son inclination pour la gent forte amusèrent Hardouin. En revanche, l'odeur écœurante qui s'élevait du tranchoir que déposa maître Goret devant lui lui gâcha tout à fait l'humeur.

— Qu'est-ce ? exigea-t-il en désignant la masse noirâtre et malodorante.

— Ben, du bourbier[1] d'sanglier, tiens ! lâcha l'autre d'un ton méprisant en haussant les épaules.

— Vieux du mois ?

— N'empêche que c'est un demi-denier avec la vinasse. Alors, tu l'manges ou pas, peu m'en chaut, d'autant

1. Ou « bourbelier ». Sorte de ragoût de sanglier au vin rouge, au vinaigre et verjus et aux épices.

qu'j'goûte pas trop les cherche-noise tels que toi, l'homme. L'argent, et plus vite qu'ça.

Maître Goret tendit la main, adoptant un air viril et menaçant sans doute parce qu'il comptait sur ses familiers enivrés si l'affaire se gâtait.

Le destin avait tranché et Hardouin lui en fut reconnaissant. Il se leva dans le soudain silence de la salle, seulement troublé par le gloussement idiot d'une des femmes, si avinée qu'elle n'avait pas compris que la situation virait à l'aigre.

Un soupir apaisé échappa au Maître de Haute Justice. Il souleva le tranchoir, prenant garde de ne pas se souiller les doigts avec la sauce répugnante et figée. D'un geste sec et précis, il l'aplatit sur le mufle du tavernier qui couina de surprise et d'indignation. Des lambeaux de viande noirâtre dégoulinèrent sur la tunique de l'homme. Hardouin commenta d'un ton guilleret :

— Bah, elle ne pouvait guère être plus sale !

Maître Goret s'essuya le visage, hurlant de fureur :

— Enc…

En un éclair, la dague d'Hardouin chatouilla sa pomme d'Adam.

— Pas de vilains mots envers moi, mon tout mignon. J'ai susceptibilité de pucelle et mes oreilles vont rougir d'encombre !

Le client qui avait émis des suppositions sur la préférence de sens d'Hardouin se rua sur lui, poing brandi. D'un mouvement élégant, l'exécuteur l'esquiva. Entraîné par la vigueur de son élan, sa masse, sans oublier les cruchons engloutis, l'homme poursuivit sur sa lancée avant de parvenir à se retourner pour repartir à l'assaut en rugissant.

Si peu : un éclair d'acier. Hardouin sauta à nouveau sur le côté. L'homme, emporté par la violence de sa charge, trébucha jusqu'à la table de ses compères. Une des femmes, celle au profond mais peu attirant décolleté, se dressa et ouvrit grande la bouche, les yeux écarquillés d'horreur. Elle glapit :

— Crénom d'Dieu ! Ta face, ta face, l'Jacquot.

Interloqué, ledit Jacquot porta la main à son visage et contempla la nappe carmine qui la maculait. Stupéfait, sa hargne éteinte, il se tourna d'un bloc vers cadet-Venelle en bredouillant :

— Ben… ben… mais quèque tu m'as fait ?

— Une large balafre. Ton visage manquait de virilité. C'est chose réparée. Tu devrais m'en savoir gré. Quelqu'un d'autre parmi vous souhaite-t-il que je l'arrange à ma manière ? proposa-t-il aux imbibés, soudain muets. En ce cas, au plaisir de ne vous jamais revoir, la compagnie ! jeta l'exécuteur en sortant dans un silence de sépulcre.

✠

Il retrouva Fringant, un peu ennuyé par son éclat, cet étalage de force. Au fond, qu'avait-il à faire de ces piliers de taverne et de leurs quolibets ! Rien. Cependant, il avait obéi au destin et s'en réjouissait.

Il décida de rentrer à Nogent-le-Rotrou afin d'y trouver une auberge digne de ce nom et de s'y restaurer à satisfaction.

IXXX

Nogent-le-Rotrou, octobre 1305

À quelques lieues de là, à Nogent, profitant de la cohue de fin de marché, une lourde silhouette rencognée sous le porche d'une belle maison, la capuche de son aumusse [1] rabattue bas sur le visage, étudiait la nuée de petits saute-rigoles qui s'était abattue sur les amas de détritus abandonnés par les marchands, espérant y découvrir de quoi survivre. Fille ou garçon ? Peu importait. Une victime, simplement.

La dernière était un garçon. Une fille, alors ? Celui ou celle qui se laisserait berner avec le plus d'aisance. Or, ventre affamé n'a point d'oreille ! Un moyen de « séduction » qui s'était révélé très efficace jusque-là. Que n'auraient fait ces polissons [2] pour se remplir un peu la panse, avec l'espoir de ramener en plus chez eux un morceau de pain ou un bout de fromage pour les autres.

1. Ou « almuche ». Sorte de courte pèlerine à capuche qui couvrait la tête et les épaules, souvent doublée de fourrure.

2. À l'origine, petit vagabond mal tenu et mal élevé. Le terme n'avait alors aucune connotation grivoise.

Plus tard. Ce soir peut-être.

La silhouette abandonna l'ombre protectrice, fit quelques pas et ôta son aumusse avant de répondre avec affabilité aux saluts de quelques passants.

XXX

Nogent-le-Rotrou, octobre 1305

Ne demeurait que l'étal du poissonnier qui bradait les poissons invendus, justifiant la foule compacte se pressant devant ses tréteaux, d'autant que le demain serait jour maigre. Modestes bourgeoises ou servantes de maisons s'agglutinaient afin d'obtenir pour les plus aisées un saumon de Bretagne, une lamproie de Normandie ou un brochet d'Angers [1], pour les plus dépourvues ou regardantes une anguille ou des harengs saurets de provenance plus incertaine.

Les pesteries de dames ne manquaient jamais, surtout devant les éventaires de poissonniers qui semblaient concentrer leur hargne et leur défiance. Toutes voulaient tâter les poissons, leur sentir la gueule, vérifier leurs yeux afin de ne point se faire gruger. Amusé par cette scène mille fois vue, l'exécuteur s'approcha de l'étal.

Le poissonnier trépignait en glapissant :

---

1. La provenance des aliments était importante au Moyen Âge, certaines villes s'étant déjà taillé une réputation d'excellence pour un mets ou un autre.

— Mais cessez... cessez de triturer[1] !

— Ben, si j'peux point palper et renifler, j'achète point.

— Alors passez votre chemin, la femme, et mangez vos raves et votre pain sec au demain !

— Qu'il est mal embouché, çui-là ! D'autant que quand qu'on n'a rin à cacher, ben, on proteste pas ! s'exclama une servante de belle maison. J'm'en vas chez l'vendeur de limaçons[2] dégorgés[3] !

Une jeune femme à la mine réservée patientait, mains jointes sur sa cotte sombre, attendant que le poissonnier s'occupe d'elle, ce qu'il ne manqua pas de faire, désireux de se débarrasser au plus vite de l'acrimonieuse amatrice de limaçons.

— Madame Madeleine, venez-vous chercher votre commande ?

— Oui-da. J'espère que vous nous avez réservé le meilleur.

— Toujours, pour maître Lafoi et son épouse, qui sont clients fidèles et agréables... point comme d'autres ! ajouta-t-il en balançant un regard venimeux à la servante aux limaçons qui s'incrustait en dépit de ses menaces de porter son bel argent ailleurs.

Le destin, encore et toujours, songea Hardouin. Madeleine Fromentin, la femme mentionnée par Alphonse Fortin, dont il se demandait comment il parviendrait à l'aborder afin de lui extirper des informations, lui était offerte par le destin.

---

1. Du latin *triturare* (à l'origine battre, dans le cas du blé), de la famille de « trier » et que l'on retrouve dans « détritus ».

2. Escargots. On les trouvait sur toutes les tables, riches ou modestes. L'Église n'ayant jamais décidé s'il s'agissait de viande, donc d'un aliment « gras », on pouvait les consommer tous les jours.

3. Cette étape de la préparation est toujours pratiquée. Il s'agit de se débarrasser au maximum de la bave de l'escargot.

Un léger sourire aux lèvres, elle vérifia la fraîcheur de la baudroie[1] emmaillotée dans son cocon d'herbes et la régla au marchand. Hardouin l'observait à quelques pas, prenant la mine détachée d'un badaud ou d'un mari attendant que sa femme ait claqué le bec d'un marchand et obtenu une ristourne. Âgée d'à peine trente ans, Madeleine Fromentin était assez jolie dans un genre effacé. Bien que modestes, ses vêtements soulignaient la finesse de sa silhouette et son bonnet de linon empesé laissait paraître quelques mèches bouclées d'un profond châtain qui mettait en valeur la transparence de sa peau de lait.

— À vous revoir bientôt, maître poissonnier.

— Souhaitez-vous que je vous réserve une belle prise pour le prochain maigre ?

— À l'habitude, et le merci à vous.

— J'aurai peut-être bien un beau saumon qui devrait ravir vos maîtres.

— Je vais donc prévenir notre cuisinière afin qu'elle l'accommode au plus goûteux.

✠

Elle s'écarta après un léger salut de tête. Hardouin se fit la réflexion que Garin Lafoi – qualifié d'avaricieux par ses anciens serviteurs – menait belle vie et grand train ! Fichtre, de la baudroie, du saumon, une très jolie nouvelle épouse, habillée telle une bourgeoise, un hôtel particulier que n'aurait pas dédaigné une famille de haut ! L'argent de feu madame ne devait pas y être étranger.

Il la suivit, attendant qu'elle s'écarte de la foule et remonte vers Bourg-le-Comte, puis la héla :

---

1. Lotte. À l'époque, les poissons de mer étaient une denrée rare et onéreuse à l'intérieur des terres.

— Dame Madeleine…

Elle se retourna, surprise. Son sourire courtois mourut lorsqu'elle comprit qu'elle ne connaissait pas le bel homme élégant qui se rapprochait d'elle à grandes enjambées. Son visage se ferma sans pour autant marquer l'hostilité. Sans se montrer effarouchée ni désagréable, une femme respectable restait sur son quant-à-soi vis-à-vis d'un homme inconnu.

— Dame Madeleine, votre pardon pour cette familiarité dont je vous assure qu'elle n'est pas de celles que redoute une femme de bien.

— Monsieur ?

— Hardouin Venelle, avec mon respect, déclara-t-il en s'inclinant.

— D'où vous connais-je ?

Elle s'exprimait avec tant d'aisance qu'il se demanda ce qui l'avait conduite au service de maison.

— Je n'ai jamais eu le bonheur de vous être présenté. En revanche, un certain Alphonse Fortin a prononcé votre nom.

Une lueur d'inquiétude passa dans le regard méfiant qui ne le lâchait pas.

— Alphonse ? Va-t-il bien ?

— Fort bien. Le temps me presse, aussi vais-je me montrer brutal en vous suppliant de m'accorder l'excuse. Il m'a avoué avoir été payé pour son témoignage concernant la fille Évangeline Caquet.

Affolée, elle vérifia que nul ne pouvait les entendre, chuchotant :

— Taisez-vous donc !

— Votre pardon, mais je ne le puis. Mon… employeur en la matière n'est autre que le sous-bailli Arnaud de Tisans.

Maintenant paniquée, elle bafouilla :

— De grâce, messire, brisons là…

— Non pas. Messire de Tisans exige de connaître la vérité. Selon Fortin, vous auriez dissimulé des informations de nature à incliner l'issue du procès.

— A-t-il affirmé cela ? Je ne puis le croire. Il a toujours été si bon avec moi.

— Pas en ces termes. Bon parce qu'il plumait les Lafoi en discrétion afin de contribuer à la subsistance de votre fils ?

Des larmes montèrent aux paupières de la femme qui baissa les yeux.

— Je vous en conjure, Madeleine. La vérité et, sur mon honneur, j'affirmerai ne point pouvoir révéler d'où je la détiens. Évangeline Caquet fut ensevelie vive après tourments. Vous le devez au repos de son âme. Ne me contraignez pas à indiquer votre nom au sous-bailli qui ne manquerait pas de vous faire sitôt quérir chez les Lafoi. Que d'ennuis pour vous !

Madeleine Fromentin serra entre ses bras la touaille qui protégeait la baudroie. Après un nouveau regard apeuré autour d'elle, elle secoua la tête en signe de dénégation, portant une main à son cou. D'une voix atone, elle confessa :

— Elle l'a tuée. Évangeline a tué Muriette Lafoi. Si messire Garin venait à apprendre que j'ai retenu mon témoignage, il me jetterait à la rue dans la seconde… Ayez pitié de mon fils, messire.

— Je ne vous souhaite nulle méchante aventure. Je cherche la vérité, tout simplement. Quoi vous permet d'être si affirmative ?

Une larme dévala le long de sa joue sans qu'elle semble s'en apercevoir. Elle expira et avoua :

— Parce que je l'ai vue.

— Qu'ouïs-je ? s'exclama l'exécuteur.

— Plus bas, messire, de grâce. Si l'on m'entendait… je… je…

Frôlant à nouveau son cou, elle expliqua :

— Alors que nous étions au lavoir, un frelon m'a piqué à la gorge. Annelette, l'une des autres servantes de corvée de linge, a exigé que je rentre sitôt afin d'appliquer un oignon coupé sur la piqûre, remède souverain selon elle. J'ai hésité, mais l'enflure devenait importante, des frissons me venaient et la tête me tournait. Et… Eh bien…

— Eh bien quoi ? insista avec douceur Hardouin, tant il sentait qu'elle revivait une scène d'effroi.

— Je suis passée par la porte extérieure de l'office, où l'on rangeait les victuailles et où je savais trouver un oignon. J'ai… elles criaient, s'insultaient. Maîtresse Lafoi menaçait Évangeline des gens d'armes du bailli, de la faire fouetter et jeter dans un cul-de-basse-fosse où elle serait affamée. Évangeline… enfin, elle… la nourriture la rendait folle de convoitise… Muriette Lafoi le savait et l'en privait souvent.

— Je sais, se souvint Hardouin. Elle la maltraitait, profitant de son idiotie.

— Oui. J'ai entendu l'écho de gifles et Évangeline qui pleurait, ne cessant de crier « non, non ! ». Muriette Lafoi braillait : « Voleuse, chienne, galeuse, pourriture ! Tu vas payer au décuple. » J'avais décidé de ressortir au plus preste, sans me faire remarquer. Maîtresse Lafoi pouvait avoir aigre bile.

✠

Son incompréhensible rêve. *Marie de Salvin le fixait, un rideau de flammes les séparant. Une médaille étincelait à son cou. Pourtant, on enlevait aux condamnées leurs bijoux.*

Le carnet de procès : *La femme Lafoi serrait dans sa paume une médaille de la Vierge, en argent.*

✠

— La médaille de la Vierge en argent ? Évangeline avait volé la médaille ? demanda cadet-Venelle.

— Elle ne l'avait pas vraiment dérobée, du moins dans son esprit désordonné, rectifia Madeleine en essuyant une autre larme.

— Comment pouvez-vous l'affirmer ?

— Parce qu'elle passait ses soirées dans sa soupente à l'embrasser et à la faire briller en lui parlant, des mots sans suite, des suppliques, des prières. J'ai tenté de la lui reprendre. J'aurais menti à Muriette Lafoi en prétendant avoir retrouvé son bijou sous un meuble. Évangeline fut prise d'une fureur terrible, au point que je crus qu'elle allait me frapper. Cette médaille était une sorte de sainte relique pour elle. Elle la couvait, certaine que la Très Bonne Vierge lui souriait à elle, en particulier.

— Qu'avez-vous fait après son éclat de colère ?

— Je l'ai calmée et j'ai tenté de lui expliquer, de lui répéter que si elle souhaitait la conserver, elle devait la bien cacher. Que si maîtresse Lafoi se rendait compte de son larcin, la punition serait terrible pour elle.

— Qu'a dit Évangeline ?

— « Voui-voui », à l'habitude. Elle n'a rien compris. Elle était contente. Je lui laissais son bien le plus précieux. Son unique bien.

Il fut bouleversé par le chagrin qu'il lisait sur le joli visage, par sa bouche qui frémissait, se crispait, retenant les sanglots qui montaient dans sa gorge, et s'en voulut presque de la devoir contraindre à l'aveu.

— Et ce jour-là ? Après l'altercation ?

— De grâce, messire… il me faut rentrer.

— Je ne le puis, je vous l'assure. Je dois apprendre toute la vérité, Madeleine.

— Je… je percevais la fureur dans la voix d'Évangeline. Et puis… Et puis Muriette Lafoi a commencé à hurler… de vrais hurlements de douleur, de terreur. J'étais paniquée, ne sachant que faire, figée. Et elle hurlait et hurlait… Tout d'un coup, j'ai foncé dans la cuisine… Maîtresse Lafoi gisait au sol, dans son sang. Elle ne bougeait plus. Évangeline se tenait à genoux à côté d'elle et abattait sa hachette, encore et encore. J'ai crié…

Des sanglots heurtaient maintenant ses mots et elle plaqua la main sur sa bouche, les yeux emplis d'effroi.

— Et… La simple a suspendu son geste. Elle m'a détaillée et m'a souri en bafouillant « Zentille Madeleine… m'a point pris l'médaille, elle… Zentilles carpes… pas mal. Crient point, elles. » Il y avait une dizaine de carpes décapitées sur la table de la cuisine. Évangeline a fondu en larmes en désignant la main de maîtresse Lafoi : « Vilaine… m'a pris ma médaille… Crève, mauvaise carpe ! » (Madeleine poussa un soupir d'infinie tristesse). Voilà tout, messire. Je le jure devant Dieu et sur la tête de mon fils adoré. Elle l'a tuée.

— Avec sauvagerie.

— Non… Ce genre de mots ne signifiait rien pour Évangeline. Elle l'a occise à la manière d'une carpe, s'étonnant qu'elle crie.

— Qu'avez-vous alors fait ?

— Je… je n'arrivais plus à penser sainement. J'ai ramassé la hachette. Je… je ne sais pas au juste ce que je voulais. J'ai craint qu'Évangeline ne continue à taillader maîtresse Lafoi avec et puis…

— Et vous avez songé que si les gens du bailli ne retrouvaient pas l'arme aux côtés de la simple, peut-être penseraient-ils qu'elle n'était pas la meurtrière ?

Madeleine Fromentin hocha la tête en signe d'acquiescement.

— J'ai jeté la hachette dans le bosquet de sauge. Puis, j'ai rejoint les autres au lavoir, prétendant que la piqûre ne m'élançait plus, que je m'étais un peu reposée à l'ombre, jugeant inutile de rentrer. Je savais qu'Évangeline oublierait mon apparition.

— Mais… pourquoi n'avoir pas témoigné, au risque que Garcin Lafoi soit soupçonné, ce qui fut le cas ? argumenta Hardouin.

— Oh… je ne l'aurais jamais laissé accuser. Je me serais alors résolue à parler, sur ma foi. Mais… il ne me semblait pas chrétien d'accabler davantage une simple. A-t-elle seulement compris le crime terrible qu'elle venait de commettre ? Je… voulais… alléger le tourment dispensé par son bourreau, termina-t-elle sans se douter un instant qu'elle s'adressait à lui.

— Le dénouement vous a donné raison, admit-il. Adieu, Madeleine. Je sais ce qui m'importait.

Il la salua mais elle le retint par la manche de sa jaque [1].

— Messire… mentionnerez-vous… mon nom ?

— Non, rassurez-vous. Il me suffira d'affirmer sur l'honneur que je sais la fille Caquet coupable du vil meurtre de sa maîtresse. Arnaud de Tisans ne cherchait qu'un soulagement de conscience. Je le lui offre.

✠

Il se trompait mais ne l'apprendrait que plus tard.

---

1. Sorte de veste longue arrivant aux cuisses.

XXXI

Citadelle du Louvre, Paris, octobre 1305,
plus tard ce même jour

Émile Chappe avait rongé son frein durant toute la journée, pestant intérieurement. Ah ça, le gros Charles à mol menton n'allait-il pas bientôt rejoindre ses appartements afin d'y « réfléchir en tranquillité aux affaires pressantes du royaume », ainsi qu'il l'annonçait toujours en bâillant bouche large ouverte ? Le jeune secrétaire aurait maintenant juré que Mgr de Valois s'affalait sur son lit pour y ronfler jusqu'au souper.

Il l'épiait furtivement de son petit bureau encombré ouvrant sur la vaste salle d'études, de sorte qu'il puisse se précipiter au moindre ordre du frère du roi. Ordre peu fréquent, puisque Charles ne rêvait que couronnes et conquêtes, voire remboursement de ses dettes abyssales, mais certainement pas administration de ses domaines. Tout à son acrimonie de déception, Chappe ne pouvait entrevoir la vérité : Philippe le Bel n'avait nul besoin d'un frère ministre ou conseiller. En revanche, l'indéfectible soutien de celui-ci et sans doute sa réelle tendresse pour lui le satisfaisaient pleinement, expliquant que le souverain cédât souvent aux exigences de son cadet.

Enfin, Charles de Valois se retira sans un regard ni un mot pour son jeune secrétaire. Émile boucha sa corne à encre et rangea avec soin les feuilles de papier en deux tas distincts : chutes peu élégantes et réservées aux messages à des serviteurs ou vassaux, pleines pages destinées aux courriers d'importance. En réalité, messire de Valois ne lui imposait aucune économie, ne se doutant même pas du prix prohibitif du papier, puisqu'il le faisait payer par les deniers royaux. Cependant, cette acrobatie permettait à Émile de revendre chaque semaine quelques feuillets en discrétion. Il arrondissait ainsi ses maigres émoluments. Alors que ses menus larcins ne lui avaient jusqu'alors jamais troublé l'humeur, ils s'ajoutaient aujourd'hui à ses griefs envers le frère du roi. Parce qu'il avait été injustement rabaissé, méprisé, ignoré, il était devenu malhonnête, voilà tout ! Émile Chappe rejoignait par ce raisonnement tous les félons qui s'efforcent de garder belles estime et conscience d'eux à faible coût. Il convient alors d'accuser l'autre des pires maux afin d'excuser ses propres vilenies.

Il traversa la grande salle et s'immobilisa devant la table de travail de Mgr de Valois, poings sur les hanches, se laissant griser par ce qu'il pressentait de sa future vie. Nul doute que messire de Nogaret trouverait un acceptable prétexte pour requérir son service, sans risquer que le frère du roi ne s'en offusque. Guillaume de Nogaret était réputé pour sa vive intelligence et son sens aigu de la négociation, se rassura Émile Chappe qui attribuait maintenant toutes les vertus du monde au conseiller.

Il considéra le rouleau de la missive d'Adelin d'Estrevers, sur le bureau bien net du frère du roi, du moins peu encombré de papiers ou de registres. Il hésita, conscient des funestes conséquences qu'aurait son geste s'il était découvert, mais l'ambition l'emporta. Il fit disparaître la lettre dans sa tunique. Bah, ce balourd de Charles ne s'en souviendrait même pas !

✣

Honoré par la rapidité avec laquelle messire de Nogaret le fit pénétrer dans sa salle d'études, Émile Chappe tentait de contenir l'expression de sa satisfaction en gardant mine sérieuse, pour ne pas dire austère. Il salua bas le conseiller installé derrière sa table de travail, une plume d'oie à la main.

— Mon bon Émile, assoyez-vous, assoyez-vous.

Tudieu, quelle marque d'intérêt ! songea le petit secrétaire rayonnant : « Mon bon Émile », car lui se souvenait de son prénom, et une invitation à davantage d'aise ! Fichtre, il avait fait choix judicieux.

— Que m'amenez-vous ? Nous sommes en cordialité et en confidence, le rassura le conseiller qui n'aurait pas hésité à le faire jeter dans un cul-de-basse-fosse, le cas échéant.

— Eh bien, messire… des informations qui me semblent de nature à vous fort intéresser, bien que je n'y entende pas grand-chose. Toutefois, votre immense connaissance des grands et des affaires politiques n'a rien de comparable avec mon insignifiance.

Un maigre sourire salua sa flagornerie.

— Mon bon Chappe… Lorsque j'aurai le plaisir de vous compter parmi ma petite troupe… d'acolytes, vous comprendrez vite que je ne ressemble guère à Monseigneur de Valois, pour qui j'ai le plus vif respect. Chacun ses petits travers… Le mien consiste à me méfier sitôt des flatteurs. À ma décharge, ils sont légion céans.

Émile Chappe déglutit, comprenant qu'il venait de commettre une erreur.

— Autre travers : je ne suis guère libéral de mon temps, lequel a la fâcheuse caractéristique de courir plus vite que moi.

— Votre pardon, messire. C'est que… les travers de Monseigneur de Valois… ou plutôt ses aimables habitudes, sont opposés des vôtres.

— En effet… du moins, aux rumeurs qui se colportent, répondit Nogaret d'un ton amusé qui rassura Chappe. Bah, Dieu dans Son infinie sagesse nous a créés divers. Eh bien, que m'amenez-vous donc ?

Émile n'hésita qu'un instant et tira de sa tunique la missive qu'il venait de subtiliser. Messire de Nogaret en prit connaissance, les sourcils froncés de concentration. Le déplaisant regard qui évoquait celui d'un oiseau de proie se posa sur le jeune homme, puis :

— Je n'y comprends goutte.

— Eh bien, messire… l'histoire semble embrouillée… des meurtres d'enfants misérables en Nogent-le-Rotrou, ainsi que je vous l'avais confié… De ce qui m'est parvenu lors de l'échange entre messire Adelin d'Estrevers et le frère du roi, j'ai eu le sentiment que ce dernier s'y intéressait fort.

Chappe relata ensuite le contenu de la discussion entre les deux hommes, omettant de préciser qu'il était caché derrière le dorsal, mais bien certain que le conseiller comprendrait qu'il s'était livré à une indiscrétion, peu élégante mais profitable. Guillaume de Nogaret lui fit répéter certains points, et il s'efforça à la concision mais à la précision.

Un silence suivit. Lèvres pincées, examinant avec le plus grand soin la plume qu'il tenait toujours entre ses doigts, messire de Nogaret réfléchissait.

— Fichtre ! De fait, quel embrouillement. Que signifie tout ceci ? Un désir, légitime, de Monseigneur de Valois de voler au secours du bon Jean II de Bretagne, grand-père de son gendre ? Cependant, en ce cas, pourquoi ne pas le prévenir directement et pousser à la correspondance cette remarquable mère abbesse, Mme Constance de Gausbert ?

Émile Chappe s'était lui aussi longuement interrogé sur les véritables motivations de Charles de Valois. Il ouvrit la bouche, mais se ravisa. Messire de Nogaret l'encouragea d'un :

— Allons, mon bon Chappe… mes gentils compagnons de besogne le savent : je ne suis pas seulement friand de belles mains pour mes écritures, mais aussi, peut-être surtout, d'esprits vifs et fidèles, aptes à aider le mien sans me réserver de mauvais tours… que je ne pardonne jamais. Sachez que… nous discutons en cordialité, échangeant des suppositions, des hypothèses, bref du vent… rien d'affirmé.

La satisfaction que ressentait Émile ne fit que croître. Dieu du ciel, le conseiller le plus écouté du roi le consultait, lui demandant de lui prêter son esprit. Quelle réjouissance !

— Eh bien… Et si… j'use de votre permission à oser conjectures… Eh bien… quelques phrases de l'échange entre Monseigneur de Valois et son bailli d'épée me troublent l'entendement. Ainsi, le frère du roi insista sur le fait que l'identité du réel assassin d'enfants importait peu.

— Ce à quoi, d'après votre précise narration, messire d'Estrevers répondit : « Il nous faut pourtant la découvrir afin que cessent les meurtres lorsque nous aurons obtenu ce que vous souhaitez. »

— Avant que Monseigneur de Valois ne conclue d'un : « Et d'occire le meurtrier aussitôt pour qu'il ne récidive jamais, jetant un doute sur… l'authenticité du coupable qui nous sied ! », souligna Chappe.

— Fichtre, fichtre ! Qu'en faites-vous, mon bon Émile ?

Le jeune homme se jeta à l'eau, certain que messire de Nogaret était parvenu lui aussi à une hypothèse fort déroutante :

— Je suppute, ainsi que vous m'y avez autorisé et cela, bien sûr, sans aucune certitude... Et si Monseigneur de Valois voulait mettre Monseigneur Jean II de Bretagne en difficulté dans son fief de Nogent-le-Rotrou ? Quoi de plus efficace en ce cas qu'une montreuse affaire de meurtres d'enfants que son bailli est incapable d'élucider et qu'il pourrait monter en épingle pour souligner l'incurie qui règne dans cette bonne ville ?

— Hum... Et donc provoquer l'agacement du roi son frère et récupérer, par la force éventuellement, cette seigneurie ? Raisonnement intéressant. Toutefois, Isabelle, fille de Charles de Valois, étant l'épouse du petit-fils de Jean II, pourquoi ne pas simplement attendre le décès de celui-ci ? argumenta Nogaret.

— Qui peut tarder à survenir. D'autant que Jean, fils d'Arthur, n'est que le petit-fils de Jean II. La succession par alliance peut donc tarder à revenir chez les Valois. Et puis, qui dit que l'hoir qui sera issu de ce mariage, Madame Isabelle étant encore très jeune, se montrera accommandant avec son grand-père Charles, si toutefois son père devient à son tour duc de Bretagne[1] ?

Le conseiller posa enfin la plume qu'il n'avait cessé de contempler et de faire tourner entre ses doigts avant d'admettre :

— De juste ! Il me faut réfléchir.

Émile Chappe sentit le congé et se leva en s'inclinant. Nogaret le retint d'un petit geste nerveux.

— Répétez-moi ce qu'a dit M. d'Estrevers au sujet de ce bourreau de Mortagne.

— Messire le grand bailli d'épée du Perche a précisé qu'il s'agissait d'une recrue de choix, qui ne réclamait pas salaire pour sa besogne. J'ignore en quoi elle consiste au

1. Ce fut le cas en 1312, sous le nom de Jean III de Bretagne.

juste. L'exécuteur des hautes œuvres de Mortagne épaulerait le sous-bailli Tisans, contre autorisation de consulter des carnets de procès. Messire de Tisans se serait répandu en éloges à son sujet.

Le menton posé sur ses mains jointes en prière, Guillaume de Nogaret l'écoutait avec une intense attention et Émile en fut flatté.

— Hum… qu'en faire, qu'en faire ? Émile, je crois que nous allons fort bien nous entendre. Êtes-vous d'une extrême utilité au frère du roi ?

Le cœur du jeune homme s'emballa d'allégresse :

— Non pas, messire… Monseigneur de Valois dispose de quatre secrétaires… bien peu occupés.

— L'extraordinaire capacité d'organisation de Charles de Valois explique, à l'évidence, la modestie de votre occupation à tous quatre.

Chappe perçut l'ironie et se contenta de hocher la tête.

— Je pourrais donc, sans le gêner, suggérer au roi que mon service à lui requiert une main supplémentaire. Judicieuse économie que de se pourvoir dans un vivier déjà existant. À vous revoir, mon bon Émile. Sous peu.

XXXII

Environs de Mortagne, octobre 1305

Escorté du chien Aeneas qui tirait une langue d'un pied mais semblait ravi de cette nouvelle aventure, cadet-Venelle parvint devant la haute porte de l'écurie de sa demeure au soir échu. Il se sentait fourbu, et pourtant sa course sur Fringant ne l'avait guère fatigué, pas plus que ses rencontres et son séjour à Nogent-le-Rotrou. L'immense lassitude qu'il ressentait n'était-elle pas la conséquence d'une très vive déception ? Car il avait cru en l'innocence d'Évangeline Caquet. Les sincères confidences de Madeleine Fromentin l'avaient heurté de plein fouet, blessé même. Il tenta de se raisonner : ne valait-il pas mieux qu'une meurtrière ait justement péri sous sa main plutôt qu'une simple innocente ? Que regrettait-il au fond ? Se montrait-il puéril et égoïste en déplorant de ne pas avoir rétabli la justice, une autre justice, la sienne ? Sottise, puisque justice avait été rendue.

Un gamin d'écurie se précipita vers Fringant et lui flatta la bouche en demandant :

— Bon voyage, mon maître ?

— Fort bon. Bouchonne-le bien et offre-lui de l'avoine, il le mérite, d'autant que les soins qu'il a reçus en Nogent n'étaient guère aussi experts et attentifs que les tiens. S'adressant à l'étalon, il poursuivit : Allez, mon tout beau. Merci pour ta vaillance.

— C'est quoi, ce corniaud ? demanda le garçon en caressant Aeneas.

— Ne prononce pas le terme de « corniaud », tu vas gravement l'offenser. Il se prend pour un berger de sang entier, maintenant, plaisanta l'exécuteur.

✠

Bernadine se rua vers lui, le visage illuminé de plaisir à le revoir, ne jetant qu'un regard rapide au chien qui reniflait le bas de sa robe en remuant le fouet. Elle se ressaisit bien vite et adopta une mine sévère et un peu hautaine, plissa les lèvres en affirmant :

— Bien p'tite mine, mon maître, et l'air fort las ! Quant à vot'peau, la v'là presque grisâtre… mauvaise nourriture !

— Maîtresse Hase s'est donné du mal mais nulle ne peut rivaliser avec toi, ma bonne.

Satisfaite par le compliment qu'elle attendait, Bernadine retrouva sa jovialité :

— Et c'est quoi c't'horreur à poils ?

— Mon chien, Aeneas.

— Doux Jésus, vous manquait qu'un sac à puces, pouffa-t-elle. J'suppose qu'il faut l'nourrir ?

— Certes, et il a bonne panse ! Il convient également de lui trouver un coin abrité dans une dépendance.

— Ah là, là… encore un sauvetage, j'en jurerais, feignit-elle de protester. Enfin, il a l'air moins obtus qu'l'aut' et il rendra sans doute plus d'services qu'elle ! Sauf que j'lui ferai moins confiance avec la cochonnaille !

Sachant qu'elle faisait allusion à Sidonie, la simple peut-être pas simple qu'il avait recueillie, il ne releva pas.

Bernadine le précéda dans la cuisine où, justement, la jeune fille, l'air buté, vidait un brochet. Elle leva à peine le regard vers lui et se contenta d'un « not'maît » qui tira un soupir excédé à Bernadine. Étrangement, Aeneas se précipita vers la fille lourde et pourtant maigre, lui faisant la fête comme s'il retrouvait une amie de longue date. Elle se pencha pour le caresser et l'animal poussa un petit gémissement de bonheur, à l'étonnement d'Hardouin.

— Avez-vous mené à bien l'affaire qui vous t'nait en Nogent, mon maître ? s'enquit Bernadine, inconsciente de la scène et avançant sur des œufs de crainte de commettre une indiscrétion.

Toutefois, elle avait compris à la visite d'Arnaud de Tisans et aux heures passées par Hardouin dans la lecture de carnets de procès que le soudain déplacement de l'exécuteur à Nogent était motivé par une affaire de justice.

— Si fait, répondit-il en acceptant le verre de vin qu'elle lui avait servi.

Bernadine se tourna vivement vers Sidonie et la tança :

— Mais tu crois donc dépiauter une anguille, ma fille ? T'avise pas d'me l'transformer en bouillie. Un brochet, et d'Angers ! Manières de gueuse !

L'intéressée ne daigna même pas répondre d'un signe de tête. Hardouin hésitait, le regard rivé sur elle. Pourquoi avait-elle répété que ce que contenaient les carnets du procès Caquet était important sans en rien connaître ? Se pouvait-il qu'elle ait rencontré Évangeline, parce qu'elle aussi était un peu demeurée, au dire de Bernadine ? Il devait comprendre. Aussi tenta-t-il de provoquer une réaction en lançant :

— Messire de Tisans souhaitait vérifier la culpabilité d'une simple, exécutée il y a cinq ans pour le meurtre innommable de sa maîtresse.

— Dieu du ciel, quelle horreur ! commenta Bernadine.

— Terme approprié.

— Et l'était-elle ? Coupable ?

— À ma stupéfaction : sans aucun doute.

Sidonie resta impavide, semblant indifférente comme elle bagarrait avec son poisson, au point qu'on aurait pu croire qu'elle n'avait rien ouï. N'y tenant plus, il lui lança :

— Pourquoi as-tu asséné que c'était important, ces carnets, la transcription du procès de la simple, avant même que je ne les lise ?

Elle posa sur lui un regard vide et déclara d'une voix nasillarde mais ferme :

— Ass... assné ?

— Asséné. Cela signifie « dire avec force, avec brutalité ».

— Ah ? J'chais point. Mais c't'important. C'toujours important !

— Doux Jésus, elle m'chauffe les sangs ! fulmina Bernadine entre ses dents. Dès qu'elle ouvre son clapet, il en sort une ânerie sans queue ni tête !

Un peu agacé lui aussi, Hardouin se leva et précisa :

— J'irais nuiter sitôt après le souper. De fait, je suis bien las. Abreuve et nourris Aeneas, veux-tu ? Sa course fut longue.

— J'vas l'faire, le coupa Sidonie. J'aime bien l'corniaud. J'vas m'occuper d'lui trouver un bon coin pour dormir. Allez viens, l'cabot !

Aeneas quêta d'un regard la permission de son maître qui murmura :

— File.

La souillon de cuisine sortit de la cuisine, escortée du chien.

— Ben ça ! C'est ben la première fois qu'elle manifeste l'envie d'se bouger pour quèque, commenta Bernadine.

XXXIII

Environs de Mortagne, octobre 1305

Hardouin cadet-Venelle avait dormi d'un sommeil profond et sans rêve, du moins n'en conservait-il aucun souvenir au réveil.

Il procéda à ses ablutions, puis se vêtit sans hâte avant de descendre en cuisines, où l'attendaient Bernadine et une table qui aurait pu rassasier trois hommes affamés.

— Sitôt engouffrée la montagne de victuailles que tu as prévue afin de m'engraisser telle une oie de Noël, je partirai pour Mortagne. Aie l'amabilité de prévenir le garçon d'écurie, je te prie. Qu'il selle Fringant. Aeneas demeure céans. Un bourreau et un corniaud seraient excessifs pour notre sous-bailli, ironisa-t-il. Je m'en voudrais de lui troubler la digestion !

Bernadine pouffa et quitta la pièce, non sans lui avoir servi un gobelet de cidre tiède.

✣

Après avoir confié son cheval au valet qui tenait l'un de ses louages de chevaux à l'entrée de la ville, Hardouin retrouva avec plaisir Mortagne, son animation et son évidente opulence. Étrangement, il lui sembla qu'il était attendu en l'hôtel qu'occupaient le sous-bailli et ses services, alors qu'il n'avait pas prévenu de sa visite ni même de son retour. Il fut en effet très vite introduit dans le bureau de Messire Arnaud de Tisans, qui leva le nez d'un imposant registre noir et le salua avec une cordialité inhabituelle en précisant :

— Beaucoup d'ouvrage pour vous entre ces lignes. Il s'agit des nouvelles accusations inquisitoriales. Nos bons amis de la maison de l'Inquisition d'Alençon redoublent de zèle.

La repartie sortit avant qu'Hardouin ne parvienne à la retenir :

— Des plaies d'argent [1], peut-être ?

Arnaud de Tisans le considéra avant de rétorquer d'un ton plat :

— Messire exécuteur, il est des railleries qui peuvent coûter fort cher. Mais sans doute ai-je mal saisi votre propos.

Hardouin comprit la mise en garde. Au fond, que savait-il vraiment du sous-bailli ? Certains avaient été dénoncés à l'Inquisition pour moins que cela. Il changea de sujet :

— Vous allez être déçu.

— Diantre, je déteste les déceptions !

— Apprendre à les tolérer n'est-il pas la définition de la vie ?

— Vous voilà bien philosophe, cadet-Venelle ! grinça le sous-bailli. Allons, servez-moi cette aigre nouvelle !

Hardouin relata son séjour à Nogent-le-Rotrou, les anciens témoins qu'il avait interrogés, passant sous silence

1. Les biens des accusés par l'Inquisition étaient saisis et les Inquisiteurs se rémunéraient le plus souvent dessus, expliquant le peu d'enthousiasme de certains à reconnaître l'innocence d'un inculpé.

la « vigueur » de certains de ses interrogatoires et omettant, à sa parole, de mentionner Madeleine Fromentin, tant il était certain que le bailli avait oublié le déplacement de la hachette. Il conclut :

— Or donc, Évangeline Caquet a tué d'horrible façon la femme Muriette Lafoi. Le veuf, bien que peu éploré, n'y est pour rien.

Contrairement à ce qu'il supputait, le sous-bailli eut l'air fort peu marri de cette découverte, qu'il accueillit d'un sourire et d'un :

— Eh bien... Finalement, vous m'en voyez aise. Certes, je m'étais bercé d'illusions au sujet de cette monstresse, sans doute par compassion pour son abrutissement. Mais je suis soulagé, en vérité. Vous m'ôtez de l'âme un poids, tant je redoutais d'avoir condamné une innocente par stupide et inacceptable précipitation.

Étrangement, Hardouin perçut une totale indifférence derrière la déclaration de messire de Tisans.

✠

Un court silence s'établit. Le sous-bailli referma le registre et le posa sur sa table, rectifiant avec soin son alignement. À la tension qu'il cherchait à dissimuler, Hardouin fut certain qu'il pesait ses mots et allait en venir à ce qui le préoccupait vraiment.

Une idée assez saugrenue traversa l'esprit de l'exécuteur. Une idée qui n'avait pourtant rien de déraisonnable, mais qui survenait mal à propos. Arnaud de Tisans poursuivait des visées précises et cruciales à ses yeux, Hardouin en aurait juré. Quant à lui, il se laissait mener vers une destination inconnue, dont il ne savait rien, ne souhaitait rien connaître. Qui des deux parviendrait le plus vite à son but ?

Prends garde ! On te mène, mon tout beau ! Mon tout beau couvert de sang.

— En effet, cette conclusion de l'affaire Caquet me soulage, répéta le sous-bailli. Cadet-Venelle… Et les ignobles et intolérables meurtres de petits miséreux… avez-vous progressé ?

— Non pas. Un autre enfant fut découvert durant mon séjour à Nogent. Je l'ai examiné, en compagnie d'Antoine Méchaud, le mire de talent que vous aviez mentionné.

— Et ?

— Une boucherie. Méchaud avait suggéré le nom d'un éventuel suspect. Mon… entrevue avec lui ne confirme pas les soupçons du mire.

Le visage émacié du sous-bailli se crispa de déception. Il se contraignit pourtant à un sourire courtois.

— Messire Guy de Trais doit en avoir les sangs retournés.

— Je ne sais, seigneur bailli, ne l'ayant point rencontré.

— Comptez-vous… vous intéresser plus avant à cette épouvantable histoire ? s'enquit Arnaud de Tisans d'un ton trop léger pour être vraisemblable.

— Eh bien, je dois m'occuper de mes affaires, mes louages, mes étaux de boucher et autres que j'ai dédaignés depuis trop longtemps… En plus de la besogne habituelle que vous me signalez, biaisa Hardouin en désignant d'un geste le registre noir.

— Oh, cela peut attendre… les procédures inquisitoriales, veux-je dire. Les inculpés ne seront pas fâchés de votre retard à leur infliger la Question.

Hardouin jugea la boutade déplacée mais se tint coi. Arnaud de Tisans se leva, sembla sur le point de poser une question puis se ravisa. Il se dirigea vers la cheminée et tira un des deux cordons de passementerie qui pendaient au coin et servaient à actionner des clochettes.

Quelques secondes s'écoulèrent dans le silence, puis quelqu'un cogna à la porte de la salle d'études :

— Au service !

Un vieil homme, frêle comme un moineau et courbé de maladie de vieillerie, pénétra, s'inclinant encore plus, réprimant à grand-peine une grimace de douleur. Sans même le regarder, Tisans ordonna avec un petit geste agacé :

— Monte-nous deux gobelets d'infusion bien chaude et un plat de ce que tu trouves. Un en-cas de bouche serait bienvenu.

— Bien, messire. À l'instant, messire.

Alors que le vieux serviteur se retirait, Hardouin songea qu'il découvrait une nouvelle facette du sous-bailli. Une facette peu plaisante. Il ne doutait pas que messire de Tisans fût homme d'honneur, mais d'un honneur principalement réservé à sa caste. Il s'était un peu leurré, se convainquant que le sous-bailli s'intéressait à une pauvre simple et lui voulait rendre justice. À l'évidence, il n'avait jamais eu cure d'Évangeline Caquet, coupable ou innocente. Sa seule préoccupation se résumait à Guy de Trais, un représentant de sa caste. Pour quelles raisons au juste ? Lui prêter main-forte dans l'espoir d'un retour de reconnaissance, ainsi qu'il l'avait suggéré ? Hardouin y croyait de moins en moins.

Tisans avait recommencé à évoquer en termes douloureux les meurtres des enfants de Nogent-le-Rotrou. Cadet-Venelle l'écoutait à peine, se contentant de hocher la tête, préférant déchiffrer ses mimiques, son regard dont la fixité, la froideur noisette contredisaient ses mots de compassion et d'indignation. Une sorte de rancœur mêlée de dégoût envahit l'exécuteur. Il ouvrit la bouche afin de lui annoncer qu'il renonçait à poursuivre l'enquête. L'entrée du serviteur qui portait un plateau avec un luxe de précautions l'interrompit. Après un autre salut pénible, le vieil homme le déposa sans un mot sur le bureau du sous-bailli qui ne daigna pas le remercier.

D'un geste de main, Arnaud de Tisans invita Hardouin cadet-Venelle à se servir. L'exécuteur perçut tout le mépris du monde dans ce petit geste en éventail, alors que son interlocuteur avait sans doute souhaité lui montrer son appréciation par cet en-cas.

—… J'ai donc fait rédiger une lettre afin de l'en avertir. Nul doute que cette nouvelle lui allégera le cœur, étant de belle noblesse, termina le sous-bailli en attaquant une croûte dorée.

Cadet-Venelle reprit pied dans l'instant présent. Sa vie en eût-elle dépendu qu'il aurait été incapable de préciser ce qui avait précédé cette fin de phrase. Aucune importance. Il se contenta d'un peu compromettant :

— En effet.

— La moindre des courtoisies. Pour en revenir à Nogent, Maître de Haute Justice…

Un nouveau cognement contre la porte l'interrompit et il jeta, excédé :

— Quoi, encore ?

Un timide secrétaire pénétra, le rouge aux joues, clignant des paupières d'embarras devant l'invite peu aimable du sous-bailli.

— Euh… messire… le messager est de retour de Nogent-le-Rotrou. La famille d'alliance de Mme Marie de Salvin vous remercie grandement de lui avoir apporté un tel apaisement.

Un véritable sourire détendit les traits du sous-bailli qui congédia le très jeune homme.

Hardouin se sentait glisser vers un lac d'eau noire mais tiède, accueillante. Nogent, Marie. Une caresse, un souffle, le destin venait de parler, et Hardouin lutta contre les larmes qui lui montaient aux yeux.

— Alors, Maître de Haute Justice ? insista le sous-bailli, inconscient de la délicieuse tempête qui régnait dans l'esprit de son bourreau.

— Accordez-moi deux jours afin que j'ordonne mes affaires négligées.

— Bien volontiers. À vous revoir sous peu, mon ami.

Ami, tu n'es pas. Ami, tu ne seras jamais, pensa Hardouin en se levant.

XXXIV

Alentours de Nogent-le-Rotrou, octobre 1305

La veille, la baronne mère Béatrice de Vigonrin avait accueilli son fils d'alliance, Eustache de Malegneux, avec effusion. Elle n'avait pourtant jamais éprouvé beaucoup d'amitié ni d'estime pour celui qu'elle nommait en son for intérieur le « mol limaçon ». De fait, M. de Malegneux portait son grand corps flasque comme s'il avait été dépourvu de colonne vertébrale. Mais sa magnifique fortune rachetait son physique peu attrayant, sa bougonnerie permanente et ses déplorables manières de table, sans oublier une noblesse qui devait bien plus à l'argent et à l'entregent de ses aïeux qu'à leur valeur guerrière ou à leur vieux sang. Aussi les Vigonrin l'avaient-ils reçu à bras ouverts comme fils d'alliance. Quant à Agnès, par pudeur et par prudence, Béatrice ne l'avait jamais interrogée sur ses véritables sentiments à l'égard de son époux. De petits soupirs réprimés, de furtifs regards excédés, la baronne mère avait conclu que sa fille aimée avait préféré la raison et le devoir à la passion, à l'instar de beaucoup de femmes de son rang.

Quoi qu'il en fût, Eustache était le dernier homme adulte de la famille et son arrivée à la nuit échue avait soulagé sa mère d'alliance. Bien sûr, Eustache avait dormi telle une brute jusqu'à la midi puis bâfré, puis redormi. Béatrice avait piaffé d'impatience tout le jour, attendant le moment propice afin de s'entretenir avec son gendre.

✠

Au soir, réunis autour du souper, alors qu'Eustache ne tarissait pas de détails, d'anecdotes et d'insipides narrations sur son voyage et ses affaires à Paris, les femmes nées Vigonrin échangèrent moult regards pesants. Inconsciente de cette connivence dont elle était exclue, Mahaut souriait, encore sous la grâce de la convalescence du petit Guillaume. Après l'issue – des épices de chambre accompagnées d'un verre d'hypocras – Mme Béatrice se leva, donnant le signal de la retraite vers le repos. Alors que son gendre prenait congé d'elle en s'inclinant, elle parut se souvenir de quelque chose et s'exclama :

— Oh, mon cher fils ! Je crains d'ajouter à votre fatigue, mais souhaitais vivement vous faire lire une missive de l'un de mes fermiers. Je pense qu'il me prend pour une bécasse et me veut gruger. Fichtre, je l'ai oubliée sur la petite table de mon antichambre. De grâce, suivez-moi, je promets de ne vous point retenir longtemps.

Ils disparurent, laissant Agnès seule avec Mahaut. Tout à son bonheur de savoir son fils sauvé, cette dernière ne sentit pas la froideur de sa belle-sœur. Mahaut lui conta pour la centième fois sa certitude que la très Sainte Vierge avait intercédé auprès du Père afin qu'Il ne rappelle pas le garçonnet sitôt à Lui. Elle ne s'étonna même pas lorsque Agnès, après un sourire forcé, déclara :

— Cela ne fait aucun doute. Nous avons tous tant prié. Le pardon, ma sœur, je suis si lasse que la tête me tourne.

— Bien sûr, gente mie. Quelle égoïste je fais. Mais je suis si heureuse !

— Et je vous comprends. Je vous souhaite belle nuit, conclut Agnès en s'écartant, avant le baiser de sa sœur d'alliance qui ne parut pas s'étonner de cette hâte.

✣

Bouche bée, planté au centre de la petite antichambre, la main posée bien à plat sur le guéridon en bois de rose au point qu'on aurait pu croire qu'il redoutait de tomber en pâmoison, Eustache de Malegneux dévisageait sa belle-mère, qui venait de lui faire part des soupçons qu'Agnès et elle avaient conçus. Peu agile d'esprit dès qu'un sujet débordait des sous, des petits-royaux ou des deniers, M. de Malegneux bredouilla :

— Enfin qu'ouïs-je, ma chère mère. Enfin… vous ne supputez pas… Enfin…

Mme de Vigonrin jugula la colère qui montait en elle. Ah oui, en effet, un mol limaçon ! François son défunt époux, ou François son aîné n'auraient pas traîné en besogne, eux ! Elle s'efforça au calme et à l'affabilité :

— Mon fils… en effet, je, nous redoutons que la main d'un monstrueux enherbeur soit derrière les malmorts[1] qui affligent notre famille depuis des années.

Faisant à nouveau preuve de sa lenteur d'esprit, Eustache plissa les paupières d'un air de conspirateur en risquant :

— Un serviteur mécontent, avide de revanche ?

— Non pas. Un familier, très proche, à qui profiterait le crime car, ainsi que je vous l'ai dit, et en dépit de l'effroi

1. Mort funeste et affreuse.

et du chagrin que nous en aurions conçus, Guillaume aurait dû, en saine raison, trépasser.

— Euh… un miracle ?

La baronne mère retint de justesse le « pauvre insensé » qui lui venait aux lèvres et rectifia d'un ton acide :

— Non, une dose plus légère de poison. Je suis maintenant vieillarde et prête à rejoindre mes chers et tendres. Mais songez à votre fils Étienne, à votre épouse, ma fille.

Un éclair de compréhension alluma le regard d'Eustache de Malegneux. Il glapit :

— Enfin, ma chère mère… vous ne pensez tout de même pas que notre bonne Mahaut… Enfin…

— Si, et de plus en plus. Le décès de mon époux l'a faite baronne. Le décès de mon fils, son mari, l'a rendue veuve libre avec un douaire confortable. À sa majorité, son fils héritera des terres après avoir hérité du titre de feu son père.

L'histoire revenant dans un domaine, le seul, qu'il maîtrisait à merveille – l'argent –, Eustache contra :

— En ce cas, pourquoi mon fils et mon épouse seraient-ils menacés ? Ils n'ont droit ni aux biens ni au titre de baron qui bien échoient [1] à Guillaume ?

Comprenant que seule sa santé et, dans une moindre mesure, celles de son hoir et d'Agnès lui importaient, Béatrice poussa son avantage.

— Et si une pernicieuse fièvre de ventre vous terrassait, à qui reviendrait votre fortune ?

— À mon fils, bien sûr, avec un legs particulier pour Agnès.

— Et en admettant que cette sournoise maladie fasse d'autres victimes : moi, Agnès, qui obtiendrait aisément tutelle d'Étienne et de ses biens, les vôtres donc ?

1. « Bien échoir ou mal échoir » ajoutait une notion de chance ou de malchance au verbe.

— Mahaut !

— De juste, mon bien-aimé gendre.

Il posa une de ses mains potelées et blanches sur ses lèvres, marmonnant :

— Ah, Dieu du ciel ! Par tous les saints !

Eustache de Malegneux s'imagina gisant sur un lit de douleur, se tordant dans les affres de l'agonie, ravagé par le poison, haletant, aspirant goulûment l'air qui se refusait à lui. Ah, quelle effroyable vision, il en aurait pleuré ! Il imaginait aussi, quoi que de façon moins cruelle et moins terrorisante, son fils rendant l'âme. Quant à son épouse et à sa belle-mère, il ne doutait pas que leur affreux décès lui occasionnerait du chagrin, enfin surtout celui d'Agnès. Bien que n'étant pas méchant homme, Eustache n'aimait rien tant que lui-même, et son fils, en futur lui-même. L'idée qu'une vaurienne puisse s'en prendre à lui et à un autre lui étant intolérable, il se redressa et déclara d'un ton ferme :

— Je connais bien Guy de Trais, notre bailli. Je vais m'ouvrir à lui de nos… terribles soupçons. Il faut empêcher cette odieuse gredine… que dis-je, cette assassine, de nuire davantage !

— Mieux vaudrait, mon cher fils, découvrir quelque preuve avant de solliciter l'aide du seigneur bailli. Mahaut est par naissance et mariage de belle noblesse. On n'accuse fort heureusement pas une dame de son rang sans argument incontestable.

— De fait. Euh… quel genre de preuve ?

Béatrice de Vigonrin résista à une folle envie de le souffleter, de voir apparaître l'empreinte rougeâtre et boursouflée de sa main sur la peau flasque de sa joue. Eustache se montrait encore plus inepte qu'elle ne l'avait redouté. Toutefois, il connaissait Guy de Trais et sa plainte porterait davantage que celle d'une femme, même de haut. Elle feinta, certaine que la fatuité coutumière d'Eustache l'aveuglerait :

— Mon bien cher, merci de m'avoir prêté si attentive oreille. Votre présence céans nous réconforte, Agnès et moi, à un point que vous n'imaginez pas. Votre lucidité et votre finesse d'esprit m'apaisent. Voici ce que je vous suggère : ma fille et moi allons fureter, chercher une évidence de ce que nous soupçonnons afin que vous la présentiez à messire de Trais pour recueillir son sentiment.

Soulagé à l'idée d'être déchargé d'une quête qu'il ne savait par quel bout considérer, Eustache de Malegneux approuva avec enthousiasme et baisa la main de sa belle-mère en lui souhaitant la belle nuit.

✠

Demeurée seule, Béatrice laissa échapper l'injure qu'elle retenait à grand-peine depuis plusieurs minutes :

— Mon pauvre ami ! Si tu es aussi viril à la couche qu'intelligent et vif au debout, ma fille doit s'ennuyer à périr ! Doux Jésus, si certains hommes n'étaient point riches, que pourrait-on en faire ?

Au demain, il lui faudrait trouver un prétexte pour écarter Mahaut quelque temps du manoir. Surtout, elle devrait en discuter au plus vite avec Agnès. À son habitude lorsqu'il rentrait de la capitale, Eustache prétendrait une affaire urgente à régler en ville. Béatrice doutait que le grand mollasson fût porté sur les plaisirs de sens avec des catins d'auberge. La gaudriole[1] devait l'épuiser avant même que son haut-de-chausses ne soit tombé à ses genoux. Cependant, à ce que certains serviteurs lui avaient conté à mi-mots, Eustache aimait à parader dans les

1. Le terme est très ancien et son sens était alors limité à l'amour physique. Du latin *gaudire* (jouir).

auberges en vidant force cruchons. L'humeur en général bon enfant et l'illettrisme de la compagnie, sans oublier la fascination pour un homme de haut, lui permettaient de bomber de la poitrine et d'impressionner à peu d'efforts, d'autant qu'il savait se montrer large. De quoi séduire et émerveiller le bas peuple, songea la baronne mère avec aigreur.

Mme de Vigonrin se coucha. Le sommeil la fuyait et elle se retourna longtemps. Lui revint en mémoire la missive du fermier Huard qui n'avait pas été qu'un prétexte, tant elle était certaine que le bonhomme cherchait à la plumer. Bah, elle le verrait au demain et il comprendrait vite de quel bois elle se chauffait !

XXXV

Alentours de Nogent-le-Rotrou, octobre 1305

Après laudes*, une jeune servante annonça Firmin Huard, alors que la baronne mère achevait de se vêtir avec l'aide malhabile de Martine, une servante aux mains raides de vieillerie mais que Mme Béatrice appréciait fort pour sa charmante pétulance que les ans n'avaient pas amoindrie, et une langue parfois vipérine mais fort drôle. D'autant que Martine portait une véritable adoration aux membres nés de la famille Vigonrin et réservait ses pesteries et ses clabaudages aux autres, un atout de prix aux yeux de sa maîtresse.

— Ah, ah, le Firmin ! s'exclama Martine après le départ de la petite servante.

— Un tien familier ?

— Oui-da, j'ai ce redoutable privilège. D'autant que je connaissais bien son père, qui a passé il y a deux ans. De même farine, si vous voulez mon avis, madame. Et pas du froment franc ! Toujours à tenter de soutirer un denier ci ou là. Le genre à vendre trois fois sa mère défunte. Sauf que le fils est encore plus renard que le père, à ce qu'on m'a raconté. Méfiance, donc, madame, avec mon respect.

— À renard, renarde et demie. Que ferais-je sans toi, Martine ?

— C'est qu'il fait bon servir cette famille, madame. De belles gens.

En dépit de la réelle affection qu'elle éprouvait pour Mme de Vigonrin et sa fille, Martine savait aussi qu'elle était beaucoup trop âgée pour retrouver de la besogne ailleurs. Elle mêlait donc avec habileté conseils de bon sens, ragots distrayants et quelques légères flatteries pour le plaisir de celle qui lui assurait bons gîte et couvert, en plus d'un petit salaire.

✣

Béatrice de Vigonrin s'immobilisa devant la haute porte de la salle de réception, plus guère utilisée depuis le décès de son époux, encore moins chauffée. Comme à chaque fois, elle se souvint des immenses tablées, des ripailles, des rires et des danses, des trouvères un peu exaltés dont les mirlitons[1] ampoulés charmaient les dames et faisaient pouffer les messieurs de derrière leur main. Elle était si jeune, si jolie alors. Si amoureuse aussi. Elle se souvint : François, son François. Quel magnifique spécimen de la forte gent. François aimait la vie, l'amour, sa femme et sans doute aussi un peu les autres, la chasse, les fêtes. Quant à elle, son cœur s'affolait dès qu'il pénétrait à la nuit dans ses appartements. Quel amant ! Quel prodigieux amant ! Elle se lovait contre lui et il murmurait à son oreille :

— Ma tendre grive.

Elle boudait, rétorquant d'un petit ton pincé :

1. Le terme signifiait probablement à l'époque : refrain de chanson. Nous a laissé : des vers de mirliton.

— Vous les mangez, François !

— Oh, mais je vais vous croquer toute crue, ma mie !

Il lui manquait. Elle pensait souvent à ce jour ou cette nuit où elle rendrait son dernier souffle. Elle sourirait alors puisqu'elle partait enfin le rejoindre. Aussitôt, une pensée tempéra la douceur qui lui venait à cette perspective : cette vile coquine de Mahaut ne précipiterait pas sa réunion avec François. Elle en faisait serment ! Que nenni !

✠

Elle retrouva son masque impérieux et peu amène dès qu'elle pénétra dans la vaste pièce. Firmin Huard l'attendait, assis sur un long banc de table. Elle s'avança, le fixant, sans mot dire. Le fard monta aux joues rondes du fermier et il se releva d'un mouvement de reins, arrachant son bonnet de feutre et se pliant en salut.

— Le bonjour, maître Huard. Je connaissais un peu votre père.

— Qui disait tant de bien d'vous et d'vot époux.

— Je n'en doute pas une seconde, ironisa-t-elle. Mais sans doute ne comprit-il pas la pique. Eh bien ? Mes terres semblent vous donner de l'embarras, à ce que j'ai cru comprendre.

Le fermier adopta une mine de dix pieds de long, au point qu'on aurait pu croire qu'il venait d'enterrer tous ses enfants.

— Ben vrai, ben vrai, madame la baronne. Une malsort comme j'en avions peu connue.

— Vraiment ?

— Oui-da. Y'a eu la grêle, des œufs de caille, sur l'engrain [1]. Forcément, ça l'couche.

---

1. Petit épeautre, « blé » ancien très peu exigeant, contenant une faible proportion de gluten.

— La grêle, au mois de mars, a couché les épis ? Fichtre, je ne savais pas l'engrain si précoce en notre région !

Huard baissa le nez, assez dépité. Il avait cru faire ronde affaire sur une femme qui ne devait pas savoir discerner une oie d'une poule, mais il se cassait le bec. D'un ton tremblant de rage contenue, la baronne articula :

— L'homme, il ne fait pas bon me bailler le lièvre par l'oreille ! Ce ne sont pas les fermiers qui manquent et je pourrais vous jeter dehors de mes terres en vous taillant, pour faire bonne mesure, une réputation de gredin.

— Ooh… madame…

— Quoi « madame » ? Est-ce dans votre bouche un synonyme pour « niaise » ?

— Ooohh, sauf vot'respect, jamais, mais jamais… bafouilla Huard de plus en plus mal à l'aise. C'pendant… j'en avais discuté avec vot'fils d'alliance, à la semaine écoulée, et y m'avait l'air d'accord…

— Décidément, vous me chauffez la bile ! vitupéra la baronne. Seriez-vous un menteur déhonté, ou un véritable benêt ? s'énerva-t-elle. Eustache se trouvait à Paris, à la semaine écoulée et même à celle qui l'a précédée.

Firmin Huard triturait son bonnet de feutre, tassé entre ses mains agitées de tremblements nerveux. Il sentait la sueur poindre à son front en dépit de la fraîcheur de la salle. Morbleu, jamais il ne s'était douté que la vieille baronne lui tiendrait tête. Il espérait faire passer la bribe avec aisance, puisque son nigaud de gendre l'avait gobée sans sourciller lorsqu'il lui en avait touché deux mots, à Nogent-le-Rotrou.

— Non pas, se défendit-il. J'as ben rencontré messire Eustache… euh mardi d'la dernière, en Nogent, aussi vrai qu'je vous vois !

Mme de Vigonrin veuve eut la déroutante impression qu'il ne mentait pas. Qu'était cette histoire ? Elle composa :

— Et où cela, de grâce ?

— Ben, au sortir d'chez lui. Au bout d'la rue de la Ronne, où il loue un pied-à-terre pour conduire ses affaires.

— Ah oui, où avais-je la tête ? mentit Béatrice, stupéfaite.

Jamais Eustache ou Agnès n'avait mentionné l'existence de ce logement, et un instinct lui soufflait que sa fille ignorait son existence. Dieu du ciel ! Eustache entretenait-il une maîtresse logée ? On pouvait toujours craindre des bâtards reconnus [1] en pareille situation. Ah non ! Elle refusait que l'héritage de son petit-fils et de sa fille soit rogné par les marmots d'une catin installée ! Après tout, l'unique intérêt de son gendre se résumait à son argent. Elle devait élucider cette affaire, y mettre le holà, le cas échéant. Plus tard.

— Quoi qu'il en soit Huard, pour notre belle et durable entente, recomptez au plus preste et surtout au plus juste les mines [2] et minots [3] que vous me devez. Ne serait-il pas regrettable que notre franche cordialité soit gâtée par quelques boisseaux [4] ?

— Si fait. J'le déplorerai du fond du cœur.

✠

Malhonnête mais avisé, le fermier prit congé. Béatrice était fort satisfaite d'elle. Tudieu, François eût été fier de sa « valeureuse donzelle », ainsi qu'il l'appelait parfois !

---

1. L'attitude du Moyen Âge vis-à-vis des bâtards nobles reconnus était plus tolérante que ce qu'on a pu connaître ensuite.

2. 6 boisseaux.

3. 3 boisseaux de froment ou 5 d'avoine.

4. 10 à 12 litres pour les denrées sèches. Toutefois, ces mesures étaient variables d'une époque à l'autre, en fonction des régions et des denrées.

Son contentement mourut vite. Pourquoi donc Eustache louait-il un logement en ville, à une lieue seulement du manoir et dans le plus épais secret ? Cette histoire sentait la couche d'adultère ! Quel étonnement. Jamais elle n'aurait soupçonné que son gendre s'apaise les sens en dehors du lit conjugal. Toujours se méfier de l'eau qui dort.

XXXVI

Citadelle du Louvre, Paris, le 17 novembre 1305

Un messager rapide s'était fait annoncer de pressante manière en la salle de travail de Mgr de Valois. Agacé, puisqu'il digérait en somnolant un copieux repas très arrosé de vin fin, le frère du roi avait fini par l'autoriser à pénétrer. Aussitôt, Émile Chappe, coincé dans son petit bureau attenant, avait tendu l'oreille dans l'espoir de glaner quelques informations de nature à satisfaire son nouveau maître, messire Guillaume de Nogaret. Le messager, à l'évidence épuisé par une longue course, le visage et les habits grisâtres de la poussière des chemins, s'était incliné, murmurant une formule de courtoisie et précisant :

— Message du roi, monseigneur. De Lyon.

— Pourquoi ne pas l'avoir aussitôt précisé, l'homme ? J'ai failli vous faire éconduire, le rabroua Valois.

— J'ai obéi à mes ordres de discrétion. Je viens de délivrer identique missive à messire de Nogaret. Par l'intermédiaire de son secrétaire, le roi n'en attend d'autre réponse que vos ferventes prières de parent, puisqu'il rentre au plus preste du sacre de Clément V.

Ne comprenant pas grand-chose à ce discours, mais alerté par le fait qu'il s'agissait d'une nouvelle d'importance,

Mgr de Valois remercia d'un mouvement de tête. L'homme prit congé.

✣

Il décacheta en hâte le pli. Et dut le lire à deux reprises tant le contenu, pourtant rédigé dans un style plat, se révélait ahurissant. Le message se terminait par :

« En raison de l'extrême brutalité des événements, il convient d'examiner au plus preste, mais au plus apaisé, les conséquences qui pourraient survenir. »

Une exclamation sidérée lui échappa comme son poing s'abattait sur la table :

— Oh foutre ! Par la mort de Dieu ! Par tous les diables !

Feignant l'inquiétude, Émile Chappe se précipita dans la salle.

— Monseigneur, un encombre ? Puis-je vous être d'aide ?

Charles de Valois le regarda, l'air incertain.

— Chappe. Émile Chappe, pour vous servir, monseigneur, offrit le secrétaire qu'une bile de hargne étouffait.

— Oui, je sais… Quant à m'être d'aide… Si… Faites sitôt porter un message à Adelin d'Estrevers…

— Les termes, monseigneur ?

— Je réfléchis, pesta le frère du roi, accompagnant sa protestation d'un mouvement agacé de main.

Tête inclinée en soumission, Émile patienta, rongé de curiosité.

— Ah foutre ! répéta Valois en s'assénant une grande claque sur la cuisse. Bah, la nouvelle va se répandre à la vitesse d'un cheval au galop.

Il pouffa, avant de reprendre :

— Quelle mort stupide ! Pensez : la mule du pape. Enfin, heureusement que ce mur n'a pas chu sur Clément V, avec le mal que s'est donné mon frère pour le faire élire au Saint-Siège, au grand déplaisir des Italiens.

— Votre pardon, monseigneur, si j'ose ?

Un autre rire échappa à Valois, qu'il combattit en pinçant les lèvres.

— Une réaction de nerfs, s'excusa-t-il. Car l'affaire n'est point réjouissante. Diantre, Philippe perd un bon allié, d'échine souple... Souhaitons que son fils Arthur se montre aussi complaisant ! Quoi qu'il en soit, la couronne ducale se rapproche de ma fille !

Assemblant le discours décousu du frère du roi, Émile comprit enfin :

— Jean II de Bretagne est défunt ?

— Oui-da. Dieu du ciel ! Du moins est-il mort presque dans les bras du Saint-Père. Sans doute un puissant sauf-conduit pour le paradis. Or donc, afin d'apaiser le mécontentement du pape à l'égard de l'épiscopat breton, Jean II s'est précipité pour assister au sacre de Clément V à Lyon. Et ne voilà-t-il pas qu'au sortir de l'église Saint-Just, dans la montée du Gourguillon, un mur sur lequel s'était massée une foule s'effondre, ensevelissant ce bon Jean qui, pour faire amende honorable, menait la mule papale par la bride ! Le pape n'a été qu'égratigné. Mais Jean fut tiré fort mal en point de l'éboulis. Il a fini par trépasser de ses blessures [1]. Voilà qui modifie la donne, et grandement, marmonna Valois en se frottant le menton, l'air perplexe.

— La donne ?

1. L'accident s'est déroulé ainsi. Selon les sources, Jean II serait mort quelques heures ou quatre jours plus tard, le 16 novembre 1305.

Au regard torve que lui jeta Mgr de Valois, Émile comprit qu'il avait manqué de subtilité et que le frère du roi n'avait pas le front si bas qu'il l'avait voulu penser.

— En quoi cela vous chaut-il, Chappe ? Bien sûr, la donne ! Mon frère perd un fiable vassal qui s'était éloigné de l'Anglois pour lui plaire.

— À l'évidence, approuva d'un ton penaud Émile en s'inclinant davantage, certain qu'une autre donne, plus importante car plus personnelle, occupait l'esprit de Charles de Valois.

— Pour en revenir à ce message, Chappe, prévenez M. d'Estrevers que je le dois voir au plus preste. Ajoutez que le duc de Bretagne n'est plus.

Émile attendit, espérant que Mgr de Valois ajouterait une ou deux précisions qu'il se ferait fort d'aussitôt rapporter au conseiller du roi.

— Il suffit. À votre tâche, le congédia Charles.

Comme Émile saluait et s'apprêtait à rejoindre son minuscule bureau, le frère du roi le retint :

— Ah... rédigez une autre missive... de condoléances, dans laquelle vous trouverez habile manière de rappeler mon attachement, nos liens de famille et mon impatience à me savoir bientôt grand-père, impatience dont je suis bien certain qu'il la partage. Usez avec libéralité de formules de courtoise affection en insistant sur mon chagrin devant cette injuste et inattendue malmort.

— Et le destinataire... ?

— Quelle buse vous faites ! s'emporta Valois. Arthur, sans doute Arthur II, le père d'alliance de ma fille, prochain duc de Bretagne et comte de Richmond, bref, le fils aîné de feu Jean II, qui d'autre ? Certes pas votre grand-mère !

— Votre pardon, monseigneur, je suis bien sot et le déplore.

— Allez. Allez, allez ! J'attends vos brouillons afin de les modifier, le cas échéant.

✣

Quelques heures plus tard, Mgr de Valois ayant changé deux mots de ses lettres en adoptant un air agacé, Émile Chappe fonça chez messire de Nogaret, profitant du fait que la frugalité du conseiller l'encourageait à se restaurer d'une soupe, de quelques fruits secs et d'un morceau de pain dans sa salle, tout en travaillant. Au contraire, Valois devait être attablé à cette heure devant une mangerie de glouton.

Une prune sèche grignotée entre les doigts, messire de Nogaret écouta Émile avec attention, son regard dépourvu de cils ne le quittant pas un instant.

— J'ai reçu identique missive, peu avant monseigneur frère du roi. Voyez-vous, Émile, la politique est usante. Vous manœuvrez durant des lustres pour façonner et consolider une alliance et un mur s'effondre, anéantissant des années d'efforts. Enfin, du moins ce stupide mur aura-t-il préservé le pape que nous avons œuvré, durant des années, à faire élire. Assoyez-vous.

Ému d'être ainsi invité, et surtout que messire de Nogaret lui parle à l'instar d'un égal, Émile se permit :

— Abritez-vous, messire, et avec mon respect, des inquiétudes sur… la tendresse d'Arthur, fils de Jean II, qui lui succédera, à l'égard du royaume de France et de notre roi ?

— Non pas, mais… Vous souvenez-vous que j'avais insisté sur l'absolue discrétion et fidélité que j'exigeais de mes acolytes ?

— Si fait, je ne l'oublie pas une seconde, messire, sur mon honneur.

— Bien. Arthur a réputation d'homme paisible, agréable et bon gestionnaire. Du moins en ce qui nous concerne, et quoi de plus important ? Jean était très… impressionné par notre roi Philippe. À fort juste titre. Espérons que son aîné Arthur le soit de même…

Aussi influençable et complesant, traduisit Chappe.

— Leurs ancêtres, dont Jean Ier, nous ont… donné du fil à détordre en s'alliant de façon plus ou moins éclatante avec l'Anglois. Mais nous sommes maintenant bons amis. Quoi de plus précieux que les amis, ajouta messire de Nogaret.

Son ton indiquait assez qu'une armée partirait au demain pour « assagir » la Bretagne si elle ruait à nouveau dans les brancards. Le Capétien n'était pas à une révolte réprimée dans le sang près. Il avait étranglé dans un gantelet d'acier toutes les insurrections.

— D'autant que l'alliance entre Isabelle de Valois et Arthur ne peut être qu'à l'avantage du roi, mon maître, reprit le conseiller. Elle est encore jeune pour procréer, mais souhaitons-leur abondante progéniture. Après tout, le duché pourrait ainsi revenir dans le giron français. S'ils ont un fils, nous trouverons bien une princesse franque [1] à lui faire épouser.

Émile Chappe en était ébaubi [2]. Dieu du ciel, il touchait du doigt la grande politique, les stratagèmes des puissants, le royaume de France. Grisé parce qu'il sentait enfin le monde, le vrai, le seul, s'ouvrir devant lui, il risqua :

— Mais… avec tout mon respect, messire… que vient faire messire d'Estrevers, bailli d'épée du Perche, dans cette charade, dans le décès prématuré de Jean II ?

---

1. Bien que les peuplades franques aient été germaniques à l'origine, les mérovingiens, carolingiens et capétiens revendiquèrent le titre de rois francs, même si la dénomination n'avait plus rien d'ethnique.

2. Très surpris, stupéfait.

— Habile question, mon bon Émile. Et je compte sur vous pour m'offrir la réponse, ou du moins son début, jeta le conseiller dans un étirement de lèvres sèches qui pouvait passer pour un sourire. Car, à la vérité, je n'en ai pas la moindre idée.

Guillaume de Nogaret détailla une grosse miette de pain tombée sur sa table de travail et entreprit de la pousser du bout de l'ongle, un peu à droite, puis un peu à gauche, puis vers l'avant, semblant avoir totalement oublié son interlocuteur. Il lécha le bout de son index et y colla la miette qu'il goba enfin d'un air satisfait. Relevant la tête, un étrange sourire découvrant ses petites dents d'un ivoire jauni, il déclara, songeur mais amusé :

— Quoique… quoique ! Étourdissante hypothèse, si stupéfiante que je m'en méfie d'instinct. Le merci, mon bon Émile. Vous me servez bien.

Chappe comprit qu'il ne devait pas insister, au risque d'indisposer le conseiller.

XXXVII

Alentours de Mortagne, novembre 1305

Bernadine ne savait plus si elle devait s'inquiéter ou se réjouir des bouleversements qu'elle constatait en son maître. Elle avait d'abord été terrorisée lorsqu'elle avait cru reconnaître sur son visage, dans son débit, les prémices du mal sournois et mystérieux qui avait peu à peu rongé son époux, bourreau lui aussi. Une sorte de fièvre d'âme qui l'avait consumé en quelques mois. Cependant, depuis son retour de Nogent-le-Rotrou, ou plutôt depuis sa visite au sous-bailli Arnaud de Tisans, Hardouin semblait habité par une tension presque farouche, mais d'une stupéfiante vitalité. À l'habitude réservé, calme, presque austère, il mangeait tel un ogre, dormait aussi profondément qu'un loir et riait des simagrées[1] du chien Aeneas qui n'avait pas son pareil pour l'attendrir et obtenir un petit morceau de viande, de lard ou de fromage. Quant à Sidonie, son engouement pour le corniaud ne se démentait pas. Elle préparait son écuelle

1. L'origine du terme fait débat. Il semble qu'à l'époque il résultait plutôt de la contraction de « si cela m'agrée », et qu'il ne fut mis en relation avec « singe » que plus tard.

avec un soin qu'elle n'aurait sans doute pas apporté à celle de l'exécuteur, non que Bernadine eût toléré qu'elle assumât cette responsabilité !

✣

La servante-confidente finissait par se demander s'il n'y avait pas affaire de femme sous les changements qu'elle constatait. Cette supposition la remplissait d'aise. Un homme si bon, si beau, si achevé que son jeune maître devait rendre une femme heureuse. L'inverse eût été injuste gâchis. Certes, l'arrivée d'une maîtresse créait toujours quelques remous dans une maisonnée. Toutefois, Bernadine se savait assez fine et de souple échine pour s'en accommoder, d'autant qu'Hardouin, en dépit de sa courtoisie, ne tolérerait jamais qu'une donzelle nouvelle venue s'en prît à elle. Bernadine s'imaginait déjà courant derrière de charmants garnements qui, dans son esprit, ressemblaient tous à leur père. Il fallait que cette vaste et belle demeure, si silencieuse qu'elle paraissait muette, résonne de rires, de cris et, pourquoi pas, de chagrins d'enfants vite oubliés. La damoiselle habitait-elle Nogent, expliquant l'excellente humeur de son maître lorsqu'il avait dévalé l'escalier et ordonné que l'on sellât Fringant ? À l'instar de beaucoup de femmes, même vieillissantes, Bernadine n'aimait rien tant qu'une jolie histoire d'amour.

Alors qu'elle vérifiait le contenu de la bougette d'Hardouin pour s'assurer qu'il n'y manquait ni en-cas de bouche, ni une boutille de cidre, ni une touaille propre, ni une fiole d'essence de thym dans l'éventualité où il s'égratignerait, elle se posait mille questions, toutes plus réjouissantes et inutiles les unes que les autres : Était-elle jolie ? Sans doute. Blonde ou plutôt brune ? Élancée [1], à l'évidence. Joyeuse et bienveillante, de cela Bernadine était certaine, car Hardouin n'eût pas apprécié une femme acariâtre et dépourvue de bonté. De belle naissance ? Aussitôt l'humeur de la servante s'assombrit. Non pas. Fille de bourreau et de bourrelle, il ne pouvait en être autre. Bah, qu'importaient ceux qui les méprisaient ? Ils vivaient bien entre eux, sachant que l'entraide constituait leur plus efficace arme contre l'extérieur.

✠

Hardouin surgit dans la cuisine, escorté du berger qui le regardait avec dévotion, et lança :

— Bernadine, je ferai un détour par Bellême et ne rejoindrai Nogent qu'au soir tombant. Je ne sais combien de temps j'y demeurerai. Pour le cas où tu devrais me faire porter un message.

— Bien, mon maître. Bon voyage, bon séjour. Surtout, revenez-nous en belle forme.

1. On était mince au Moyen Âge et cette caractéristique faisait partie de la définition du beau, notamment pour les femmes. Cette minceur était bien sûr le résultat des conditions de confort, de chauffage, etc., presque inexistantes, mais également d'une disponibilité alimentaire plus que modeste, même pour les classes aisées. Si la minceur était prisée, la maigreur renvoyait à l'idée de pauvreté et de maladie.

XXXVIII

Forêt de Bellême, novembre 1305

Adelin d'Estrevers, grand bailli d'épée, était arrivé en avance au lieu de rendez-vous.

D'humeur aigre, il ressassait la teneur de son bref entretien avec Mgr de Valois, entretien que celui-ci lui avait imposé à l'extérieur, dans le froid bruineux d'une ruelle située à quelques toises de la citadelle du Louvre, au prétexte qu'il se méfiait de l'un de ses secrétaires qui ne ferait pas long feu dans son entourage s'il parvenait à une certitude sur l'emploi d'espion de celui-ci pour le compte de messire de Nogaret. Estrevers n'avait pas été étonné par cette exigence.

Outre le fait que tous ceux qui gravitaient autour du roi s'épiaient, sans oublier leurs ombres, messire de Nogaret et Mgr de Valois préservaient un statu quo tacite. Valois piochait allègrement dans le Trésor, menait les armées du roi, parfois avec succès, et Nogaret œuvrait le plus souvent de derrière la tenture pour diriger le royaume et protéger le souverain. Un arrangement finalement assez satisfaisant pour chacun, ce qui ne les empêchait pas l'un et l'autre d'engranger des informations pouvant un jour servir à discréditer l'adversaire. Encore fallait-il que ces bribes de tout et de rien fussent collectées en habileté.

Si ledit secrétaire s'était déjà fait repérer par Valois, dont la finesse politique n'était certes pas la vertu cardinale, Estrevers ne donnait pas cher de sa peau. Une fâcheuse rencontre était si vite arrivée dans les faubourgs de Paris.

✣

Adelin d'Estrevers tira son épée et en martyrisa avec violence une branche basse d'arbre. Dieu du ciel, il était excédé ! La peste était des gens censés le seconder mais qui se révélaient d'une telle mollesse, d'une telle inaptitude que rien n'avançait à sa satisfaction !

Arnaud de Tisans traînait, ne lui offrant pas ce qu'il souhaitait : un moyen de plaire à Mgr de Valois ! Certes, ni Tisans ni Charles de Valois n'étaient au courant de sa détestable implication. Eh quoi ! Le frère du roi lui avait fait part d'un vœu : déstabiliser Jean II de Bretagne en sa seigneurie de Nogent-le-Rotrou. À l'instar de tous les puissants, peu lui chalait la façon dont on lui procurerait ce qu'il exigeait. Surtout, il ne voulait rien en savoir, seul le résultat importait à ses yeux.

Estrevers avait réfléchi durant des semaines, cherchant si quelque fâcheuse histoire concernant Guy de Trais pouvait être découverte. En vain. De Trais se révélait un fat, et sans doute un incompétent vite dépassé par les événements, qui eût été bien plus à sa place dans une cour quelconque qu'à la tête d'un baillage. Pas de quoi fouetter un chat, et encore moins mettre en difficulté un duc de Bretagne.

Deux ans et demi plus tôt, un premier petit corps de garçonnet avait été découvert dans une venelle de Nogent.

Étranglé, peut-être par un parent désireux de supprimer un ventre affamé ou par le client d'une taverne qu'il avait tenté de détrousser, voire par un enfant un peu plus grand qui lui disputait un bout de pain. Bref, une histoire banale en cette époque où les bourreaux touchaient un surcroît pour repêcher dans les rivières ou les putels les nouveau-nés ou enfançons noyés à la naissance ou peu après. L'idée avait alors germé dans l'esprit du grand bailli d'épée : une série de meurtres obscènes et abjects d'enfants. Un peu de subtilité et Guy de Trais se révélerait incapable d'y voir clair. Un peu plus de perfidie, quelques rumeurs lancées ci ou là, et d'aucuns finiraient par croire qu'il n'était pas étranger à cette monstruosité. La grogne populaire se transformerait en vives protestations et peut-être en émeutes. Il se trouverait bien quelques abrutis pour jurer sur tous les saints avoir aperçu de Trais à la nuit échue, se faufilant tel un ribleur[1] dans les ruelles. À l'évidence, le scandale rejaillirait sur Jean II de Bretagne, dont Guy de Trais était le protégé. Pour le plaisir de Mgr de Valois. Et voilà que, soudain, ce même Mgr de Valois lui laissait entendre à demi-mot que la « sinistre affaire de Nogent-le-Rotrou » ne l'intéressait plus guère. Ajoutant d'un ton de fatuité :

— La politique, mon bon Estrevers, la politique ! Ce que file le jourd'hui est défait par le demain. Quoi qu'il en soit, heureux épilogue, puisque vous n'avanciez pas.

Le reproche, non déguisé, avait fait frissonner Adelin d'Estrevers. Comment aurait-il pu prévoir que Jean II leur ferait la grâce d'être écrasé à Lyon en menant la mule du pape ? Mais, de fait, son décès éclaircissait la voie à Charles de Valois afin de récupérer par alliance le duché de Bretagne.

1. Qui court les rues à la nuit comme un filou.

La peste était de Tisans qui n'avait pas avancé assez vite ! Certes, Estrevers ne lui avait soufflé mot de son véritable plan, se défiant de lui. Existait chez le sous-bailli une sorte de sensiblerie déplacée pour un homme de sa charge. Qu'avait-on à faire de la justice des hommes ! La justice des hommes était le biberon qu'on faisait miroiter aux pauvres ou aux faibles d'esprit pour leur faire accroire que l'on prenait soin d'eux. La justice des hommes ne concernait pas les vrais puissants, sauf lorsqu'ils avaient été assez bêtes pour que leurs forfaits s'étalent aux yeux de tous. Quant à lui, il se savait assez intelligent et madré pour passer au travers des mailles du filet.

Pour cette raison, le revirement de Mgr de Valois ne changeait rien à la donne. Le grand bailli d'épée avait impérativement besoin que le faux coupable qu'il avait trouvé afin de plaire à M. de Valois paie pour lui. L'implication du grand bailli d'épée devenait bien trop dangereuse. Bah ! Après tout, Guy de Trais était un imbécile affable, quoique prétentieux. Autant qu'il serve à quelque chose puisque son trépas ne ferait pas grande différence.

✣

Il interrompit son manège, assez surpris par sa nervosité. Il creusait depuis quelques instants de petits puits agressifs dans la terre détrempée, du bout de la lame de son épée, sans même s'en rendre compte. Holà, l'homme, reprends-toi ! s'admonesta-t-il.

Sa décision était prise. Il irait au bout de son plan. Avec encore plus d'assiduité. Il ne suffisait plus de plaire au frère du roi, mais de sauver sa propre peau.

Un écho. Un cavalier le rejoignait. Arnaud de Tisans démonta d'un mouvement souple pour son âge et avança à grands pas vers lui en s'inclinant :

— Messire…

— Foin des civilités, le temps me presse ! Où en sommes-nous ? le coupa Estrevers.

— Mon… homme, M. Justice de Mortagne poursuit sa quête mais…

— Mais quoi ?

Arnaud de Tisans n'avait nulle envie de décrire le peu d'enthousiasme manifesté par Hardouin cadet-Venelle concernant cette enquête, au risque qu'on l'accuse d'avoir mal choisi son espion, aussi biaisa-t-il.

— Eh bien, les pistes sont brouillées. Celle qu'il suivait s'est révélée une impasse, un certain Lecoq, un ancien maréchal-ferrant devenu ivrogne.

— Lecoq ? Que me chaut un Lecoq qui se pique le nez, vitupéra Estrevers pour s'interrompre lorsqu'il vit la surprise se peindre sur le visage ridé de Tisans.

— Il s'agissait, messire, du seul suspect crédible jusque-là, argumenta le sous-bailli.

— Certes, certes, bougonna le grand bailli d'épée.

✣

Un silence s'installa, bercé par le bruissement de la brise entre les branches dénudées des arbres, les cris prudents de quelques oiseaux qui surveillaient les deux hommes de loin. Décidément, Tisans n'appréciait pas cet homme, non que son avis fût requis, Estrevers étant de bien plus prestigieux lignage et haute charge. Il avait depuis longtemps compris que le but du bailli d'épée était d'exposer au grand jour l'inaptitude coupable de Guy de Trais. Cependant, il en venait maintenant à penser que si les preuves en faisaient défaut, Estrevers n'hésiterait pas à les forger pour faire plonger le bailli de Nogent. La vérité était encore pis, plus répugnante, ainsi qu'il le découvrit peu après.

Sentant qu'il avait été trop loin, le grand bailli d'épée temporisa, du moins le crut-il :

— Désolé, Tisans… Cette affaire m'empoisonne le dormir. Je redoute chaque matin qu'un messager ne m'informe du décès d'un autre petit… Sans compter le mécontentement de Mme Constance de Gausbert, mère abbesse des Clairets, qui rue dans les brancards et qu'aucun argument lénitif n'arrêtera…

Le sous-bailli de Mortagne comprit alors qu'il se faisait mener. Il ne doutait pas qu'Estrevers se déchargerait sur lui de toute faute, de tout écart, s'il en venait à cela. De fait, le grand bailli d'épée se moquait comme d'une guine[1] des enfants massacrés.

— Je perçois bien votre encombre et le déplore, avança-t-il, sans se compromettre.

— Bien au-delà de l'encombre, croyez-moi, Tisans. Qu'en est-il de ces sinistres rumeurs venues à mes oreilles et selon lesquelles messire de Trais ne serait pas complètement… comment dire… étranger à ces odieux meurtres… ? Après tout, que savons-nous au juste de lui… certains hommes de haut dissimulent des penchants à faire dégorger, convaincus de leur impunité…

Ah Dieu du ciel ! Estrevers cessait de tourner autour du pot. Arnaud de Tisans n'en revenait pas. À l'évidence, il était à l'origine des rumeurs qui avaient couru au sujet de Guy de Trais. En d'autres termes, il connaissait le tueur. Aussitôt, une autre idée encore plus révoltante s'insinua dans son esprit : et s'il s'agissait d'un homme à lui et pas d'un maudit dégénéré, d'un homme payé pour torturer, violer et tuer des enfants afin de

1. Ancien français qui signifiait « petite cerise ». A donné « guigne ».

faire accuser de Trais au profit de Mgr de Valois ? L'idée était si énorme, si inacceptable que Tisans baissa les yeux.

Alors qu'il se sentait tiraillé, contraint à l'obéissance depuis des semaines, sa décision fut prise en une profonde expiration. Jamais il ne se déshonorerait de la sorte. Il mentit avec une aisance qui le stupéfia :

— En effet, de répugnants penchants... Je vais m'y intéresser de près.

— Votre promesse ? insista Estrevers, dont le soulagement était perceptible.

— Sans l'ombre d'un doute, messire. Nous ne pouvons laisser une telle flétrissure rejaillir sur nous. Les villageois seraient fondés à nous exécrer de n'avoir pas mis un terme définitif et brutal à si ignobles agissements.

— Bien. Fort bien, approuva Estrevers. À vous revoir très vite, avec, je l'espère, la conclusion de cette déplaisante affaire.

✣

Le grand bailli d'épée remonta en selle et lança son cheval au galop. Resté seul, Arnaud de Tisans respira l'air très frais et saturé d'humidité en longues inspirations, tentant de se défaire de la nausée qui l'avait envahi.

Que faire ? Il ne pouvait rompre en visière avec le puissant Adelin d'Estrevers. Les conséquences d'une telle rébellion seraient dévastatrices pour lui. D'un autre côté, jamais il ne participerait de loin ou de près à une ignominie. Il songea à requérir audience de Mme Constance de Gausbert, mais le temps lui faisait défaut. Et puis, que lui dire, d'autant qu'il ne la connaissait que de réputation, ne l'ayant aperçue que dans l'hostellerie des Clairets lors d'une visite ?

Mettre en garde Guy de Trais ? Cependant, contrairement à ce qu'il avait affirmé à Hardouin cadet-Venelle, tout juste avait-il croisé le bailli de Nogent.

Réfléchir : le moindre faux pas pouvait être fatal et lui coûter sa charge, sa réputation, peut-être même sa vie.

XXXIX

Alentours de Nogent-le-Rotrou, novembre 1305

Béatrice de Vigonrin et sa fille Agnès se concertèrent à la manière de conspiratrices. L'une et l'autre exigèrent d'être l'espionne, la mouche qui irait fouiller les appartements de Mahaut.

Une commune inquiétude justifiait leur insistance : la crainte que l'autre ne soit surprise en situation délicate.

— Enfin, ma chère mère, permettez-moi de protester, avec tout mon respect. Si l'on me trouvait où je n'ai rien à faire, je pourrais toujours affirmer que je cherchais un ruban ou une épingle de cheveux dans la chambre de ma sœur d'alliance, argumenta Agnès.

— Et moi, rappeler que je suis chez moi et m'y déplace à ma guise afin de vérifier... Que sais-je... que les meubles sont cirés de frais, que la cheminée est garnie, bref, les prétextes ne me feraient pas défaut. N'insistez pas, ma mie, pour me plaire. Soyez mon efficace complice et chargez-vous d'entraîner Mahaut et son fils pour une longue promenade d'aération [1].

---

1. Moderne en la matière, le Moyen Âge croyait aux bienfaits de l'« aération ». Des témoignages, notamment de dames, montrent que les familles aisées quittaient souvent la ville afin d'« aérer » leur famille et les soustraire quelques jours aux miasmes urbains.

Alarmez-vous de leurs mines pâlies, de leurs joues creuses, montrez-vous sœur d'alliance et tante préoccupée.

— À votre convenance, ma mère, finit par approuver la jeune femme.

✣

Béatrice de Vigonrin se posta dans le coin d'une des fenêtres vitrées de la bibliothèque et patienta. Enfin, elle vit sortir sa fille accompagnée de Mahaut qui tenait Guillaume par la main. Il lui sembla que les deux femmes devisaient, riant parfois. Le trio s'éloigna du manoir d'un pas allègre. Bien. Elle passait à l'attaque.

Une colère froide l'habitait. Un souvenir qu'elle avait totalement oublié ressurgit dans sa mémoire. François rentrant une nuit, couvert de sang et balafré. Une mauvaise rencontre avec des coupe-jarrets de chemins alors qu'il n'était accompagné que d'un serviteur armé d'un bâton. Affolée, elle avait pansé ses blessures, le saoulant de questions, s'agitant. François avait commenté d'un lapidaire :

— Apaisez-vous, ma douce mie. C'étaient eux ou nous. De deux maux, j'ai choisi le bien moindre.

Elle aussi opterait pour le moindre mal.

Elle grimpa les marches de l'escalier principal avec une agilité qu'elle pensait disparue et fonça vers les appartements de sa belle-fille. Elle s'immobilisa au milieu de la petite antichambre et réfléchit : où une femme madrée cacherait-elle un vil secret ? Pas un fond d'almaire ou de coffre, ni un dessous de matelas, ou une penderie : trop évident. Elle se dirigea vers le cabinet [1] aux vantaux richement sculptés. Le

1. Meuble monté sur quatre pieds, fermé de deux vantaux et dont l'intérieur était équipé d'une multitude de tiroirs, certains dissimulant des caches secrètes.

meuble avait appartenu à sa mère et elle en connaissait toutes les caches secrètes. Elle ouvrit un à un les tiroirs, passant la main dans le fond de certains d'eux pour faire jouer les ressorts qui révélaient de petits espaces destinés à recevoir bijoux précieux ou lettres confidentielles. Rien. Quelques boucles de cheveux blonds de Guillaume, quelques rares lettres de François, le défunt mari d'Agnès. Béatrice ayant décidé d'abandonner toute vergogne, toute délicatesse, elle les lut. Des platitudes qui se terminaient toutes par un « Je pense à vous, ma chère femme ». Un sourire attristé vint à la baronne. Dieu du ciel, son aîné n'avait pas hérité de la poésie emportée, mais très séduisante de son père. Elle se souvint de l'écriture haute et inclinée, de ces phrases qui la faisaient rougir d'encombre et de plaisir : « Me promettez-vous de gémir lorsque je délacerai votre chainse de nuit pour baiser vos seins, de me griffer gentiment lorsque je vous pousserai vers notre couche ? Me jurez-vous de bouder en fronçant le nez avant de vous abandonner à moi, ma merveilleuse amante ? » Elle frissonna. Tant de temps. Pourtant, elle n'avait jamais oublié ses caresses.

Elle fouilla avec méthode durant ce qui lui sembla un long moment, passant dans la chambre, aux aguets. L'agacement se mêlait à son inquiétude et elle redoutait un retour de sa belle-fille. Elle palpa même l'intérieur du conduit de cheminée, le dessous des meubles, souleva la provision de bûches, retourna chaise et escame, puis se résigna à passer en revue les cachettes qu'elle avait jugées trop évidentes un peu plus tôt. En vain. Dépitée, exaspérée, elle ressortit en tapinois, épiant le couloir.

Dieu du ciel ! Elle aurait mis sa main au feu que Mahaut avait enherbé les deux François et fait accroire à une fièvre de ventre de son fils afin de détourner les soupçons d'elle. Où avait-elle caché le poison ? S'en était-elle débarrassée, son dernier forfait accompli ? Crime, puisqu'il fallait être démoniaque pour enherber un petit garçon, même en utilisant une dose légère. Guillaume avait été terriblement malade et n'avait réchappé à la mort que de peu.

✠

Guillaume ! Mais bien sûr, quelle sotte elle faisait ! Béatrice se dirigea d'un pas vif et silencieux vers la chambre de son petit-fils. Une rouée, une maudite telle que Mahaut avait songé à la plus improbable, la plus insoupçonnable des caches : une chambre d'enfant, d'innocent.

La baronne s'agenouilla avec peine pour vérifier le dessous du matelas puis du lit. Elle fouilla l'almaire, tira le grand dorsal qui tendait l'un des murs et souleva le lourd couvercle du coffre. S'y entassaient quelques vêtements et des jouets de bois qui avaient appartenu à François enfant, et que Guillaume était encore trop petit pour porter ou trouver distrayants selon les cas, mais qui lui reviendraient dans quelques années. Elle passa une main fébrile sur le fond du coffre et ses doigts butèrent sur ce qui évoquait un livre. Elle tira l'objet et contempla le ravissant psautier à fermoir d'argent et couverture incrustée d'éclats de nacre et de turquoise formant le nom de Mahaut de Vigonrin, un luxueux cadeau de François pour la naissance de son hoir. Étrange, peu après le décès de son époux, Mahaut s'était inquiétée de la disparition du psautier. Elle avait retourné ses appartements dans le vain espoir de le retrouver. La baronne se remémorait ses exclamations de dépit et de tristesse : Dieu du ciel, le magnifique cadeau de feu son mari ! L'avait-elle égaré ? Cela ne se pouvait, elle en prenait un soin extrême. Et puis, Mahaut n'avait plus jamais mentionné le psautier et tous l'avaient oublié.

Béatrice de Vigonrin effleura le remarquable travail d'incrustation que son fils avait fait réaliser en royaume italien. Elle bascula le fermoir d'argent et retint le cri de stupéfaction et de répulsion qui lui montait aux lèvres. L'intérieur du psautier avait été évidé et la page de garde, représentant un Christ sur la Croix, barbouillée de ce qui ressemblait à du sang sec. Doux Jésus ! Mahaut avait donc vendu son âme au diable, en un intolérable marché, afin qu'il lui prête secours pour occire les membres de la famille !

Béatrice de Vigonrin se signa. Mahaut serait brûlée vive pour sa conduite impie, démoniaque. Elle serait tourmentée afin d'avouer ses péchés et peut-être révéler d'ignobles accointances, puis poussée au bûcher de justice.

Un cadavre desséché de grenouille ou de crapaud reposait sur une poche de toile noire, fourrée dans le compartiment ménagé. Béatrice l'extirpa avec prudence, une salive aigre s'accumulant dans sa bouche. Elle palpa l'espèce de bourse noire qui semblait contenir du sable ou une poudre et dénoua les liens qui la tenaient fermée. Secouée de frissons, le cœur battant d'appréhension, se souvenant d'avoir entendu que certains poisons brûlaient la peau tels les feux de l'enfer, elle versa un peu du contenu dans la paume de sa main. Une poudre à l'aspect gras, gris foncé et terne s'écoula mollement. Elle la huma avec prudence. Une vague odeur douceâtre et métallique s'en dégageait.

Béatrice ne savait que faire. Remettre le psautier à l'endroit où elle l'avait découvert ou l'emporter ? Et si Mahaut se doutait de quelque chose et qu'elle le cachait ailleurs ou le détruisait ? Mieux valait donc le conserver afin de produire cette irréfutable preuve. Mais si Mahaut se rendait compte qu'on le lui avait subtilisé ? La fureur remplaça l'hésitation de la baronne mère. Et quoi ? Que ferait sa belle-fille ? Aurait-elle le front de se plaindre de la disparition du psautier ? Ce serait alors reconnaître qu'elle avait dissimulé une bien étrange poudre. Et d'ailleurs, qu'elle ose venir réclamer le cadeau que lui avait fait François et qu'elle avait désacralisé d'odieuse manière en recouvrant le Christ de sang, telle la sorcière, la maudite qu'elle était !

Mâchoires crispées de rage et de dégoût, la nausée lui montant dans la gorge, la baronne mère replaça la bourse et referma le psautier avant de sortir de la chambre de Guillaume. Ne fallait-il pas être possédée par le démon pour cacher l'outil d'épouvantables meurtres dans la chambre de son fils ?

XL

Nogent-le-Rotrou, novembre 1305

La nuit avait été reposante et cadet-Venelle achevait de se vêtir dans la chambre spacieuse qu'il occupait en l'auberge de la Hase Guindée. Il enfilait ses bottes de peau souple lorsqu'un coup de poing asséné contre la porte lui fit relever la tête. Peu dans la manière de maîtresse Hase.

— Qui va là ?

— Euh… moi, répondit une voix masculine qu'Hardouin reconnut aussitôt.

Il fit basculer le loquet de la porte. Arnaud de Tisans, les traits tirés de fatigue, ses vêtements raidis par la poussière des chemins, pénétra.

— Mess…

— Tisans suffira en ce lieu, l'interrompit le sous-bailli, la mine grave et fermée. J'ai à vous entretenir d'une affaire… épineuse.

— Expliquant votre visite.

Sans attendre d'invite, Arnaud de Tisans se laissa choir sur l'unique chaise de la chambre, étendant ses jambes devant lui en grimaçant.

— Vous semblez fatigué, commenta le bourreau.

— Oui-da. Je n'ai plus l'âge de galoper ventre à terre jusqu'à Paris, pour en revenir aussi vite.

— Paris ?

— Hum… j'y ai rencontré en discrétion un personnage de grande puissance que je ne nommerai pas, certain que vous devinerez son identité.

— Très grande puissance ? vérifia l'exécuteur.

— Considérable puissance. Peu réputé pour sa longanimité.

— Je vois. Enfin, d'ailleurs, je ne vois rien.

— Nous avons été menés, Venelle. Du moins me suis-je fait berner tel un benêt ! Fâcheuse sensation.

✠

Prends garde ! On te mène, mon tout beau ! avait lancé la vieille diseuse. *Tu crois et tu te trompes.*

Un lent sourire étira les lèvres de cadet-Venelle, qui déclara :

— L'important n'est-il pas de s'en rendre compte ? Les petits miséreux, n'est-ce pas ? Cette histoire est trouble et je… comment dire… j'ai eu le sentiment… bref, que vous vous y trouviez en malaise.

— Habile acrobatie pour m'accuser de menterie ou, à tout le moins, de dissimulation envers vous, traduisit Tisans.

Venelle voulut protester pour la forme, mais le sous-bailli l'interrompit d'un geste.

— De grâce, vérité tolère mots crus. De fait, j'ai tenté de vous abuser. J'insiste sur « tenté », puisqu'à l'évidence votre peu d'empressement à me seconder dans cette enquête m'indique que vous n'étiez pas dupe. La dupe d'une autre dupe.

— Ma sensation était bien plus floue. Je ne saurai dire ce qui me retenait, rectifia Hardouin. Sans doute la certitude que ces enfants vous importaient peu, contrairement à leurs meurtres. Peut-être aussi, la conviction que vos liens avec messire Guy de Trais étaient plus distants que vous ne le prétendiez et qu'il ne pouvait vous être d'aide, en dépit d'une éventuelle reconnaissance, si vous le tiriez de cette délicate affaire.

— De juste : je connais à peine de Trais. M'écoutez, Venelle. Ce qui va suivre me ronge. Peut-on perdre son honneur en l'ignorant ?

— J'en doute.

— Vous m'ôtez au moins cette épine du pied, ironisa le sous-bailli d'un ton si défait qu'Hardouin perçut un véritable désespoir en lui.

✠

D'une voix basse, atone, le sous-bailli lui relata ce qu'il avait déduit, sans toutefois jamais nommer Adelin d'Estrevers, évoquant la volonté d'un puissant d'incriminer Guy de Trais, et par ricochet Jean II de Bretagne, afin de récupérer la seigneurie de Nogent-le-Rotrou.

Lorsqu'il eut terminé, il remarqua :

— Vous ne paraissez pas surpris, Venelle.

— Pourquoi le serais-je ? L'âme humaine a peu de secrets pour moi et certainement pas sa fréquente noirceur. Fichtre, messire de Trais ne saura jamais qu'il vient d'échapper au pire. Monseigneur de Valois a-t-il pris part à ce monstrueux plan ?

— En vérité, je l'ignore… mais la… colossale puissance que j'évoquais plus tôt s'en assurera.

— Colossale puissance dont le nom commence par un « N », n'est-ce pas ? Hum… si je vous suis mot à mot, ces immondes meurtres ont donc été commandités.

— Si fait, j'en arrive aussi à cette conclusion.

— Par qui ? Celui dont vous taisez l'identité avec tant de soin que je crois l'avoir devinée ? Poursuivons dans les devinettes qui me distraient fort. Son nom à lui débute par un « E », n'est-il pas exact ?

— Qui d'autre ? Cependant, même si sa répugnante responsabilité était confirmée, vous ne pourriez vous en prendre directement à lui. Il vous en cuirait, Venelle.

Un rire doux s'échappa de la gorge du bourreau :

— Croyez-vous ? Pourquoi m'en cuirait-il ? Nul ne réchappe d'entre mes griffes. De plus, je connais ses traits et lui ignore les miens, n'ayant aperçu de moi qu'un masque de cuir noir, lors de certaines exécutions auxquelles il daignait assister.

— De grâce, insista Tisans. Je m'en veux déjà assez de vous avoir sciemment menti. Le fait que j'ai été grugé n'enlève rien à ma faute.

— Comme il vous plaira, concéda le bourreau dans un haussement d'épaules.

Pourtant, le sous-bailli de Mortagne fut certain que, si l'envie l'en prenait, s'il parvenait à une certitude sur sa culpabilité, l'exécuteur navrerait Adelin d'Estrevers.

— Venelle ? Pensez-vous… Nous défaire au plus vite du monstre qui torture, viole et tue ?

— Bien sûr. Pour trouver un bout de fromage moisi, il suffit de pister le rat.

— Le rat étant…

— Chut… laissez-moi un peu de ma magie, ironisa Hardouin.

— Comme il vous plaira. La… colossale puissance à qui je révélais votre implication demande que vous fassiez votre prix. J'ai précisé que votre fortune vous mettait à l'abri du besoin, sans m'étendre. Mais il a insisté. Je crois que payer le rassure.

— Crainte d'être redevable ? Qu'il ne s'inquiète. Je tiens une promesse faite à un garçonnet martyrisé. Votre colossale puissance ne me doit rien puisque je ne la sers pas. À vous revoir, mess… Tisans. La chasse à outrance[1] commence.

1. À mort.

XLI

Nogent-le-Rotrou, novembre 1305

Le mire Antoine Méchaud parut tout à la fois heureux et surpris lorsqu'il découvrit la présence d'Hardouin cadet-Venelle dans sa petite salle d'attente. Toutefois, il perçut vite une sorte de métamorphose chez le bourreau.

— Vous me paraissez… tendu. Bandé tel un arc.

— Jolie et juste image. J'espère Mme Blanche en belle forme, tenta de le détourner Hardouin en souriant.

— Si fait, si fait, le merci à vous.

Cadet-Venelle tira une courte feuille de papier de son gipon et la déplia. Il y avait figuré un croquis de Nogent-le-Rotrou, ceinturé par ses rivières : l'Huisne, les Viennes, la Ronne, la Jambette, avec en son centre le château Saint-Jean. Des croix indiquaient l'église Saint-Laurent, l'abbaye Saint-Denis, l'église Notre-Dame du marais, la collégiale Saint-Jean et la chapelle Saint-Jacques de l'Aumône.

— Messire mire, vous souvient-il avec précision des endroits où furent retrouvés les petits corps ?

— Pas tous, du moins pas les premiers.

L'ongle du mire parcourut la feuille, s'arrêtant parfois :

— Ici, au bout de la Rue porte-rivière… Là, au coin de la Rue des poteries, là encore, au bout de la Rue des bouchers…

À chaque fois, Hardouin trouait légèrement la feuille de la pointe acérée de sa dague.

Lorsque le mire s'interrompit, en ayant signalé l'endroit de découverte du dernier petit mort, une sorte d'essaim de trous légers s'était formé sur la feuille qu'Hardouin replia avec soin. Un essaim si régulier qu'il en devenait surprenant.

— Qu'allez-vous faire, messire Venelle ?

Un regard en gouffre gris le détailla. D'une voix douce et aimable, le bourreau lui répondit :

— Décourager le meurtrier de poursuivre. N'est-ce pas ce que tout le monde souhaite ?

— Allez-vous le… enfin… ou plutôt le livrer à la justice ?

— Vous me prêtez d'horribles intentions, feignit de protester M. de Mortagne. Et puis… et s'il représentait la justice ?

— Guy de Trais ? murmura le mire en jetant un regard d'affolement autour de lui.

— Qui sait ? Lui ou un autre, ou même les deux… Quelle importance ? N'avez-vous pas remarqué… sur la feuille…

— Le petit nuage de trous de dague, figurant les endroits où furent déposés les corps martyrisés, encercle l'hôtel particulier du bailli, au sujet duquel ont couru de sombres rumeurs, concéda à regret le vieux praticien.

— Quelle magnifique chose que le sens d'observation des médecins, plaisanta le Maître de Haute Justice en prenant congé.

Il arpenta ce qu'il nommait maintenant le « bourg l'essaim », situé entre le bourg Saint-Jean et le Bourg-le-Comte. Il contempla l'imposante demeure de fonction de Guy de Trais, qui respirait l'opulence pour ne pas dire le luxe. Par la grille du haut porche qui trouait un dissuasif mur d'enceinte, il admira des jardins aux allées ponctuées de buis taillés, aux massifs de fleurs, aux pelouses si régulières qu'une armée de domestiques devait veiller à leur symétrie et à leur enchanteresse verdeur. De Trais menait belle vie. Un hôtel bien plus modeste, un peu plus loin dans la rue, retint son attention. Une nuée d'artisans s'affairait à le reconstruire, à le consolider et à l'agrandir. Il s'approcha d'un maçon qu'il reconnut à son grand tablier et à ses avant-manches [1] d'épais cuir fauve.

— Belle ouvrage ! Cela fait plaisir de voir qu'un élégant bâtiment est secouru de la sorte.

— Ouais. Mais y en a ben pour deux ans ! Entre la charpente et les maçonneries, y a d'quoi besogner.

— Un riche commerçant, je suppose ?

— Non… un homme du bailli qu'a fait plaisant héritage. Ça, y en a qui sont nés avec le bec dedans, si m'en croyez. C'est pas à moi qu'ça arriverait !

— Certes ! Mais du moins emploie-t-il son argent à bon escient, même s'il n'a pas peiné à le gagner, plaisanta Hardouin, sans avoir besoin de précisions.

✠

Qui suivre ? Le rat ou le morceau de fromage moisi ? Amusé par cette nouvelle devinette, Hardouin cadet-Venelle

1. Demi-manches qui couvraient les avant-bras, en matériaux différents (cuir, toile, etc.), selon qu'elles devaient protéger de coups et coupures ou de taches. Elles furent en usage jusqu'au XXe siècle.

pénétra dans la première auberge dont il repéra l'enseigne. Pas un chat, ni un rat, justement. Il ressortit aussitôt, adressant un petit signe d'excuse au tavernier qui se précipitait avec empressement vers son unique client. Il flâna un peu puis retrouva le chemin de la Rue des poupardières afin d'y déjeuner en paix à la Hase Guindée et d'y dormir un peu. Seul le destin, son confidentiel destin, savait si la prochaine nuit serait blanche ou de sommeil.

Il resta allongé dans sa chambre après son court repos, son esprit vaguant, passant d'une pensée, d'un souvenir à l'autre, sans suite apparente. Le visage, le regard de Marie de Salvin – avant qu'on ne lui coupe les cheveux à la hâte, avant qu'elle ne revête la robe de bure trempée dans du soufre – s'interposaient sans cesse, au point qu'on eût pu croire qu'il l'avait connue de toute vie. Elle se mêlait à sa mémoire comme si elle en possédait toutes les clefs. Il en était à la fois heureux, reconnaissant et si bouleversé qu'il l'invitait à investir les moindres recoins de son âme et à ne les jamais plus abandonner. Une prière à peine consciente tournait sans relâche dans sa tête : ne me quittez pas. Je vous en conjure, madame, ne me quittez jamais.

XLII

Nogent-le-Rotrou, novembre 1305

Sans doute somnola-t-il par intermittence. Lorsqu'il se leva, peu avant vêpres, il se sentait frais et dispos. Impatient, même. Il s'aspergea le visage et les bras à sa table de toilette et descendit. L'aubergiste s'affairait à dresser les tables, déposant cuillers et gobelets pour ses clients du souper.

— Maîtresse Hase. Ne me comptez pas ce soir parmi vos fidèles. Je suis invité.

— Bonne soirée, messire Venelle. Gare au Bourg Neuf à la nuit, si vos pas vous y conduisaient. Qui dit commerçants dit bourses pleines, et donc canailles attirées comme mouches par le miel. Prenez donc une esconce. Les ombres sont propices aux gredins.

— Je me méfierai. Le merci à vous.

La nuit s'installait lorsqu'il sortit, brandissant la lampe à huile prêtée par l'aubergiste. Un vent féroce balayait les rues désertées. Parfois, une silhouette de mendiant tassée, emmitouflée dans ses hardes, rencognée sous un porche ou l'auvent d'une boutique, lui rappelait que la nuit n'était reposante que pour ceux qui pouvaient s'abriter entre des murs, sous un toit. Les autres mourraient bien vite. Certains tuaient dans l'espoir de survivre encore un peu.

Il remonta vers l'essaim, le nuage de trous de dague. Il dépassa la magnifique demeure du bailli, dont toutes les fenêtres vitrées étincelaient de lumières, pour parvenir devant la belle coquille d'habitation qu'avaient abandonnée les artisans pour la nuit.

Un providentiel héritier. Un homme du bailli. Hardouin n'avait guère eu besoin de demander son nom au maçon, se doutant de son identité. Les fenêtres béantes, tels des yeux aveugles, les murs soutenus d'étais lui évoquèrent un grand navire fantôme. Il remarqua pourtant qu'une moitié du rez-de-chaussée était fermée de volets clos.

Hardouin cadet-Venelle réprima un rire. Le destin. Après un furtif regard pour s'assurer que nul passant attardé ne le remarquerait, il tira la palissade branlante qui fermait le chantier et se faufila dans le jardin envahi de mauvaises herbes desséchées et de gravats. Le volet ne résista que quelques secondes à la lame de sa dague. Il sauta à l'intérieur de la pièce.

Un froid humide régnait. Une vague odeur aigrelette de moisissure et de cendres flottait. Bien que dispensant une pingre lumière, son esconce lui permit un rapide inventaire de la pièce, d'assez belle taille. Sans doute avait-elle servi de cuisine du temps des anciens propriétaires, s'il en jugeait par la vaste cheminée dont l'âtre dégueulait de cendres, et par l'évier creusé dans la pierre, sous une des fenêtres.

La pièce semblait abriter quelqu'un aujourd'hui. Un homme. Hardouin cadet-Venelle s'approcha d'un matelas poussé contre un mur. Il palpa la qualité des couvertures et des draps de lin. Pas un vagabond. Il distingua un amas de vêtements posés sur une sorte de billot de cuisine et les examina. Fichtre : cendal, étamine de laine et brunette. Pas du droguet [1] ! L'occupant du lieu ne se refusait rien. Rondelet héritage, en vérité.

Il souleva le matelas, fouilla une almaire bancale au fond de laquelle étaient entassés d'autres vêtements, usés et bien moins luxueux. Ceux d'avant le prétendu héritage, à n'en point douter. Rien de bien intéressant, si ce n'était une soudaine et intrigante fortune. Un peu dépité, Hardouin cadet-Venelle s'approcha de la cheminée. Il considéra l'abondance de cendres, songeant qu'elles ne provenaient pas uniquement de bois consumé. Des cendres lisses d'un gris très pâle, comme celles que produisait du papier brûlé. Non ! Comme celles que produisait le lin avec lequel on fabriquait le papier. Il les retourna du bout de sa dague. Un morceau d'étoffe blanche et marron rouge surgit du gris. Il l'examina, un calme irréel l'envahissant : un morceau de chainse, un poignet grignoté par les flammes et souillé de sang sec.

✠

Cadet-Venelle se redressa. Son cœur battait si lentement, si posément qu'il redouta un instant qu'il ne s'arrête. Il expira, bouche ouverte, son souffle se matérialisant en buée fragile. Un frisson fit trembler ses épaules. De froid, sans doute, puisqu'il ne sentait plus rien, ni surprise, ni haine, ni exaltation, ni attente.

---

1. À l'origine, il s'agissait d'un tissu grossier de laine mélangée. Aujourd'hui : étoffe brochée de laine et coton, ou coton et soie.

Soudain, une caresse d'air tiède contre sa nuque. Marie. Marie de Salvin se trouvait ici, avec lui. Il tourna vivement la tête, espérant apercevoir le contour de son fantôme[1].

— La fin est proche, madame. Car vous me menâtes céans, j'en suis certain. Pour lui ? Pour ces enfants martyrisés ? Pour autre chose ?

L'épais silence de la nuit accueillit son murmure presque suppliant.

✣

Il demeura là, perdu, son regard s'attachant à percer les ombres de la pièce, cherchant à y discerner celle de Marie de Salvin. Une zone un peu plus claire se découpait sur le mur du fond de la pièce et l'alerta. Il s'en approcha. Quel étrange, étroit et haut placage de lambris. Il l'étudia à l'aide de son esconce et découvrit une encoche à hauteur de taille d'homme. Il faufila le bout de ses doigts et tira ce qui se révéla être une sorte de mince porte.

Une volée de marches de pierre plongeait vers un gouffre obscur. Il huma l'air qui en provenait : frais mais sec. Il descendit avec précaution en comptant : cinq marches, si nettes et dépourvues de poussière ou de moisissures qu'elles devaient être empruntées régulièrement. Une ombre sur le mur : un flambeau de résineux. Une lourde porte de bois renforcée de traverses d'acier arrêta sa descente.

Une porte défendue par une complexe serrure digne d'un coffre-fort de notaire. Hardouin comprit où elle menait : vers une de ces longues caves troglodytes creusées

---

1. Les fantômes « existent » depuis la plus haute Antiquité. Le Moyen Âge regorgeait d'histoires les mettant en scène, voire de récits où ils venaient visiter les rêves.

par les habitants lors de la construction du château Saint-Jean, dans l'espoir de s'abriter entre les hauts murs fiers de la forteresse en cas d'attaque ennemie. Mais le château était érigé sur une butte si haute, la pente était si raide et les différents seigneurs de Nogent si inquiets à la perspective que ces boyaux creusés dans la roche puissent conduire vers eux des envahisseurs que leur continuation avait été interdite et que les plus avancés avaient été murés.

Robuste serrure pour quelques bouteilles de vin, songea cadet-Venelle avant de quitter la demeure telle une ombre.

XLIII

Nogent-le-Rotrou, novembre 1305

Il visita des auberges qui semaient le quartier, entrant, ressortant, se laissant mener sans résister, sans décider. Il se faisait l'effet d'un petit enfant qu'une mère pressée traîne par la main, répondant par « oui-oui » à la sempiternelle question « où on va ? ».

La vigoureuse ambiance qui régnait au Merle Babilleur l'encouragea à s'installer à une table. On y parlait fort et des plaisanteries s'échangeaient de part en part. Pourtant, nulle obscénité ne volait et des femmes, sans doute petites commerçantes ou épouses d'artisans, semblaient s'y sentir en aise. Pas d'échauffeuses, ni d'ivrognes fiers-à-bras en vue. On n'y devisait certes pas poésies ou romans courtois, mais l'atmosphère était plaisante et plutôt bon enfant, quoique bruyante.

✠

Maître Merle et maîtresse Merlette officiaient avec célérité et bonhomie, passant de table en table, remplissant les cruchons, apportant des plats de rissoles, de beignets à la mouelle ou de mistembecs.

Un client, bien mis mais qui semblait aussi à l'aise dans ses beaux atours qu'une vache en tablier, semblait tout particulièrement mériter leur attention et leur respect. Hardouin, qui le voyait de profil, le détailla. Il s'agissait d'un homme d'à peine quarante ans, robuste, assez long de torse et plutôt court des membres du bas, d'après ce qu'il pouvait en juger. Son visage lourd, rougeaud de peau, au nez proéminent, au front un peu fuyant, était couronné d'une masse de cheveux châtain foncé. Hardouin suivit la ligne de son cou de taureau qui semblait posé d'un bloc sur des épaules musculeuses. Une force de la nature, à n'en point douter.

Maîtresse Merlette, à qui son bon sens commerçant commandait de maintenir humeur joyeuse parmi ses familiers, le supplia en riant :

— Oh, messire Desprès, de grâce, contez-nous à nouveau cet héritage qui vous tombe du ciel, pour vous récompenser justement de toutes vos bontés dans notre ville.

Messire ? Fichtre ! L'homme de Guy de Trais était monté en grade depuis qu'il était devenu riche. Hardouin sourit. Il avait été certain que la belle demeure autour de laquelle s'affairaient tant d'artisans appartenait au premier lieutenant du bailli de Nogent, celui qui avait pendu un trucheur. Par erreur, prétendait-on.

On fit silence tant l'argent miraculeux encourageait aux rêves les plus fous.

— Oh, j'm'as collé la langue au palais d'surprise. Pensez ! Un mien oncle, que j'croyais dans l'besoin au point que j'lui faisais porter des paniers d'vivres… v'là t'y pas qu'y trépasse et qu'on s'rend compte qu'il était riche comme un évêque… vot' pardon ! J'étais son seul descendant vif. V'là l'histoire. Allez, j'offre la tournée à la bonne compagnie !

Un brouhaha de remerciements salua cette saine et généreuse décision.

Hardouin accepta de bonne grâce le cruchon gratuit que maître Merle posa devant lui. Il n'en dégusta qu'un verre, surveillant le premier lieutenant du coin de l'œil, prétendant s'esclaffer des boutades qui ricochaient dans la salle. Solide carcasse, l'animal de lieutenant, puisqu'il engloutit trois cruchons en moins d'une heure. Il se leva enfin, jetant à la cantonade d'une voix pâteuse :

— La bonne nuit, la compagnie ! J'm'en vas r'joindre ma couche, confit dans l'bon vin d'maîtresse Merlette. Bah, ça conserve !

Tous y allèrent d'un bon rire et de quelques applaudissements. Après tout, il ne regardait pas à la dépense.

✣

Hardouin s'attarda quelques minutes et sortit à son tour, sans qu'aucun des clients déjà bien imbibés ne le remarque.

Il leva le visage vers le ciel et ferma les paupières de bonheur devant le semis d'étoiles qui ponctuaient la nuit d'un noir d'encre. La lune croissante irradiait, aura jaune et confidentielle, comme si elle ne souhaitait s'adresser qu'à lui.

Il remonta la rue à pas lents, en direction de la demeure fantôme.

Lorsqu'il parvint devant le volet qu'il avait juste rabattu peu avant, une odeur forte et âcre d'urine lui parvint. Maurice Desprès avait dû soulager sa vessie pleine avant de pénétrer. Une bonne chose.

Hardouin contourna la maison afin que nul ne l'aperçoive, patientant. La cuirée [1] s'annonçait. Le mot, si juste, le fit pouffer. Il déposa l'esconce à ses pieds.

1. De cuir. A donné « curée ».

Un puissant ronflement d'ivrogne le rassura lorsqu'il entrouvrit les battants de volets. Aussi silencieux qu'un chat, il se glissa à nouveau à l'intérieur de la pièce, attendant quelques instants que ses rétines s'adaptent à la pénombre, seulement trouée par la lueur chancelante d'une petite lampe à huile qui permettait de rallumer le feu au matin.

Bras en croix, bouche ouverte, Maurice Després gisait sur le matelas. Il n'avait ôté que son caleçon et Hardouin contempla ses mollets maigrelets pour un homme de sa corpulence et couverts de longs poils raides.

Hardouin n'hésita que quelques instants. Després était moins grand mais bien plus lourd que lui et il éprouverait des difficultés à le traîner. Inutile d'accroître sa tâche.

Il récupéra le caleçon de l'homme abandonné au sol et l'enroula d'un geste rapide autour de sa gorge, en garrot. Les paupières du premier lieutenant papillotèrent avant de s'ouvrir tout à fait.

Il tenta de se redresser d'un coup de reins, mais le genou de l'exécuteur appuya avec violence sur son sternum pendant qu'il tirait d'un geste sec sur la ligature improvisée. Un râle.

— Chut, l'ami, je ne te veux point de mal. Juste ton argent que tu étales dans les tavernes et que tu peux bien partager avec un pauvre vaurien tel que moi, mentit Hardouin. Malheureusement, la petite visite que je me suis offerte céans ne m'a rien permis de trouver, si ce n'est une lourde porte bien close que tu vas te faire un plaisir de m'ouvrir afin que je voie ce que tu dissimules avec tant de soin.

— Va t'faire… gargouilla le lieutenant, immédiatement interrompu par une nouvelle tension sur le caleçon qui l'étranglait et le bâillonnait à moitié.

— Oh non… pas de vilains mots entre nous, minauda Hardouin en appliquant la pointe de sa dague contre le lourd menton de l'homme. Allons, sois aimable et lève-toi. Ah, ah, mais que vois-je pendu autour de ton cou ? Une médaille pieuse ?

Le mince triangle de métal mortel de la lame descendit et souleva le lacet de cuir noir. Une clef tournoyait au bout.

— Debout, debout ! insista l'exécuteur. Je me remplis les poches et te laisse à tes rêves.

Au regard à la fois paniqué et meurtrier de l'autre, Hardouin comprit qu'il avait vu juste. L'homme émit une sorte de grondement de gorge en hochant la tête en signe de refus.

— Je possède nombre de vertus, hormis la patience, murmura cadet-Venelle.

La dague s'enfonça brutalement d'un demi-pouce dans le gras du cou de taureau, arrachant un hurlement étouffé à Desprès. Un filet de sang rouge sombre dévala.

— Que préfères-tu ? Je te navre sitôt et m'empare de la clef ou alors tu daignes m'offrir les honneurs de la visite. En voleur qui se respecte, je te plume et tu ne me revois plus. À toi de choisir, fais vite. Peu me chaut ce que tu dissimules avec tant d'âpreté si je ne puis le monnayer.

Un nouveau mouvement de refus. Hardouin resserra encore le lien et la pointe de son arme s'enfonça lentement dans l'épaule gauche du premier lieutenant en tournant afin de faire le plus mal possible. Ce dernier tenta de rugir mais le caleçon le suffoquait. Il ouvrit grande la bouche, tel un poisson hors de l'eau. La sueur inondait son visage carré, en dépit du froid qui régnait dans la pièce.

— Ta face bleuit vilainement, commenta cadet-Venelle d'un ton un peu ennuyé. Tu vas périr asphyxié. Dépêche-toi, l'homme. Je n'ai pas qu'un bon client à visiter cette nuit.

La dernière phrase parut décider Maurice Desprès, qui approuva d'un léger hochement de tête. Hardouin relâcha un peu la tension du caleçon.

— N'oublie pas, le mit en garde le bourreau en plaquant sa lame contre le cou épais. Pas de geste brusque, maintenant que je sais où est la clef… un faux mouvement est si vite arrivé. Or, je ne te veux point de mal. Prends donc l'esconce, tu en enflammeras le flambeau que j'ai vu plus tôt.

Sur ses gardes, prêt à navrer Desprès au moindre geste menaçant de sa part, Hardouin le poussa vers les marches de pierre.

XLIV

Nogent-le-Rotrou, novembre 1305

Le premier lieutenant tremblait lorsqu'il frôla la torche de résineux de la flamme de la lampe à huile puis fit jouer la clef suspendue à son cou dans la serrure. La lourde porte de chêne s'entrouvrit.

— Avance en allumant sur ton passage, ordonna Hardouin du même ton plat et courtois.

Son regard fit le tour de la longue cave assez étroite, creusée dans la butte rocheuse sur laquelle était érigé le château Saint-Jean. Sans se tourner, sans lâcher l'autre du regard, il repoussa le battant de bois du pied en libérant sa proie. Le caleçon chut sur le sol irrégulier.

Maurice Desprès haleta, forçant l'air dans ses poumons martyrisés. Il bafouilla :

— Y a rien ! L'argent est point là. J'suis pas né d'la dernière pluie. L'est chez l'notaire ! Sauve-toi avant que je t'transforme la face en pâté de hure !

— Oh, mais si, il y a. Qu'est-ce ? s'enquit Hardouin en désignant un tas de loques de la pointe de sa dague.

— Rien. Des haillons. Faut qu'j'les brûle. Ça grouille de vermine.

— Des hardes d'enfants.

— Ouais, alors ? rétorqua l'autre qui avait repris du poil de la bête et semblait bien moins impressionné, le poids l'avantageant. Y'a rin pour un vaurien d'ta sorte.

— Erreur. Il y a tout. Pourquoi ne pas enflammer cette torche, là, au-dessus de cette ombre qui m'évoque une table ? demanda Hardouin en désignant d'un mouvement de menton le fond de la cave.

— Carapate-toi, l'homme, avant que ma bile s'échauffe, gronda Desprès.

— Allume ! exigea le bourreau d'un ton cinglant.

✠

Il vit l'envie du meurtre s'inscrire dans les yeux de l'autre. En une fraction de seconde, le chemin que lui avait enseigné son père se déroula devant lui. Il plongea dans cet autre lui-même. Un lieu qui n'existait pas mais où les hurlements, les agonies des êtres ne pénétraient plus.

Il vit Desprès se ruer vers lui, tête baissée. Un saut, une pirouette. Et sa lame s'enfonça très précisément, très brutalement entre la deuxième et la troisième vertèbre lombaire. Le lieutenant demeura planté, lui présentant son dos. Il tenta de se retourner pour repartir à la charge et s'affala de tout son long sur le flanc, en vagissant.

En deux enjambées, Hardouin alla verrouiller l'épaisse porte puis expliqua :

— Enfin seuls ! Nul ne nous entendra. C'est du reste le but de cet endroit, n'est-ce pas ? Encore heureux que tu aies pissé plus tôt. Ça t'évitera de m'asperger les bottes.

Desprès tentait de se traîner sur le sol, s'aidant de ses coudes. Cadet-Venelle reprit, du même ton doux :

— Tu n'aurais pas dû t'obstiner mais allumer à mon ordre. Ne voilà-t-il pas que tes membres du bas sont paralysés. À vie. J'aurais pu viser plus haut et te transformer en larve, mais je n'aime pas les excès. Surtout, je ne suis pas pressé.

✠

Il se pencha vers le tas de vêtements usés jusqu'à la trame, crasseux, puants. En effet, des haillons de petits miséreux. Il enflamma ensuite la dernière torche de l'esconce. Une lumière jaune et vacillante inonda une table de bois assombrie de sang séché qui avait dégouliné sur la roche creusée du sol, abandonnant de petites flaques noirâtres.

Ni fureur, ni haine, ni désir de vengeance. Hardouin cheminait sur la voie enseignée par son père. Son office commençait. Œil pour œil, dent pour dent, sexe pour sexe.

Au bas d'un des murs en voûte, il ramassa une grosse pierre et s'approcha de Maurice Desprès.

— Nous commencerons par les dents, annonça-t-il, distant. Peu importe que tu fermes la bouche. Tu as brisé les dents du dernier enfant. Au fait, je suis M. Justice de Mortagne, le bourreau. Tu seras tourmenté et tué pour avoir tourmenté et tué de petits innocents. Beaucoup. Aussi tes tourments dureront-ils longtemps.

— Non… non… j'les ai assommés avant… Z'ont rien vu… rien senti… J'leur ai défoncé l'crâne, à tous ! cria Desprès.

— Malheureusement, je n'ai que ta parole. Qui t'a payé ? Ce bel héritage, cet argent maudit, qui te l'a versé…

— Non… non…

La pierre fila vers le visage en sueur et percuta à toute violence la bouche. Un hurlement, le sang dégoulina de la charpie des lèvres.

— Qui ? insista avec gentillesse Hardouin en levant à nouveau la pierre.

— Le grand… le grand bailli… d'épée… Ade… Adelin d'Estrevers, formula avec peine le premier lieutenant, alors que de fragiles bulles de sang se formaient à la commissure de ses lèvres.

— Guy de Trais n'a donc rien à voir dans cette monstrueuse histoire…

— Nan… L'avait qu'à m'rallonger ma solde… J'y ai d'mandé maintes fois… mais y s'garde l'argent qu'y peut gratter…

— Certes. Ton amertume valait bien treize enfants sacrifiés, ironisa Hardouin.

D'une voix plate, il débita ensuite :

— Maurice Desprès, j'ai la charge de t'ôter la vie après tourments. Je ne t'en demande pas le pardon, puisque tu n'es pas mon frère en Jésus-Christ. Je te laisse quelques instants afin de recommander ton âme à Dieu, si toutefois Il la daigne recevoir.

Quelques instants.

La pierre s'abattit à nouveau sur le visage en sang.

XLV

Nogent-le-Rotrou, novembre 1305

Hardouin cadet-Venelle achevait de déjeuner, seul dans la salle de la Hase Guindée. Ce qui s'était déroulé au cours de la nuit, dans la cave troglodyte de la maison, n'avait aucune importance. Un homme avait longuement hurlé, supplié à l'endroit même où il avait tué, violé, émasculé tant d'enfants par cupidité et sans l'ombre d'un remords. Hardouin espérait juste en avoir extirpé la vérité, entre deux râles, et que l'inconscience des enfants, frappés à la tête avec violence, avait précédé le reste. Sans doute retrouverait-on ce qui restait du meurtrier, après les œuvres du bourreau et le passage des rats qui ne manqueraient pas de se repaître de la chair coupable. Œil pour œil. Dent pour dent. Meurtrissure pour meurtrissure.

À son usage, le maître des hautes œuvres avait déjà presque oublié les traits de celui qu'il venait de tourmenter et d'occire. En revanche, il se souvenait avec netteté d'un long homme au regard bleu glace. L'homme qui avait poussé des enfants dans un cauchemar de réalité. Adelin d'Estrevers. Peu importaient les ordres ou prières d'Arnaud de Tisans. Le bourreau ne se découvrait pas même devant le roi. Il n'existait pas et n'avait donc pas à obéir ni à fléchir. En dessous de tout et donc au-dessus de tous. Avec Dieu comme seul juge et maître. Grisante solitude.

✣

Attirée par le brouhaha, peu commun en ce jour et à cette heure, qui provenait de la rue, maîtresse Hase, rongée de curiosité, l'avait prié de la bien vouloir pardonner et avait foncé au-dehors voir de quoi il en retournait.

Il termina sa brouillade d'œufs à la saucisse de sang et vida la fin de son gobelet d'infusion. Il se levait lorsque l'aubergiste pénétra en trombe dans la salle, semblant en proie à une vive émotion.

— Dieu du ciel, messire Venelle ! Ah, quel émoi ! Venez, mais rejoignez-moi au-dehors… Une telle nouvelle… Une foule… Bien sûr, ça ne se voit guère… De grâce, de grâce, me suivez… exigea-t-elle en lui tendant la main, ainsi qu'elle l'eût fait vis-à-vis d'un enfant récalcitrant.

Bien que n'éprouvant aucune envie de se mêler à la foule évoquée par l'aubergiste, Hardouin obtempéra tant maîtresse Hase semblait désireuse qu'il la suive.

Ils remontèrent la Rue des poupardières au pas de charge et rejoignirent une haie humaine qui s'apostrophait, les plaisanteries ou les commentaires s'échangeant de part et d'autre. Une sorte d'excitation malsaine, d'attente déplaisante se percevait dans les têtes tournées vers la gauche, dans les dos serrés, dans les exclamations qui fusaient. Hardouin attrapa au vol quelques bribes de phrase :

« Un enherbement… qui voulait occire son propre fils… et d'très haut… Râclure… Une bonne douzaine de trépassés à son actif à c'qui paraît... Oh, sans doute un suppôt satanique... À mort... pas d'pitié... Monstre... »

✠

Le claquement des sabots sur les pavés de la chaussée. Deux cavaliers montés sur de robustes roncins parurent, les gens d'armes du bailli de Nogent-le-Rotrou. Ils tiraient derrière eux un inculpé, mais les chevaux et la foule ne permirent pas à Hardouin d'apercevoir sa silhouette.

Des huées hargneuses, meurtrières s'élevèrent, des injures plurent. L'écho des cailloux jetés sur le prisonnier qui retombaient au sol. Hardouin, que ce genre de spectacle n'étonnait ni n'intéressait, était sur le point de rebrousser chemin vers l'auberge. Soudain, un cri de femme. Un cri surpris, douloureux.

Une onde glaciale dévala dans l'esprit d'Hardouin, qui poussa sans ménagement ceux qui lui bouchaient la vue, s'attirant quelques grognements, quelques mises en garde que son regard gris acier fit taire bien vite.

Les cavaliers s'avançaient. La foule évoquait une mer démontée, prête à se jeter sur l'enchaîné que l'on traînait. Incapable d'une pensée, Hardouin aperçut le bas de sa cotte et de son mantel derrière les jambes des chevaux, puis une longue chevelure ondulée couleur de blé mûr se devina derrière la courbe d'une croupe. Avant même qu'il ne découvre le visage de l'accusée que l'on menait vers une geôle du château Saint-Jean, le cœur de cadet-Venelle s'emballa au point de lui faire mal.

Un hurlement sortit de sa gorge sans même qu'il en ait conscience :

— Marie ! Marie de Salvin ?

La femme aux poignets enchaînés, tirée par l'un des gens d'armes, tourna la tête vers lui en trébuchant, le dévisageant de cet immense regard avec lequel il vivait, dormait depuis des semaines, un regard bleu marine aux paupières étirées en amande. Un filet de sang rouge vif coulait de sa tempe percutée par une pierre.

Hardouin sentit ses jambes fléchir sous lui et un vertige le déséquilibra. Un gouffre obscur, son esprit n'était plus qu'un insondable gouffre. Combien de secondes resta-t-il ainsi, sourd aux cris de la populace, muet, incapable d'une pensée cohérente ? Il n'aurait su le dire. Lorsqu'il émergea de cette sorte d'inconscience éveillée, la foule se dispersait. Marie et les cavaliers avaient disparu et maîtresse Hase lui tapotait la main d'un air inquiet :

— Messire ? Messire Venelle ? De grâce… Allez-vous bien ?

Il hocha la tête en signe de dénégation et parvint à articuler :

— Savez-vous qui est cette femme ?

— La jeune baronne de Vigonrin, une ignoble enherbeuse qui a failli pousser son fils à trépas !

✣

Les mots de la mendiante tournaient en boucle dans l'esprit d'Hardouin, cette vieille femme déplaisante qu'il avait croisée à plusieurs reprises.

Tu crois et tu te trompes. Tu ne sais mais tu trouveras ce que tu ne cherchais pas.

La main de Dieu, le destin, une chance inouïe, une épreuve, tout à la fois. Une force incompréhensible venait de lui ouvrir une nouvelle porte, une porte dont jamais il n'aurait soupçonné l'existence.

Il venait de retrouver Marie, par-delà la mort. La mort, celle qu'il lui avait infligée, venait de libérer Marie. Jamais plus il ne la laisserait partir.

Quittant sans un mot maîtresse Hase stupéfaite, il fonça vers l'auberge afin d'y ramasser ses affaires.

XLVI

Citadelle du Louvre, Paris, novembre 1305

L'alarme le disputa à la surprise en Mgr Charles de Valois lorsque messire de Nogaret se fit annoncer, non pas en sa salle d'études mais en ses appartements privés, après le souper, à la nuit échue.

D'une courtoisie de pure forme, leurs relations pouvaient en réalité se résumer à une constante défiance. Valois n'ignorait pas qu'il exaspérait Nogaret l'austère, aussi pingre des deniers de l'État que des siens. Mais, bah, lui était le frère du roi ! De plus, il avait à son actif quelques beaux succès militaires, quelques débâcles aussi, notamment après s'être taillé une réputation de vil pillard en Sicile au point d'être contraint de rentrer en Royaume de France la queue basse[1]. Nulle utilité à s'appesantir sur de fâcheux souvenirs ! Quoi qu'il en fût, Mgr de Valois se méfiait du triste mulot, méfiance qu'il savait réciproque. En dépit de son peu d'agilité politique, il n'ignorait pas non plus que Nogaret ferait un redoutable adversaire, le cas échéant. Aussi, ne comprenant pas les tenants et aboutissants de toutes les affaires, tous les complots que le conseiller de

1. 1301-1302.

son frère tenait de main de maître, usait-il envers lui d'une extrême prudence, et surtout d'une bonhomie qu'il était loin de ressentir.

Il avait immédiatement exigé de l'huissier qu'il fasse porter sitôt une collation, accompagnée d'un cruchon de bon vin.

✠

Il accueillit avec une jovialité forcée son visiteur tardif, lui serrant les deux mains en feinte cordialité.

— Le bonheur et la surprise de vous voir céans, messire de Nogaret.

— Le bonheur et l'honneur sont miens, monseigneur.

— Assoyons-nous, de grâce. Je connais la préciosité [1] de votre temps et ne l'ignore pas compté au plus juste. Je me doute donc de l'importance de votre venue.

Guillaume de Nogaret lui fut vaguement reconnaissant de cette entrée en matière qui lui épargnait des artifices de bienséance avant d'en venir au vif. Il attendit qu'un serviteur dépose devant eux deux verres à bord d'argent et un plateau de pâtes d'amande, de coing et de pomme avant de s'asseoir sur l'une des chaises que lui désignait le frère du roi, moins haute de pieds que celle sur laquelle ce dernier prit place. Avant que Nogaret ait pu prononcer une phrase, Valois avait déjà englouti deux pâtes de fruit et bu la moitié de son verre de vin. Nogaret, que cette voracité dégoûtait un peu, tout comme le faste dispendieux de la grande antichambre semée d'épais tapis d'admirable facture, tendue

1. Dans le sens initial du terme, « chose précieuse », et non pas dans son sens d'« affecté » qui date du XVIIe siècle.

de dorsaux sylvestres d'une éblouissante finesse de point, resta de marbre, un vague sourire de circonstance flottant sur ses lèvres.

— Tout d'abord, monseigneur, soyez certain que le décès prématuré du grand-père d'alliance de votre fille Isabelle m'a bouleversé le cœur. Quelle malemort !

— En effet, j'en ai eu les intérieurs chamboulés de deux jours...

Si tu te goinfrais moins, tes intérieurs seraient aussi paisibles que les miens, songea messire de Nogaret en hochant la tête d'un air de commisération, évitant d'imaginer un Valois se précipitant vers son restrait afin de ne pas être gagné par l'hilarité.

—... Bah, Dieu prend ce qui Lui revient quand bon Lui semble.

— Quelle justesse de propos. Et donc, Arthur, beau-père de votre fille bien-aimée...

— Reprendra la couronne ducale de Bretagne.

— Ne manque plus qu'Isabelle, future duchesse, vous offre un mâle magnifique, avança Nogaret.

Valois fut encore plus sur ses gardes. Sa soudaine tension n'échappa pas au conseiller.

— Hoir qu'elle produira bientôt. Elle n'a pas quatorze ans, souligna le frère du roi.

— Si fait. On la dit un peu souffrante et affaiblie, insinua Nogaret.

— Fichtre ! Qui a eu l'outrecuidance de répandre cette rumeur ? Ma fille est de belle et robuste constitution. Peut-être le décès prématuré de son grand-père d'alliance l'a-t-il affectée, mais je puis vous certifier qu'elle aura abondante progéniture [1].

1. Isabelle de Valois, première épouse de Jean de Bretagne, décéda en 1309, à l'âge de dix-sept ans, sans descendant, et trois ans avant que son époux, le futur Jean III, ne devienne duc de Bretagne, en 1312.

— Oh, je n'en doute aucunement. Mon cœur saignerait que le duché de Bretagne ne revienne pas, par alliance, à la famille de Valois qui a tant œuvré pour sa paix. D'autant... d'autant qu'indirectement Jean II aurait pu avoir maille à départir [1] avec notre bien-aimé souverain.

Un clignement de paupières nerveux indiqua à Nogaret la gêne que ressentait le frère du roi, qui vida d'un trait le verre qu'il venait de se servir et goba deux pâtes de fruit. D'un ton qu'il tentait de raffermir et de garder léger, il s'enquit :

— Maille à départir ?

— Oui-da, une effroyable affaire de meurtres d'enfants en la seigneurie de Nogent-le-Rotrou, du duc de Bretagne. Fort heureusement, l'une des... grandes oreilles...

— L'une de vos mouches ? le coupa Valois d'un ton acerbe.

— Quel vilain terme, monseigneur. Il me faut bien employer moult informateurs pour rendre le meilleur service au roi, votre frère, susurra Guillaume de Nogaret. Bref, l'une de ces grandes oreilles m'a pleinement rassuré : l'odieux assassin fut bellement occis... enfin, « bellement » est un abus de langue. Son agonie fut longue et épouvantable, comme de mérité... Bien sûr, il parla.

✣

Mgr de Valois le considéra, le regard méfiant, cherchant la signification de sa dernière allusion. Nogaret venait d'obtenir ce qu'il était venu chercher : la certitude que le

1. La maille était la pièce de plus faible valeur ; en d'autres termes, on ne pouvait pas la partager (départir), sous-entendant un désaccord. L'expression a donné « maille à partir ».

frère du roi n'avait ni commandité, ni même encouragé ces ignobles assassinats.

Sans doute avait-il sauté sur l'occasion d'utiliser les victimes pour déstabiliser Jean II en sa seigneurie, laquelle formait une détestable, mais très prospère enclave au milieu de ses terres du Perche et de l'Alençonnais. Sans doute avait-il misé sur le mécontentement populaire, relayé par la mère abbesse des Clairets, Mme Constance de Gausbert, amie de son épouse et cousine germaine du pape. Un puissant encouragement pour Philippe le Bel, qui n'aurait pas hésité à écarter Jean de Bretagne de la seigneurie de Nogent afin de la remettre à son frère. Après tout, Jean II tenait trop à la bienveillance du roi à son égard pour provoquer son ire en lui tenant tête et aurait cédé en échange de compensations. Valois avait usé d'un stratagème somme toute bien habituel.

Au fond, Nogaret l'admettait, en dépit de ses préventions contre Charles, la conviction que ce dernier n'avait pas trempé dans si vile affaire le soulageait. Quant au reste, à ses incessants calculs afin de s'enrichir ou de colmater[1] l'hémorragie profuse de ses deniers, messire de Nogaret se faisait fort de ne jamais relâcher sa surveillance. En dépit des rapports alarmants concernant la fécondité de la jeune Isabelle, sans doute son père Charles espérait-il la voir bientôt accéder à la couronne ducale aux côtés de son époux. Rapports que Nogaret avait obtenus à grands frais d'une des ventrières[2] qui entouraient la très jeune femme. Si Isabelle parvenait à produire un enfant, Nogent-le-Rotrou tomberait plus ou moins dans l'escarcelle de Valois à ce moment-là. Ne restait entre lui et ladite seigneurie qu'Arthur II, beau-père de sa fille.

---

1. De *colmare* (combler).
2. Il s'agissait des sages-femmes qui entouraient les dames de qualité, les aidant à concevoir, surveillant la grossesse, l'accouchement et les premiers mois du nouveau-né.

L'affaire se terminait donc. Une douzaine de petits miséreux avaient été massacrés, pour rien. Quelle importance ? Aucune. Toutefois, messire de Nogaret n'allait pas perdre une occasion de troubler la digestion de Charles de Valois en lui laissant entendre qu'il venait d'engranger un autre pénible secret pouvant lui porter tort, un jour, le cas échéant. De plus, l'impie arrogance d'Adelin d'Estrevers suffoquait Nogaret de dégoût et de rage froide. Vaurien qui avait usurpé la place de Dieu, en massacrant Ses agneaux par cupidité, indifférence et pour plaire à Mgr de Valois. Le damné devait payer.

✠

— Velours que ce vin, commenta messire de Nogaret en reposant son verre après une petite gorgée. Monseigneur, je vous avoue mon encombre. Qu'est une douzaine de petits miséreux, me rétorquerez-vous, d'autant que la plupart seraient de toute façon morts de faim, de maladie ou d'un mauvais coup de ruelle ? Toutefois, la longue oreille qui m'a si précieusement renseigné a… comment dire, évoqué une main de puissance derrière cette sombre histoire. Il semble que le meurtrier véritable n'était pas un simple maudit dégénéré.

Valois déglutit avec peine et demanda :

— Vraiment ?

— Si fait. Il semble qu'il ait été… encouragé et rémunéré pour ces effroyables tueries.

— Et savez-vous…

— Non pas. Je pourrais certes finir par découvrir son identité afin de le livrer à la justice royale, mais moult affaires de France occupent la moindre de mes minutes.

— Bien plus urgentes, approuva Monseigneur de Valois de plus en plus mal à l'aise parce qu'il venait de comprendre que ces meurtres qui l'arrangeaient tant n'avaient jamais été fortuits.

Une houle d'appréhension l'envahit lorsqu'il perçut enfin toutes les implications du sous-entendu de Nogaret. Maudit Adelin d'Estrevers ! Coquin, vaurien, maudit ! D'autant qu'il parlerait, inventerait même sous la Question que ne manquerait pas d'exiger Nogaret. Certes, Charles avait demandé à son grand bailli d'épée de trouver ou de créer de toutes pièces bon prétexte pour acculer Guy de Trais, c'est-à-dire Jean II de Bretagne, afin de récupérer l'opulente Nogent-le-Rotrou. Mais jamais, au grand jamais, il n'avait soupçonné que son homme organiserait les tortures et les meurtres d'enfants ! Le soupçon ne l'avait même pas effleuré lorsque les premiers petits cadavres avaient été découverts, même si la nouvelle l'arrangeait fort. Doux Agneau ! Dieu le jugerait-il complice d'une telle monstruosité ? Ah, que nenni ! Il lui fallait réparer, demander humble pardon à son Créateur pour une terrible faute qu'il n'avait pas commise mais qui n'aurait jamais existé sans lui.

Et Arnaud de Tisans, dont Estrevers avait requis l'aide ? Qu'en faire, de celui-là ? Et que savait-il au juste ? Et ce Maître de Haute Justice de Mortagne ? Une sueur de crainte perla au front du frère du roi. Comme s'il avait lu dans ses pensées, messire de Nogaret, qui connaissait l'âme des hommes, et notamment celle des puissants aussi bien que la paume de sa main, déclara :

— J'avoue que l'histoire était fort embrouillée, au point que je ne m'étonne guère que vous n'en ayez pas eu vent, rusa le conseiller. Ainsi, ma grande oreille eût été dans l'incapacité d'y voir clair sans la sagacité d'un exécuteur des hautes œuvres de Mortagne, un certain… comment se nomme-t-il, déjà ? Peu importe. Bref, M. Justice de

Mortagne. Malheureusement, l'homme, quoique fin et pugnace, n'a pu découvrir l'identité bien mystérieuse du commanditaire. Uniquement celle du vil assassin. Qui a rendu son âme immonde au diable, ainsi que je vous l'ai dit.

Le soupir de soulagement du frère du roi fut perceptible. Nogaret réprima un sourire. Ce cadet-Venelle l'avait aidé sans en exiger contrepartie. Nogaret lui renvoyait la politesse, ne doutant pas de la suite.

✣

Il aimait bien Charles de Valois ce soir, son inhabituelle affection tenant beaucoup au fait qu'il l'avait manipulé sans difficulté et amené où il le souhaitait. Une issue rondement acquise, du moins le serait-elle sous peu. Soudain de bonne humeur, il décida d'offrir un présent au frère du roi, d'autant que la stabilité du duché de Bretagne et son inclination pour la France étaient cruciales. Se levant afin de prendre congé, il déclara d'une voix un peu peinée :

— Monseigneur, vous n'ignorez pas que je vous ai en belle estime. Bah, que sont quelques différends au sujet de piécettes ?

Des dizaines de milliers de livres prélevées d'un Trésor exsangue, rectifia Nogaret pour lui-même avant de poursuivre :

— Vous connaissez mon goût pour les comptes d'apothicaire [1] ! Je le déplore parfois, je vous l'avoue. Quoi qu'il

1. L'expression n'était pas péjorative à l'époque, contrairement à aujourd'hui, où elle indique une personne pinailleuse. Elle venait du fait que les apothicaires devaient préparer de minuscules quantités de substances, parfois très toxiques, en s'aidant de balances et de poids peu fiables et peu précis. En d'autres termes, ils devaient faire preuve d'une grande méticulosité.

en soit, des… rumeurs… s'échappent de gens de votre service, concernant notamment la bonne santé de femme de votre chère fille, mentit-il. De fâcheuses déductions pourraient en être tirées à la hâte. Imaginez… une répudiation ! L'Anglois pousserait aussitôt ses pions. Mon cœur se fendrait de chagrin si le duché de Bretagne ne revenait pas dans le preux giron des Valois. Je vous souhaite la belle nuit et demeure votre respectueux obligé.

✠

Charles de Valois fulminait : Chappe, Émile Chappe, vil serpent dont il se défiait depuis quelque temps !

Joli coup, songea messire de Nogaret en s'inclinant devant le frère du roi. Chappe appartenait à la race des traîtres qui se cherchent bonne figure. Nogaret ne lui avait jamais fait confiance, même s'il l'avait bien servi, certain que le jeune secrétaire se retournerait contre lui si plus lucrative et plus honorifique proposition lui était faite. Le prévisible et emporté Charles penserait que le bon Émile avait clabaudé sur la fertilité de sa fille, épargnant du même coup la ventrière qui renseignait Guillaume de Nogaret. Un joli coup, en vérité. À bien peu de frais.

XLVII

Paris, novembre 1305

Assez satisfait de la façon dont il avait avancé, Émile Chappe sortit en sifflotant de la grosse tour du Louvre. Une nuit sombre estompait le contour des maisons et un désagréable crachin glacial tombait. Mais rien ne pouvait altérer sa bonne humeur. Son existence s'annonçait rayonnante aux côtés de messire de Nogaret. Peut-être un jour aurait-il l'insigne honneur d'approcher le roi ? Il frissonna de convoitise à cette perspective. Ah, quel magnifique et prospère futur s'offrait enfin à lui.

Il remonta vers la porte Saint-Honoré à pas allègres. Une silhouette se détacha d'un porche de maison. Aussitôt sur ses gardes, Émile frôla le pommeau de sa dague de ceinture. Un rire léger fusa :

— Holà, mon tout beau. Certes, ta bourse m'intéresse, mais j'imagine moyens plus aimables d'en obtenir une fraction, pouffa une jeune fille ravissante, aux longs cheveux noirs frisés.

Elle semblait saine, de belle peau, d'haleine fraîche, bref sans ces maladies de Vénus qui défiguraient parfois les puterelles de rues ou de maisons lupanardes. De plus, elle était de langue assez élégante. Pas une fillette [1] de bas étage.

— Je ne sais si je me sens d'humeur, rétorqua-t-il lorsqu'elle s'approcha de lui en souriant.

— L'humeur ? Mais la belle humeur des hommes est mon art.

— Combien ?

— Pour toi ? Oh, rien ou presque. Ta vie, quoi d'autre ?

✣

Émile Chappe ne comprit pas. Une effroyable douleur explosa dans sa poitrine, du côté gauche. Il baissa la tête, se demandant vaguement ce qu'était ce manche recouvert de cuir noir qui dépassait de son mantel. Il aspira l'air qui se refusait à lui, ouvrant grande la bouche. Une vague tiède, douceâtre et métallique lui noya la gorge. Il dégorgea son sang en s'écroulant sur les pavés trempés. Il tenta d'agripper de sa main le bas de la cotte rouge de la fille qui sauta de côté. Il tenta de la maudire. Son bras retomba. Il gargouilla :

— Qui… qui…

— Quelle importance ? Un bon payeur. Que demander de plus ?

Il était mort lorsque la fille tira son coutelas de ses chairs et essuya la lame sanglante sur son mantel. Elle jeta un regard indifférent aux yeux grands ouverts qui s'opacifiaient, au visage trempé de pluie, et disparut dans la nuit.

1. Prostituée.

XLVIII

Alentours de Malétable, novembre 1305

L'étalon bai de messire Adelin d'Estrevers déboula en galopant dans la rue principale de Malétable, le col maculé d'une écume d'effort et le regard fou comme s'il avait tous les diables de l'enfer à ses trousses. Trois hommes durent unir leurs forces afin de l'immobiliser par les rênes et de l'apaiser.

En dépit du peu d'enthousiasme des villageois, qui ne souhaitaient pas se mêler d'une affaire concernant le sinistre grand bailli d'épée, une battue dans les bois et champs voisins fut décidée, ou plutôt exigée, par le prêtre du village, qui redoutait que messire d'Estrevers ait été jeté à bas de sa monture et ne soit blessé. Il parvint à convaincre une poignée d'hommes, pour le moins rétifs, à l'excellente raison que l'ire du grand bailli d'épée risquait de rejaillir sur tout le village si on ne lui prêtait pas secours.

Ils découvrirent la dépouille d'Adelin d'Estrevers, poignardé et égorgé, à un quart de lieue du village, allongé au beau milieu d'un chemin forestier. Sa bourse et ses bottes, ainsi que son épée et ses bagues, sans oublier son mantel doublé de zibeline[1], avaient disparu. Il fut bien vite conclu qu'il avait fait regrettable rencontre avec des brigands de chemins.

Au soulagement de tous, hormis peut-être le prêtre, qui, embêté, récita quelques prières en s'offusquant :

— Oh, quelle malemort ! Oh, certes, il n'était guère plaisant, paix à son âme, mais mourir de la sorte…

Après tout, il s'agissait d'un homme de Dieu !

1. Les fourrures marquaient l'appartenance sociale. La zibeline, le lynx et le vair étaient réservés aux nobles. Les autres se contentaient du lapin ou du mouton, voire de la loutre pour les bourgeois.

Brève annexe historique

Abbaye de femmes des Clairets, Orne : située en bordure de la forêt des Clairets, sur le territoire de la paroisse de Masle, sa construction, décidée par charte en juillet 1204 par Geoffroy III, comte du Perche, et son épouse, Mathilde de Brunswick, sœur de l'empereur Othon IV, dura sept ans, pour se terminer en 1212. Sa dédicace fut cosignée par un commandeur templier, Guillaume d'Arville, dont on ne sait pas grand-chose. L'abbaye était réservée aux moniales de l'ordre de Cîteaux, les Bernardines, qui avaient droit de Haute, Moyenne et Basse Justices.

Boniface VIII (Benedetto Caetani) : vers 1235-1303. Cardinal et légat en France, il devint pape sous le nom de Boniface VIII. Il fut le virulent défenseur de la théocratie pontificale, laquelle s'opposait au droit moderne de l'État. Il fut également l'auteur de lois anti-femme et fut soupçonné, sans qu'il existe de preuve, de pratiquer la sorcellerie et l'alchimie afin de préserver son pouvoir. L'hostilité ouverte qui l'opposa à Philippe le Bel commença dès 1296. L'escalade ne faiblit pas, même après sa mort, la France tentant de faire ouvrir un procès contre sa mémoire.

Bourreau : Contrairement à ce que l'on pourrait croire, les bourreaux de métier n'ont pas toujours existé. On « s'arrangeait » auparavant en désignant un individu qui devait exécuter les sentences (le seigneur, le juge ou, parfois même, le dernier marié ou le dernier arrivé en ville, etc.). Puisque chacun pouvait être mis à contribution, qu'il s'agissait d'une tâche occasionnelle, ceux qui en étaient chargés n'étaient pas frappés d'ostracisme, comme ce fut le cas plus tard. C'est au XIIIe siècle, et peut-être même au XIIe, qu'une seule personne fut chargée de l'application de toutes les sentences.

Le moins que l'on puisse dire est qu'il règne un flou certain sur l'encadrement de ce métier, et ceci jusqu'à la Révolution, à peu près. D'ailleurs, ce flou règne également quant à l'origine du terme « bourreau ». Certains prétendent qu'il dérive du seigneur Richard Borel, qui avait obtenu son fief en 1261, à charge pour lui de pendre les voleurs du coin. Une autre étymologie fait remonter le terme à la profession de bourrelier, qu'exerçaient conjointement de nombreux bourreaux, ainsi que celle de boucher.

Sans doute faut-il voir en partie dans ce manque de netteté le fait que cette profession était si honnie de tous que personne ne voulait en entendre parler. Ce qui, en revanche, est certain, c'est leur condition de paria, détestés par la société, alors même qu'ils étaient indispensables, notamment en raison du nombre considérable d'exécutions et de tortures insoutenables, mais aussi parce qu'ils évitaient aux bons chrétiens de souiller leurs mains de sang. On comprend donc difficilement pourquoi ils ont pu être traités avec cette dureté, ce mépris, au point qu'ils furent exclus des villes jusqu'au XVIIIe siècle – hormis lorsqu'ils logeaient sur la place du pilori. Ils étaient interdits de spectacles, leurs enfants ne pouvaient côtoyer les autres, pas même à l'école, on refusait de les servir dans les auberges et ils durent le plus souvent porter une pièce de tissu sur leur vêtement, marque infamante destinée à les signaler aux autres. Non-citoyens, il fallut attendre 1789 et l'intervention de M. le comte de Clermont-Tonnerre pour qu'on commence à les considérer comme partie prenante de la société. Cette intervention avait pour objet l'éligibilité des juifs, des protestants et des comédiens. M. de Clermont-Tonnerre souhaitait qu'on y ajoute les exécuteurs.

Au Moyen Âge, il s'agit de la seule charge non honorifique. En dépit du fait qu'il n'existait pas de véritable encadrement de leur profession, et les candidats étant très rares, les bourreaux bénéficiaient de passe-droits qui permirent à certains d'entre eux de considérablement s'enrichir alors que leurs « interventions » étaient maigrement rémunérées. C'est également en raison de leur rareté que l'on recruta souvent des condamnés à mort, en échange de leur grâce. Puisqu'ils ne pouvaient se marier qu'entre eux, leur charge, de fait, devint héréditaire, aucun membre de la famille ne pouvant sortir du cercle vicieux. On devint donc bourreau de père en fils. Se créèrent de véritables dynasties d'exécuteurs, comme les Jouënne en Normandie. Il est intéressant de noter qu'alors qu'ils étaient exclus de partout la plupart d'entre eux savaient parfaitement lire et écrire, fait peu courant dans la population générale.

De vraies bourelles ont existé, ainsi que l'atteste une ordonnance de Saint Louis, même si le nom était également attribué à la femme du bourreau. Elles avaient pour tâche de battre et fustiger les femmes condamnées. Au milieu du XVIIIe siècle, il y eut un Monsieur Henri, bourreau de Lyon, qui se révéla être une femme – Marguerite le Pestour. Elle fut emprisonnée après avoir exercé plus de deux ans dans la ville. Libérée assez rapidement, elle se maria. Elle confia qu'« elle exécutait avec plaisir les personnes de son sexe mais avec beaucoup de peine celles qui ne l'étaient pas ».

CHARLES DE VALOIS (1270-1325) : seul frère germain de Philippe le Bel*. Le roi lui montra toute sa vie une affection un peu aveugle et lui confia des missions au-dessus des possibilités politiques et diplomatiques de cet excellent chef de guerre. Charles de Valois, père, fils, frère, beau-frère, oncle et gendre de rois et de reines, rêva toute sa vie d'une couronne qu'il n'obtint jamais. En 1303, il reçut de son frère les comtés d'Alençon et du Perche en apanage et devint donc Charles Ier d'Alençon. Bien que percevant énormément d'argent de seigneurs, du roi, de ses terres et s'endettant auprès de l'ordre du Temple, Charles de Valois courut toujours après l'argent, dépensant sans compter, jusqu'à se tailler une réputation de pilleur en Sicile. Lorsque l'ordre du Temple fut supprimé, il semble qu'il ait affirmé que ce dernier lui devait de l'argent et que Philippe le Bel lui ait concédé un neuvième des biens des templiers, une somme colossale. Cependant, Charles de Valois fut sans doute celui qui parvint à convaincre le roi son frère d'abandonner son désir de procès posthume contre la mémoire du pape Boniface VIII.

Il semble que Charles Ier de Valois ne se soit pas du tout impliqué dans les affaires de ses terres du Perche, laissant œuvrer le grand bailli entouré de ses lieutenants et de hauts fonctionnaires de justice ou de finance, par l'intermédiaire d'une assemblée où siégeaient également le vicomte du Perche, représentant la châtellenie de Mortagne, et le vicomte de Bellême, représentant celles de Bellême, de La Perrière et de Ceton – qui n'avaient que des fonctions de faible importance –, sans oublier des dignitaires ecclésiastiques. La châtellenie de Nogent-le-Rotrou ne faisait pas partie de cet apanage, ayant été donnée en dédommagement à l'un des descendants du comte de Rotrou lorsque la lignée directe fut éteinte.

CLÉMENT V - BERNARD DE GOT (vers 1270-1314). Il fut d'abord chanoine et conseiller du roi d'Angleterre. Ses réelles qualités de diplomate lui permirent de ne pas se fâcher avec Philippe le Bel* durant la guerre franco-anglaise. Il devint archevêque de Bordeaux en 1299, puis succéda à Benoît XI* en 1305 en prenant le nom de Clément V. Il semble acquis que Philippe le Bel ait beaucoup œuvré pour l'élection de Clément au Saint-Siège. Redoutant d'être confronté à la situation italienne qu'il connaissait mal, Clément V s'installa en Avignon en 1309. Il temporisa avec Philippe le Bel dans les deux grandes affaires qui les opposaient : le procès contre la mémoire de Boniface VIII et la suppression de l'ordre du Temple. Il parvint à apaiser la hargne du souverain dans le premier cas et se débrouilla pour circonscrire le second. Clément V est connu pour sa prodigalité vis-à-vis de sa famille, même distante. Il dépensa sans compter les deniers de l'Église afin de faire construire en son lieu de naissance (Villandraut) un château somptueux qui fut achevé en six ans, un temps record à cette époque, preuve des moyens mis en œuvre.

GUILLAUME DE NOGARET (vers 1270-décédé en 1313). Ce docteur en droit civil enseigna à Montpellier, puis rejoignit le conseil de Philippe le Bel* en 1295. Ses responsabilités prirent vite en ampleur. Il participa, d'abord de façon plus ou moins occulte, aux grandes affaires religieuses qui agitaient la France. Nogaret sortit ensuite de l'ombre et joua un rôle déterminant dans l'affaire des Templiers* et dans la lutte du roi contre Boniface VIII. Nogaret était un homme d'une vaste intelligence et d'une foi inébranlable. Son but était de sauver à la fois la France et l'Église. Il devint chancelier du roi pour être ensuite écarté au profit d'Enguerran de Marigny, avant de reprendre le sceau en 1311. Il semble que M. de Nogaret ait été un homme austère et probe, bien que ses fonctions lui aient permis d'amasser une jolie fortune.

ISABELLE DE VALOIS (1292-1309) : Fille du premier mariage de Charles de Valois avec Marguerite d'Anjou. Son père la maria à l'âge de cinq ans au petit-fils de Jean II de Bretagne afin de sceller la paix entre la France et le duché de Bretagne. Elle décéda douze ans plus tard, sans avoir eu d'enfant. Son époux, Jean III, qui devint duc de Bretagne en 1312, se remaria deux fois, sans avoir d'héritier.

JEAN II DE BRETAGNE ET LE DUCHÉ (1239-16 novembre 1305) : fils de Jean Ier le Roux et de Blanche de Navarre, marié à Béatrice d'Angleterre, et donc beau-frère d'Édouard Ier d'Angleterre, il devint duc de Bretagne en 1286. Son grand-père, Pierre Ier dit Mauclerc, avait considérablement accru le nombre des territoires placés sous sa domination. Le fils de Mauclerc, Jean Ier, dit le Roux, et donc le père de Jean II, poursuivit cette expansion. Plus retors que son père, Jean Ier flatta aussi bien les Anglais que les Français afin de préserver son duché, pour lequel il fit beaucoup sur le plan politique, administratif, financier et militaire. Son fils Jean II n'eut pas son envergure, ni celle de son grand-père, et se trouva vite sous la coupe de Philippe le Bel. Prudent, pieux et économe, il laissa pourtant la Bretagne en bonne santé. Il mourut le 16 novembre 1305, écrasé par la chute d'un mur à Lyon, alors qu'il menait la mule du pape Clément V, après le sacre de celui-ci. Son fils Arthur lui succéda. Son petit-fils Jean (le futur Jean III) épousa Isabelle de Valois afin de sceller la paix entre la Bretagne et la France.

ORDRE DU TEMPLE : créé à Jérusalem, vers 1118, par un chevalier Hugues de Payns et quelques chevaliers de

Champagne et de Bourgogne. Il fut définitivement organisé par le concile de Troyes en 1128, sa règle étant inspirée – voire rédigée – par saint Bernard. L'ordre était dirigé par le Grand Maître dont l'autorité était encadrée par les dignitaires. Les possessions de l'ordre étaient considérables (3 450 châteaux, forteresses et maisons en 1257). Avec son système de transfert d'argent jusqu'en Terre sainte, l'ordre devint au XIIIe siècle l'un des principaux banquiers de la Chrétienté.

Après la chute d'Acre – qui, au fond, lui fut fatale –, le Temple se replia surtout en Occident. L'opinion publique finit par considérer ses membres comme des profiteurs et des paresseux. Diverses expressions de l'époque en témoignent. Ainsi, « on allait au Temple » lorsqu'on se rendait au bordel. Jacques de Molay, Grand Maître, ayant refusé la fusion de son ordre avec celui de l'Hôpital, les Templiers furent arrêtés le 13 octobre 1307. Suivirent des enquêtes, des aveux (dans le cas de Jacques de Molay, certains historiens pensent qu'ils n'ont pas été obtenus sous la torture), des rétractations. Les enquêteurs, versés dans l'art de la rhétorique, n'eurent guère de peine à obtenir des déclarations incriminantes de la part de Templiers, dont bon nombre étaient paysans ou petits seigneurs. Par exemple, certains ne perçurent pas la différence religieuse cruciale entre « idolâtrer » et « vénérer » et furent, bien sûr, accusés d'idolâtrie.

Clément V, qui craignait Philippe le Bel pour d'autres motifs, dont le procès posthume qu'exigeait le souverain contre la mémoire de Boniface VIII, décréta la suppression de l'ordre le 22 mars 1312. Jacques de Molay revint à nouveau sur ses aveux et fut envoyé au bûcher, avec d'autres, le 18 mars 1314. Certains Templiers parvinrent à fuir à temps, notamment en Angleterre ou en Écosse.

Il semble acquis que les enquêtes sur les Templiers, la saisie de leurs biens et leur redistribution aux Hospitaliers coûtèrent davantage d'argent à Philippe le Bel qu'elles ne lui en rapportèrent, preuve que les mobiles du souverain étaient avant tout politiques, d'autant que l'ordre de l'Hôpital, aussi riche que celui du Temple, ne fut pas inquiété.

PHILIPPE IV LE BEL (1268-1314) : fils de Philippe III le Hardi et d'Isabelle d'Aragon. Il eut trois fils de Jeanne de Navarre, les futurs rois : Louis X le Hutin, Philippe V le Long et Charles IV le Bel, ainsi qu'une fille, Isabelle, mariée à Édouard II d'Angleterre. Philippe était courageux, excellent chef de guerre. Il était également connu pour être inflexible et dur, ne supportant pas la contradiction. Cela étant, il écoutait ses conseillers, parfois trop, notamment lorsqu'ils étaient recommandés par son épouse.

L'histoire retiendra surtout de lui son rôle majeur dans l'affaire des Templiers*, mais Philippe le Bel était avant tout un roi réformateur dont l'un des objectifs était de se débarrasser de l'ingérence pontificale dans la politique du royaume.

Glossaire

Les offices liturgiques (il s'agit d'indications approximatives, l'heure des offices variant avec les saisons, donc le cycle jour/nuit) :

Outre la messe – et bien qu'elle n'en fasse pas partie au sens strict – l'office divin, constitué au VIe siècle par la règle de saint Benoît, comprend plusieurs offices quotidiens. Ils réglaient le rythme de la journée. Ainsi, les moines/moniales ne pouvaient-ils souper avant que la nuit soit tombée, c'est-à-dire après vêpres.

— Vigiles ou Matines : entre 2 h 30 et 3 heures.

— Laudes : avant l'aube, entre 5 et 6 heures.

— Prime : vers 7 h 30, premier office de la journée, sitôt après le lever du soleil, juste avant la messe.

— Tierce : vers 9 heures.

— Sexte : vers midi.

— None : entre 14 et 15 heures.

— Vêpres : à la fin de l'après-midi, vers 16 h 30-17 heures, au couchant.

— Complies : après vêpres, dernier office du soir, entre 18 et 20 heures.

S'y ajoutait une prière de Nocturnes, vers 22 heures.

Si l'office divin est largement célébré jusqu'au XIe siècle, il sera ensuite réduit afin de permettre aux moines/moniales de consacrer davantage de temps à la lecture et au travail manuel.

Les mesures de longueur :
La traduction en mesures actuelles est ardue. En effet, elles variaient avec les régions.

— Lieue : équivaut à 4 kilomètres environ.
— Toise : de longueur variable en fonction des régions, de 4,5 à 7 mètres.
— Aune : de longueur variable en fonction des régions, de 1,20 à Paris à 0,70 mètre à Arras.
— Pied : équivaut environ à 34-35 centimètres.
— Pouce : environ 2,5-2,7 centimètres.

Monnaies :
Un véritable casse-tête ! Elles différaient en fonction des règnes et des régions. De plus, elles ont été – ou non – évaluées par rapport à leur poids réel en or ou en argent et surévaluées ou dévaluées.

— Livre : unité de compte. Une livre valait 20 sous ou 240 deniers d'argent, ou encore 2 petits royaux d'or (monnaie royale sous Philippe le Bel).
— Petit-royal : équivalant à 14 deniers tournois.
— Denier tournois (de Tour) : il devait progressivement remplacer le denier parisis de la capitale. Douze deniers tournois représentaient un sou.

Bibliographie des ouvrages le plus souvent consultés

BERTET Régis, *Petite Histoire de la médecine*, Paris, l'Harmattan, 2005.

BLOND Georges et Germaine, *Histoire pittoresque de notre alimentation*, Paris, Fayard, 1960.

BRUNETON Jean, *Pharmacognosie, phytochimie et plantes médicinales*, Cachan, Tec & Doc, Lavoisier, 1993.

BURGUIÈRE André, KLAPISCH-ZUBER Christiane, SEGALEN Martine, ZONABEND Françoise, *Histoire de la famille*, tome II. « Temps médiévaux, Orient et Occident », Paris, Le Livre de Poche, 1994.

CAHEN Claude, *Orient et Occident au temps des croisades*, Paris, Aubier, 1983.

Cahiers percherons, association des amis du vieux Nogent et du Perche, trimestriel n° 9, 1959, *Abbayes et prieurés du Perche*.

Cahiers percherons, fédération des amis du Perche, trimestriel n° 2, juin 1957, *Le Château Saint-Jean de Nogent-le-Rotrou.*

Cahiers percherons, association des amis du Perche, trimestriel n° 42, 2e trimestre 1974, *Dictionnaire du Perche, Bellavilliers.*

Cahiers percherons, association des amis du vieux Nogent et du Perche, trimestriel n° 11, 3° trimestre 1959, *Répertoire des principaux monuments et curiosités du Perche.*

DELARUE Jacques, *Le Métier de bourreau du Moyen Âge à aujourd'hui,* Paris, Fayard, 1979.

DELORT Robert, *La Vie au Moyen Âge*, Paris, Seuil, 1982.

DEMURGER Alain, *Vie et mort de l'Ordre du Temple*, Paris, Seuil, 1989.

DEMURGER Alain, *Chevaliers du Christ, les Ordres religieux au Moyen Âge, XIe-XVIe siècle*, Paris, Seuil, 2002.

DUBY Georges, *Le Moyen Âge*, Paris, Hachette Pluriel, 2011.

ECO Umberto, *Art et beauté dans l'esthétique médiévale*, Paris, Grasset, 1997.

Équipe de la commanderie d'Arville, *Le Jardin médiéval de la commanderie templière d'Arville.*

EYMERICH Nicolau & PENA Francisco, *Le Manuel des inquisiteurs* (introduction et traduction de Louis Sala-Molins), Paris, Albin Michel, 2001.

FALQUE DE BEZAURE Rollande, *Cuisine et potions des Templiers*, Turquant, Cheminements, 1997.

FAVIER Jean, *Dictionnaire de la France médiévale*, Paris, Fayard, 1993.

FAVIER Jean, *Histoire de France*, tome II, Le Temps des principautés, Paris, le Livre de Poche, 1992.

FERRIS Paul, *Les Remèdes de santé d'Hildegarde de Bingen*, Paris, Marabout, 2002.

FLORI Jean, *Les Croisades*, Paris, Jean-Paul Gisserot, 2001.

FOURNIER Sylvie, *Brève Histoire du parchemin et de l'enluminure*, Gavaudin, Fragile, 1995.

GAUVARD Claude, LIBERA (de) Alain, ZINK Michel (sous la direction de), *Dictionnaire du Moyen Âge*, Paris, PUF, 2002.

GAUVARD Claude, *La France au Moyen Âge du Ve au XVe siècle*, Paris, PUF, 2004.

JERPHAGNON Lucien, *Histoire de la pensée ; Antiquité et Moyen Âge*, Paris, Le Livre de Poche, 1993.

LIBERA (de) Alain, *Penser au Moyen Âge*, Paris, Seuil, 1991.

MELOT Michel, *Fontevraud*, Patrimoine culturel, Paris, Jean-Paul Gisserot, 2005.

MELOT Michel, *L'Abbaye de Fontevraud,* Petites monographies des grands édifices de la France, Paris, CLT, 1978.

Musée du château Saint-Jean : catalogue de l'exposition « Le roman des Nogentais, des origines à la guerre de Cent Ans », 2004, Commissaire de l'exposition Françoise Lécuyer-Champagne.

PERNOUD Régine, *La Femme au temps des cathédrales*, Paris, Stock, 2001.

PERNOUD Régine, *Pour en finir avec le Moyen Âge*, Paris, Seuil, 1979.

PERNOUD Régine, GIMPEL Jean, DELATOUCHE Raymond, *Le Moyen Âge pour quoi faire ?*, Paris, Stock, 1986.

REDON Odile, SABBAN Françoise, SERVENTI Silvano, *La Gastronomie au Moyen Âge*, Paris, Stock, 1991.

RICHARD Jean, *Histoire des croisades*, Paris, Fayard, 1996.

Saint-Evroult Notre-Dame-du-Bois, une abbaye bénédictine en terre normande, Condé-sur-Noireau, NEA éditions, 2001.

SIGURET Philippe, *Histoire du Perche*, Céton, Fédération des amis du Perche, 2000.

SOURNIA Jean-Charles, *Histoire de la médecine*, Paris, La Découverte Poche, 1997.

VERDON Jean, *La Femme au Moyen Âge*, Paris, Jean-Paul Gisserot, 2006.

VINCENT Catherine, *Introduction à l'histoire de l'Occident médiéval*, Paris, le Livre de Poche.

Table des matières

Du même auteur (suite de la page 4)

Sang premier, Calmann-Lévy, 2005 ; Le Livre de poche, 2006.
La Dame sans terre, tome I, *Les Chemins de la bête*, Calmann-Lévy, 2006 ; Le Livre de poche, 2007.
La Dame sans terre, tome II, *Le Souffle de la rose*, Calmann-Lévy, 2006 ; Le Livre de poche, 2007.
La Dame sans terre, tome III, *Le Sang de grâce*, Calmann-Lévy, 2006 ; Le Livre de poche, 2007.
Monestarium, Calmann-Lévy, 2007 ; Le Livre de poche, 2009.
Un jour, je vous ai croisés, nouvelles, Calmann-Lévy, 2007.
La Dame sans terre, tome IV, *Le Combat des ombres*, Calmann-Lévy, 2008 ; Le Livre de poche, 2009.
La Croix de perdition, Calmann-Lévy, 2008.
Dans la tête, le venin, Calmann-Lévy, 2009.
Cinq Filles, Trois Cadavres, mais plus de volant, Marabout, 2009.
Une ombre plus pâle, Calmann-Lévy, 2009.
La Mort, simplement, Calmann-Lévy, 2010.
Les Mystères de Druon de Brévaux, tome I, *Aesculapius*, Flammarion, 2010.
Les Mystères de Druon de Brévaux, tome II, *Lacrimae*, Flammarion, 2010.
Les cadavres n'ont pas froid aux yeux, Marabout, 2011.
Les Mystères de Druon de Brévaux, tome III, *Templa Mentis*, Flammarion, 2011.

Composition et mise en page

NORD COMPO
multimédia

CET OUVRAGE
A ÉTÉ ACHEVÉ D'IMPRIMER
SUR ROTO-PAGE
PAR L'IMPRIMERIE FLOCH
À MAYENNE EN SEPTEMBRE 2011

N° d'édition : L.01ELIN000230.N001. N° d'impression : 80406
Dépôt légal : octobre 2011
(Imprimé en France)